UMA HISTÓRIA DOS ÚLTIMOS DIAS

COMANDO TRIBULAÇÃO

NICOLAE

COLHEITA DE ALMAS

APOLIOM

ASSASSINOS

O POSSUÍDO

A MARCA

PROFANAÇÃO

O REMANESCENTE

ARMAGEDOM

GLORIOSA MANIFESTAÇÃO

CB021791

DEIXADOS PARA TRÁS

NICOLAE

TIM LAHAYE

JERRY B. JENKINS

THOMAS NELSON
BRASIL

Título original: *Nicolae: The Rise of Antichrist*
Copyright © 2018 por Tim LaHaye e Jerry B. Jenkins.
Edição original por Tyndale House Publishers. Todos os direitos reservados.
Copyright da tradução © Vida Melhor Editora, S.A., 2018.
Todos os direitos desta publicação são reservados a Vida Melhor Editora, S.A.
As citações bíblicas são da *Nova Versão Internacional*, a menos que seja especificada outra
versão da Bíblia Sagrada.

PUBLISHER	*Samuel Coto*
EDITORES	*André Lodos e Bruna Gomes*
TRADUÇÃO	*Markus Hediger*
COPIDESQUE	*Carla Morais*
REVISÃO	*Manuela Gonçalves e Hugo Reis*
CAPA E PROJETO GRÁFICO	*Maquinaria Studio*
DIAGRAMAÇÃO	*Julio Fado*

Nenhuma parte deste livro pode ser reproduzida, armazenada em qualquer sistema de
recuperação de textos ou transmitida sob qualquer forma ou meio — eletrônico, mecânico,
fotocópia, gravação, digitalização ou outro similar —, exceto em breves citações de resenhas
críticas ou artigos, sem a permissão prévia por escrito do editor.

Os pontos de vista desta obra são de total responsabilidade de seu autor, não refletindo
necessariamente a posição da Thomas Nelson Brasil, da HarperCollins Christian Publishing
ou de sua equipe editorial.

Dados Internacionais de Catalogação na Publicação (CIP)

L11d La	Haye, Tim 1.ed.
	Deixados para trás, v. 3 : Nicolae / Tim LaHaye, Jerry B.
	Jenkins; tradução de Markus Hediger. – 1.ed. – Rio de Janeiro:
	Thomas Nelson Brasil, 2019.
	352 p.; 15,5x23 cm.
	Tradução de: Nicolae: the rise of antichrist (Left Behing 3)
	ISBN: 978-85-78608-12-5
	1. Literatura americana. 2. Ficção. 3. Suspense. 4. Apocalipse.
	5. Religião. I. Hediger, Markus. II. Título.
	CDD 810

Bibliotecária responsável: Aline Graziele Benitez CRB-1/3129

Todos os direitos reservados a Vida Melhor Editora Ltda.
Rua da Quitanda, 86, sala 218 – Centro
Rio de Janeiro, RJ – CEP 20091-005
Tel.: (21) 3175-1030
www.thomasnelson.com.br

Para Beverly e Dianna.

PRÓLOGO

O que aconteceu até agora

Já se passaram quase dois anos desde os desaparecimentos em massa. Num instante cataclísmico, milhões de pessoas em todo o planeta desapareceram, deixando tudo para trás, exceto carne e ossos.

O comandante Rayford Steele pilotava seu Boeing 747 com trezentos passageiros e tripulantes aterrorizados de volta a Chicago. Ao decolar, o avião estava completamente lotado; de repente, mais de cem assentos se esvaziaram, a não ser por roupas, joias, óculos, sapatos e meias.

Steele perdeu a esposa e o filho de doze anos nesses desaparecimentos. Ele e sua filha Chloe, que já estava na idade de frequentar a faculdade, ficaram para trás.

Cameron "Buck" Williams, editor-chefe de uma publicação jornalística semanal, estava no avião de Rayford. Assim como o piloto, ele se lançou numa busca frenética pela verdade.

Rayford, Chloe e Buck, em companhia de seu mentor, o jovem pastor Bruce Barnes, tornam-se seguidores de Cristoe, juntos, formaram o Comando Tribulação, que tinha por objetivo opor-se ao novo líder mundial. Nicolae Carpathia, da Romênia, passou a ser o cabeça das Nações Unidas de um dia para o outro, aparentemente. E, enquanto ele encanta o mundo inteiro com sua simpatia e seu projeto de paz mundial, o grupo acredita que ele seja o próprio anticristo.

Por conta de uma série de acontecimentos, Rayford e Buck passam a trabalhar para Carpathia — Rayford como seu piloto; Buck como editor do *Semanário Comunidade Global*. Carpathia sabe que Rayford e Amanda, sua nova esposa, são cristãos, mas não desconfia do relacionamento de Buck com os dois e nem de sua fék.

O Comando Tribulação marca um encontro em Chicago. Rayford leva Nicolae Carpathia, o soberano da Comunidade Global, da cidade de Nova Babilônia até Washington. Ciente de uma conspiração para derrubá-lo, Carpathia anuncia itinerários complicados e conflitantes para dificultar sua localização. Enquanto isso, Rayford coloca Amanda no Global Community One em voo até Chicago, para o encontro com Buck, Chloe e Bruce.

Eles descobrem que Bruce está no hospital, mas, a caminho de lá, irrompe uma guerra global. Facções de milícias norte-americanas, sob a liderança clandestina do presidente Gerald Fitzhugh, enfraquecido por Carpathia, uniram-se aos Estados Unidos da Grã-Bretanha e ao Estado anteriormente soberano do Egito, agora parte da recém-formada Comunidade do Oriente Médio, e declararam oposição ao novo líder supremo. As milícias da Costa Leste norte-americana atacaram Washington, que se encontra em ruínas.

Carpathia é resgatado em segurança de um hotel destruído. Suas forças da Comunidade Global revidam, atacando a antiga sede da Nike nos subúrbios de Chicago, perto do hospital em que Bruce lutava contra um vírus mortal. Uma investida contra a Nova Babilônia é rapidamente impedida, e Londres é atacada por forças da Comunidade Global em retaliação pela aliança da Grã-Bretanha com a milícia norte-americana.

Em meio a tudo isso, Rayford pede ao seu antigo chefe, Earl Halliday, que viaje no Global Community One para Nova York, onde Rayford supunha que teria de encontrar-se com Carpathia. No entanto, ao descobrir o plano de Carpathia para despistar seus opositores, ele teme ter enviado o velho amigo para a morte, pois as forças da Comunidade Global dominam Nova York.

Rayford, Amanda, Buck e Chloe tentam desesperadamente chegar a Bruce Barnes no Hospital Comunitário de Northwest, em Arlington Heights, no Estado de Illinois, quando ouvem uma transmissão ao vivo do soberano da Comunidade Global:

Leais cidadãos da Comunidade Global, dirijo-me a vocês neste dia com o coração partido, sem ao menos poder dizer-lhes de onde falo. Temos trabalhado há mais de um ano para congregar esta Comunidade Global sob a bandeira da paz e da harmonia. Hoje, lamentavelmente, soubemos outra vez que ainda existem pessoas que desejam nossa desunião.

Não é segredo que sou, tenho sido e sempre serei um pacifista. Não acredito em guerra. Não acredito em armamentos. Não acredito em derramamento de sangue. Por outro lado, sinto-me responsável por você, meu irmão ou minha irmã desta comunidade global.

As Forças de Paz da Comunidade Global já subjugaram a resistência. Lamento muito a morte de civis inocentes, mas prometo solenemente que todos os inimigos da paz terão julgamento imediato. A bela capital dos Estados Unidos da América do Norte foi devastada e vocês ouvirão mais notícias de destruição e morte. Nosso objetivo continua sendo a paz e a reconstrução. Em breve, voltarei à nossa segura sede em Nova Babilônia e me manterei em contato com vocês com frequência. Acima de tudo, não tenham medo. Confiem que nenhuma ameaça à tranquilidade mundial será tolerada. Nenhum inimigo da paz sobreviverá.

Enquanto Rayford procura uma rota que o leve para perto do Hospital Comunitário Northwest, um correspondente da CNN/Rede Comunidade Global volta a falar.

Notícia de última hora: as milícias contrárias à Comunidade ameaçaram iniciar uma guerra nuclear cujo alvo é Nova York, principalmente o Aeroporto Internacional John F. Kennedy. Os civis estão fugindo daquela área e causando um dos piores congestionamentos da história de Nova York.

As Forças de Paz dizem que têm condições e tecnologia para interceptar mísseis, mas estão preocupadas com os danos que serão causados às áreas mais afastadas.

Agora uma notícia de Londres: uma bomba de cem megatons destruiu o Aeroporto de Heathrow, e a precipitação radioativa ameaça a população que vive em um raio de vários quilômetros de distância. Aparentemente a bomba foi atirada pelas Forças de Paz após descobrirem um contrabando de bombardeiros egípcios e ingleses agrupados em uma pista aérea militar perto de Heathrow. As notícias dão conta de que os navios de guerra, que foram abatidos pelo ar, estavam equipados com armamentos nucleares e a caminho de Bagdá e da Nova Babilônia.

— É o fim do mundo — murmurou Chloe. — Que Deus nos ajude.

— Talvez fosse melhor tentarmos chegar à igreja — sugeriu Amanda.

— Não antes de sabermos como Bruce está — disse Rayford. Ele perguntou aos pedestres assustados se seria possível chegar a pé ao Hospital Comunitário de Northwest.

— Sim, é possível — disse uma mulher. — Fica logo depois daquele campo, naquela elevação. Mas não sei se vocês vão conseguir chegar perto do que restou dele.

— O hospital foi atingido?

— Se foi atingido? Senhor, ele fica perto da estrada e na frente da antiga base de mísseis Nike. Quase todos acreditam que ele foi o primeiro a ser atingido.

* * *

Com o coração apertado, Rayford escala sozinho a colina e vê o hospital. Está praticamente destruído.

— Parado! — grita um guarda. — Esta é uma área restrita!

— Eu sou autorizado! — Rayford grita, acenando com seu crachá.

Quando o guarda chega até Rayford, pega a carteira e a observa, comparando a foto com o rosto dele.

— Uau! Nível de segurança 2-A. Você trabalha para o próprio Carpathia?

Rayford balança a cabeça afirmativamente e segue em direção daquilo que havia sido a fachada do prédio. Uma linha perfeita de corpos cobertos se estende na rua.

— Algum sobrevivente? — pergunta Rayford a um paramédico.

— Estamos ouvindo algumas vozes vindas dos escombros — o homem responde, mas ainda não conseguimos alcançar ninguém.

— Ajude ou saia do caminho — uma mulher robusta diz ao passar por Rayford.

— Estou à procura de Bruce Barnes — Rayford responde.

A mulher consulta sua prancheta.

— Dê uma olhada ali — ela diz, apontando para seis corpos. — Um parente seu?

— Mais que um irmão.

— Quer que eu verifique para você?

O rosto de Rayford se contorce, e ele mal consegue falar.

— Eu agradeceria — ele diz.

Ela se ajoelha ao lado dos corpos e verifica um por um, enquanto o choro aperta a garganta de Rayford. No quarto corpo, ao levantar o lençol, ela hesita e verifica a pulseira ainda intacta. Olha para Rayford, e ele entende. Lágrimas escorrem pelo seu rosto. Lentamente, a mulher puxa o lençol, revelando o rosto de Bruce. Os olhos estão abertos; de resto, está imóvel. Rayford luta para manter a compostura e controlar a respiração agitada. Ele estende a mão para fechar os olhos de Bruce, mas a mulher diz:

— Não posso permitir que você faça isso. Eu faço.

— Você poderia verificar o pulso? — Rayford sussurra.

— Ah, senhor! — ela diz com uma voz cheia de simpatia. — Ninguém vem parar aqui sem ter a morte declarada.

— Por favor! — ele balbucia, agora chorando compulsivamente. — Faça esse favor.

Enquanto Rayford permanecia de pé e com as mãos no rosto, no burburinho do início de tarde daquele subúrbio de Chicago, uma mulher que ele nunca viu antes, nem veria novamente, colocou o polegar e o indicador sob a mandíbula de seu pastor.

Sem olhar para Rayford, ela tirou a mão, cobriu novamente a cabeça de Bruce Barnes com o lençol e voltou ao seu trabalho. Rayford abaixou-se, ajoelhando-se no chão enlameado. O som das sirenes ecoava ao longe, luzes de emergência cintilavam à volta dele e sua família o aguardava a meio quilômetro de distância. Agora só tinha sobrado ele e os outros três. O mestre se fora. Não havia mais o mentor. Somente eles.

Enquanto se levantava e descia penosamente a elevação para dar a terrível notícia, Rayford ouviu o Sistema de Transmissão de Emergência ligado a todo volume em todos os carros pelos quais passava. Washington foi arrasada. Heathrow não mais existia. Houve mortes no deserto egípcio e nos céus de Londres. Nova York estava em estado de alerta.

O cavalo vermelho do Apocalipse está à solta.

* * *

"Cuidado, que ninguém os engane. Pois muitos virão em meu nome, dizendo: "Eu sou o Cristo!" e enganarão a muitos. Vocês ouvirão falar de guerras e rumores de guerras, mas não tenham medo. É necessário que tais coisas aconteçam, mas ainda não é o fim. Nação se levantará contra nação, e reino contra reino. Haverá fomes e terremotos em vários lugares. Tudo isso será o início das dores."

MATEUS 24:4-8

CAPÍTULO 1

Sentado ao volante de seu Lincoln alugado, os joelhos de Rayford Steele doíam. Ele tinha caído de joelhos após a terrível percepção de que seu pastor estava morto. A dor física, que o acompanharia durante dias, era irrelevante perto da angústia de ter perdido, mais uma vez, uma das pessoas mais queridas de sua vida.

Rayford percebia como Amanda o olhava. Ela colocou a mão em sua perna para confortá-lo. No banco de trás, Chloe e seu marido, Buck, tocavam seu ombro.

"E agora?", Rayford se perguntou. "O que faremos sem Bruce? Para onde vamos?"

A estação de rádio do sistema de emergências continuava a transmitir notícias de caos, devastação, destruição e falhas nas redes de comunicação móvel no mundo inteiro. Com um nó na garganta e incapaz de falar, Rayford manteve-se ocupado com o congestionamento. Por que as pessoas estavam nas ruas? O que elas esperavam ver? Não estavam com medo de mais bombas ou de chuvas radioativas? A polícia local e o pessoal dos serviços emergenciais orientavam o trânsito e tentavam convencer o povo a voltar para suas casas.

— Preciso chegar ao escritório de Chicago — Buck disse.

— Você pode ficar com o carro quando chegarmos à igreja — Rayford conseguiu dizer. — Preciso avisar as pessoas sobre Bruce.

Rayford recorreu aos conhecimentos acumulados durante seus muitos anos na região de Chicago para seguir por ruas paralelas e evitar as vias principais, totalmente congestionadas. Por um momento, pensou que teria sido uma boa ideia aceitar que Buck dirigisse o carro, mas não queria parecer fraco. Balançou a cabeça. "O ego de um piloto não tem limites!" Sua vontade era encolher-se e chorar até cair no sono.

Quase dois anos após o desaparecimento de sua esposa e de seu filho, além de milhões de outros, Rayford já não nutria mais ilusões sobre sua vida no crepúsculo da história. Ele estava devastado. Vivia em profunda dor e arrependimento. Tudo estava sendo muito difícil.

Rayford sabia, porém, que podia ser bem pior. Ele podia não ter se tornado um seguidor de Cristo e continuar perdido para sempre. Podia não ter encontrado um novo amor e permanecer sozinho. Chloe também podia ter desaparecido. Ou ele podia nunca ter conhecido Buck. Existiam muitas coisas pelas quais era grato, e imaginava se teria forças para continuar sem a companhia dos outros três naquele carro.

Ele mal podia imaginar não ter conhecido e aprendido a amar Bruce Barnes. Bruce o ensinou e iluminou mais do que qualquer outra pessoa. E não foram apenas o conhecimento e o ensino de Bruce que fizeram a diferença. Era sua paixão. Ali estava um homem que reconheceu imediata e claramente ter ignorado a maior verdade já comunicada à humanidade, e ele não estava disposto a repetir o erro.

— Papai, aqueles dois guardas no viaduto parecem estar acenando para você — Chloe disse.

— Eu sei, estou tentando ignorá-los — Rayford respondeu. — Todos esses zés-ninguém tentando ser alguém acreditam que sabem melhor que todo mundo por onde o trânsito deve seguir. Se obedecermos, ficaremos aqui por horas. Eu só quero chegar à igreja.

— Ele está chamando você com um megafone — disse Amanda, baixando a janela alguns centímetros.

— Você aí no Lincoln branco! — ouviram a voz estrondosa.

Rayford desligou o rádio imediatamente.

— Você é Rayford Steele?

— Como é que eles sabem disso? — perguntou Buck.

— A rede de inteligência da Comunidade Global tem algum limite? — perguntou Rayford, enojado.

— Se você é Rayford Steele — a voz voltou a berrar —, por favor, encoste o veículo no meio-fio!

Rayford cogitou a possibilidade de ignorar a ordem, mas então pensou melhor. Não havia como escapar dessa gente se sabiam quem ele era. Mas como podiam saber?

Ele encostou o carro.

* * *

Buck Williams retirou a mão do ombro de Rayford e esticou o pescoço para observar os dois soldados uniformizados que desciam apressados pela barragem. Ele não fazia ideia de como as forças da Comunidade Global tinham localizado Rayford, mas uma coisa era certa: Buck não podia ser descoberto na companhia do piloto de Carpathia.

— Ray — ele disse rapidamente —, tenho uma carteira de identidade falsa no nome de Herb Katz. Diga-lhes que sou um piloto amigo seu ou algo assim.

— Ok — disse Rayford —, mas meu palpite é que eles vão me tratar com respeito. Evidentemente, Nicolae está tentando entrar em contato comigo.

Buck esperava que Rayford estivesse certo. Fazia sentido que Carpathia quisesse saber se o seu piloto estava bem e fazê-lo voltar para a Nova Babilônia. Agora, os dois homens uniformizados estavam parados na traseira do carro. Um deles estava falando a um *walkie-talkie*; o outro, ao celular. Buck decidiu partir para a ofensiva e abriu a porta.

— Por favor, permaneça no carro — disse o homem com o *walkie-talkie*.

Buck voltou ao assento e trocou os documentos verdadeiros pelos falsos. Chloe parecia aterrorizada. Ele colocou o braço em seus ombros e puxou-a para si.

— Carpathia deve ter emitido um alerta geral. Ele sabia que seu pai precisava alugar um carro. Assim, não demorou para localizá-lo.

Buck não tinha ideia do que aqueles dois homens da Comunidade Global estavam fazendo atrás do carro. Só sabia que toda a sua perspectiva para os cinco anos seguintes tinha mudado num instante. Quando a guerra global irrompeu uma hora antes, Buck pensou se ele e Chloe sobreviveriam ao restante da tribulação. Agora, com a notícia da morte de Bruce, ele imaginava se iriam querer sobreviver. A expectativa do céu e de estar com Cristo certamente parecia melhor do que viver naquilo que restava do mundo, mesmo se Buck tivesse de morrer para chegar ao céu.

O soldado com o *walkie-talkie* aproximou-se da janela do motorista. Rayford baixou-a.

— Você é Rayford Steele, não é?

— Depende de quem pergunta — Rayford respondeu.

— Um carro com essa placa foi alugado no Aeroporto Internacional O'Hare por uma pessoa que alegava ser Rayford Steele. Se você não é ele, está bem encrencado.

— Você não concorda — retrucou Rayford — que, não importa quem eu sou, todos nós estamos encrencados?

Buck se divertia com o atrevimento de Rayford diante da situação em que se encontravam.

— Senhor, preciso saber se é Rayford Steele.

— Sou eu mesmo.

— O senhor tem como provar?

Buck nunca tinha visto Rayford tão agitado.

— Você acena e usa um megafone para me chamar, diz que estou dirigindo o carro alugado de Rayford Steele e agora espera que eu prove ser quem você acha que eu sou?

— Senhor, entenda a minha situação. Eu tenho o soberano da Comunidade Global, o próprio Carpathia, numa linha de celular segura, aqui. Nem sei de onde ele está ligando. Se eu colocar alguém na linha e disser ao soberano que se trata de Rayford Steele, é melhor que seja ele.

Buck sentiu-se aliviado ao constatar que o jogo de gato e rato de Rayford tinha tirado o holofote das outras pessoas no carro, mas isso logo mudou. Rayford pegou a carteira de identidade no bolso da camisa; enquanto o homem da Comunidade Global a verificava, perguntou como que de passagem:

— E os outros?

— Família e amigos — Rayford disse. — Não façamos o soberano esperar.

— Preciso pedir que o senhor atenda essa ligação fora do carro. Questões de segurança, o senhor entende.

Rayford suspirou e saiu do carro. Buck torcia para que o homem com o *walkie-talkie* se afastasse com Rayford, mas ele simplesmente direcionou Rayford ao seu parceiro, o soldado com o celular. Então, aproximou-se da janela e voltou-se para Buck:

— Senhor, caso tenhamos de transportar o comandante Steele a um ponto de encontro, o senhor seria capaz de dirigir o veículo?

"Será que todos os uniformizados falam desse jeito?", Buck pensou.

— É claro que sim.

Amanda inclinou-se em direção ao soldado.

— Eu sou a sra. Steele — ela disse. — Aonde quer que o sr. Steele vá eu vou também.

— Quem decidirá isso é o soberano — o guarda respondeu —, contanto que haja espaço no helicóptero.

— Sim, senhor — Rayford disse ao telefone. — Vejo o senhor em breve.

Rayford devolveu o celular para o segundo guarda.

— Como chegaremos ao local determinado?

— Um helicóptero estará aqui em instantes.

Rayford fez um gesto para que Amanda abrisse o bagageiro e permanecesse no carro. Ao pegar duas bolsas, ele foi até a janela da esposa e sussurrou:

— Amanda e eu precisaremos encontrar Carpathia, mas ele não me disse onde está, nem mesmo onde nos encontraremos. Essas linhas telefônicas são seguras apenas até certo ponto. Creio que não seja longe daqui, a não ser que o helicóptero nos leve a algum campo de pouso, de onde seguiremos para outro lugar. Buck, sugiro que você devolva este carro o mais rápido possível; caso contrário, será muito fácil descobrir sua conexão comigo.

Alguns minutos depois, Rayford e Amanda estavam no ar.

— Você sabe aonde estamos indo? — Rayford gritou para um dos guardas da Comunidade Global.

O guarda bateu no ombro do piloto do helicóptero e gritou:

— Temos permissão para dizer aonde vamos?

— Glenview! — o piloto berrou.

— A Estação Aérea Naval de Glenview está fechada há anos — Rayford retrucou.

O piloto do helicóptero virou-se para ele:

— A pista principal continua aberta! O homem está lá agora!

Amanda aconchegou-se em Rayford.

— Carpathia já está em Illinois?

— Ele deve ter saído de Washington antes do ataque. Eu achava que o levariam para um dos abrigos antiaéreos do Pentágono ou da Administração de Segurança Nacional, mas seu serviço secreto deve ter imaginado que esses seriam os primeiros lugares atacados pela milícia.

* * *

— Isso me lembra de quando tínhamos acabado de nos casar — Buck disse enquanto Chloe aconchegava-se a ele.

— Como assim "quando tínhamos acabado de nos casar"? Ainda somos recém-casados!

— Silêncio! — Buck a interrompeu de repente. — O que estão dizendo sobre Nova York?

Chloe aumentou o volume do rádio.

... carnificina devastadora por toda parte no centro de Manhattan. Prédios bombardeados, veículos de emergência tentando passar em meio a escombros, agentes da Defesa Civil implorando por meio de alto-falantes que as pessoas permaneçam no subsolo.

Eu mesmo estou procurando abrigo neste momento, provavelmente tarde demais para evitar os efeitos da radiação. Ninguém sabe se as ogivas eram nucleares, mas todo mundo está sendo instruído a não se arriscar. Os danos devem chegar a bilhões de dólares. A vida como conhecíamos aqui pode nunca mais ser a mesma. Há devastação por toda parte.

Os principais centros de transporte foram fechados ou destruídos. Congestionamentos enormes entupiram o túnel Lincoln, a ponte Triborough e cada artéria principal que levava para fora de Nova York. O que se conhecia como a capital do mundo parece agora o cenário de um filme de catástrofe. Agora, de volta para a CNN/RNCG.[1] em Atlanta.

— Buck — interpelou Chloe —, nossa casa. Onde viveremos?

Buck não respondeu. Ele fixou os olhos no trânsito e contemplou as espessas nuvens de fumaça negra e as bolas de fogo vermelhas, intermitentes, que pareciam elevar-se diretamente sobre Mount Prospect. Era típico de Chloe preocupar-se com seu lar. Buck não ligava tanto. Ele podia viver em qualquer lugar, e parecia ter vivido em todos os lugares. Enquanto estivesse com Chloe e tivesse um abrigo, ele ficaria bem, mas ela se identificava com sua cobertura ridiculamente cara na Quinta Avenida.

Finalmente, Buck abriu a boca.

— Eles não permitirão que ninguém volte para Nova York durante dias, talvez até semanas. Não teremos nem mesmo acesso aos nossos veículos, se é que sobreviveram aos ataques.

---

[1]Após Nicolae Carpathia assumir o controle dos meio de comunicação, a CNN, principal veículo de notícias, passou a se chamar Rede de Notícias Comunidade Global, sendo sua nova sigla CNN/RNCG. [N. do E.]

— O que faremos?

Buck não soube o que dizer. Logo ele, que costumava ter resposta para tudo. Criatividade era a marca registrada de sua carreira. Não importava o obstáculo, ele sempre encontrava um jeito de se virar em cada situação ou local imaginável. Agora, com a jovem esposa ao seu lado, angustiada por não saber onde viveria ou como sobreviveria, ele se sentia perdido. Tudo que gostaria de fazer era garantir que o sogro e Amanda estivessem seguros, a despeito do perigo do trabalho de Rayford, e, de alguma forma, chegar a Mount Prospect para descobrir como estavam os membros da Igreja Nova Esperança e informar-lhes da tragédia que tinha acontecido ao seu querido pastor.

Buck nunca teve paciência com congestionamentos, mas isso era ridículo. Ele apertou o queixo, seu pescoço enrijeceu, enquanto as mãos se agarravam ao volante. O carro moderno era agradável, mas avançar aos centímetros fazia a enorme potência automotiva parecer um garanhão preso querendo correr solto pelas pradarias.

De repente, uma explosão abalou o carro e quase o fez saltar da estrada. Buck não ficaria surpreso se os vidros se estilhaçassem ao redor deles. Chloe soltou um grito e escondeu o rosto no peito de Buck, que observava o horizonte tentando descobrir o que havia causado o abalo. Vários carros à sua volta rapidamente saíram da estrada. No retrovisor, Buck viu uma nuvem em forma de cogumelo erguer-se lentamente do que parecia ser a vizinhança do Aeroporto Internacional O'Hare, a quilômetros de distância.

A rádio CNN/RNCG relatou a explosão quase imediatamente:

Diretamente de Chicago: Nosso escritório de jornalismo parece ter sido destruído por uma gigantesca explosão! Ainda não sabemos se foi um ataque das forças milicianas ou uma retaliação da Comunidade Global. Recebemos tantos relatos de guerra, de derramamentos de sangue, devastação e mortes em tantas cidades no planeta inteiro, que é impossível acompanhar tudo o que está acontecendo...

Buck olhou rapidamente para trás e pelas janelas laterais. Assim que o carro à sua frente deu algum espaço, ele girou o volante para a esquerda e pisou no acelerador. Chloe prendeu a respiração quando o carro saltou pelo meio-fio, desceu por um aqueduto e subiu do outro lado. Buck estava numa autoestrada e passava por longas filas de veículos que avançavam lentamente.

— O que você está fazendo, Buck? — Chloe perguntou, agarrando-se ao painel de controle.

— Não sei, querida, mas sei de uma coisa que não estou fazendo: não estou parado num congestionamento enquanto o mundo vai para o inferno.

* * *

O guarda que tinha parado Rayford no viaduto agora tirava a bagagem dos Steele do helicóptero, levando-os em seguida, até um prédio de tijolos de um único andar, na ponta de uma longa pista de pouso. Capim crescia entre as rachaduras no chão. Um pequeno Learjet estava parado no fim da pista, próximo ao helicóptero, mas Rayford não viu ninguém na cabine e percebeu que as turbinas estavam desligadas.

— Espero que não me façam pilotar essa coisa! — ele gritou para Amanda enquanto corriam até o prédio.

— Não se preocupe com isso — o guia disse. — O cara que os trouxe aqui também vai levá-los até Dallas e ao avião que você pilotará.

Rayford e Amanda foram conduzidos a cadeiras de plástico de cores berrantes num escritório militar pequeno e pessimamente mobiliado, decorado ao estilo da antiga Força Aérea. Rayford sentou-se, massageando cautelosamente os joelhos. Amanda andava de um lado para o outro, parando apenas quando seu acompanhante fez sinal para que se sentasse.

— Não posso nem ficar de pé? — ela retrucou.

— Fiquem à vontade. Por favor, esperem aqui pelo soberano. Ele estará com vocês em um instante.

* * *

Policiais acenavam e apontavam para Buck, gritando com ele; outros motoristas buzinavam e faziam gestos obscenos, mas ele não se importava.

— Aonde você está indo? — insistiu Chloe.

— Preciso de um carro novo — ele disse. — Algo me diz que é a nossa única chance de sobrevivência.

— Do que você está falando?

— Você não percebe, Chloe? — ele perguntou. — Esta guerra acaba de começar. Ela não vai terminar tão cedo. Será impossível chegar a qualquer lugar num carro comum.

— E o que você vai fazer? Comprar um tanque?

— Eu até faria isso, se não chamasse tanta atenção.

Buck atravessou um campo enorme, depois um estacionamento, e passou por uma grande escola. Atravessou quadras de tênis e campos de futebol, jogando grama e lama para todos os lados, enquanto o carro derrapava. Conforme avançavam, ignorando os sinais de trânsito e cortando curvas, o rádio continuava a relatar caos e mortes no mundo inteiro. Buck esperava que, de alguma forma, estivesse na direção certa. Sua intenção era chegar a Northwest Highway, onde uma série de concessionárias formava um bairro comercial.

Mais uma curva e Buck estava fora do subúrbio, já em Northwest Highway. Lá, viu o que seu repórter de trânsito favorito considerava um "trânsito intenso e lento do tipo, para e anda", ao longo de toda a autoestrada. Mas Buck estava animado, então simplesmente manteve o ritmo. Desviando de motoristas irritados, seguiu pelo acostamento por mais alguns quilômetros até alcançar as concessionárias.

— Bingo! — ele disse.

* * *

Amanda e Rayford se surpreenderam com a postura de Nicolae Carpathia. O jovem elegante, agora com pouco mais de trinta anos de idade, havia sido alçado à liderança do mundo, ao que parece contra a sua vontade, de um dia para o outro. De delegado praticamente desconhecido no congresso do governo romeno, ele tinha passado a presidente daquele país e, então, quase imediatamente, foi eleito secretário-geral das Nações Unidas. Após quase dois anos de paz e uma campanha bem-sucedida para conquistar as massas, passado o caos aterrorizante dos desaparecimentos globais, Carpathia agora enfrentava uma oposição significativa pela primeira vez.

Rayford não sabia o que esperar de seu chefe. Ele se sentiria magoado, ofendido, enfurecido? Aparentemente, nada disso. Carpathia, acompanhado por Leon Fortunato, um bajulador do escritório da Nova Babilônia, que o trouxe até o escritório administrativo por muito tempo inutilizado na antiga Estação Aérea Naval de Glenview, parecia agitado, extasiado.

— Comandante Steele! — Carpathia exclamou. — Al... *hã, An... hã...* senhora Steele! Como é bom vê-los e saber que estão bem!

— Meu nome é Amanda — disse ela.

— Perdão, Amanda — desculpou-se Carpathia, segurando a mão dela com as duas mãos. Rayford percebeu o quanto ela demorou para reagir. — Em meio a toda essa agitação, a senhora entende...

"Agitação", Rayford pensou. "A Terceira Guerra Mundial me parece ser mais do que uma mera agitação."

Os olhos de Carpathia estavam em chamas, e ele esfregou as mãos como se estivesse empolgado com o que estava acontecendo.

— Bem, minha gente — ele disse —, precisamos voltar para casa.

Rayford sabia que Carpathia se referia à Nova Babilônia, à casa onde Hattie Durham o esperava, à suíte 216, ao piso inteiro de escritórios luxuosamente mobiliados no quartel-general extravagante e suntuoso da Comunidade Global. Mesmo com o espaçoso apartamento de dois andares de Rayford e Amanda no mesmo complexo de quatro quarteirões, nenhum dos dois jamais pensaria em referir-se à Nova Babilônia como lar.

Ainda esfregando as mãos como que incapaz de se conter, Carpathia voltou-se para o guarda que segurava o *walkie-talkie*.

— Quais são as novidades?

O oficial uniformizado da Comunidade Global tinha uma escuta e parecia surpreso com o fato de Carpathia dirigir-se diretamente a ele. O homem arrancou a escuta e gaguejou:

— O quê? Quero dizer, perdão, senhor soberano, senhor.

Carpathia fixou os olhos nele.

— Quais são as novidades? O que está acontecendo?

— Ah, nada de diferente, senhor. Muita atividade e destruição em várias das maiores cidades.

Para Rayford parecia que Carpathia estava com dificuldades de produzir uma expressão de pesar.

— Essa atividade está concentrada principalmente no Centro-Oeste e na Costa Leste, correto? — perguntou o soberano.

O guarda indicou que sim.

— E há alguma atividade no Sul — acrescentou ele.

— Praticamente nada na Costa Oeste, então — Carpathia constatou. Era mais uma afirmação do que uma pergunta. Novamente, o guarda confirmou. Rayford imaginava se qualquer pessoa além daquelas que acreditavam ser Carpathia o anticristo teria interpretado a expressão do soberano como um ar de satisfação ou, até mesmo, de prazer.

— E quanto a Dallas/Fort Worth? — Carpathia perguntou.

— O aeroporto sofreu um ataque — o guarda disse. — Apenas uma das pistas principais continua ativa. Nenhum avião está pousando, mas muitos deles estão saindo de lá.

Carpathia olhou para Rayford.

— E o campo de pouso militar próximo de DFW, onde meu piloto recebeu sua certificação para voar com o 777?

— Creio que ainda esteja ativo, senhor — o guarda respondeu.

— Tudo bem, então, ótimo — Carpathia disse. Ele se voltou para Fortunato.

— Tenho certeza de que ninguém sabe nossa localização, mas só para garantir: o que você tem para mim?

O homem abriu uma bolsa de lona que parecia sem propósito a Rayford. Aparentemente, ele tinha juntado alguns resquícios da Força Aérea, os quais serviriam de disfarce para Carpathia. Tirou de lá um boné que não combinava com um enorme sobretudo. Carpathia trocou-se rapidamente e fez sinal para que os outros no escritório se reunissem a sua volta.

— E onde está o piloto do jatinho? — ele perguntou.

— Está esperando do lado de fora, aguardando suas instruções, senhor — disse Fortunato.

Carpathia apontou para o guarda armado.

— Obrigado por seus serviços. Pode retornar ao seu posto com o helicóptero. O senhor Fortunato e o casal Steele vão me acompanhar no voo até outro avião, com o qual o comandante Steele me levará de volta para a Nova Babilônia.

Rayford abriu a boca:

— E esse lugar fica...?

Carpathia levantou a mão para silenciá-lo.

— Não vamos dar ao nosso jovem amigo aqui quaisquer informações que possam comprometê-lo — ele disse, sorrindo para o guarda uniformizado. — Está dispensado.

Enquanto o homem se afastava às pressas, Carpathia dirigiu-se a Rayford em voz baixa:

— O Condor 216 nos espera perto de Dallas. De lá voaremos na direção oeste para ir ao leste, se é que você me entende.

— Nunca ouvi falar desse tal de Condor 216 — Rayford disse. — É improvável que eu esteja qualificado para...

Carpathia o interrompeu:

— Garantiram que você é mais do que qualificado.

— Mas o que é um Condor 2...

— Um híbrido que projetei e batizei pessoalmente — Carpathia disse. — Certamente você não acredita que o que aconteceu aqui tenha sido uma surpresa para mim.

— Estou aprendendo — Rayford disse, lançando um olhar para Amanda, que parecia estar fervendo de raiva.

— Você está aprendendo — Carpathia repetiu com um grande sorriso. — Gosto disso. Venham! Durante a viagem contarei a vocês tudo sobre minha nova e espetacular aeronave.

Fortunato levantou um dedo.

— Senhor, sugiro que nós corramos juntos até o fim da pista e entremos no jato. Os Steele nos seguirão após termos embarcado.

Carpathia apertou o boné sobre o cabelo e seguiu Fortunato, quando o assistente abriu a porta e deu um sinal ao piloto do jato. Imediatamente, o piloto saiu correndo em direção ao Learjet, então Fortunato e Carpathia o seguiram a poucos metros de distância. Rayford colocou um braço ao redor da cintura de Amanda e puxou-a para perto de si.

— Rayford — Amanda disse —, alguma vez em toda a sua vida você já ouviu Nicolae Carpathia tropeçar na língua?

— Tropeçar na língua?

— Gaguejar, tartamudear, ter de repetir uma palavra, esquecer um nome?

Rayford escondeu um sorriso, surpreso diante do fato de conseguir enxergar qualquer humor naquilo que facilmente poderia ser o seu último dia de vida na Terra.

— Além do seu nome, querida?

— Ele fez de propósito, e você sabe disso — ela disse.

Rayford encolheu os ombros.

— Você deve estar certa. Mas por qual motivo?

— Não faço ideia — ela respondeu.

— Amor, não é irônico que se ofenda com um homem que você acredita ser o anticristo?

Amanda olhou para ele.

— O que estou tentando dizer... — ele continuou. — Você ouviu o que disse? Você realmente espera ser tratada com educação e decência pelo homem mais malvado na história do universo?

Amanda balançou a cabeça e desviou o olhar.

— Visto assim — ela murmurou —, suponho que eu esteja sendo sensível demais.

* * *

Buck estava sentado no escritório do vendedor de uma concessionária da Land Rover.

— Você nunca deixa de me surpreender — Chloe sussurrou.

— Nunca fui muito convencional, fui?

— Pois é, e agora suponho que posso enterrar qualquer esperança de, algum dia, levar uma vida normal.

— Eu não preciso de nenhuma desculpa para ser original — ele disse —, mas não vai demorar até que todos, no mundo inteiro, estejam agindo de modo impulsivo.

O vendedor, que esteve ocupado com a papelada e o cálculo do preço, passou os documentos para Buck.

— Então você não dará o Lincoln como entrada, certo?

— Não, o carro é alugado — Buck disse. — Mas vou pedir que você o devolva ao Aeroporto Internacional O'Hare por mim.

Buck olhou para o homem sem se importar com os documentos.

— Isso é bem incomum — o vendedor disse. — Eu teria de enviar dois funcionários e um carro extra para que pudessem voltar.

Buck se levantou.

— Acho que estou pedindo demais. Outra concessionária por certo estará disposta a fazer um esforço extra para me vender um veículo, especialmente não sabendo o que o dia de amanhã trará.

— Sente-se, senhor Williams. Certamente posso convencer o meu gerente a fazer esse pequeno serviço extra. Como pode ver, o senhor sairá daqui com seu Land Rover de tanque cheio dentro de uma hora, pagando menos de 100 mil dólares.

— Consiga em meia hora — Buck disse — e fechamos o negócio.

O vendedor se levantou e estendeu a mão.

— Negócio fechado.

CAPÍTULO 2

O Learjet tinha lugar para seis pessoas. Carpathia e Fortunato, imersos numa conversa, ignoraram Rayford e Amanda quando o casal passou. Os Steele enfiaram-se nos últimos dois assentos e ficaram de mãos dadas. Rayford sabia que esse terror global era algo completamente novo para Amanda. Era novidade até para ele. Nessa escala, então, era inusitado para todos. Amanda agarrou suas mãos com tanta força, que seus dedos ficaram brancos. Ela estava tremendo.

Carpathia virou-se em seu assento para encará-los. Ele estava com aquela expressão de quem tentava não sorrir, o que, diante da atual situação, levava Rayford à loucura.

— Sei que você não foi certificado para este tipo de jatinhos — Carpathia disse —, mas talvez você aprenda algo na cadeira do co-piloto.

Rayford estava muito mais preocupado com o avião que ele pilotaria de Dallas, algo que jamais tinha visto nem ouvido falar. Olhou para Amanda, esperando que ela implorasse para ele ficar, mas ela rapidamente soltou sua mão e sinalizou o consentimento. Rayford se levantou e foi em direção à cabine, separada dos outros assentos por um painel fino. Ele apertou os cintos e se voltou para o piloto com um olhar apologético. O piloto estendeu a mão e disse:

— Chico Hernandez, comandante Steele. Não se preocupe, já fiz as últimas verificações pré-decolagem; realmente não precisarei de ajuda.

— Na verdade, eu não conseguiria ajudar nem se quisesse — Rayford respondeu. — Não piloto nada menor do que um 707 há anos.

— Comparado com o que você costuma pilotar — Hernandez respondeu —, isso parecerá uma moto.

E foi exatamente o que aconteceu. O Learjet chiava e gemia enquanto Hernandez alinhava-o cuidadosamente na pista de decolagem. Eles atingiram a velocidade máxima em segundos e rapidamente levantaram voo, fazendo uma curva fechada para a direita em direção a Dallas.

— Com qual torre você mantém contato? — Rayford perguntou.

— A torre de Glenview está desocupada — Hernandez respondeu.

— Percebi.

— Informarei algumas torres ao longo do caminho. A meteorologia afirma que o céu estará claro até o destino, e a inteligência da Comunidade Global não observou nenhum avião inimigo entre decolagem e pouso.

"Aviões inimigos", Rayford pensou. "Que maneira interessante de se referir às forças milicianas americanas." Ele se lembrava de não ter gostado das milícias, pois não as entendia, acreditando que se tratava de criminosos. Mas isso foi na época em que o governo norte-americano também era seu inimigo. Agora, as milícias eram aliadas do presidente destituído dos Estados Unidos, Gerald Fitzhugh, e o inimigo das milícias era o inimigo de Rayford — ou seja, seu chefe. Rayford não fazia ideia de onde vinha Hernandez, não conhecia sua origem, não sabia se ele simpatizava com Carpathia ou se tinha sido pressionado a servi-lo, como ele próprio. Rayford colocou os fones de ouvido e encontrou os controles que lhe permitiriam falar com o piloto sem que os outros ouvissem.

— Este é o seu primeiro-oficial de mentirinha — ele disse com voz mansa. — Você me ouve?

— Alto e claro, "copiloto" — Hernandez respondeu. E, como se estivesse lendo a mente de Rayford, Hernandez acrescentou:

— Este canal é seguro.

Para Rayford, isso significava que ninguém além deles, dentro ou fora do avião, conseguiria ouvir sua conversa. Fazia sentido. Mas por que Hernandez havia dito isso? Ele tinha percebido que Rayford queria conversar? E com quanta liberdade Rayford conseguiria conversar com um estranho? O mero fato de ambos serem pilotos não indicava que ele poderia revelar sua alma a esse homem.

— Estou curioso para saber do Global Community One — Rayford disse.

— Você não soube? — Hernandez perguntou.

— Negativo.

Hernandez virou rapidamente a cabeça para lançar um olhar em Carpathia e Fortunato. Rayford preferiu não se virar, a fim de não levantar suspeitas. Aparentemente, Hernandez viu que Carpathia e Fortunato continuavam imersos em sua conversa, pois ele contou a Rayford tudo o que sabia sobre o antigo avião de Rayford.

— Creio que o soberano teria contado pessoalmente a você se tivesse tido a chance — Hernandez disse. — Não temos notícias boas de Nova York.

— Eu soube disso — Rayford disse. — Mas não tive notícias sobre a extensão dos danos sofridos pelos aeroportos principais.

— Pelo que entendi, a destruição é total. Sabemos com certeza que o hangar em que o Global Community One se encontrava foi praticamente vaporizado.

— E o piloto?

— Earl Halliday? Ele tinha sumido dali muito antes do ataque.

— Então está seguro? — Rayford perguntou. — Que alívio! Você o conhece?

— Não pessoalmente — Hernandez disse. — Mas ouvi muito sobre ele nas últimas semanas.

— De Carpathia? — Rayford perguntou.

— Não. Da delegação norte-americana à Comunidade Global.

Rayford estava perdido, mas não quis admitir. Por que a delegação norte-americana estaria falando sobre Earl Halliday? Carpathia tinha pedido a Rayford que encontrasse alguém capaz de levar o Global Community One até Nova York enquanto Rayford e Amanda estariam passando curtas férias em Chicago. Carpathia passaria alguns dias confundindo a imprensa e os insurgentes (o presidente Fitzhugh e vários grupos milicianos norte-americanos), ignorando seu itinerário publicado e sendo levado de um lugar para outro.

Quando a milícia atacou e a Comunidade Global retaliou, Rayford acreditou que pelo menos o momento do ataque tinha sido uma surpresa para o soberano. Acreditou também que escolher seu velho amigo e chefe na Companhia Aérea Pancontinental para pilotar o 777 vazio até Nova York faria pouca diferença para ele. Parece, contudo, que Carpathia e a delegação norte-americana sabiam exatamente quem ele escolheria. Qual era o sentido disso? E como Halliday soube que precisava sair de Nova York a tempo de escapar da morte?

— Onde Halliday está agora? — Rayford perguntou.

— Você o encontrará em Dallas.

Rayford apertou os olhos, tentando processar tudo.

— É mesmo?

— Quem você acha que explicará a nova aeronave para você?

Quando Carpathia disse a Rayford que ele poderia aprender algumas coisas sentando-se na cadeira do copiloto, Rayford não imaginava que isso abarcaria mais do que alguns detalhes interessantes sobre esse veloz jatinho.

— Deixe-me ver se entendi tudo — ele disse. — Earl Halliday sabia do avião novo e está familiarizado com ele a ponto de poder me ensinar a pilotá-lo?

Hernandez sorriu, enquanto observava o horizonte e manobrava o Learjet.

— Earl Halliday praticamente construiu o Condor 216. Ajudou a projetá-lo. Foi ele quem garantiu que qualquer piloto certificado para conduzir um 777 seria capaz de pilotá-lo, apesar de ser muito maior e mais sofisticado do que o Global Community One.

Rayford notou uma emoção irônica surgir dentro de si. Ele odiava Carpathia e sabia exatamente quem o soberano era. Mas tão estranho quanto a mágoa de sua esposa diante da insistência de Carpathia em errar seu nome era o sentimento que Rayford constatou em si mesmo: ele se sentiu excluído.

— Por que não fui informado sobre o avião novo, já que serei seu piloto? — ele perguntou.

— Não sei dizer com certeza — Hernandez respondeu —, mas você sabe que o soberano tende a ser muito desconfiado, muito cauteloso e muito calculista.

"E eu não sei?", Rayford pensou. "Tramas e intrigas são bem a cara dele."

— Supostamente, então, ele não confia em mim.

— Acho que ele não confia em ninguém — replicou Hernandez. — Se eu estivesse no lugar dele, também não confiaria. E você?

— E eu o quê?

— Você confiaria em alguém se fosse Carpathia? — Hernandez repetiu.

Rayford não respondeu.

* * *

— Você não sente como se tivesse acabado de gastar o dinheiro do diabo? — Chloe perguntou a Buck enquanto ele manobrava o lindo e novo Range Rover, cor de terra, para fora da concessionária, inserindo o veículo com todo o cuidado no trânsito.

— Eu sei que acabei de fazer isso — Buck disse. — E o anticristo nunca fez investimento melhor na causa de Deus.

— Você realmente acredita que gastar quase 100 mil dólares num brinquedo desses é um investimento na causa de Deus?

— Chloe — Buck disse com cautela, — olhe para este carro. Ele tem tudo. Consegue ir para qualquer lugar. É indestrutível. Vem equipado com telefone via satélite e com rádio CB. Tem extintor de incêndio, *kit* de sobrevivência, sinalizadores, tudo que você possa imaginar. Tem tração 4x4, tração integral, suspensão independente, um CD *player* que reproduz aquela mídia nova de duas polegadas, tomadas elétricas, qualquer coisa.

— Mas, Buck, você usou o cartão de crédito do *Semanário* como se fosse seu. Qual é o limite que você tem nessa coisa?

— A maioria dos cartões que Carpathia emite tem um limite de 250 mil dólares — Buck disse. — Mas os cartões dos funcionários seniores, como eu, vêm com um código especial. Eles são ilimitados.

— Literalmente ilimitados?

— Você não viu os olhos do vendedor quando ele deu aquele telefonema para o banco?

— Tudo que vi — Chloe respondeu — foi um sorriso e um negócio fechado.

— Aí está.

— Mas ninguém precisa aprovar aquisições desse tipo?

— Eu presto contas diretamente ao Carpathia. Ele pode querer saber por que eu comprei um Range Rover. Mas não será difícil explicar, em vista da perda do nosso apartamento, dos nossos veículos e da necessidade de conseguir chegar a qualquer lugar.

Mais uma vez, Buck logo perdeu a paciência com o trânsito. Dessa vez, quando saiu da estrada e passou por valas, barrancos, canteiros, becos e jardins, a viagem não foi agradável, mas foi segura e resoluta. O carro era feito para esse tipo de corrida.

— E veja o que mais esse bebê tem — Buck acrescentou. — Você pode alternar transmissão automática e manual.

Chloe inclinou-se para inspecionar o piso do automóvel.

— E o que você faz com a embreagem quando estiver em modo automático?

— Você a ignora — Buck explicou. — Já dirigiu um carro com câmbio manual?

— Um amigo na faculdade tinha um pequeno carro esportivo importado com transmissão manual — ela disse. — Eu amava aquele carro.

— Quer dirigir?

— Por nada neste mundo. Pelo menos não agora. Só quero chegar à igreja.

* * *

— Mais alguma coisa que eu deva saber sobre o que nos espera em Dallas? — Rayford perguntou a Hernandez.

— Você vai transportar muitos VIPs de volta ao Iraque — Hernandez respondeu. — Mas isso não é novidade para você, é?

— Não. Temo que ser piloto de gente importante já tenha perdido seu brilho.

— Bem, não sei se isso ajuda, mas eu o invejo.

Rayford ficou sem palavras. Aqui estava ele, um daqueles que Bruce chamava de santos da tribulação, um seguidor de Cristo durante o período mais aterrorizante da história humana, servindo ao próprio anticristo contra a sua vontade e pondo em risco a vida de sua esposa, sua filha, seu genro e a sua própria. Mesmo assim, era um homem invejado.

— Não me inveje, comandante Hernandez. Faça o que quiser, mas não me inveje.

* * *

Já perto da igreja, jardins cheios de pessoas chamaram a atenção de Buck. Elas olhavam para o céu e ouviam rádios e TVs que soavam de dentro das casas. Buck ficou surpreso ao ver apenas um carro no estacionamento da Igreja Nova Esperança. Ele pertencia a Loretta, assistente de Bruce.

— Não estou ansiosa para entrar ali — Chloe disse.

— Nem eu — Buck concordou.

Eles encontraram a mulher, agora já com quase setenta anos de idade, sentada na antessala do gabinete, com os olhos fixos na TV. Dois lenços amassados estavam em seu colo, e os dedos ossudos baralhavam um terceiro. Seus óculos de leitura apoiavam-se na ponta do nariz, e ela olhava por cima deles para a televisão. Não olhou na direção de Buck e Chloe quando entraram, mas logo ficou claro que ela sabia que os dois estavam ali. Bruce ouvia a impressora cuspir página após página no gabinete.

Em sua juventude, Loretta tinha sido uma linda mulher do sul. Agora, estava sentada ali, fungando e com os olhos vermelhos, enquanto seus dedos amassavam aquele lenço como que criando alguma obra de arte. Buck olhou para a televisão, que mostrava a imagem do Hospital Comunitário de Northwest bombardeado gravada por um helicóptero.

— As pessoas têm ligado — começou Loretta. — Não sei o que dizer a elas. Ele não pode ter sobrevivido a isso, pode? O pastor Bruce? Ele não pode estar vivo, pode? Vocês o viram?

— Nós não o vimos — Chloe respondeu cuidadosamente, agachando-se ao lado da mulher idosa. — Mas meu pai o viu.

Loretta voltou-se rapidamente para ela.

— O senhor Steele o viu? Ele está bem?

Chloe balançou a cabeça.

— Eu sinto muito, senhora, mas não. Bruce se foi.

Loretta baixou o queixo até o peito. As lágrimas se acumularam em seus óculos. Com voz rouca, ela disse:

— Por favor, desliguem isso, então. Eu estava orando e esperando ver alguma imagem do pastor Bruce. Mas, se ele estiver sob aqueles lençóis, eu não preciso ver.

Buck desligou a TV enquanto Chloe abraçava a idosa. Loretta desabou soluçando:

— Aquele rapaz era como uma família para mim.

— Nós sabemos — disse Chloe, que também chorava agora. — Ele era família para nós também.

Loretta se ergueu para olhar Chloe.

— Mas ele era minha *única* família. Vocês conhecem a minha história...

— Sim, minha senhora...

— Sabem que perdi todos.

— Sim, nós sabemos.

— Perdi *todos*. Perdi cada parente que tinha. Mais de cem. Eu vinha de uma das famílias mais devotas e espirituais que uma mulher poderia ter. Eu era considerada uma coluna desta igreja. Participava de tudo, era uma mulher da igreja. Só nunca conheci o Senhor de verdade.

Chloe abraçou-a e chorou com ela.

— Aquele jovem ensinou-me tudo — Loretta continuou. — Em dois anos, ele me ensinou mais do que eu tinha aprendido em sessenta e poucos anos de cultos e escola dominical. Não estou culpando ninguém além de mim mesma. Eu era espiritualmente cega e surda. Meu pai tinha falecido antes, mas eu perdi a mamãe, todos os meus seis irmãos e irmãs, todos os seus filhos, também os maridos e as esposas dos filhos. Perdi meus próprios filhos e netos. Todos! Se alguém tivesse feito uma lista das pessoas nessa igreja que iriam para o céu quando morressem, eu estaria no topo dela, logo abaixo do pastor.

Isso foi tão doloroso para Buck quanto parecia ser para Chloe e Loretta. Ele choraria a perda do seu jeito e no tempo dele, mas, no momento, não queria falar sobre a tragédia.

— O que a senhora está imprimindo no gabinete? — ele perguntou.

Loretta limpou a garganta.

— Coisas do Bruce, é claro — ela conseguiu dizer.

— O que é?

— Bem, sabe, quando ele voltou daquela grande viagem de estudo na Indonésia, estava com algum tipo de vírus ou algo assim. Um dos homens o levou ao hospital com tanta pressa, que Bruce deixou seu *notebook* aqui. Vocês sabem que ele sempre carregava essa coisa para onde quer que fosse.

— Sim, eu sei — Chloe disse.

— Logo que se instalou no hospital, ele me ligou. Pediu que eu levasse o *notebook* para ele assim que possível. Eu teria feito qualquer coisa pelo Bruce, é claro. Já estava à porta quando o telefone tocou de novo. Bruce disse que ele seria levado da emergência diretamente para a UTI e que, por isso, não poderia receber visitas por algum tempo. Creio que ele teve um pressentimento.

— Um pressentimento — Buck perguntou.

— Acho que ele sabia que poderia morrer — Loretta disse. — Instruiu-me a manter contato com o hospital para saber quando ele poderia receber visitas. Bruce gostava de mim, mas eu sei que ele queria aquele *notebook* muito mais do que queria me ver.

— Não tenho tanta certeza disso — Chloe replicou. — Ele a amava como a uma mãe.

— Eu sei que isso é verdade — Loretta argumentou. — Ele me disse várias vezes. Em todo caso, Bruce pediu que eu imprimisse tudo que estava no computador, sabe, tudo, menos aquilo que ele chamava de arquivos de programas e tal.

— O quê? — Chloe perguntou. — Seus próprios estudos bíblicos e as anotações de sermões, coisas assim?

— Acho que sim — Loretta disse. — Ele falou que precisaria de muito papel. Achei que ele se referia a uma resma ou algo do tipo.

— Você precisou de mais do que isso? — Buck perguntou.

— Ah, sim, senhor, muito mais. Fiquei alimentando a máquina a cada duzentas páginas, por aí, até gastar duas resmas. Morro de medo desses computadores, mas Bruce me explicou como imprimir todos os arquivos cujos nomes começavam com suas iniciais. Ele me disse que, se eu simplesmente digitasse "Print BB*.*", a máquina imprimiria tudo. Espero ter feito a coisa certa. São mais impressões do que ele poderia desejar. Acho que simplesmente deveria desligá-la agora.

— Você está imprimindo a terceira resma agora? — Chloe perguntou.

— Não. Donny me deu uma ajudinha.

— O rapaz da companhia telefônica? — Buck perguntou.

— Ah, Donny Moore é muito mais do que apenas o cara da companhia telefônica — Loretta disse. — Não existe praticamente nada no mundo eletrônico que ele não consiga consertar ou melhorar. Ele me mostrou como usar aquelas velhas caixas de papel contínuo com nossa impressora a *laser*. Simplesmente pegou uma das caixas e enfiou o papel na entrada da impressora, então o papel sai do outro lado, de modo que não preciso ficar alimentando a máquina.

— Não sabia que el tinha esses conhecimentos — Buck disse.

— Nem eu — Loretta respondeu. — Donny sabe muitas coisas que eu não sei. Ele disse que nossa impressora é bastante nova e sofisticada e que ela deveria imprimir por volta de uma página por segundo.

— E você vem fazendo isso desde quando? — Chloe perguntou.

— Desde que conversei com Bruce no hospital esta manhã. Creio que houve um intervalo de cinco ou dez minutos depois daquelas duas primeiras resmas e antes da ajuda do Donny com aquela grande caixa de papel.

Buck entrou no escritório e, observou como a impressora puxava para o interior de suas entranhas página após página, cuspindo-as num monte que já ameaçava tombar. Arrumou a pilha de papéis e ficou olhando para a caixa. As duas primeiras resmas de material impresso, com espaçamento simples entre as linhas, estavam perfeitamente arrumadas sobre a escrivaninha de Bruce. A velha caixa de papel, coisa que Buck não tinha visto em anos, dizia conter 5 mil folhas. Buck estimou que a impressora já havia gastado uns 80% da caixa. Certamente era algum erro; Bruce não poderia ter produzido mais de 5 mil páginas de anotações. Talvez tenha ocorrido alguma falha, então Loretta deve ter imprimido tudo, inclusive arquivos de programas, Bíblias e concordâncias, dicionários e afins.

Mas não houve nenhuma falha. Buck folheou a primeira resma, depois a segunda, à procura de algo que não fosse uma anotação de Bruce. Cada página que Buck olhava de relance continha escritos pessoais de Bruce, incluindo seus comentários sobre passagens bíblicas, anotações para pregações, pensamentos devocionais e cartas a amigos, parentes e homens da igreja no mundo inteiro. De início, Buck sentiu-se culpado, como se estivesse invadindo a privacidade do amigo. No entanto, por que Bruce insistiria tanto com Loretta para que ela imprimisse tudo isso? Ele temia que pudesse morrer? Quis deixar o material para que eles o usassem?

Buck inclinou-se sobre a pilha de papéis contínuos, a qual crescia rapidamente. Ele a pegou do chão, deixando as folhas caírem diante de seus olhos, uma a uma. E, novamente, páginas e mais páginas de escritos em espaçamento simples, todos de Bruce. Ele precisaria ter escrito várias páginas por dia durante dois anos.

Quando Buck voltou para a antessala, Loretta repetiu:

— Deveríamos desligar a impressora e jogar tudo fora. Ele não precisa mais de todo esse papel.

Chloe agora estava sentada numa cadeira. Parecia exausta. Era a vez de Buck agachar-se na frente de Loretta. Ele colocou as mãos nos ombros dela e disse com voz séria:

— Loretta, você ainda pode servir ao Senhor servindo ao Bruce.

Ela protestou, mas Buck continuou:

— Ele se foi, sim, mas podemos ficar alegres porque ele está com a família agora.

Loretta apertou os lábios e baixou a cabeça. Buck continuou:

— Preciso de sua ajuda num projeto enorme. Temos uma mina de ouro naquele gabinete. Eu só dei uma bisbilhotada naquelas páginas, mas foi suficiente para ver que Bruce continua conosco. Seu conhecimento, seu ensino, seu amor e sua compaixão, tudo está ali. O melhor que podemos fazer para esse pequeno rebanho que perdeu seu pastor é reproduzir essas páginas. Não sei o que este lugar faria por um pastor ou mestre, mas, até lá, as pessoas precisam ter acesso ao que Bruce escreveu. Talvez elas tenham ouvido essas palavras em suas pregações ou de alguma outra forma. Mas isso é um tesouro do qual todos precisam.

Chloe o interrompeu:

— Buck, você não deveria, antes de mais nada, tentar editar esse material e transformá-lo em algum tipo de livro?

— Eu vou dar uma olhada, mas existe certa beleza em simplesmente reproduzi-lo do jeito que está. Isso é o Bruce improvisado, imerso em seus estudos, escrevendo a irmãos em Cristo, a amigos e a entes queridos, escrevendo para si mesmo. Acho que Loretta deveria levar todas essas páginas a uma loja de impressão e começar a reproduzi-las. Precisaremos de mil cópias de tudo isso, impressas nos dois lados do papel e com encadernação simples.

— Custará uma fortuna — Loretta replicou.

— Não se preocupe com isso — Buck disse. — Não consigo imaginar um investimento melhor.

* * *

Quando o Learjet iniciou sua descida para Dallas/Fort Worth, Fortunato entrou na cabine e agachou-se entre Hernandez e Rayford. Cada um deles tirou o fone do ouvido mais próximo do assistente de Carpathia.

— Estão com fome? — ele perguntou.

Rayford nem tinha pensado em comida. Pelo que sabia, o mundo estava explodindo e ninguém sobreviveria a essa guerra. Mas bastou que alguém falasse em fome para perceber que estava faminto. E pensou que Amanda também devia estar. Ela não comia muito, e várias vezes ele precisava lembrá-la de comer algo.

—- Eu estou — Hernandez disse. — Na verdade, estou com muita fome.

— O soberano Carpathia quer que você contate a torre de DFW e peça que preparem algo gostoso para nós.

De repente, Hernandez parecia entrar em pânico:

— O que ele quer dizer com "algo gostoso"?

— Tenho certeza de que você arranjará algo apropriado, comandante Hernandez.

Fortunato saiu da cabine, e Hernandez revirou os olhos para Rayford.

— Torre DFW, Global Community Three chamando, câmbio.

Rayford olhou para trás, enquanto Fortunato voltava para o assento. Carpathia tinha girado a poltrona e se encontrava numa conversa profunda com Amanda.

* * *

Chloe ajudou Loretta a escrever uma breve declaração, de duas linhas, que seria transmitida aos seis nomes no topo da lista da corrente de oração. Cada um ligaria para outros, que ligariam para outros, e a notícia se espalharia rapidamente pelo corpo da Igreja Nova Esperança. Enquanto isso, Buck gravou uma mensagem sucinta na secretária eletrônica, dizendo simplesmente:

— A notícia trágica da morte do pastor Bruce é verdadeira. O presbítero Rayford Steele o viu e acredita que ele pode ter morrido antes de qualquer bomba atingir o hospital. Por favor, não venham para a igreja, pois não haverá reuniões, cultos, nem novos pronunciamentos até domingo no horário regular.

Buck desligou o telefone e direcionou todas as chamadas para a secretária eletrônica, que logo começou a reproduzir sua mensagem em intervalos cada vez mais curtos, à medida que um número cada vez maior de membros da igreja ligava para obter uma confirmação. Buck sabia que o culto do domingo de manhã estaria lotado.

Chloe concordou em levar Loretta para casa e garantir que ela ficasse bem, enquanto Buck ligava para Donny Moore.

— Donny — Buck disse —, preciso de seu conselho, e preciso dele agora mesmo.

— Senhor Williams — veio a voz em *staccato*, característica de Donny —, conselho é meu segundo nome. E, como você sabe, eu trabalho em casa. Posso ir até o senhor, ou o senhor pode vir para cá. Podemos conversar quando quiser.

— Eu agradeceria se pudesse me encontrar na igreja.

— Estarei aí num instante, senhor Williams, mas poderia dizer algo primeiro? Loretta tirou os telefones do gancho por um tempinho?

— Sim, creio que sim. Ela não tinha resposta para as pessoas que estavam ligando para saber do pastor Bruce. Sem nada a dizer, ela simplesmente desligou os telefones.

— Isso é um alívio — Donny disse. — Eu instalei um novo sistema algumas semanas atrás, e espero que não tenha havido falhas. Falando nisso, como está o pastor Bruce?

— Eu contarei tudo quando você estiver aqui, Donny, ok?

* * *

Rayford viu nuvens carregadas sobre o aeroporto comercial de Dallas/Fort Worth e pensou nas muitas vezes em que pousou um avião naquelas longas pistas. Quanto tempo levaria para reconstruir tudo? O comandante Hernandez guiou o Learjet até uma pista de pouso militar próxima, a mesma que Rayford tinha visitado tão recentemente. Ele não viu nenhum outro avião no chão. Evidentemente, alguém tinha removido todas as aeronaves para impedir que a pista se transformasse em alvo.

Hernandez pousou o Learjet tão suavemente quanto um homem pode pousar um avião tão pequeno, e eles seguiram de imediato até o fim da pista e diretamente para o interior de um grande hangar. Rayford ficou surpreso ao ver que o restante do hangar estava vazio. Hernandez desligou as turbinas, e eles desembarcaram. Assim que Carpathia conseguiu arrumar algum espaço, voltou a vestir seu disfarce. Ele sussurrou algo no ouvido de Fortunato, que perguntou a Hernandez onde encontrariam a comida.

— No hangar três — Hernandez respondeu. — Nós estamos no hangar número um. O avião está no hangar quatro.

O disfarce mostrou-se desnecessário. Não havia muito espaço entre os hangares, e o pequeno contingente passou rapidamente pelas portas nas laterais dos galpões.

Os hangares dois e três também estavam vazios, com exceção de algumas mesas lotadas de comida perto da porta que levava ao hangar quatro.

Eles se aproximaram das mesas, e Carpathia voltou-se para Rayford.

— Diga adeus ao comandante Hernandez — disse ele. — Depois de comer, ele estará aos meus serviços perto do antigo prédio da Agência de Segurança Nacional, em Maryland. É improvável que você volte a vê-lo. Ele só pilota as naves pequenas.

Tudo o que Rayford podia fazer era não virar as costas. Por que ele se importaria? Tinha acabado de conhecer o homem. Por que era tão importante para Carpathia mantê-lo informado sobre o seu pessoal? Ele não tinha contado a Rayford sobre a participação de Earl Halliday no desenvolvimento do novo avião, não tinha dito que precisaria de um avião novo, tampouco tinha pedido a opinião de Rayford sobre o avião que ele pilotaria. Rayford jamais compreenderia esse homem.

Rayford devorou a comida e tentou encorajar Amanda a comer mais do que de costume. Ela não quis. Quando o grupo passou para o último hangar, Rayford ouviu o barulho característico do Learjet e percebeu que Hernandez já tinha decolado. Também observou com interesse que Fortunato desapareceu assim que entraram no hangar número quatro. Lá, numa fila perfeita, estavam quatro dos dez embaixadores internacionais que representavam regiões e populações imensas e que prestavam contas diretamente a Carpathia. Rayford não fazia ideia de onde eles tinham saído ou como tinham chegado ali. Só sabia que seu trabalho era levá-los à Nova Babilônia para reuniões emergenciais diante da irrupção da Terceira Guerra Mundial.

No final da fila estava Earl Halliday, em posição firme e com os olhos fixados num ponto à sua frente. Carpathia apertou a mão de cada um dos embaixadores e ignorou Halliday, que parecia não ter esperado outra coisa. Rayford caminhou diretamente até ele e estendeu a mão. Halliday ignorou-a e murmurou:

— Fique longe de mim, Steele, seu canalha!

— Earl!

— Estou falando sério, Rayford. Eu tenho de atualizá-lo sobre esse avião, mas não preciso fazer de conta que gosto disso.

Rayford recuou, sentindo-se incomodado, e procurou Amanda, que tinha ficado a sós e parecia perdida.

— Rayford, o que Earl está fazendo aqui? — ela perguntou.

— Eu conto mais tarde. Ele não está feliz, disso eu sei. Sobre o que você e Carpathia estavam conversando no avião?

— Ele queria saber o que eu desejava comer. Que sujeito!

Dois assistentes da Nova Babilônia apareceram e saudaram Carpathia com abraços. Um deles sinalizou a Earl e a Rayford que o acompanhassem até um lugar no hangar o mais distante possível do Condor 216. Rayford tinha evitado olhar a aeronave monstruosa. Apesar de estar na frente do portão que abriria para a pista e a mais de cinquenta metros de distância de onde eles estavam, o Condor dominava o hangar. Bastou um olhar para Rayford saber que o avião havia sido desenvolvido durante anos, não meses. Era claramente o maior avião civil que ele já tinha visto, e sua pintura era de um branco tão brilhante, que a aeronave parecia desaparecer no fundo das paredes claras do hangar mal iluminado. Ele podia imaginar como seria difícil detectá-lo no céu.

O assistente de Carpathia, vestido exatamente como ele, de terno preto elegante, camisa branca e gravata vermelha com um alfinete dourado, aproximou-se de Rayford e Earl e disse em tom sério:

— O soberano Carpathia gostaria de decolar o mais rápido possível. Vocês podem dar uma estimativa do horário de partida?

— Eu nunca vi esse avião — Rayford disse — e não faço ideia...

— Rayford — Earl o interrompeu —, eu garanto que você consegue pilotar esse avião dentro de meia hora. Eu o conheço; conheço aviões. Confie em mim.

— Bem, isso tudo é muito interessante, Earl, mas não prometerei nada antes de você me explicar tudo.

O clone de Carpathia voltou-se para Halliday.

— Você estaria disponível para pilotar esse avião, pelo menos até Steele sentir-se...

— Não, senhor, absolutamente não! — Halliday disse. — Apenas me dê o Steele por meia hora e depois me deixe voltar para Chicago.

* * *

Donny Moore conversava muito, demais para o gosto de Buck. Mas ele decidiu que fingir interesse era um preço baixo pela perícia do homem.

— Então, você é um especialista em sistemas telefônicos, mas vende computadores...

— Basicamente, correto, sim, senhor. Consigo dobrar minha renda dessa forma. Tenho o bagageiro cheio de catálogos.

— Eu gostaria de vê-los — Buck pediu.

Donny sorriu.

— Eu suspeitava disso.

Ele abriu sua pasta e retirou uma pilha; ao que parecia, um catálogo com cada fabricante que ele representava. Colocou seis deles na mesinha de centro, na frente de Buck.

— Uau! — Buck disse. — Vejo que a escolha não será fácil. Por que eu não lhe digo o que estou procurando, e você me diz se consegue entregar?

— Eu posso dizer desde já que consigo entregar — Donny afirmou. — Na semana passada, vendi trinta ultraportáteis com mais potência do que qualquer *desktop*, e...

— Um momento, Donny — Buck o interrompeu. — Você também ouviu que a impressora parou?

— Com certeza. Ela acabou de parar. Ou acabou o papel, ou a tinta, ou conseguiu terminar o serviço que estava fazendo. Fui eu quem vendeu essa máquina ao Bruce. De primeira linha! Imprime em papel regular, papel contínuo, o que você quiser.

— Só me deixe verificar — Buck disse.

Ele se levantou e lançou um olhar ao escritório. A tela do *notebook* de Bruce já estava desligada. Nenhuma luz de alerta na impressora avisava falta de papel ou de tinta. Buck apertou um botão no computador, e a tela voltou à vida. Ela indicou que a impressão havia finalmente acabado. Segundo a estimativa de Buck, restavam mais ou menos cem folhas na caixa de 5 mil folhas que Loretta havia conectado à impressora. "Que tesouro!", Buck pensou.

— Quando o Bruce estará de volta? — Buck ouviu Donny perguntar na antessala.

* * *

Rayford e Earl entraram no Condor sozinhos. Earl levou um dedo à boca, e Rayford supôs que ele estava procurando escutas. Earl verificou cuidadosamente o interfone antes de falar.

— Nunca se sabe — ele disse.

— Nem me fale — Rayford respondeu.

— Então fale você, Rayford!

— Earl, estou tateando no escuro tanto quanto você. Eu nem sabia que você estava envolvido nesse projeto. Não fazia ideia de que você estava trabalhando para o Carpathia. Você sabia que eu trabalho para ele. Por que, então, não me disse nada?

— Eu não estou trabalhando para o Carpathia, Rayford. Fui obrigado a isso. Continuo sendo um piloto chefe da Pancontinental em O'Hare, mas quando a obrigação chama...

— Por que Carpathia não me disse que sabia de você? — Rayford perguntou. — Ele me pediu que indicasse alguém para levar o Global Community One até Nova York. Não sabia que eu escolheria você.

— Ele deve ter sabido — Earl disse. — Quem, além de mim, você escolheria? Pediram que eu ajudasse a projetar este avião, e achei que seria divertido testá-lo um pouco. Então, pediram que levasse o avião original para Nova York. Já que o pedido veio de você, eu me senti lisonjeado e honrado. Mas foi apenas quando pousei, e percebi que o avião e eu éramos alvos, que saí de Nova York e voltei para Chicago o mais rápido possível. Nunca cheguei a Chicago. Enquanto estava no ar, o pessoal do Carpathia me disse que eles precisavam de mim em Dallas para apresentar este avião a você.

— Não estou entendendo nada — Rayford comentou.

— Bem, também não sei muita coisa — Earl disse. — Mas é evidente que Carpathia esperava que minha ida a Nova York e minha morte parecessem ser uma decisão sua, não dele.

— Por que ele desejaria sua morte?

— Talvez eu saiba demais.

— Eu levei Carpathia para lugares no mundo inteiro — Rayford disse. — Devo saber mais do que você; mesmo assim, não sinto que ele esteja pensando em acabar comigo.

— Apenas fique atento, Rayford. Ouvi o bastante para saber que isso não é o que parece e que esse homem não se preocupa com o que é melhor para este mundo.

"Esse é o maior eufemismo de todos os tempos", Rayford pensou.

— Não sei como você conseguiu me envolver nisso, Rayford, mas...

— Eu envolvi você nisso? Earl, que memória curta! Foi você que me encorajou a ser piloto da Air Force One. Eu não estava atrás desse emprego e, certamente, jamais imaginei que ele se transformaria nisso.

— Pilotar o Air Force One era uma missão de primeira — Earl disse —, não importa se você reconhecia isso na época ou não. Como eu poderia saber que a missão daria nisso?

— Vamos parar de culpar um ao outro e decidir o que fazer agora?

— Ray, eu explicarei este avião, mas, depois, acredito que serei um homem morto. Você diria à minha esposa que...

— Earl, o que você está dizendo? Por que acredita que não conseguirá voltar para Chicago?

— Não faço ideia, Ray. Tudo que sei é que eu deveria estar em Nova York com aquele avião quando ele foi destruído. Eu não me vejo como ameaça à administração de Carpathia, mas, se tivessem o mínimo de preocupação comigo, eles me tirariam de Nova York antes de eu perceber que precisava sair dali com urgência.

— Você não consegue algum tipo de transferência emergencial para DFW? Eles devem estar precisando desesperadamente de pessoal da Pancontinental naquele aeroporto, diante de tudo que está acontecendo.

— O pessoal de Carpathia organizou para mim um voo até Chicago. Sinto apenas que não estou seguro.

— Diga a eles que você não está recusando a oferta, apenas tem muito trabalho a fazer em DFW.

— Vou tentar. Enquanto isso, deixe-me mostrar o avião. E, Ray, como velho amigo meu, prometa que, se alguma coisa acontecer comigo, você...

— Nada vai acontecer com você, Earl. Mas, de todo jeito, manterei contato com sua esposa.

* * *

Donny Moore calou-se diante da notícia trágica. Ficou sentado, de olhos arregalados, incapaz de formular palavras. Buck ocupou-se folheando os catálogos. Ele não conseguia concentrar-se. Sabia que mais perguntas viriam, mas não tinha ideia do que dizer a Donny. E ele precisava da ajuda desse homem.

Quando Donny falou, sua voz estava rouca de emoção.

— O que acontecerá com a igreja?

— Eu sei que soará como um clichê — Buck respondeu —, mas acredito que Deus proverá.

— Como Deus proverá alguém como o pastor Bruce?

— Eu sei o que você quer dizer, Donny. Quem quer que seja, não será outro pastor Bruce. Ele era único.

— Ainda não consigo acreditar — Donny disse. — Mas acho que eu não deveria ficar surpreso com mais nada.

* * *

Rayford estava sentado em frente aos controles do Condor 216.

— O que devo fazer para conseguir um primeiro-oficial? — perguntou a Earl.

— Alguém de uma das outras companhias aéreas está a caminho. Ele o acompanhará até São Francisco. Lá, McCullum vai encontrá-lo.

— McCullum? Ele foi meu copiloto no voo de Nova Babilônia para Washington, Earl. Quando segui para Chicago, ele deveria voltar ao Iraque.

— Só sei o que me contaram, Rayford.

— E por que estamos voando para o oeste para chegar ao leste, como Carpathia disse?

— Não faço ideia do que esteja acontecendo aqui, Rayford. Tudo isso é novidade para mim. Talvez você saiba melhor do que eu. Fato é que a maior parte da guerra e da devastação parece estar acontecendo ao leste do Mississipi. Percebe? É como se tivesse sido planejado. Este avião foi projetado e construído aqui em Dallas, não em DFW, onde poderia ter sido destruído. E ficou pronto exatamente quando precisavam dele. Como pode ver, ele tem os controles de um 777, só que é um avião muito maior. Se você consegue pilotar um 777, consegue voar nesta coisa. Precisa apenas se acostumar com o tamanho. As pessoas de quem você precisa estão onde você precisa que estejam, na hora em que você precisa delas. Tente entender, garoto. Nada disso parece ser uma surpresa para Carpathia, parece?

Rayford não sabia o que dizer. Não demorou para cair a ficha.

Halliday continuou:

— Você voará em linha reta de Dallas para São Francisco, e suspeito que não verá nenhuma devastação lá de cima e também não sofrerá ataques voando naquela direção. Pode até existir alguma milícia que adoraria disparar foguetes em Carpathia, mas pouquíssimas pessoas sabem que ele está indo nessa direção. Então, fará uma rápida escala em São Francisco somente para livrar-se desse copiloto e receber a bordo o copiloto que você conhece.

* * *

Buck tocou o braço de Donny, como que para despertá-lo do sono. Donny olhou para ele sem expressão no rosto.

— Senhor Williams, tudo isso já vinha sendo muito difícil com o pastor Bruce. Não sei o que faremos agora.

— Donny — Buck disse em tom sério —, você tem uma oportunidade, aqui, de fazer algo para Deus, e é o maior tributo que poderia dar ao Bruce Barnes.

— Muito bem, então, senhor. Não importa o que seja, estou disposto a fazê-lo.

— Em primeiro lugar, Donny, deixe-me garantir que dinheiro não é problema.

— Não quero lucrar com algo que ajudará a igreja, Deus e a memória de Bruce.

— Tudo bem. Cabe a você decidir se quer ou não tirar algum lucro disso. Só estou dizendo que preciso de cinco dos melhores computadores, de primeira linha, os mais compactos possíveis, e ainda com o máximo de potência, memória, velocidade e capacidade de comunicação que você possa instalar neles.

— Agora está falando a minha língua, senhor Williams.

— Espero que sim, Donny, porque quero um computador praticamente sem limitações. Espero poder levá-lo a qualquer lugar, mantê-lo razoavelmente escondido, guardar nele tudo o que pretendo, sem que a conexão possa ser rastreada. Isso é possível?

— Bem, senhor, posso montar algo parecido com aqueles computadores que cientistas usam na selva ou no deserto, onde não existem tomadas.

— Sei — Buck disse. — Alguns dos nossos repórteres usam essas máquinas em regiões remotas. O que elas têm, antenas parabólicas embutidas?

— Acredite ou não, é algo parecido. E ainda posso incluir um extra para o senhor.

— E o que seria?

— Videoconferência.

— Quero tudo isso, Donny. E rápido. E preciso que você trate isso como assunto confidencial.

Buck achou que dinheiro não seria um problema, mas esse gasto ele não poderia cobrar de Carpathia.

CAPÍTULO 3

—**P**ode chamar de pressentimento, Rayford, mas incluí uma coisinha aqui só para você.

Rayford e Earl tinham terminado o trabalho na cabine. Ele confiava em Earl. Sabia que, se o amigo achava que ele podia pilotar aquela coisa, então conseguiria. Mesmo assim, insistiria em decolar, voar e pousar com seu copiloto antes de transportar qualquer outra pessoa. Não se importaria em cair e morrer na companhia do anticristo, mas não queria ser responsável pela morte de vidas inocentes, especialmente a da própria esposa.

— Então, o que você fez para mim, Earl?

— Olhe aquilo — Earl disse. Ele apontou para o botão que permitia ao comandante falar com os passageiros.

— O interfone do comandante — Rayford disse. — E daí?

— Coloque a mão esquerda sob o assento e passe os dedos até a borda lateral embaixo de sua cadeira — explicou.

— Encontrei um botão.

— Agora, vou até a cabine dos passageiros — Earl continuou. — Aperte o botão do interfone e faça um anúncio qualquer. Conte até três e, então, pressione o botão sob o seu assento. Continue com os fones nos ouvidos.

Rayford esperou Halliday sair e trancou a porta da cabine. Rayford ligou o interfone:

— Alô, alô, e aí, Earl, está me ouvindo?

Rayford contou até três e apertou o botão sob o assento. Ele ficou maravilhado ao ouvir a voz de Earl Halliday pelos fones, ainda que ele estivesse praticamente sussurrando.

— Rayford, perceba que estou falando mais baixo do que numa conversa normal. Caso tenha feito bem o meu trabalho, você deve ouvir-me claramente de qualquer lugar neste avião. Cada alto-falante é também um transmissor conectado apenas aos seus fones. A fiação é indetectável, e o avião foi revistado pelos melhores detectores de escuta da Comunidade Global. Se mesmo assim for detectado, vou dizer que pensei ser o que eles tinham pedido.

Rayford saiu correndo da cabine.

— Earl, você é um gênio! Não sei ainda o que ouvirei, mas terei uma vantagem sabendo o que está acontecendo aqui atrás.

* * *

Buck estava empacotando todas as páginas da impressão de Bruce quando ouviu o Range Rover no estacionamento. Assim que Chloe chegou ao gabinete, ele já tinha guardado todas as folhas e o computador de Bruce numa caixa grande. Enquanto arrastava a caixa para fora, disse a Chloe:

— Deixe-me no escritório de Chicago, depois sugiro que ligue para o hotel e certifique-se de que nossas coisas continuam lá.

— Eu esperava que você dissesse isso — Chloe respondeu. — Loretta está devastada. Ela precisará de muita ajuda aqui. O que faremos em relação ao funeral?

— Você terá que cuidar disso, Chloe. Entre em contato com o Instituto Médico Legal e peça que o corpo seja transferido para uma funerária próxima daqui e tudo o mais. Com tantas fatalidades, a confusão será grande, e eles devem ficar aliviados ao saber que pelo menos um corpo tenha sido solicitado. Cada um de nós precisará de um veículo. Não faço ideia de onde terei de ir. Poderei trabalhar no escritório de Chicago, já que ninguém deve ir para Nova York por um bom tempo, mas não posso prometer que estarei aqui o tempo todo.

— Loretta, que Deus a abençoe por isso, pensou a mesma coisa apesar de todo o seu sofrimento. Ela me lembrou de que há uma frota de carros extras na congregação desde o arrebatamento. Os membros emprestam os veículos justamente para crises como esta.

— Perfeito — Buck disse. — Vamos arrumar um desses veículos, então. E, lembre-se, precisamos reproduzir o material para os membros da congregação.

— Você não terá tempo para ler tudo isso, terá, Buck?

— Não, mas tenho certeza de que tudo o que temos aqui será proveitoso para todos.

— Buck, espere um momento. Não podemos reproduzir o material sem que alguém o leia antes. Deve haver coisas pessoais aqui. E você sabe que encontraremos referências diretas a Carpathia e ao Comando Tribulação. Não podemos correr o risco de sermos expostos dessa maneira.

Buck estava tendo uma crise de ego. Ele amava essa mulher, mas ela era dez anos mais nova, e ele odiava quando Chloe lhe dizia o que fazer, especialmente quando estava certa. Enquanto colocava a caixa pesada com as folhas e o computador no bagageiro do Range Rover, Chloe disse:

— Confie em mim, amor. Daqui até domingo passarei todos os dias lendo cada linha dessas páginas. Até lá, teremos algo para compartilhar com o restante da igreja e poderemos anunciar que uma parte do material estará copiada para eles dentro de uma semana.

— Quando você está certa, está certa. Mas onde pretende fazer isso?

— Loretta sugeriu que ficássemos na casa dela. Aquela velha casa grande, você sabe.

— Isso seria perfeito, mas odeio importunar.

— Buck, dificilmente vamos importunar. Ela nem perceberá que estamos lá. Em todo caso, ela me parece tão solitária e fora de si por conta do luto, que realmente precisa de nós.

— Você sabe que não poderei passar muito tempo com vocês — Buck disse.

— Sou uma garota crescidinha. Sei cuidar de mim mesma.

Agora estavam sentados no Range Rover.

— Por que, então, precisa de mim? — Buck perguntou.

— Gosto de tê-lo por perto porque você é fofo.

— Não, Chloe, falando sério. Jamais me perdoaria se estivesse em outra cidade ou em outro país e a guerra viesse diretamente para Mount Prospect.

— Você se esqueceu do abrigo embaixo da igreja.

— Não esqueci, Chloe. Mas oro que jamais cheguemos a esse ponto. Alguém mais sabe desse lugar, além do Comando Tribulação?

— Não. Nem mesmo Loretta. É um lugar muito pequeno. Se papai, Amanda, você e eu tivéssemos de ficar ali por algum tempo, a coisa já não seria muito divertida.

Meia hora depois, Buck parou o carro em frente ao escritório regional do agora *Semanário Comunidade Global*.

— Vou ver se compro alguns telefones via satélite para nós — Chloe disse. — Também vou ligar para o hotel, e, então, passar lá, e pegar nossas coisas. E quero conversar com Loretta sobre um segundo carro.

— Compre cinco desses telefones, Chloe, e não seja mesquinha.

— Cinco? — ela exclamou. — Nem sei se Loretta saberia usar um desses aparelhos.

— Não é Loretta que tenho em mente. Só quero garantir que tenhamos um extra.

* * *

As instalações no Condor 216 eram ainda mais extravagantes do que as do Global Community One, se é que isso era possível. Nenhum detalhe tinha sido ignorado, e os mais modernos equipamentos de comunicação tinham sido instalados. Rayford despediu-se de Earl Halliday, insistindo que ele avisasse, assim que possível, se a sua casa estava intacta e a esposa, segura.

— Você não vai gostar do que aconteceu com nosso aeroporto — Rayford disse. — Não vai pousar em O'Hare.

Rayford e seu copiloto temporário tinham deixado Carpathia irritado ao insistirem num voo de teste antes de permitir que os outros embarcassem. Mas Rayford estava feliz por ter insistido. Era verdade que tudo na cabine era idêntico a um 777, mas o avião maior e mais pesado comportava-se mais como um 747, e foi preciso acostumar-se com isso. Agora que o Condor carregado estava a caminho de São Francisco em uma altitude de 33 mil pés e a mais de mil quilômetros por hora, Rayford ligou o piloto automático e pediu que o copiloto permanecesse alerta.

— O que vai fazer, senhor? — o homem mais jovem perguntou.

— Ficarei sentado bem aqui — Rayford respondeu. — Refletindo. Lendo.

Rayford tinha confirmado o plano de voo com uma torre em Oklahoma; agora, apertava o botão para falar com os passageiros.

— Soberano Carpathia e convidados, este é o seu comandante Steele. Chegaremos a São Francisco às dezessete horas, no horário padrão do Pacífico. Esperamos céus claros e um voo tranquilo.

Rayford inclinou o assento e puxou seus fones para trás da cabeça, como se os estivesse tirando, mas ainda estavam próximos o bastante dos ouvidos para que ele conseguisse ouvir. Rayford pegou um livro da pasta de voo e o abriu, apoiando-o nos controles à sua frente. Precisaria lembrar-se de virar a página de vez em quando, já que não pretendia ler. Ele estaria ouvindo. Deixou a mão cair sob seu assento e, silenciosamente, apertou o botão escondido. A primeira voz que ouviu, nítida como se estivessem ao telefone, foi a de Amanda.

— Sim, senhor, eu entendo. O senhor não precisa se preocupar comigo.

Então, ouviu a voz de Carpathia:

— Espero que todos tenham comido o bastante em Dallas. Uma tripulação completa nos encontrará em São Francisco, e ela cuidará bem de nós ao longo do voo até Bagdá e, depois, Nova Babilônia.

Outra voz:

— Bagdá?

— Sim — confirmou Carpathia. — Eu tomei a liberdade de levar até Bagdá os três embaixadores leais remanescentes. Nossos inimigos podem ter acreditado que voaríamos diretamente para Nova Babilônia. Vamos oferecer a eles uma carona e iniciar nossas reuniões durante o curto voo de Bagdá para Nova Babilônia.

— Senhora Steele, a senhora nos daria licença...

— Certamente — disse Amanda.

— Cavalheiros — Carpathia disse em voz mais baixa porém ainda alta o bastante para que Rayford pudesse ouvir cada palavra. Algum dia ele agradeceria a Earl Halliday em nome do Reino de Cristo. Earl não se interessava em servir a Deus, pelo menos ainda não, mas qualquer que tenha sido a sua motivação para prestar esse favor a Rayford, isso certamente beneficiaria os inimigos do anticristo.

Carpathia estava dizendo:

— O senhor Fortunato permaneceu em Dallas para organizar minha próxima transmissão de rádio por lá. Eu a farei daqui, mas ela será enviada para Dallas e transmitida de lá, a fim de enganar quaisquer inimigos da Comunidade Global. Precisarei dele nas nossas reuniões hoje à noite, por isso vamos aguardá-lo em São Francisco até que ele consiga unir-se a nós. Assim que decolarmos de São Francisco, dispararemos contra Los Angeles e a região da baía de São Francisco.

— A região de São Francisco? — perguntou uma voz com forte sotaque.

— Sim, ou melhor, as regiões de São Francisco e Oakland.

— O que o senhor quer dizer com "disparar"?

A voz de Carpathia adotou um tom sombrio:

— "Disparar" significa exatamente o que diz — ele respondeu. — Quando pousarmos em Bagdá, estarão dizimadas mais do que Washington, Nova York e Chicago. Essas são apenas três das cidades norte-americanas que mais sofrerão. Até agora, somente o aeroporto e os subúrbios têm sido afetados em Chicago. Isso mudará dentro de uma hora. Vocês já sabem o que aconteceu em Londres. Os cavalheiros entendem o significado de uma bomba de cem megatoneladas?

Silêncio. Carpathia continuou:

— Para que tenham uma ideia: os livros de história contam que uma bomba de vinte megatoneladas possui mais potência do que todas as bombas lançadas na Segunda Guerra Mundial, incluindo as duas que caíram no Japão.

— Os Estados Unidos da Grã-Bretanha precisavam de uma lição — manifestou-se novamente o sotaque pesado.

— Sim, precisavam — Carpathia disse. — Só na América do Norte, temos Montreal, Toronto, Cidade do México, Dallas, Washington, Nova York, Chicago, São Francisco e Los Angeles para servir de lição a todos que se opuserem a nós.

Rayford tirou os fones de ouvido e soltou os cintos, então passou pela porta da cabine. Os olhares de Rayford e Amanda se cruzaram. Ele sinalizou para que ela se aproximasse.

Carpathia levantou os olhos e sorriu.

— Comandante Steele — ele o saudou, — está tudo bem?

— Não temos nenhum incidente em nosso voo, senhor, se é isso que deseja saber. É o melhor tipo de voo. No entanto, não sei dizer se isso vale também para o que está acontecendo no solo.

— Verdade — Carpathia disse, repentinamente mais sóbrio. — Em breve prestarei minhas condolências à Comunidade Global.

Rayford puxou Amanda para o corredor.

— Você sabe se Buck e Chloe pretendiam passar esta noite no The Drake, aquele hotel em que estão hospedados?

— Não tivemos tempo para conversar sobre isso, Ray — ela lamentou. — Não consigo imaginar que tenham outra opção. Talvez nunca mais consigam voltar para Nova York.

— Temo que Chicago será o próximo alvo de determinada pessoa — Rayford disse.

— Ah, não consigo nem imaginar — Amanda ironizou.

— Preciso alertá-los.

— Você quer arriscar um telefonema que poderia ser rastreado? — ela perguntou.

— Salvar suas vidas vale qualquer risco.

Amanda o abraçou e retornou para o assento.

Rayford usou o próprio celular após garantir que seu primeiro-oficial estava ocupado com outras coisas. Sem resposta. Ligou para o hotel The Drake, em Chicago, e perguntou pelo casal Williams.

— Temos três hóspedes chamados Williams — disseram. — Nenhum deles tem o primeiro nome de Chloe ou Buck.

Rayford pensou rápido.

— Então conecte-me com o senhor Katz — ele disse.

— Herbert Katz? — perguntou a telefonista.

— Esse mesmo.

Depois de um minuto:

— Ele não responde, senhor. Gostaria de deixar uma mensagem no correio de voz?

— Sim — Rayford disse —, mas também quero ter certeza de que o aviso de mensagens está ligado e de que eles serão chamados caso passem pelo balcão da recepção.

— Faremos isso, senhor. Obrigado por ligar para The Drake.

Quando ele ouviu o sinal do correio de voz, falou rapidamente:

— Crianças, vocês sabem quem está falando. Não gastem tempo com nada. Saiam do centro de Chicago o mais rápido possível. Por favor, confiem em mim.

* * *

Buck teve inúmeros encontros acidentais com Verna Zee no escritório de Chicago. Uma vez, achou que ela tinha passado dos limites ao entrar rápido demais no escritório de seu ex-chefe quando Lucinda Washington desapareceu durante o arrebatamento. Então, quando o próprio Buck foi rebaixado por ter fracassado na missão mais importante de sua vida, Verna tornou-se chefe do escritório de Chicago e passou a supervisioná-lo. Agora que ele era o editor, sentia vontade de demiti-la, mas permitiu que ela permanecesse, contanto que fizesse seu trabalho e não se envolvesse em problemas.

Até mesmo a espirituosa Verna pareceu chocada quando Buck chegou ao escritório no final daquela tarde. Como sempre, em tempos de crise internacional, a equipe estava reunida em torno da TV. Alguns funcionários levantaram os olhos quando Buck entrou.

— O que acha disso, chefe? — perguntou um deles, e vários outros se deram conta de sua presença. Verna Zee correu até Buck.

— Tenho várias mensagens urgentes — ela disse. — O próprio Carpathia tentou falar com você durante todo o dia. Há também uma mensagem urgente de um tal de Rayford Steele.

Buck viu-se diante de uma escolha que, provavelmente, não voltaria a ter na vida. Para quem deveria ligar? Ele imaginava como Carpathia gostaria de ver contada a história da Terceira Guerra Mundial, mas não fazia ideia do que Rayford poderia querer dele.

— O senhor Steele deixou um número?

— Você vai ligar para ele primeiro?

— Perdão? — ele disse. — Acho que lhe fiz uma pergunta.

— Ele disse simplesmente que deveria telefonar para o seu quarto de hotel.

— Meu quarto de hotel?

— Eu teria feito isso para você, chefe, mas não sabia em que hotel estava hospedado. Qual é o seu hotel?

— Isso não é da sua conta, Verna.

— Bem, com licença, então! — ela resmungou e se afastou, e era exatamente o que Buck queria.

— Tomarei seu escritório emprestado temporariamente — Buck disse a ela.

Verna parou e se virou.

— Por quanto tempo?

— Pelo tempo que for necessário — ele respondeu.

Ela fez uma cara feia.

Buck entrou no escritório de Verna e fechou a porta. Discou o número do The Drake e pediu que fosse conectado com seu quarto. Ao ouvir o medo na voz de Rayford, sem falar da mensagem em si, Buck empalideceu. Solicitou, então, o número da concessionária da Land Rover em Arlington Heights e pediu para falar com o vendedor, dizendo que se tratava de uma emergência.

Dentro de instantes, o homem atendeu. Assim que Buck se identificou, o homem disse:

— Tudo bem com o...

— O carro está ótimo, senhor. Mas preciso falar com minha esposa, e ela está dirigindo neste instante. Preciso do número do telefone instalado no carro.

— Terei de procurar um pouco.

— Olha, senhor, não tenho palavras para dizer o quanto é urgente. Digo apenas que se trata de um assunto que pode levar-me a desistir da compra e a devolver o carro, caso não me informe o número imediatamente.

— Um segundo.

Alguns minutos mais tarde, Buck estava discando o número. O telefone tocou quatro vezes. *"Este número não está disponível no momento. Por favor, tente..."*

Buck desligou o telefone e apertou o botão de rediscagem. Enquanto ouvia o telefone tocar, levou um susto quando a porta abriu e Verna Zee sussurrou:

— Carpathia está na linha.

— Diga que retornarei a ligação! — Buck disse.

— Como é que é?!

— Anote o número!

— Disque 0800-DEMITIDO — ela disse.

* * *

Rayford estava desesperado. Ele desistiu de fingir que estava fazendo qualquer coisa além de estar sentado ali e manteve o olhar fixo no céu do final de tarde, os fones de ouvido na cabeça e a mão esquerda no botão escondido. Ele ouviu o assistente de Carpathia:

— Bem, falando nisso...

— Que foi? — Carpathia perguntou.

— Estou tentando falar com esse tal de Williams, mas ele pediu que a secretária anotasse o número.

Rayford lutou contra a vontade de ligar novamente para Buck, sabendo agora que ele estava em seu escritório em Chicago. Mas, se alguém contasse a Carpathia que Buck não podia falar com ele porque estava conversando com Rayford Steele, o resultado seria desastroso. Mais uma vez, ouviu a voz calma de Carpathia:

— Passe o número para ele, meu amigo. Eu confio nesse jovem. É um jornalista brilhante e não me deixaria esperar sem bons motivos. Evidentemente, ele está tentando cobrir uma história que só aparece uma vez na vida, não acha?

* * *

Buck ordenou que Verna Zee fechasse a porta quando saísse e que o deixasse a sós até desligar o telefone. Ela suspirou fundo, balançou a cabeça e bateu a porta. Buck continuou a apertar o botão da rediscagem, odiando o som daquela voz gravada mais do que qualquer coisa que já tinha ouvido em toda a sua vida.

De repente, o interfone tocou.

— Sinto muito ter de interromper — Verna disse com uma falsa doçura —, mas você tem outra ligação urgente. É de Chaim Rosenzweig, de Israel.

Buck apertou o botão do interfone:

— Temo que terei de retornar também essa ligação. Diga-lhe que sinto muito.

— Você deveria dizer a mim que sente muito — Verna retrucou. — Estou tentada a completar a ligação dele mesmo assim.

— Sinto muito, Verna — Buck disse com sarcasmo. — Agora me deixe em paz, por favor!

O celular continuou a tocar. Buck desligou várias vezes ao ouvir a gravação. Verna apareceu novamente:

— O doutor Rosenzweig diz que é uma questão de vida ou morte, Cameron.

Rapidamente, Buck apertou o botão que piscava no telefone.

— Chaim, sinto muito, mas estou no meio de um assunto urgente aqui. Posso ligar mais tarde?

— Cameron, por favor, não desligue! Israel tem sido poupado dos bombardeios terríveis que seu país tem sofrido, mas a família do rabino Ben-Judá foi raptada e massacrada! Sua casa foi queimada. Oro confiando que ele esteja seguro, mas ninguém sabe onde ele está!

Buck ficou sem palavras. Ele deixou a cabeça cair.

— A família do rabino está morta? Você tem certeza?

— Foi um espetáculo público, Cameron. Eu temia que isso acontecesse mais cedo ou mais tarde. Por quê, por que tivemos de ir a público com suas visões sobre o Messias? Uma coisa é discordar dele, assim como eu, um amigo respeitado e confiável, faço. Mas os zelotes[2] do país odeiam qualquer pessoa que acredita ser Jesus o Messias. Cameron, ele precisa da nossa ajuda. O que podemos fazer? Não consegui falar com Nicolae.

— Chaim, faça-me um favor enorme e deixe o Nicolae fora disso, por favor!

— Cameron! Nicolae é o homem mais poderoso do mundo; ele prometeu ajudar a mim e a Israel. Ele prometeu nos proteger. Certamente poderá intervir e preservar a vida de um amigo meu!

---

[2] Neste contexto, seita judaica radical. Os zelotes acreditavam que deveriam defender a Palavra de Deus a todo custo, com assassinatos e o uso de força. Guiados por ideais políticos, acabaram por distorcer as Escrituras. [N. do T.]

— Chaim, estou implorando que confie em mim. Deixe o Nicolae fora disso. Eu terei de ligar para você mais tarde. Membros da minha família também estão ameaçados!

— Perdão, Cameron! Por favor, ligue assim que possível.

Buck voltou para a linha original e apertou mais uma vez a rediscagem. Enquanto os números apitavam em seus ouvidos, Verna falou novamente pelo interfone.

— Alguém está na linha para você, mas já que não quer ser importunado...

O celular de Chloe estava ocupado. Buck largou o telefone e apertou o botão do interfone.

— Quem é?

— Pensei que não quisesse ser perturbado.

— Verna, eu não tenho tempo para isso!

— Se quiser saber, era sua esposa.

— Qual linha?

— Linha dois, mas eu disse a ela que provavelmente você estaria falando com Carpathia ou Rosenzweig.

— De onde ela estava ligando?

— Não sei. Ela disse que aguardaria sua ligação.

— Ela deixou um número?

— Sim. É...

Quando Buck ouviu os dois primeiros dígitos, logo soube que era o celular dela. Desligou o interfone e apertou o botão de rediscagem. Verna enfiou a cabeça pela porta e disse:

— Não sou secretária, sabia, e certamente não sou *sua* secretária!

Buck jamais se enfureceu tanto com ela como nesse momento. Ele a encarou:

— Se eu tiver de levantar e fechar essa porta, é melhor você não estar no meu caminho.

O celular estava tocando. Verna continuava à porta. Buck se levantou da cadeira, ainda com o celular no ouvido, e subiu na escrivaninha, pisando sobre o caos de papéis de Verna. Ela arregalou os olhos quando Buck levantou a perna. Verna saltou para o lado no momento em que ele chutou a porta com toda a força. O estrondo foi como o de uma bomba, por pouco não derrubando as divisórias. Verna soltou um grito. Buck quase chegou a desejar que ela tivesse permanecido ali.

— Buck! — veio a voz de Chloe pelo telefone.

— Chloe! Onde você está?

— Estou saindo de Chicago — ela disse. — Comprei os celulares e fui até o The Drake, mas lá havia uma mensagem para mim na recepção.

— Eu sei.

— Buck, algo na voz do papai nem me permitiu pegar a nossa bagagem no quarto.

— Ótimo!

— Mas o seu *notebook* e todas as suas roupas, os seus artigos de higiene, tudo o que você trouxe de Nova York...

— Mas a voz do seu pai parecia séria, não?

— Sim. Ah, Buck, estou sendo parada pela polícia! Dei meia-volta e estava correndo, avancei um sinal vermelho, cheguei até a dirigir pela calçada durante um tempinho.

— Chloe, ouça! Você conhece aquele antigo provérbio que diz que é mais fácil pedir perdão do que permissão?

— Quer que eu tente fugir da polícia?

— Provavelmente você salvará a vida do policial! Existe apenas uma razão pela qual seu pai ia querer que saíssemos de Chicago o mais rápido possível!

— Ok, Buck, ore por mim!

— Continuarei no telefone com você, Chloe.

— Preciso das duas mãos para dirigir!

— Coloque no viva-voz e largue o telefone! — Buck exclamou.

Mas, então, ele ouviu uma explosão, o barulho de pneus cantando, um grito, depois o silêncio. Dentro de segundos, as luzes se apagaram no escritório. Buck foi tateando até o corredor, onde luzes de emergência acionadas por baterias iluminavam as portas.

— Olhem só aquilo! — alguém gritou.

Os funcionários saíram correndo pelas portas da frente e começaram a subir nos próprios carros para assistir ao enorme ataque aéreo à cidade de Chicago.

* * *

Horrorizado, Rayford ouvia clandestinamente quando Carpathia anunciou aos seus compatriotas:

— Chicago deve estar sob ataque retaliatório enquanto conversamos aqui. Agradeço a participação nisso tudo e o não emprego estratégico de armas nucleares. Tenho muitos funcionários leais naquela região; embora tenha perdido alguns deles durante o ataque inicial, não faço questão de perder ninguém por causa da radiação para alcançar meus objetivos.

Outra pessoa se manifestou.

— Que tal assistirmos ao noticiário?

— Boa ideia — Carpathia disse.

Rayford não conseguiu permanecer sentado. Ele não fazia ideia do que deveria dizer ou fazer, mas simplesmente não conseguia ficar naquela cabine sem saber se os seus amados estavam seguros. Entrou na cabine dos passageiros no momento em que a televisão foi ligada e mostrava as primeiras imagens de Chicago. Amanda prendeu a respiração. Rayford foi até ela e sentou-se para assistir também.

— Você iria para Chicago se eu lhe pedisse? — Rayford sussurrou.

— Se acha que é seguro…

— Não há radiação.

— Como sabe disso?

— Conto mais tarde. Apenas me diga se iria até lá caso eu consiga a permissão de Carpathia para colocá-la num voo em São Francisco.

— Eu faria qualquer coisa por você, Rayford. Você sabe disso.

— Ouça, meu amor. Se você não conseguir um voo de imediato, digo, antes que este avião decole novamente, precisará retornar ao Condor. Entendeu?

— Entendi, mas por quê?

— Não posso dizer agora. Apenas tente conseguir um voo imediato para Milwaukee se Carpathia permitir. Mas se você não decolar antes de nós...

— O quê?

— Amanda, só saiba que eu não suportaria perdê-la.

Após as notícias de Chicago, a rede de TV interrompeu a programação para comerciais, e Rayford se aproximou de Carpathia.

— O senhor teria um minuto?

— É claro que sim, comandante. Notícias terríveis de Chicago, não acha?

— Sim, senhor. Na verdade, é sobre isso que eu gostaria de falar. O senhor sabe que tenho parentes naquela região.

— Sim, e espero que todos estejam bem — Carpathia disse.

Rayford queria matá-lo bem ali. Ele sabia muito bem que Carpathia era o anticristo; sabia também que, algum dia, essa pessoa seria assassinada e que o próprio Satanás a ressuscitaria dentre os mortos. Rayford nunca imaginou ser um agente nesse assassinato, mas, naquele momento, ele teria sido candidato para a tarefa. Tentou manter a compostura. Aquele que matasse esse homem nada mais seria do que um peão numa partida cósmica. O assassinato e a ressurreição apenas tornariam Carpathia mais poderoso e satânico do que nunca.

— Senhor — Rayford continuou —, eu me pergunto se seria possível que minha esposa desembarcasse em São Francisco e voltasse a Chicago para ver se minha família está bem.

— Eu ficaria feliz em pedir que meu pessoal desse uma verificada — Carpathia disse. — Basta que você me passe seus endereços.

— Eu realmente me sentiria muito melhor se ela pudesse estar lá para ajudá-los na medida do possível.

— Como desejar — Carpathia concordou, e Rayford teve de fazer um esforço para não soltar um suspiro enorme na cara daquele homem.

* * *

— Alguém pode emprestar um celular? — Buck gritou em meio ao barulho no estacionamento do *Semanário*.

Uma mulher que estava perto dele colocou um celular em suas mãos, e ele ficou chocado ao perceber que era Verna Zee.

— Eu preciso fazer algumas ligações interurbanas — ele disse rapidamente. — Podemos pular todas as formalidades? Eu pagarei por tudo.

— Não se preocupe com isso, Cameron. Nossa pequena briga acabou de virar algo insignificante.

— Preciso de um carro emprestado! — Buck gritou. Mas rapidamente ele entendeu que todos estavam voltando para suas casas a fim de cuidar de seus familiares e avaliar os prejuízos. — Alguém está a fim de um passeio até Mount Prospect?

— Eu posso levar você — Verna murmurou. — Nem quero saber o que está acontecendo do outro lado da cidade.

— Você mora no centro, não é? — Buck perguntou.

— Morava, até uns cinco minutos atrás — Verna respondeu.

— Talvez você tenha tido sorte.

— Cameron, se aquela explosão foi uma bomba nuclear, nenhum de nós viverá outra semana.

— Acho que conheço um lugar onde você pode ficar em Mount Prospect — Buck disse.

— Eu agradeceria — ela respondeu.

Verna voltou ao escritório para pegar suas coisas. Buck esperou no carro, fazendo ligações. Começou com o próprio pai no Oeste.

— Estou tão feliz por você ter ligado! — seu pai disse. — Estou tentando ligar para Nova York há horas.

— Pai, está um caos aqui. Só me restaram as roupas que estou vestindo, e não tenho muito tempo para conversar. Liguei apenas para saber se todos estão bem.

— Seu irmão e eu estamos bem — o pai de Buck confirmou. — Ele ainda chora a perda da família, é claro, mas estamos bem.

— Pai, este país está saindo de controle. Você só ficará bem de verdade se...

— Cameron, não vamos discutir sobre isso de novo, ok? Sei qual é a sua fé, e se ela lhe dá conforto...

— Pai! Ela está dando muito pouco conforto neste momento. Morro de arrependimento de ter encontrado a verdade tão tardiamente. Já perdi pessoas demais que eu amava. Não quero perder você também.

Seu pai riu, deixando Buck fora de si.

— Você não vai perder seu pai, garotão. Ninguém vai querer atacar-nos por aqui. Nós nos sentimos um pouco negligenciados.

— Pai! Milhões estão morrendo. Não brinque com isso!

— Então, como é essa sua esposa nova? Vamos conhecê-la algum dia?

— Eu não sei, pai. No momento, nem sei onde ela está exatamente, e não garanto que terá a oportunidade de conhecê-la.

— Você tem vergonha de seu velho pai?

— De maneira nenhuma, pai. Preciso ver se ela está bem, e tentaremos sair nessa direção de alguma forma. Encontre uma boa igreja aí, pai. Encontre alguém que consiga explicar-lhe o que está acontecendo.

— Não consigo pensar em nenhuma pessoa mais qualificada do que você, Cameron. Terei de remoer isso sozinho por enquanto.

CAPÍTULO 4

Rayford ouvia o pessoal de Carpathia preparando-se para a transmissão.

— Existe alguma maneira de alguém descobrir que estamos num avião? — Carpathia perguntou.

— Nenhuma — garantiram a ele. Rayford não tinha tanta certeza, mas, se Carpathia não cometesse algum erro colossal, ninguém faria ideia de onde exatamente ele se encontrava no ar.

Ao ouvir alguém bater à porta da cabine, Rayford desligou o botão escondido e virou-se para ver quem era: um assistente de Carpathia.

— Faça o que for preciso para impedir qualquer interferência e nos conecte com Dallas. Estaremos ao vivo via satélite em mais ou menos três minutos, e o soberano será ouvido no mundo inteiro.

"Legal", Rayford pensou.

* * *

Buck estava ao telefone com Loretta quando Verna Zee sentou-se atrás do volante. Ela jogou sua enorme bolsa no banco de trás e, tremendo muito, colocou o cinto com dificuldade. Buck desligou o telefone.

— Verna, você está bem? Acabei de conversar com uma senhora da nossa igreja. Ela tem um quarto com banheiro para você.

Um minicongestionamento se desfez quando Verna e os funcionários de Buck manobraram para fora do pequeno estacionamento. Os faróis dos carros forneciam a única iluminação na área.

— Cameron, por que está fazendo isso por mim?

— E por que não faria? Você me emprestou o celular.

— Mas eu tenho sido terrível com você.

— E eu tenho respondido à altura. Sinto muito, Verna. Este é o pior momento em toda a história para nos preocuparmos com nossos próprios egos.

Verna ligou o carro, mas ficou sentada com o rosto enterrado nas mãos.

— Quer que eu dirija? — Buck perguntou.

— Não, só preciso de um minuto.

Buck falou de sua pressa em conseguir um veículo e encontrar Chloe.

— Cameron! Você deve estar desesperado!

— Sinceramente, estou.

Ela soltou o cinto e colocou a mão na tranca da porta.

— Leve meu carro, Cameron. Faça o que precisa fazer.

— Não — Buck disse. — Eu também lhe emprestaria meu carro, mas vamos levar você para casa primeiro.

— Você não deve perder um minuto sequer.

— Tudo que posso fazer é confiar em Deus a esta altura — Buck disse.

Ele indicou a direção em que Verna deveria seguir. Ela pisou no acelerador e correu até Mount Prospect, onde estacionou na calçada, na frente da linda casa antiga de Loretta, que já estava à porta esperando por ela. Verna não permitiu que Buck desse quaisquer instruções. Ela disse:

— Todos nos conhecemos, Cameron, portanto, vá logo atrás de Chloe.

— Arranjei um carro para você — Loretta disse. — Ele deve estar aqui em poucos minutos.

— Usarei o carro de Verna por ora, Loretta, mas agradeço de coração.

— Fique com o celular enquanto precisar dele — Verna insistiu, recebendo as boas-vindas de Loretta.

Buck empurrou o assento do motorista para trás e ajustou o retrovisor. Digitou o número de Nicolae Carpathia, que Verna tinha anotado para ele, e tentou retornar a ligação. Um assistente atendeu.

— Eu direi que ligou, senhor Williams, mas ele está fazendo uma transmissão internacional neste momento. Talvez queira ligar seu rádio.

Buck ligou o rádio ao mesmo tempo que pisava no acelerador em direção à única rota que Chloe teria tomado para escapar de Chicago.

* * *

Senhoras e senhores, trazemos ao vivo, de uma localidade não revelada, o soberano da Comunidade Global, Nicolae Carpathia.

Rayford girou sua poltrona e abriu a porta da cabine. O avião estava em piloto automático; ele e seu primeiro-oficial ficaram olhando enquanto Carpathia se dirigia ao mundo.

O soberano parecia divertir-se enquanto era apresentado e piscou para alguns de seus embaixadores. Fez de conta que estava lambendo o dedo e alisando as sobrancelhas, como que se arrumando para o público. Os outros suprimiram gargalhadas. Se Rayford tivesse uma arma agora...

Ao receber o sinal, Carpathia incorporou sua voz mais emocional.

Irmãos e irmãs da Comunidade Global, dirijo-me a vocês com um peso no coração como nunca antes senti. Sou um homem da paz que foi obrigado a retaliar, com armas, terroristas internacionais dispostos a destruir a causa da harmonia e da fraternidade. Saibam que choro com vocês a perda de entes queridos, amigos, conhecidos. O terrível número de mortes civis assombrará esses inimigos da paz até o último de seus dias.

Como sabem, a maior parte das dez regiões do mundo que compõem a Comunidade Global destruiu 90% de seus arsenais de guerra. Passamos praticamente os dois últimos anos desmontando, empacotando, transportando, recebendo e recompondo esses equipamentos na Nova Babilônia. Minha humilde oração era que jamais precisássemos usá-los.

No entanto, fui convencido por sensatos conselheiros a guardar armas de tecnologia superior em locais estratégicos espalhados pelo planeta. Confesso que fiz isso contra a minha vontade, e minha visão otimista e excessivamente positiva da bondade humana mostrou-se equivocada.

Sou grato por deixar-me, de alguma forma, ser convencido a manter essas armas em prontidão. Nem nos meus sonhos mais ousados eu poderia imaginar tomar a difícil decisão de usar esse poder de fogo contra os inimigos em escala tão ampla. Vocês já devem saber que dois ex-membros do exclusivo conselho executivo da Comunidade Global conspiraram perversa e desenfreadamente contra a minha administração, e outro, com leviandade, permitiu que forças milicianas de sua região fizessem o mesmo. Essas forças eram lideradas pelo agora falecido presidente dos Estados Unidos da América do Norte, Gerald Fitzhugh, treinado pela milícia norte-americana e apoiado também por armas secretamente armazenadas dos Estados Unidos da Grã-Bretanha e do antigo país soberano do Egito.

Eu jamais deveria ter de defender a minha reputação como ativista antiguerra; apesar disso, alegro-me em dizer que a retaliação foi severa e rápida. Em todos os lugares nos quais empregamos as armas da Comunidade Global, o objetivo era alcançar, especificamente, as localidades militares dos rebeldes. Garanto-lhes que todas as mortes civis e a destruição das grandes cidades na América do Norte e ao redor do mundo foram obra da rebelião.

As forças da Comunidade Global não pretendem lançar outros contra-ataques. Vamos responder apenas quando necessário e para que nossos inimigos entendam que não têm futuro. Eles não vencerão. Serão completamente destruídos.

Sei que em tempos de guerra global, como este, a maioria de nós vive em medo e luto. Posso garantir-lhes que estou com vocês em sua tristeza, mas tenho superado o meu medo com a certeza de que a maioria da Comunidade Global está unida em alma e coração contra os inimigos da paz.

Assim que garantir a segurança, voltarei a vocês por TV via satélite e internet. Vou fazer transmissões com frequência, para que saibam exatamente o que está acontecendo e vejam nossos grandes avanços rumo à reconstrução do mundo. Saibam que, à medida que nos reconstruirmos e reorganizarmos, desfrutaremos da maior prosperidade e do lar mais maravilhoso que esta terra pode oferecer. Que todos nós trabalhemos juntos em prol desse objetivo comum!

Enquanto os assistentes e os embaixadores de Carpathia o parabenizavam e lhe davam tapas no ombro, os olhares de Rayford e Amanda se cruzaram, e Rayford fechou a porta da cabine com grande determinação.

* * *

O carro de Verna Zee era uma velha quinquilharia importada. Um automático de quatro cilindros barulhento e desconfortável, ou seja, uma lesma. Buck decidiu testar os limites do automóvel e reembolsar Verna mais tarde, se fosse necessário. Dirigiu até a Kennedy e seguiu em direção ao cruzamento Edens, tentando adivinhar até onde Chloe podia ter chegado desde o The Drake em trânsito pesado, que agora seria intransitável.

Ele não sabia se Chloe seguiria pelo Lake Shore Drive ou pela Kennedy. Isso era mais reduto dela do que dele, mas logo sua pergunta tornou-se irrelevante. Chicago estava em chamas, e a maioria dos motoristas que entupiam a Kennedy em ambas as direções tinha saído do carro para contemplar, de boca aberta, o holocausto. Buck teria dado qualquer coisa para estar com o Range Rover nesse momento.

Quando jogou a pequena lata-velha de Verna no acostamento, descobriu que não estava sozinho. Leis de trânsito ali ere civilidade não valiam nada em situações assim, e o trânsito era quase tão intenso quanto na estrada. Buck não teve escolha. Não sabia se estava destinado a sobreviver aos sete anos de tribulação; só conseguia pensar se havia razão melhor para morrer do que tentando resgatar o amor de sua vida.

Desde o dia em que se converteu, Buck vinha contemplando o privilégio de dar sua vida a serviço de Deus. Em sua opinião, Bruce era um mártir, não importa o que realmente o havia matado. Arriscar a vida no trânsito podia não ser igualmente altruísta, mas ele tinha certeza de uma coisa: Chloe não hesitaria se estivesse em seu lugar.

Os maiores congestionamentos ocorriam nos viadutos, onde terminavam os acostamentos e aqueles que fugiam do trânsito parado eram obrigados a revezar-se na tentativa de passar. Motoristas irritados tentavam, com todo o direito, bloqueá-los. Buck não podia culpá-los. Ele teria feito o mesmo se estivesse no lugar deles.

Com o número de telefone do Range Rover gravado, Buck apertava o botão de rediscagem sempre que podia. Toda vez que ouvia o início da mensagem — *"Este número não está..."* —, desligava e tentava de novo.

* * *

Pouco antes de iniciar a descida para São Francisco, Rayford se reuniu com Amanda.

— Vou abrir a porta e tirá-la deste avião o mais rápido possível — ele disse. — Não vou esperar a checagem pós-voo nem nada. Não esqueça, qualquer voo que você conseguir deve decolar antes de nós. Isso é extremamente importante.

— Mas por quê, Ray?

— Apenas confie em mim, Amanda. Saiba que só quero o melhor para você. Assim que puder, ligue para mim e diga se Chloe e Buck estão bem.

* * *

Buck saiu da via expressa e seguiu pelas ruas laterais por mais de uma hora até chegar a Evanston. Quando finalmente alcançou a Sheridan Road, ao longo do lago, descobriu que ela estava barricada, mas não vigiada. Ao que parece, todos os policiais e paramédicos estavam ocupados. Ele cogitou a possibilidade de simplesmente atropelar um dos cavaletes de construção, mas não queria danificar o carro de Verna. Então, saiu do carro e afastou o cavalete o suficiente que pudesse passar. Ele estava pensando em deixar a abertura, mas alguém gritou de um apartamento:

— Ei, o que está fazendo?

Buck olhou para o alto e acenou em direção da voz.

— Imprensa! — ele gritou.

— Tudo bem, então! Continue!

A fim de parecer mais legítimo, Buck tomou o tempo de sair do carro e devolver o cavalete à posição original antes de continuar. De vez em quando, via um carro de polícia com as luzes de emergência ligadas e alguns homens uniformizados em ruas laterais. Buck apenas ligou o pisca-pisca de emergência e continuou. Ninguém barrou seu caminho. Ninguém o mandou encostar. Ninguém nem mesmo reparou nele. Todo mundo parecia supor que, se ele teve o trabalho de invadir uma área proibida e agora procedia com tanta confiança, é porque devia saber o que estava fazendo. Buck quase não acreditava que a estrada pudesse estar tão livre, com todas as vias que levavam a Sheridan Road bloqueadas. Agora, ele imaginava o que encontraria no Lake Shore Drive.

* * *

A palavra *frustrado* nem chegava perto de expressar como Rayford se sentia ao pousar o Condor 216 em São Francisco e pilotar o avião até um portão particular. Lá estava ele com a infeliz tarefa de levar o anticristo para onde ele quisesse ir. Carpathia tinha acabado de contar mentiras descaradas para o maior público a ouvir uma transmissão de rádio. Rayford sabia, sem nenhuma dúvida, que, pouco tempo após sua decolagem para Nova Babilônia, São Francisco seria destruída da mesma forma como Chicago havia sido devastada. Pessoas morreriam. Comércio e indústria seriam assolados. Centros de transporte seriam destruídos, inclusive aquele aeroporto. A primeira preocupação de Rayford era tirar Amanda daquele avião e daquele aeroporto e fazê-la chegar à região de Chicago. Nem quis esperar até a fixação da ponte telescópica no avião. Ele mesmo abriu a porta e baixou a escada. Sinalizou para que a esposa se apressasse. Carpathia disse algumas palavras de despedida enquanto ela passava correndo, e Rayford ficou aliviado quando ela simplesmente agradeceu e continuou andando.

O pessoal em terra acenava para Rayford, tentando convencê-lo a puxar de volta a escada. Ele gritou:

— Temos uma passageira que precisa fazer uma conexão!

Rayford abraçou Amanda e sussurrou:

— Verifiquei com a torre. Um voo para Milwaukee sairá em menos de vinte minutos de um portão no final desse corredor. Esteja naquele voo.

Rayford beijou Amanda, e ela desembarcou correndo.

Ele viu a equipe em terra esperando que ele retirasse a escada para que pudessem atracar a ponte telescópica. Não conseguiu pensar em nenhuma razão legítima para atrasá-los, por isso simplesmente os ignorou, voltou para a cabine e iniciou a checagem pós-voo.

— O que está acontecendo? — o copiloto perguntou. — Quero trocar de lugar com o seu copiloto o mais rápido possível.

"Se você soubesse o que o espera...", Rayford pensou.

— Para onde você vai hoje à noite?

— Por que isso seria da sua conta? — o rapaz respondeu.

Rayford suspirou. Ele se sentiu como o pequeno garoto holandês tentando tapar um buraco no dique com o dedo. Não podia salvar ninguém. Um assistente de Carpathia enfiou a cabeça na cabine:

— Comandante Steele, o senhor está sendo chamado pelo pessoal em terra.

— Cuidarei disso, senhor. Eles terão de esperar até finalizarmos a checagem pós-voo. O senhor entende que, com um avião novo, muita coisa precisa ser verificada antes de nos aventurarmos num voo transpacífico.

— Bem, o sr. McCullum e uma tripulação inteira estão esperando para embarcar. Gostaríamos de ter algum tipo de serviço de bordo.

Rayford tentou soar descontraído:

— Segurança em primeiro lugar.

— Então se apresse!

Enquanto o primeiro-oficial checava os itens em sua prancha, Rayford perguntou à torre o *status* do voo para Milwaukee.

— Ele está uns doze minutos atrasado, Condor 216. Não deve afetá-lo.

"Ah, mas afetará, sim", Rayford pensou.

Rayford entrou na cabine de passageiros.

— Com licença, senhor, mas o senhor Fortunato não se juntará a nós na próxima etapa do voo?

— Sim — respondeu um assistente. — Ele partiu de Dallas meia hora depois de decolarmos, portanto não deve demorar.

"Ah, ele vai demorar, sim, se depender de mim."

* * *

Buck finalmente deparou com um obstáculo que, por certo, teria de aparecer em algum momento. Ele passou por cima de algumas calçadas e acabou atropelando uma barreira de trânsito onde a Sheridan Road confluía com o Lake Shore Drive. Ao longo de todo o Drive ele viu carros fora da estrada, veículos de emergência com as luzes ligadas e especialistas da Defesa Civil tentando pará-lo. Pisou fundo no acelerador, e ninguém ousou colocar-se na frente do pequeno carro de Verna Zee. A maioria das pistas do Drive estava livre, mas ele ouvia pessoas gritando:

— Pare! A estrada está fechada!

No rádio se ouvia que o congestionamento na cidade tinha interrompido todo o trânsito que tentava sair da cidade. Um jornalista disse que estava assim desde a primeira explosão. Buck queria ter tempo para observar as saídas que levavam à praia. Existiam inúmeros lugares nos quais um Range Rover poderia ter saído da estrada, batido ou se escondido. Caso Chloe tenha percebido que não conseguiria chegar rápido o bastante até Kennedy ou Eisenhower saindo do The Drake, pode ter tentado o Lake Shore Drive. Mas, quando Buck chegou à saída da Avenida Michigan, que o teria levado a uma distância em que pudesse ver o The Drake, deu-se conta de que, para conseguir avançar, teria de matar alguém ou criar asas. A barricada que fechava o Lake Shore Drive e a saída parecia um objeto saído do cenário de *Les Misérables*. Patrulhas, ambulâncias, caminhões dos bombeiros, cavaletes de construção e trânsito, luzes de alerta, tudo que se possa imaginar, espalhavam-se por toda a área e eram manuseados por uma equipe de funcionários emergenciais. Buck pisou no freio, e o carro derrapou uns vinte metros, quando o pneu dianteiro da direita estourou. O carro girou, e os funcionários dos serviços de emergência correram para desviar dele.

Vários o xingaram, e uma policial foi até Buck com a arma apontada para ele. Buck tentou sair do carro, mas ela gritou:

— Fique bem aí onde está, amigo!

Ele abaixou o vidro com uma mão e estendeu a outra para alcançar suas credenciais de imprensa, mas a policial não permitiu. Ela enfiou a arma pela janela e a colocou contra a têmpora de Buck.

— Ponha as duas mãos onde eu possa vê-las, seu miserável!

Ela abriu a porta, e Buck executou o difícil procedimento de sair do pequeno carro sem usar as mãos. A policial obrigou-o a deitar no asfalto, com braços e pernas esticados.

Dois outros policiais se aproximaram e revistaram Buck rudemente.

— Alguma pistola, faca, agulha?

Buck passou para a ofensiva.

— Não, apenas duas carteiras de identidade.

Os policiais tiraram uma carteira de cada um de seus bolsos traseiros; uma que continha seus documentos e outra com os documentos do fictício Herb Katz.

— Então, qual desses é você? E o que está tramando?

— Sou Cameron Williams, editor do *Semanário Comunidade Global*. Presto contas diretamente ao soberano. A identidade falsa me ajuda a entrar em países que não simpatizam conosco.

Um jovem policial magro arrancou a identidade verdadeira de Buck das mãos da policial.

— Deixe-me ver isso aí — disse com sarcasmo. — Se você respondesse diretamente a Nicolae Carpathia, teria uma autorização nível 2-A, e não vejo... Opa, parece que você tem uma autorização nível 2-A aqui.

Os três policiais se espremeram para inspecionar a carteira de identidade incomum.

— Você sabe que a posse de uma autorização 2-A falsificada é crime punido com a morte.

— Sim, eu sei.

— Nem conseguiremos verificar a placa de seu carro. Todos os nossos computadores estão bloqueados.

— O que posso dizer — Buck começou — é que peguei o carro emprestado de uma amiga chamada Verna Zee. Vocês podem verificar isso antes de levá-lo para o ferro-velho.

— Não pode deixar esse carro aqui!

— E o que vou fazer com ele? — Buck retrucou. — É inútil, está com um pneu furado, e não há como conseguir ajuda para arrumar isso hoje à noite.

— Ou pelas duas próximas semanas, muito provavelmente — completou um dos policiais. — Então, para onde você estava indo com essa pressa toda?

— Para o The Drake.

— Em que planeta você vive, cara? Não ouviu as notícias? A maior parte da Avenida Michigan se foi.

— Incluindo o The Drake?

— Não tenho certeza, mas aquele hotel não deve estar num estado muito bom a esta altura.

— Se eu subir aquela colina e seguir pela Avenida Michigan a pé, morrerei de contaminação radioativa?

— Os rapazes da Defesa Civil disseram que não detectaram nenhuma radiação. Isso significa que o ataque deve ter sido lançado pela milícia, que tentou poupar o máximo possível de vidas. Em todo caso, se aquilo foi um bombardeio nuclear, a radiação já teria contaminado uma área muito maior do que esta.

— Faz sentido — Buck disse. — Posso ir?

— Mas sem garantias de que conseguirá passar pelos guardas na Avenida Michigan.

— Vou arriscar.

— Sua melhor aposta é esse seu documento de autorização. Espero que seja legítimo, para o seu próprio bem.

* * *

Rayford não podia atrasar ainda mais a tripulação em terra, pelo menos não simplesmente a ignorando. Ele puxou a escada como que para permitir a aproximação da ponte telescópica, mas não a tirou completamente do caminho, sabendo que, assim, a ponte jamais conseguiria fazer contato com o avião. Em vez de permanecer ali, voltou para a cabine e se manteve ocupado. "Não quero nem abastecer antes de ter certeza de que o avião de Amanda decolou."

Passaram-se quinze minutos até que o copiloto habitual de Rayford conseguisse trocar de lugar com o copiloto temporário e uma tripulação inteira de serviço de bordo embarcasse. Sempre que a equipe em terra informava que estava pronta para abastecer o avião, Rayford respondia que ele ainda não estava. Finalmente, um funcionário irritado resmungou pelo rádio:

— Qual o motivo do atraso, chefe? Informaram que se tratava de um avião VIP que precisava de um serviço rápido.

— Então você entendeu errado, amigo. Este é um avião de carga, e é novo. Precisamos estar familiarizados com os controles; além disso, estamos trocando a tripulação. Aguente firme. Não nos ligue mais; nós ligaremos para você.

Rayford respirou aliviado vinte minutos mais tarde, quando soube que o avião de Amanda estava a caminho de Milwaukee. Agora ele podia abastecer, seguir o roteiro e preparar-se para um longo voo transpacífico.

— Que avião, hein? — McCullum disse ao inspecionar a cabine.

— É, que avião! — Rayford concordou. — Este tem sido um longo dia para mim, Mac. Agradeceria se pudesse tirar uma longa e profunda soneca assim que estivermos no ar.

— Com prazer, comandante. Pode dormir a noite inteira, se quiser. Quer que eu o acorde para a aterrissagem?

— Ainda não me sinto confiante o bastante para abandonar a cabine — Rayford disse. — Estarei bem aqui se precisar de mim.

* * *

De repente, Buck deu-se conta de que tinha assumido um risco enorme. Não demoraria para Verna Zee descobrir que ele tinha sido, pelo menos por algum tempo, um membro pleno da Igreja Nova Esperança. Ele tinha sido muito cauteloso, nunca assumindo nenhum tipo de papel de liderança na igreja, jamais falando em público, não sendo conhecido por muitas pessoas. Agora, uma de suas próprias funcionárias — e, o pior de tudo, uma inimiga de longa data — saberia coisas que poderiam arruiná-lo e até mesmo custar sua vida.

Ele ligou para a casa de Loretta pelo celular de Verna.

— Loretta — ele começou —, preciso conversar com a Verna.

— Ela está bastante perturbada no momento — Loretta disse. — Espero que esteja orando por essa garota.

— Com certeza estou — Buck respondeu. — Vocês se deram bem?

— Bem, tanto quanto se espera de duas completas estranhas — Loretta respondeu. — Estou contando a ela minha história, como acredito que você teria desejado, Buck.

Buck ficou em silêncio. Finalmente, ele disse:

— Pode passar o telefone a ela, por favor?

Loretta obedeceu, e Buck foi diretamente ao ponto.

— Verna, você vai precisar de um carro novo.

— Ai, não! Cameron, o que aconteceu?

— É apenas um pneu furado, mas será impossível conseguir alguém que o conserte nos próximos dias, e não acho que seu carro vale a preocupação.

— Bem, muito obrigada!

— Que tal se eu comprar um carro melhor para você?

— Nada contra — ela murmurou.

— Eu prometo. Verna, terei de abandonar o veículo agora. Há alguma coisa nele de que você precise?

— Não consigo pensar em nada… No porta-luvas há uma escova que eu realmente adoro.

— Verna!

— OK, isso parece um tanto trivial diante de tudo.

— Nenhum documento, pertences, dinheiro escondido, qualquer coisa assim?

— Não. Faça o que tiver de fazer. Seria legal se isso não me causasse problemas.

— Vou pedir às autoridades que, quando forem tratar disso, levem o carro a um ferro-velho qualquer e paguem o guincho com o dinheiro que conseguirem por ele.

— Cameron — Verna sussurrou —, essa mulher é uma figura bem estranha.

— Não tenho tempo para discutir isso agora, Verna. Mas dê uma chance a ela. Loretta é um amor. E está oferecendo abrigo a você.

— Não, você não está entendendo. Não estou dizendo que ela não é maravilhosa. Só estou dizendo que ela tem umas ideias bem estranhas.

Enquanto Buck escalava uma barragem para conseguir ver a Avenida Michigan, ele cumpriu a promessa feita a Loretta de orar por Verna, mesmo que não soubesse como fazer isso exatamente.

"Ou ela se converte, ou sou um homem morto."

Quando viu as dúzias de prédios bombardeados ao longo da Avenida Michigan, sabendo que isso continuava por quase toda a Milha Magnífica, Buck só conseguiu pensar na sua experiência em Israel quando a Rússia atacou. Ele podia imaginar o som das bombas e o calor escaldante das chamas, mas, naquele caso, a Terra Sagrada havia sido milagrosamente poupada da destruição. Aqui, não houve nenhuma intervenção desse tipo. Ele apertou o botão de rediscagem no celular de Verna, esquecendo que a última pessoa para a qual ele tinha ligado era Loretta, e não número no Range Rover.

Como não ouviu a gravação da caixa postal, ele parou e orou, pedindo que Chloe atendesse. Quando ouviu a voz de Loretta, ficou sem palavras por um momento.

— Alô? Tem alguém aí?

— Sinto muito, Loretta — ele disse —, número errado.

— Ainda bem que ligou, Buck. Verna estava prestes a ligar para você.

— Por quê?

— Vou deixar que ela conte.

— Cameron, eu liguei para o escritório. Alguns poucos continuam lá, monitorando tudo. Prometeram que trancariam tudo quando terminassem. Mas havia algumas mensagens para você.

— Da Chloe?

— Sinto muito, mas não. Havia uma ligação do doutor Rosenzweig, em Israel, e outra de um homem que afirmava ser seu sogro. E tinha uma ligação de uma certa senhora White. Ela disse que alguém precisa pegá-la no campo de pouso de Mitchell em Milwaukee à meia-noite.

"Senhora White?", pensou Buck. "Que ideia brilhante da Amanda de ocultar a conexão com a nossa pequena família!"

— Obrigado, Verna. Entendi.

— Cameron, como é que você vai pegar alguém em Milwaukee sem um veículo?

— Ainda me restam algumas horas para pensar em algo. No momento, ter esse tempo parece até um luxo.

— Loretta ofereceu o carro dela, contanto que eu esteja disposta a dirigir — Verna disse.

— Creio que não será necessário — Buck disse —, mas obrigado. Eu avisarei se precisar de ajuda.

No meio daquele caos, Buck não conseguia ver-se como jornalista. Ele deveria estar absorvendo tudo, prestando atenção, fazendo perguntas a pessoas que pareciam estar no controle. Mas ninguém parecia ter controle de alguma coisa. Todos estavam trabalhando. E Buck não se importava em ser capaz de traduzir tudo em uma história ou não. Sua revista, bem como qualquer outra mídia influente, era controlada por Nicolae Carpathia. Por mais que tentasse manter uma visão objetiva de tudo, seus escritos pareciam estampar a marca do mestre dos enganadores. O pior de tudo é que Nicolae era muito bom naquilo que fazia. E não podia ser diferente. Era sua natureza. Buck odiava a ideia de ser usado para espalhar propaganda e mentiras, que as pessoas consumiam como sorvete.

Acima de tudo, porém, naquele instante, naquele lugar, ele só se importava com Chloe. Deixou que sua mente fosse invadida pelo pensamento de, talvez, tê-la perdido. Ele sabia que a veria de novo no fim da tribulação, mas será que teria forças para continuar sem ela? Chloe era o centro de sua vida; em torno dela girava todo o resto. Durante o breve período em que estiveram juntos, ela havia sido muito mais do que ele jamais esperou encontrar numa esposa. Era verdade que estavam unidos numa causa comum que os obrigava a enxergar além do insignificante e do mesquinho, coisas que pareciam causar tantos problemas nos relacionamentos de outros casais. Mas Buck sentia que Chloe jamais seria maldosa ou petulante. Ela era altruísta e amorosa. Confiava nele e apoiava-o completamente. Ele não desistiria até encontrá-la. E, até ter certeza absoluta, jamais acreditaria que ela estivesse morta.

Buck digitou o número do Range Rover. Quantas vezes ele já tinha feito isso? Sabia o procedimento de cor. Quando ouviu o sinal de ocupado, seus joelhos quase cederam. Ele tinha discado o número correto? Precisou digitá-lo novamente, pois a rediscagem levou-o mais uma vez ao número de Loretta.

Ele ficou parado na calçada, caos total ao redor, e, com dedos trêmulos, digitou os números com cuidado e determinação. Levou o celular ao ouvido.

"Este número não está..."

Buck soltou um palavrão e agarrou-se ao celular da Verna com tanta força, que chegou a pensar que o quebraria. Deu um passo e jogou o braço para trás, como que para lançar o maldito aparelho contra a parede de um prédio. No último minuto, segurou-o, percebendo que seria a coisa mais estúpida a fazer. Balançou a cabeça ao lembrar-se da palavra que tinha saltado de sua boca ao ouvir aquela gravação. "A velha natureza ainda está sob a superfície..."

Ele estava com raiva de si mesmo. Como, em circunstâncias tão precárias, pôde digitar o número errado?

Mesmo sabendo que ouviria aquela gravação de novo e que a odiaria mais do que nunca, não conseguiu conter-se e apertou mais uma vez o botão da rediscagem. Agora a linha estava ocupada! O aparelho estava com algum defeito? Aquilo era uma piada cósmica cruel? Ou alguém, em algum lugar, estava tentando usar aquele telefone?

Não existia garantia de que era Chloe. Poderia ser qualquer um. Poderia ser um policial. Um funcionário dos serviços de emergência. Alguém que tinha encontrado seu Range Rover acidentado.

Não, ele não aceitaria acreditar nisso. Chloe estava viva. Chloe estava tentando ligar para ele. Mas de onde ela ligaria? Não havia ninguém na igreja. Pelo que sabia, ninguém estava mais nos escritórios do *Semanário Comunidade Global*. Chloe tinha o número de Loretta? Seria fácil consegui-lo. Ele pensava se deveria ligar para os lugares de onde ela pudesse ter tentado ligar ou se deveria, simplesmente, continuar a discar aquele número, na esperança de contatá-la entre as ligações.

* * *

A comissária de bordo sênior, de uma tripulação bem mais numerosa que toda a lista de passageiros, bateu à porta da cabine e abriu-a enquanto Rayford taxiava lentamente pela pista de pouso.

— Comandante — ela chamou, enquanto ele tirava o fone da orelha direita —, nem todos estão sentados e com os cintos apertados.

— Bem, eu não vou parar — ele disse. — Você não consegue resolver isso?

— O transgressor, comandante, é o próprio senhor Carpathia.

— Não tenho jurisdição sobre ele — Rayford respondeu. — E você também não.

— As regras da Administração Federal de Aviação exigem que...

— Caso você não tenha percebido, qualquer coisa "federal" não significa mais nada. Tudo é global agora. E Carpathia está acima disso.

Se ele não quiser sentar, que fique de pé. Eu fiz o meu anúncio, e você deu suas instruções, correto?

— Correto.

— Então, aperte os cintos e deixe que o soberano cuide de si mesmo.

— Se é isso que deseja, comandante. Mas, se este avião tiver a potência de um 777, eu não gostaria de estar de pé quando você acelerar...

Mas Rayford já havia colocado os fones de ouvido e estava posicionando o avião para a decolagem. Enquanto aguardava as instruções da torre, Rayford passou a mão por baixo do assento e apertou o botão do interfone. Alguém estava perguntando se Carpathia não preferia sentar-se. Rayford percebeu que McCullum o olhava com certa expectativa, como se tivesse ouvido algo que passou despercebido por Rayford. Rapidamente, ele soltou o interfone e ouviu McCullum dizer:

— Temos permissão para decolar, comandante. Podemos soltar os freios.

Rayford podia ter acelerado aos poucos. Mas todo mundo apreciava uma decolagem poderosa de vez em quando, não? Acelerou com tanta velocidade e potência, que ele e McCullum foram pressionados contra os assentos.

— É isso aí! — McCullum gritou. — Manda ver, caubói!

Rayford precisava pensar em muita coisa, e, por ser apenas a segunda vez que decolava num avião novo, deveria permanecer focado em suas tarefas. No entanto, ele não resistiu e apertou novamente o botão do interfone para ouvir o que podia ter acontecido a Carpathia. Imaginou o homem cambaleando até a cauda do avião, desejando que lá houvesse uma porta que fosse possível abrir.

— Meu Deus! — ele ouviu várias vozes pelo interfone.

— Soberano, o senhor está bem?

Rayford ouviu alguma movimentação, como se os outros estivessem tentando soltar seus cintos para ajudar Carpathia, mas, com o avião ainda acelerando pela pista, os passageiros estavam presos aos assentos pela força centrífuga.

— Eu estou bem — Carpathia insistiu. — A culpa é minha. Ficarei bem.

Rayford desligou o interfone e concentrou-se na decolagem. Em secreto, esperava que Carpathia estivesse encostado num dos assentos durante o impulso inicial. Assim, ele teria girado e caído.

"Provavelmente minha última oportunidade de fazer justiça."

* * *

Ninguém prestava atenção em Buck; mesmo assim, ele não quis levantar suspeitas. Escondeu-se numa esquina e agachou-se na sombra, rediscando o número de Chloe incessantemente, não querendo perder um segundo sequer entre as ligações, caso ela estivesse usando o telefone. De alguma forma, no segundo entre ouvir o sinal de ocupado, desligar e rediscar, seu próprio telefone tocou.

— Alô! Chloe? — Buck gritou antes mesmo de aceitar a ligação. Seus dedos tremiam tanto, que ele quase deixou o telefone cair. Apertou o botão e gritou:

— Chloe?

— Não, Cameron, é Verna. O escritório acabou de informar que a Chloe tentou ligar para você lá.

— Alguém lhe deu o número deste celular?

— Não, eles não sabiam que você estava com o meu telefone.

— Estou tentando ligar para ela agora, Verna, mas a linha está ocupada.

— Continue tentando, Cameron. Ela não disse onde estava ou como estava, mas pelo menos você sabe que ela está viva.

— Graças a Deus por isso!

CAPÍTULO 5

Buck queria pular, gritar ou correr, mas não sabia para onde. Saber que Chloe estava viva foi a melhor notícia que já tinha recebido, mas, agora, ele precisava fazer algo a respeito. Continuou apertando o botão de rediscagem, e também ouvindo o sinal de ocupado.

De repente, seu telefone tocou mais uma vez.

— Chloe!

— Não, Cameron, sou eu de novo, Verna.

— Verna, por favor! Estou tentando encontrar a Chloe!

— Calma aí, garotão. Ela ligou de novo para o escritório do *Semanário*. Agora ouça. Onde você está? Por onde passou?

— Estou na Avenida Michigan, perto do Water Tower Place, ou daquilo que costumava ser o Water Tower Place.

— Como chegou até aí?

— Pela Sheridan e pelo Lake Shore Drive.

— Ok — Verna disse. — Chloe disse a alguém no escritório que ela está na direção oposta do Lake Shore Drive.

— Na direção oposta?

— É tudo que sei, Cameron. Você terá de procurá-la fora da estrada, perto do lago, no caminho contrário àquele em que você esperava encontrá-la no Lake Shore Drive.

Buck já estava indo para lá enquanto ainda falava.

— Não sei como ela pode ter chegado às proximidades do lago se estava seguindo na direção sul no Drive.

— Também não sei — Verna disse. — Talvez ela esperasse fugir de tudo seguindo naquela direção, viu que não conseguiria e deu meia-volta.

— Caso mais alguém fale com ela, peça que Chloe fique longe do telefone até que eu consiga falar com ela. Assim, será mais fácil encontrá-la, se for possível.

* * *

Se restavam quaisquer dúvidas em Rayford Steele sobre o incrível poder maligno de Nicolae Carpathia, elas deixaram de existir em poucos minutos após a decolagem do Condor 216 do Aeroporto Internacional de São Francisco. Pelo interfone particular, ele ouviu um dos assistentes de Carpathia perguntar:

— E agora, senhor? São Francisco?

— Pode disparar — veio a resposta sussurrada.

O assistente, que obviamente estava ao telefone, disse apenas:

— Luz verde.

— Olhem pela janela daquele lado — Carpathia pediu, com voz obviamente excitada. — Vejam!

Rayford viu-se tentado a inclinar o avião para que também pudesse ver, mas isso era algo que ele preferia esquecer e não ter para sempre na memória. McCullum e Rayford entreolharam-se quando seus fones transmitiram gritos de desespero vindos da torre de controle.

— *Mayday*! *Mayday*! Estamos sendo atacados por ar!

As explosões interromperam a comunicação, mas Rayford sabia que as bombas conseguiriam destruir facilmente aquela torre inteira, sem falar do resto do aeroporto e de boa parte da área vizinha.

Rayford não sabia até quando suportaria ser o piloto do próprio diabo.

* * *

Buck estava em boa forma para um homem de trinta e poucos anos, mas agora suas juntas doíam e seus pulmões imploravam por ar enquanto ele corria até a Avenida Chicago para, depois, seguir ao lago na direção leste. Até onde Chloe podia ter chegado indo para o sul antes de dar meia-volta? Ela teve de retornar; do contrário, não poderia ter saído da estrada e acabado daquele lado.

Quando finalmente alcançou o Drive, encontrou-o vazio. Buck sabia que ele estava fechado pelo lado norte, na saída da Avenida Michigan. E, agora, parecia estar bloqueado também na extremidade sul. Ofegante, ele saltou o parapeito, seguiu até o meio, ouviu o barulho inútil de semáforos e correu para o outro lado. Então, continuou na direção sul, sabendo que Chloe estava viva, mas sem ter ideia de como a encontrar. Supondo que ela não tivesse nenhum ferimento grave, sua maior preocupação, naquele momento, era saber se os comentários pessoais impressos de Bruce — ou pior, o próprio computador — tinham caído em mãos erradas. Partes daquela narrativa não deixavam dúvida de que Bruce acreditava que Carpathia era o anticristo.

Buck não sabia como era capaz de colocar um pé na frente do outro, mas continuou correndo, ao mesmo tempo em que rediscava e apertava o celular contra o ouvido. Quando suas forças acabaram, deixou-se cair na areia e encostou no parapeito, tentando recuperar o fôlego. Finalmente, Chloe atendeu.

Sem ter planejado o que dizer, as palavras saltaram de sua boca:

— Você está bem? Está machucada? Onde está?

Ele não disse que a amava, ou que quase tinha morrido de preocupação, ou que estava feliz por encontrá-la viva. Supunha que ela já sabia, até que pudesse dizer-lhe tudo isso mais tarde.

A voz dela estava fraca.

— Buck — ela começou —, onde você está?

— Estou seguindo na direção sul do Lake Shore Drive, ao sul da Avenida Chicago.

— Graças a Deus — Chloe disse. — Creio que você tem pouco mais de um quilômetro pela frente.

— Está ferida?

— Temo que sim, Buck — ela respondeu. — Não sei quanto tempo fiquei inconsciente. Nem sei como cheguei aqui.

— E onde você está exatamente?

Buck já estava de pé e andava rapidamente. Ele não conseguia correr, apesar do medo de que ela estivesse sangrando ou em estado de choque.

— Estou no lugar mais estranho — ela explicou, e ele percebeu que Chloe estava desmaiando. Sabia que ela ainda estava no veículo, pois aquele telefone não era portátil.

— O *air bag* foi acionado — acrescentou.

— O Rover ainda funciona?

— Não faço ideia, Buck.

— Chloe, você precisa dizer o que devo procurar. Está em campo aberto? Conseguiu fugir daquele policial?

— Buck, o Range Rover parece estar preso entre uma árvore e uma encosta de concreto.

— O quê?

— Eu estava a uns cem quilômetros por hora — ela disse — quando pensei ter visto uma saída. Tentei pegá-la, e foi aí que ouvi a bomba.

— A bomba?

— Sim, Buck, você deve saber que uma bomba explodiu em Chicago.

"Uma bomba?", pensou Buck. "Talvez tenha sido um ato de misericórdia que ela tivesse desmaiado antes de todas as bombas que vieram depois."

— Em todo caso, vi como a viatura passou por mim. Talvez nem estivesse atrás de mim. Todo o trânsito no Lake Shore Drive parou quando viram e ouviram a bomba, e o policial bateu em algum carro. Espero que ele esteja bem. Espero que não morra. Eu me sentiria responsável.

— E onde você foi parar, Chloe?

— Bem, suspeito que aquilo que pensei ser uma saída não era. Nem cheguei a pisar no freio, mas tirei o pé do acelerador. O Range Rover esteve no ar por alguns segundos. Senti como se tivesse flutuado uns trinta metros ou algo assim. Há uma espécie de declive ao meu lado; bati no topo de algumas árvores, aí o carro virou de lado. Quando acordei, estava sozinha aqui.

— Onde? — Buck estava desesperado, mas não podia culpar Chloe por não ser mais específica.

— Ninguém me viu, Buck — ela disse com voz sonolenta. — Algo deve ter desligado os meus faróis. Estou presa no assento da frente, meio que pendurada pelo cinto. Consigo alcançar o retrovisor, e tudo o que vi foi o trânsito passando e, depois, desaparecendo. Sem luzes de emergência, nada.

— Ninguém perto de você?

— Ninguém. Tive de desligar o carro e ligá-lo de novo para fazer o telefone funcionar. Eu estava orando, pedindo que você me procurasse, Buck.

Ela ameaçava cair no sono a qualquer instante.

— Fique no telefone comigo, Chloe. Não fale, apenas mantenha a linha aberta para que eu não a perca.

As únicas luzes que Buck conseguia ver eram as de emergência ao longe, em direção ao centro, chamas aqui e ali, além de algumas luzes fracas dos barcos no lago. O Lake Shore Drive estava escuro como a madrugada. Toda a iluminação pública estava apagada ao norte, de onde ele tinha visto as luzes de emergência. Ele seguiu por uma longa curva e olhou para o horizonte.

Sob a pálida luz do luar, ele acreditou ter visto um parapeito rompido, algumas árvores e uma encosta de concreto, uma daquelas que formavam um viaduto até a praia. Avançou lentamente e, então, parou. Estimava estar a uns duzentos metros do local.

— Chloe? — ele disse ao celular.

Nenhuma resposta.

— Chloe? Você está aí?

Ele ouviu um suspiro.

— Estou aqui, Buck. Mas não estou nada bem.

— Consegue alcançar os faróis?

— Posso tentar.

— Então faça isso, mas não se machuque.

— Vou tentar puxar-me para perto do volante.

Buck ouviu um gemido de dor. De repente, ao longe, viu os faróis iluminando a areia em ângulo vertical.

— Estou vendo você, Chloe. Aguente aí.

* * *

Rayford deduziu que McCullum supunha que ele estivesse dormindo. Estava sentado, o queixo apoiado no peito, e respirava calmamente. Mas seus fones de ouvido estavam ligados, e a mão esquerda tinha acionado o botão do interfone. Carpathia falava em voz baixa, certo de estar ocultando seus segredos da tripulação.

— Eu estava tão empolgado e com tantas ideias — disse ele —, que não consegui ficar sentado. Espero não ter nenhum hematoma como prova disso.

Seus lacaios caíram na gargalhada.

"Não existe coisa mais engraçada do que a piada do chefe", Rayford pensou.

— Precisamos falar sobre tanta coisa, temos tanto a fazer — Carpathia continuou. — Quando nossos compatriotas estiverem conosco em Bagdá, iniciaremos os trabalhos imediatamente.

A destruição do Aeroporto de São Francisco e de grande parte da região da baía já estava nos noticiários. Rayford viu o medo nos olhos de McCullum. Talvez ele se sentisse mais confiante se soubesse que seu chefe supremo, Nicolae Carpathia, tinha praticamente tudo sob controle nos próximos anos.

De repente, Rayford ouviu a voz inconfundível de Leon Fortunato.

— Soberano — ele sussurrou —, precisaremos de substitutos para Hernandez, para Halliday e para a noiva do senhor...

Rayford se assustou. Aquilo era possível? Será que já tinham eliminado os três, e por que Hattie Durham? Ele se sentia responsável pelo fato de sua antiga chefe de cabine estar a serviço de Carpathia, mas também de ser sua amante e, em breve, a mãe de seu filho. Ele não se casaria com ela? Não queria um filho? Mostrou-se tão feliz na presença de Rayford e Amanda quando Hattie anunciou a gravidez...

Carpathia riu.

— Por favor, não jogue a srta. Durham na mesma categoria dos nossos outros amigos falecidos. Hernandez era dispensável. Halliday foi uma necessidade temporária. Vamos substituir Hernandez, mas não nos preocupemos em substituir Halliday. Ele cumpriu o seu propósito. A única razão pela qual pedi que Hattie fosse substituída é porque ela não estava à altura de seu trabalho. Eu sabia que suas habilidades clericais a tornavam suspeita quando a contratei. Eu precisava de uma assistente, e é claro que eu a desejava. Mas usarei a desculpa de sua gravidez para afastá-la do cargo.

— O senhor quer que eu cuide disso? — perguntou Fortunato.

— Eu mesmo informarei a ela, se é isso que está insinuando — Carpathia disse. — Quero que você encontre novos funcionários para a secretaria.

Rayford tentou manter a compostura. Ele não queria revelar nada a McCullum. Ninguém podia saber que Rayford ouvia aquelas conversas, mas, agora, ele estava ouvindo coisas que nunca desejou. Talvez houvesse alguma vantagem em sabê-las, e talvez isso fosse útil para o Comando Tribulação. A vida, porém, tornou-se tão dispensável que, em poucas horas, ele perdeu uma pessoa que tinha acabado de conhecer — Hernandez — e um velho e querido mentor e amigo — Earl Halliday. Tinha prometido a Earl que entraria em contato com sua esposa caso algo acontecesse a ele. Não seria uma tarefa agradável.

Rayford desligou o interfone. Então, acionou o botão que lhe permitia falar com o primeiro-oficial pelos fones de ouvido.

— Acho que vou tirar uma soneca, sim?

McCullum assentiu, e Rayford saiu da cabine. O compartimento de descanso para a tripulação era ainda mais luxuoso do que o do antigo Global Community One. Rayford tirou os sapatos e deitou-se de costas. Pensou em Earl. Pensou em Amanda. Pensou em Chloe e Buck. Estava preocupado. E tudo começou com a perda de Bruce. Rayford virou-se de lado, enterrou o rosto nas mãos e chorou. Quantas mais pessoas queridas ele perderia num único dia?

* * *

O Range Rover estava preso entre o tronco e os galhos inferiores de uma grande árvore e a encosta de concreto.

— Desligue essas luzes, amor! — Buck gritou. — Não queremos chamar nenhuma atenção no momento.

As rodas do veículo estavam pressionadas contra a parede, e Buck não entendia como a árvore podia suportar tanto peso. Buck teve de escalar a árvore para conseguir olhar pela janela do motorista.

— Consegue alcançar a ignição? — ele perguntou.

— Sim, eu tive de desligar o carro porque as rodas estavam girando contra a parede.

— Vire a chave até a metade e abaixe a janela para que eu possa ajudá-la.

Chloe parecia estar pendurada no cinto de segurança.

— Não sei se consigo alcançar o botão da janela desse lado.

— Consegue soltar o cinto sem se machucar?

— Posso tentar, Buck, mas sinto dores no corpo inteiro. Não sei dizer o que está fraturado ou não.

— Tente agarrar-se a algo e solte essa coisa. Assim, você conseguirá pisar na janela do passageiro e abaixar esta daqui.

Mas Chloe estava tão enrolada no cinto, que só conseguiu virar o corpo para ligar a ignição. Ela se puxou para cima com a mão direita para alcançar o botão da janela.

Quando a janela se abriu, Buck a segurou com as duas mãos para tentar sustentá-la.

— Estava preocupado com você — ele disse.

— Eu também estava preocupada comigo — ela respondeu. — Parece que todos os meus ferimentos foram do lado esquerdo. Acho que meu tornozelo está fraturado, meu punho está torcido, e sinto dores no joelho e no ombro.

— Faz sentido, a julgar pela batida — Buck observou. — Consegue aguentar a dor se eu segurá-la assim, para que você possa apoiar o pé não machucado na janela do passageiro?

Buck deitou-se ao lado do Range Rover, que estava praticamente virado, e se esticou para colocar o antebraço embaixo do braço direito de Chloe e agarrar sua cintura com a outra mão. Buck a segurou enquanto ela soltava o cinto de segurança. Ela era pequena, mas, sem conseguir apoiar-se em nada, isso era tudo o que ele podia fazer para impedir que ela caísse. Chloe tirou os pés do painel e, com muita cautela, ficou de pé. Seus pés estavam agora na porta do passageiro, e sua cabeça estava à altura do volante.

— Está sangrando em algum lugar?

— Acho que não.

— Espero que não esteja sangrando internamente.

— Buck, tenho certeza de que estaria morta há muito tempo se tivesse uma hemorragia.

— Então, você ficaria bem se eu conseguisse tirar você daí?

— Quero muito sair daqui, Buck. Consegue abrir essa porta e me ajudar a subir?

— Primeiro tenho uma pergunta. É assim que será a nossa vida de casados? Eu vou comprar carros de luxo para você, e você vai destruí-los no primeiro dia?

— Em outras circunstâncias, eu até acharia graça...

— Desculpe.

Buck instruiu Chloe a usar o pé ileso como apoio e o braço bom para se segurar enquanto ele abria a porta. O fundo da porta arranhou-se contra a encosta, e Buck ficou surpreso com o estado do carro, que, pelo que conseguia ver sob a fraca luz, tinha resistido ao acidente quase que inteiro.

— Deve haver uma lanterna no porta-luvas — ele disse.

Chloe a entregou para Buck. Ele inspecionou o veículo. Os pneus ainda estavam bons. A grade dianteira estava um pouco danificada, mas nada grave. Ele desligou a lanterna e a colocou no bolso. Com muitos grunhidos e gemidos, Chloe conseguiu sair do carro com a ajuda de Buck.

Enquanto estavam sentados no carro virado, Buck sentiu que o pesado veículo se mexia em sua condição precária.

— Você precisa descer daí — ele advertiu.

— Deixe-me ver essa lanterna por um segundo — Chloe disse. Ela iluminou a região acima dela. — Acho que seria mais fácil subir esse meio metro até o topo da encosta — completou.

— Você tem razão — ele disse. — Consegue chegar lá?

— Acho que sim — ela respondeu.

Chloe arrastou-se até alcançar o topo do muro com a mão ilesa e pediu que Buck a empurrasse para que ela conseguisse apoiar-se no muro. Quando ela tomou impulso pela última vez com a perna boa, o Range Rover se mexeu o bastante para soltar-se dos galhos da árvore. A árvore e o Range Rover estremeceram, e o carro começou a derrapar.

— Buck, saia daí! Você vai ser esmagado!

Buck estava deitado ao lado do Range Rover tombado. Agora, o carro deslizava em direção à encosta, e os pneus deixavam marcas enormes no concreto. Quanto mais Buck se mexia, mais rápido o carro derrapava, e ele percebeu que precisava ficar longe daquele muro se quisesse sobreviver. Agarrou-se ao bagageiro e puxou-se para o topo do Range Rover. Galhos quebravam com o peso do veículo e acertavam Buck na cabeça, arranhando sua orelha. Quanto mais o carro se movia, mais parecia querer mover-se, e para Buck isso era ótimo — contanto que conseguisse manter-se no carro. Primeiro o carro se mexeu, depois a árvore se mexeu, então ambos pareciam tentar voltar ao mesmo tempo às suas posições originais. Buck calculou que o Range Rover, assim que se livrasse da pressão dos galhos da árvore, cairia cerca de um metro até bater no chão. A única coisa que lhe restava fazer era esperar que o carro caísse na horizontal. Não foi o que aconteceu.

O veículo pesado, com os pneus pressionados contra o concreto e vários galhos empurrando-o do outro lado, começou a derrapar para a direita. Buck escondeu o rosto nas mãos para proteger-se dos galhos enquanto o Range Rover se soltava. Eles quase o empurraram de volta para o muro. Livre da pressão dos galhos, o Ranger Rover rolou para baixo sobre os pneus direitos e quase tombou. Se ele tivesse virado para o outro lado, Buck teria sido esmagado contra a árvore. Mas, assim que os pneus bateram no chão, o veículo inteiro saltou e cambaleou, e os pneus esquerdos pousaram a poucos centímetros do concreto. Com o impulso, o lado esquerdo do veículo bateu no concreto, mas, finalmente, o carro parou. Menos de dois centímetros separavam o carro do muro, e lá ele ficou sobre um terreno irregular. Galhos quebrados balançavam acima dele. Buck usou a lanterna para inspecionar o veículo. Com exceção da grade dianteira e dos arranhões em ambos os lados, resultado do atrito com o muro de concreto e com os galhos da árvore, o carro só parecia um pouco surrado.

Buck não fazia ideia de como reinstalar o *air bag*, por isso decidiu cortá-lo e preocupar-se com ele mais tarde, se conseguisse fazer o Range Rover voltar a funcionar. Sentia dores e estava certo de ter fraturado alguma costela quando o Rover caiu no chão. Desceu cautelosamente e ficou embaixo da árvore, cujos galhos o impediam de ver sua esposa.

— Buck? Você está bem?

— Fique onde está, Chloe. Vou tentar uma coisa aqui.

Buck entrou pelo lado do passageiro, sentou-se atrás do volante e ligou o motor. O som parecia perfeito. Com cuidado, observou as luzes no painel para garantir que nada estava vazio, seco ou superaquecido. O Rover estava em automático e tinha tração 4x4. Quando tentou acelerar, o carro parecia estar preso. Rapidamente, Buck mudou para câmbio manual, tração integral, pisou no acelerador e soltou a embreagem. Dentro de segundos, o carro estava longe da árvore, já na praia. Ele virou para a direita e voltou seguindo o parapeito que separava a areia do Lake Shore Drive. Continuou por cerca de meio quilômetro até encontrar um lugar que lhe permitisse passar pelo parapeito e dar meia-volta. Voltou em direção ao viaduto, onde Chloe se apoiava em um pé e segurava o punho esquerdo com a mão direita. Ela nunca esteve tão linda.

Buck parou o carro ao lado de Chloe e a ajudou a entrar no carro. Apertou-lhe o cinto e já pegou o telefone antes mesmo de entrar no carro.

— Loretta? Chloe está em segurança. Está um pouco machucada, e quero que ela seja examinada o mais rápido possível. Veja se consegue encontrar algum médico na igreja e que não esteja de plantão, por favor. Eu agradeceria muito.

Buck tentou dirigir com cuidado para não piorar a dor de Chloe, mas ele conhecia o caminho mais rápido para casa. Quando alcançou a enorme barreira entre a Avenida Michigan e o Lake Shore Drive, virou para a esquerda e continuou por cima da barragem pela qual tinha passado anteriormente. Viu o carro quebrado de Verna e ignorou os acenos e alertas dos policiais com quem havia conversado pouco tempo atrás. Seguiu correndo pelo Lake Shore Drive, passou pelas barreiras na Sheridan, seguiu as instruções de Chloe até Dempster e logo estava de volta aos subúrbios no noroeste de Chicago.

Loretta e Verna estavam olhando pela janela quando ele parou o carro na frente da casa. Só então ele deu um tapa na testa e lembrou. Saltou do carro e correu até a parte traseira. Lá encontrou as páginas de Bruce espalhadas pelo bagageiro. O computador também estava lá, com os celulares que Chloe tinha comprado.

— Chloe — disse, e ela se virou com cautela. — Assim que entrarmos, preciso ligar para Carpathia.

* * *

Rayford estava de volta à sua cabine. Conforme a noite avançava, a cabine de passageiros ficava cada vez mais quieta. Agora, as conversas reduziam-se a bate-papos superficiais. Os dignitários tinham sido bem alimentados pela tripulação, e Rayford teve a impressão de que todos se acomodavam para o longo voo que os esperava.

Ele acordou de sobressalto e percebeu que seu dedo tinha soltado o botão do interfone. Apertou-o novamente, mas ainda não ouvia nada. De qualquer forma, já tinha ouvido mais do que queria. Decidiu esticar as pernas.

Ao caminhar pela cabine de passageiros para assistir a uma das TVs ao fundo, todos o ignoraram, exceto Carpathia. Alguns estavam dormindo, outros prestavam atenção na tripulação, que retirava bandejas e distribuía travesseiros e cobertores.

Carpathia sorriu e acenou para Rayford.

"Como ele consegue fazer isso?", Rayford pensou. "Bruce disse que Satanás não habitaria o anticristo durante a primeira metade da tribulação, mas esse homem é a encarnação perfeita do mal."

Rayford não podia deixar transparecer que sabia a verdade, embora Carpathia estivesse ciente de suas convicções cristãs. Simplesmente cumprimentou o soberano e continuou. Na televisão, viu reportagens ao vivo do mundo inteiro. As Escrituras estavam se cumprindo. Aquele era o cavalo vermelho do Apocalipse. Logo haveria mais morte por fome e pragas até a eliminação de um quarto da população que restou do arrebatamento.

Seu celular universal vibrou no bolso. Poucas pessoas além dos passageiros daquele avião sabiam seu número. "Graças a Deus pela tecnologia", ele pensou. Não queria que ninguém o ouvisse. Foi até o fundo do avião e aproximou-se de uma janela. A noite estava escura como a alma de Carpathia.

— Rayford Steele falando — ele disse.

— Papai?

— Chloe! Graças a Deus! Você está bem?

— Eu sofri um pequeno acidente de carro, mas estou bem. Só queria dizer que, mais uma vez, você salvou a minha vida.

— Como assim?

— Recebi aquela mensagem que você deixou no The Drake — ela disse. — Se eu tivesse subido até o nosso quarto, provavelmente não estaria mais aqui.

— E o Buck, ele está bem?

— Sim, está. Ele precisa retornar a ligação para "você sabe quem", e é isso que está fazendo no momento.

— Então, peço que me dê licença — Rayford disse. — Voltarei a falar com você.

Rayford voltou para a cabine tentando não parecer ansioso. Ao passar por Fortunato, o homem estava entregando um telefone para Carpathia.

— Williams de Chicago — informou. — Já estava na hora...

Carpathia fez uma cara como se Leon estivesse exagerando.

Quando Rayford chegou à cabine, ouviu Carpathia exaltado:

— Cameron, meu amigo! Estava preocupado com você.

Rayford logo se acomodou e colocou os fones de ouvido.

McCullum olhou-o ansiosamente, mas Rayford o ignorou e fechou os olhos ao apertar o botão secreto.

— Quero saber da cobertura — Carpathia foi dizendo. — O que está acontecendo aí em Chicago? Sim, sim... devastação. Entendo, sim. É, é uma tragédia...

"Nojento", Rayford pensou.

— Cameron — Carpathia continuou —, você conseguiria estar na Nova Babilônia dentro de alguns dias? Ah, entendi! Israel? Sim, faz sentido. As chamadas terras sagradas foram poupadas novamente, não? Eu gostaria de uma cobertura conjunta das reuniões de cúpula em Bagdá e Nova Babilônia. E queria ter seu registro de tudo, mas Steve Plank, seu velho amigo, também daria conta do recado. Você e ele podem trabalhar juntos para garantir a cobertura apropriada em toda a nossa mídia impressa...

Rayford estava ansioso para conversar com Buck. Ele admirava a ousadia e a habilidade de seu genro em definir a própria agenda e até mesmo de recusar educadamente instruções sugeridas por Carpathia. Rayford perguntava-se até quando Carpathia permitiria isso. Por ora, ele parecia respeitar Buck o bastante e, como Rayford esperava, ainda não estava ciente das verdadeiras intenções de Buck.

— Muito bem, então — Carpathia disse —, claro que estou sofrendo! Mantenha contato. Ligue-me quando estiver em Israel.

CAPÍTULO 6

Buck estava sentado à mesa com olhar turvo. Sua orelha ardia, e as costelas doíam. Apenas ele e Loretta estavam acordados. Ela pretendia ir ao escritório da igreja após ter certeza de que não precisaria cuidar do corpo de Bruce e dos preparativos para o funeral, que aconteceria no domingo de manhã. Verna Zee dormia num pequeno quarto no porão.

— É tão bom ter gente por aqui de novo — Loretta disse. — Vocês podem ficar o tempo que quiserem ou precisarem.

— Somos gratos — Buck respondeu. — É possível que Amanda durma até tarde, mas, assim que acordar, ela vai organizar tudo no Instituto Médico Legal. Chloe não dormiu muito com aquele tornozelo engessado. Mas agora está em sono profundo, portanto espero que ela descanse por algum tempo.

Buck tinha usado a mesa da sala de jantar para reorganizar as folhas das transcrições de Bruce que se espalharam por todo o interior do Range Rover. A tarefa que o aguardava era enorme. Ele precisava verificar o texto e escolher o material a ser reproduzido e distribuído. Colocou as pilhas de papéis num lado da mesa e os cinco celulares via satélite, que Chloe tinha comprado, no outro. Felizmente, eles tinham sido embalados em isopor e, por isso, resistiram ao acidente.

Buck tinha instruído Chloe a não economizar, e ela foi generosa. Nem queria imaginar quanto ela pagou, mas os telefones tinham de tudo, inclusive a capacidade de receber ligações em qualquer lugar do mundo.

Quando Loretta saiu para ir à igreja, Buck procurou por baterias e leu as instruções básicas para, então, tentar sua primeira chamada.

Agora, estava grato por sua mania de guardar números de telefone antigos. No fundo de sua carteira estava o número de que precisava no momento. Ken Ritz, um ex-piloto comercial e, atualmente, dono da própria empresa de aviação, já tinha ajudado Buck antes. Foi ele quem o havia levado de um pequeno campo de pouso em Waukegan, Illinois, para Nova York um dia após os desaparecimentos.

— Sei que está ocupado, senhor Ritz, e provavelmente não depende de mim como seu cliente — Buck disse —, mas você também sabe que minha conta não tem limites e que posso pagar-lhe mais do que qualquer outra pessoa.

— Olha, perdi todos os meus jatos, exceto um — Ritz respondeu. — Ele está em Palwaukee. Neste momento, tanto ele quanto eu estamos disponíveis. Cobro dois dólares por quilômetro e mil dólares por dia no chão. Para onde precisa ir?

— Para Israel — Buck disse. — E preciso estar de volta no máximo na noite de sábado.

— Pensando no fuso horário — Ritz explicou —, sugiro decolar no fim da tarde e chegar lá no dia seguinte. Encontre-me em Palwaukee às sete, e fechamos o negócio.

* * *

Finalmente, Rayford conseguiu cair num sono de verdade, roncando, segundo McCullum, durante várias horas.

Mais ou menos à uma hora de Bagdá, Leon Fortunato entrou na cabine e se agachou ao lado de Rayford.

— Não sabemos ao certo se estaremos seguros na Nova Babilônia — ele disse. — Ninguém espera que pousemos em Bagdá. Continue informando à torre da Nova Babilônia que estamos indo diretamente para lá. Quando nossos três outros embaixadores embarcarem, ficaremos no solo por algumas horas até que nossas forças de segurança liberem Nova Babilônia.

— Isso afetará suas reuniões? — Rayford perguntou, tentando parecer casual.

— Não sei por que isso importaria a você. Podemos facilmente nos reunir no avião enquanto ele estiver sendo abastecido. Você pode deixar o ar-condicionado ligado, certo?

— Claro — disse Rayford, tentando pensar rápido. — Ainda há muito que eu gostaria de aprender sobre este avião. Ficarei aqui na cabine ou em meu quarto e não atrapalharei vocês.

— Faça isso.

* * *

Buck ligou para Donny Moore, que disse ter encontrado descontos incríveis para componentes individuais e estar montando pessoalmente os cinco *notebooks* de primeira linha.

— Assim, você economizará um pouco de dinheiro — ele explicou. — Acho que mais ou menos 20 mil por computador.

— E eles estarão prontos quando eu voltar de uma viagem no domingo?

— Eu garanto, senhor.

Buck passou o número de seu novo telefone para o pessoal do *Semanário Comunidade Global* e pediu que o mantivessem em segredo e o informassem apenas a Carpathia, Plank e Rosenzweig. Com muito cuidado, Buck arrumou sua grande bolsa de couro e dedicou o resto do dia às transcrições de Bruce. Também tentou ligar para Rosenzweig. Aquele velho homem parecia estar tentando avisar que o doutor Ben-Judá estava vivo e em segurança em algum lugar. Ele esperava que Rosenzweig tivesse seguido seu conselho de não envolver Carpathia no assunto. Buck não fazia ideia de onde Tsion Ben-Judá poderia estar escondido. Mas, se Rosenzweig sabia, gostaria de conversar com ele antes de pousar no Aeroporto Ben Gurion.

Quanto tempo ainda teriam, Buck se perguntou, antes de serem obrigados, ele e seus entes queridos, a esconder-se no abrigo embaixo da igreja?

* * *

As medidas de segurança em Bagdá eram rígidas. Rayford tinha sido instruído a não se comunicar com a torre para que não revelasse a nenhum avião inimigo o local onde se encontravam. Rayford tinha certeza de que os ataques retaliatórios da Comunidade Global em Londres e em Cairo, sem falar da América do Norte, tinham afugentado todos do Iraque. Apenas um suicida permaneceria ali. No entanto, ele obedeceu às instruções.

Leon Fortunato comunicou-se com as torres de Bagdá e Nova Babilônia pelo telefone. Rayford também fez uma ligação para garantir que haveria um lugar em que ele e McCullum pudessem esticar as pernas e relaxar dentro do terminal. Apesar de seus muitos anos como piloto, havia momentos em que até ele chegava a sentir-se claustrofóbico dentro de um avião.

Depois de parar no local mais seguro do terminal de Bagdá, soldados da Comunidade Global fortemente armados cercaram o avião. A equipe de seis empregados e comissárias de bordo foi a primeira a desembarcar. Fortunato esperou que Rayford e McCullum completassem a verificação pós-voo e, então, desembarcou com eles.

— Comandante Steele — ele disse —, vou trazer os três outros embaixadores para o avião dentro de uma hora.

— E quando gostaria de partir para Nova Babilônia?

— Provavelmente não antes de outras quatro horas ou mais.

— As regras internacionais de aviação me proíbem de voltar a pilotar um avião nas próximas 24 horas.

— Besteira — disse Fortunato. — Como se sente?

— Exausto.

— Não importa. Você é a única pessoa qualificada para pilotar o avião, portanto vai pilotá-lo quando nós dissermos que o fará.

— Então, as regras internacionais de aviação não valem mais nada?

— Steele, você sabe que as regras internacionais de qualquer coisa são integradas ao homem que está sentado naquele avião. Quando ele quiser voar para a Nova Babilônia, você o levará para lá. Entendido?

— E se eu me recusar?

— Não seja bobo.

— Leon, só quero lembrá-lo de que, após meu intervalo, voltarei ao avião para conhecer melhor todos os seus detalhes.

— Sim, sim, eu sei. Só saia do nosso caminho. E eu agradeceria se você se dirigisse a mim como sr. Fortunato.

— Isso significa muito para você, não é, Leon?

— Não me provoque, Steele.

Quando entraram no terminal, Rayford disse:

— Já que sou o único que sabe pilotar o avião, eu agradeceria se você me chamasse de comandante Steele.

* * *

Já ao cair da tarde, no horário de Chicago, Buck largou a leitura fascinante dos escritos de Bruce e finalmente conseguiu falar com Chaim Rosenzweig.

— Cameron! Falei, enfim, com nosso amigo mútuo. Não mencionemos seu nome aqui. Ele não conversou muito comigo, mas sua voz soava tão vazia e oca, que fiquei bastante comovido. A mensagem que ele me passou foi estranha. Simplesmente disse que você saberia com quem precisa falar sobre o paradeiro dele.

— *Eu* saberia?

— Foi o que ele disse, Cameron. Que você saberia. Acha que ele se referia a N. C.?

— Não! Não, Chaim! Espero que você não o tenha envolvido nisso.

— Fiz o que me falou, Cameron. Mas não está sendo fácil! Quem, além dele, poderia interceder pela vida do meu amigo? Temo que o pior acontecerá, e eu me sinto responsável por isso.

— Estou indo até aí. Pode arranjar um carro para mim?

— O carro e o motorista do nosso amigo estão disponíveis. Mas você confia nele?

— Acha que ele teve algo a ver com o problema?

— Creio que teve mais a ver com o resgate do nosso amigo.

— Então, deve estar correndo perigo — Buck disse.

— Ah, espero que não — Rosenzweig respondeu. — Em todo caso, eu pessoalmente vou pegá-lo no aeroporto. Posso reservar um quarto para você em algum lugar?

— Você sabe onde eu costumava ficar — Buck disse —, mas acho que é melhor me hospedar em outro lugar desta vez.

— Muito bem, Cameron. Existe um hotel agradável próximo àquele em que você se hospeda normalmente. E o pessoal de lá me conhece.

* * *

Rayford esticou-se e ficou assistindo à transmissão da CNN/RNCG de Atlanta para o resto do mundo. Era evidente que Carpathia tinha imposto sua vontade e sua interpretação aos redatores dos noticiários de todas as mídias. Ao mesmo tempo que as reportagens mostravam as terríveis imagens de guerra, derramamento de sangue, ferimentos e morte, todas falavam da reação rápida e decisiva do soberano à crise para combater os rebeldes. O sistema de abastecimento de água estava contaminado, muitas regiões ficaram sem eletricidade, sem contar os milhões de pessoas que tinham perdido seus lares em poucos instantes.

Rayford percebeu alguma atividade do lado de fora do terminal. Um carrinho com equipamento televisivo, incluindo uma câmera, estava sendo levado ao Condor 216. Em pouco tempo, a CNN/ RNCG anunciou uma transmissão do soberano Carpathia de um local desconhecido. Rayford balançou a cabeça e foi até uma escrivaninha no canto do terminal, onde encontrou papéis com o timbre de uma linha aérea do Oriente Médio, e começou a redigir uma carta à esposa de Earl Halliday.

A lógica dizia que ele não precisava sentir-se responsável. Ao que parece, Halliday esteve cooperando com Carpathia e seu pessoal no desenvolvimento do Condor 216 muito antes de Rayford perceber. No entanto, a sra. Halliday não saberia ou não compreenderia qualquer outra coisa senão que Rayford tinha levado seu velho amigo e chefe diretamente para a morte. Rayford ainda nem sabia como Earl tinha sido morto. Talvez todos em seu voo para Glenview tivessem morrido. Tudo o que sabia era que estava feito, e Earl Halliday não existia mais. Enquanto tentava redigir a carta e encontrar palavras que jamais seriam as certas, sentiu como se uma grande e densa nuvem de depressão pairasse sobre ele. Sentia falta da esposa. Sentia falta da filha. Chorava a perda de seu pastor e a perda de amigos e conhecidos, novos e velhos. Como as coisas tinham chegado a esse ponto?

Rayford sabia que não era responsável pelo que Nicolae Carpathia tramava contra seus inimigos. O terrível e sombrio juízo executado contra a terra por esse homem maligno não teria fim se Rayford simplesmente se demitisse. Centenas de pilotos seriam capazes de pilotar aquele avião. Ele precisou de meros trinta minutos para aprender. Não precisava do emprego, não queria o emprego, não pediu o emprego. De alguma forma, sabia que Deus o havia colocado ali. Mas para quê?

A admirável escuta instalada por Earl Halliday no sistema de interfone era um presente de Deus que permitia a Rayford proteger alguns poucos da ira de Carpathia? Ele acreditava que a escuta já tinha ajudado a salvar sua filha e seu genro da morte certa nos bombardeios de Chicago; agora, ao assistir aos noticiários da Costa

Oeste dos Estados Unidos, desejou poder ter feito algo para alertar a população de São Francisco e de Los Angeles. Estava travando uma batalha impossível e, por si só, não tinha forças para continuar.

Terminou a sucinta carta de pêsames à senhora Halliday, apoiou a cabeça nos braços deitados na escrivaninha e sentiu um nó na garganta, mas não conseguiu chorar. Ele sabia que conseguiria chorar as 24 horas de cada dia até o fim da tribulação, quando então, como seu pastor tinha prometido, Cristo retornaria mais uma vez naquilo que Bruce chamava de a "gloriosa manifestação". Como ansiava aquele dia! Ele e seus amados sobreviveriam para ver aquele dia ou seriam "mártires da tribulação", como Bruce foi? Em momentos como este, Rayford desejava uma morte rápida e indolor que o levasse diretamente ao céu, onde poderia estar com Cristo. Era um pensamento egoísta, ele estava ciente disso. No fundo, não queria abandonar as pessoas que amava e que também o amavam, mas a expectativa de outros cinco anos assim era quase insuportável.

Então, veio o rápido anúncio de Nicolae Carpathia, soberano da Comunidade Global. Mesmo sabendo que estava a menos de cem metros daquele homem, Rayford assistiu ao discurso pela TV, como milhões de pessoas no mundo inteiro.

* * *

Estava quase na hora de ir para o aeroporto de Palwaukee. Verna Zee tinha voltado ao escritório do *Semanário Comunidade Global* com o carro que Buck havia prometido comprar para ela, da frota de veículos sobressalentes da Igreja Nova Esperança. Loretta estava no escritório da igreja, atendendo às constantes ligações sobre o funeral do domingo. Chloe mancava pela casa com a ajuda de uma bengala. Ela precisava de muletas, mas não conseguia manuseá-las com o punho torcido em uma tipoia. Assim, só restava Amanda para levar Buck até o aeroporto.

— Quero ir com vocês — Chloe disse.

— Tem certeza de que aguenta, amor? — Buck perguntou.

A voz de Chloe estava trêmula.

— Buck, odeio dizer isto, mas, hoje em dia, nunca sabemos quando ou se nos veremos de novo.

— Você está sendo um pouco sentimental, não acha? — ele respondeu.

— Buck! — Amanda o repreendeu. — Sugiro que você respeite os sentimentos dela neste momento. Eu tive de me despedir do meu marido na frente do anticristo. Acha que isso me deixa muito confiante de voltar a vê-lo?

Buck foi justamente repreendido.

— Vamos, então — ele disse. Correu até o Range Rover, jogou a bolsa no banco de trás e voltou para ajudar Chloe a chegar até o carro. Amanda se acomodou no banco traseiro. Ela traria Chloe de volta para casa.

Buck ficou impressionado ao constatar que a TV embutida tinha resistido ao acidente de Chloe. Atrás do volante, ele não conseguia vê-la, mas ouviu enquanto Amanda e Chloe assistiam. Nicolae Carpathia, de um jeito excessivamente humilde, fazia seu discurso.

Não se enganem, irmãos e irmãs! Muitos dias sombrios nos esperam. Precisaremos de recursos tremendos para iniciar o processo de reconstrução, mas, graças à generosidade das sete fiéis regiões globais e ao apoio de cidadãos das outras três áreas, que permaneceram leais à Comunidade Global e não aos rebeldes, estamos criando o maior fundo de ajuda humanitária da história. Os recursos serão distribuídos entre as nações necessitadas pela sede da Comunidade Global na Nova Babilônia, sob a minha supervisão pessoal. Com o caos resultante dessa rebelião sinistra e tola, é provável que os esforços locais de reconstrução e de cuidado com aqueles que perderam seus lares sejam frustrados por oportunistas e saqueadores. A ajuda humanitária, sob o apoio financeiro da Comunidade Global, será conduzida de maneira rápida e generosa, para que o máximo de membros leais da Comunidade Global retomem seu próspero padrão de vida.

Continuem a resistir aos contraditores e rebeldes. Continuem a apoiar a Comunidade Global. E lembrem que, apesar de não ter buscado esta posição, aceito-a com seriedade e determinação, dedicando minha vida a serviço da fraternidade. Agradeço o apoio neste momento em que nos sacrificamos uns pelos outros e nos retiramos deste lamaçal para um plano mais elevado do que qualquer um de nós conseguiria alcançar sem a ajuda do próximo.

Buck balançou a cabeça.

— Ele com certeza diz o que querem ouvir, não acham?

Chloe e Amanda permaneceram em silêncio.

***

Rayford pediu ao primeiro-oficial McCullum que ficasse por lá, mas estivesse pronto para levantar voo até Nova Babilônia assim que a ordem fosse dada. Ele acreditava que ainda levaria algumas horas para que isso acontecesse.

— Mas esteja disponível — Rayford o instruiu.

Quando voltou ao avião, fazendo-se notar, supostamente para conhecer melhor os botões e as luzes, Rayford foi primeiro ao seu aposento, notando que Carpathia e seus assistentes apenas cumprimentavam, e com conversa fiada, os sete leais embaixadores da Comunidade Global.

Quando Rayford passou do seu aposento para a cabine, viu que Fortunato levantou o olhar. Ele sussurrou algo no ouvido de Carpathia. O soberano concordou, e a reunião foi transferida mais para o meio do avião.

— Será mais confortável ali — Carpathia dizia. — Temos uma ótima mesa de reunião.

Rayford trancou a porta da cabine. Pegou as listas de verificação pré-decolagem e pós-voo e colocou-as numa prancheta com algumas folhas em branco, só para passar uma boa impressão, caso alguém batesse à porta. Sentou-se, colocou os fones de ouvido e acionou o botão do interfone.

O embaixador do Oriente Médio estava falando.

— Dr. Rosenzweig envia suas mais sinceras e leais saudações, soberano. Existe uma questão pessoal urgente que ele deseja compartilhar com o senhor.

— Algo confidencial? — Carpathia perguntou.

— Creio que não. É sobre o rabino Tsion Ben-Judá.

— O estudioso que vem causando agitação com sua mensagem controversa?

— Esse mesmo — respondeu o embaixador do Oriente Médio. — Ao que parece, sua esposa e dois enteados foram assassinados por zelotes, e o doutor Ben-Judá está escondido em algum lugar.

— Ele não deveria esperar nada melhor — Nicolae disse.

Rayford arrepiou-se, como sempre acontecia quando a voz de Carpathia assumia aquele tom sombrio.

— Concordo plenamente com o senhor, soberano — reforçou o embaixador. — Não posso acreditar que aqueles zelotes o tenham deixado escapar.

— Então, o que Rosenzweig quer de mim?

— Que o senhor interceda por Ben-Judá.

— Junto a quem?

— Suponho que aos zelotes — o embaixador disse, caindo na gargalhada.

Rayford também reconheceu a risada de Carpathia, e logo os outros riam também.

— Tudo bem, cavalheiros, acalmem-se — Carpathia pediu. — O que eu deveria fazer é acatar o pedido do dr. Rosenzweig e falar diretamente com o líder da facção dos zelotes. Darei minha bênção e todo o meu apoio, talvez até forneça alguma tecnologia que o ajude a encontrar sua presa e despachá-la.

O embaixador perguntou:

— Falando sério, soberano, o que devo dizer ao dr. Rosenzweig?

— Enrole-o. Faça-se de difícil. Então, diga que não encontrou o momento certo para abordar o assunto comigo. Depois de algum tempo, diga-lhe que estive ocupado demais para me preocupar com isso. Finalmente, você pode dizer que decidi permanecer neutro nessa questão.

— Muito bem, senhor.

Mas Carpathia não era neutro. Ele mal tinha começado a aprofundar-se no assunto. Rayford ouviu o rangido de uma poltrona de couro e imaginou que Carpathia se inclinava para uma conversa séria com seu bando de capangas internacionais.

— Deixem-me dizer o seguinte, cavalheiros: uma pessoa como o dr. Ben-Judá é uma ameaça muito maior à nossa causa do que um velho tolo como o Rosenzweig. Ele é um cientista genial, mas não conhece as manhas do mundo. Ben-Judá é mais do que um estudioso brilhante: ele tem a capacidade de convencer as pessoas, o que não seria tão ruim se ele servisse à nossa causa. Contudo, ele pretende encher as mentes de seus conterrâneos com essa baboseira sobre o Messias já ter voltado. Não sei como alguém ainda pode insistir na interpretação literal da Bíblia e de suas profecias, mas fato é que dezenas de milhares de convertidos e devotos têm surgido em Israel e no mundo inteiro por causa da pregação de Ben-Judá no estádio Teddy Kollek e em outros eventos enormes. As pessoas estão dispostas a acreditar em qualquer coisa. E, quando isso acontece, elas se tornam perigosas. O tempo de Ben-Judá está acabando, e eu não pretendo atrasar sua morte. Agora, precisamos tratar de negócios.

Rayford levantou as duas primeiras folhas em branco da prancheta e começou a anotar os planos imediatos que Carpathia estava esboçando.

— Precisamos agir rapidamente — ele dizia —, enquanto as pessoas estão mais receptivas e vulneráveis. Elas vão procurar a Comunidade Global esperando ajuda e assistência, e vamos atender suas expectativas. Primeiro, porém, elas nos darão o que queremos. Tínhamos um imenso armazém cheio de dinheiro antes da reconstrução da Babilônia. Precisaremos de muito mais para efetivar o nosso plano de elevar o nível dos países do Terceiro Mundo para que o planeta inteiro esteja em igualdade. Cavalheiros, eu estava tão empolgado e cheio de ideias na noite passada, que nem consegui ficar sentado durante a decolagem em São Francisco. Quase fui lançado da cabine dianteira para o outro lado quando o avião acelerou.

E continuou...

— Estive pensando o seguinte: todos vocês têm feito um ótimo trabalho ao introduzir a moeda universal. Estamos perto de ser uma sociedade sem dinheiro vivo, o que só vai ajudar a administração da Comunidade Global. Ao retornarem a suas respectivas regiões, quero que anunciem, simultaneamente, um imposto de dez centavos sobre qualquer transferência eletrônica. Quando alcançarmos um sistema totalmente livre de dinheiro vivo, todas as transações, como devem imaginar, serão eletrônicas. Segundo os meus cálculos, isso vai gerar mais de 1,5 trilhão de dólares por ano. Também vou introduzir a taxa de 1 dólar por barril de óleo no poço e de dez centavos por galão no posto de gasolina. Meus conselheiros econômicos disseram que isso renderá outro meio trilhão de dólares a cada ano.

Carpathia explicou:

— Vocês sabiam que chegaria o dia em que levantaríamos uma taxa para a Comunidade Global sobre o Produto Interno Bruto de cada região. Bom, ele chegou. Com a destruição militar dos rebeldes no Egito, na Grã-Bretanha e na América do Norte, eles também devem ser disciplinados com uma taxa de 50% sobre o PIB. As outras regiões pagarão 30%.

E seguiu com o discurso.

— Não me olhem assim, cavalheiros. Vocês sabem que tudo isso será devolvido em múltiplos benefícios. Estamos construindo uma nova comunidade global. O processo é doloroso. A devastação e as mortes provocadas por essa guerra florescerão numa utopia nunca vista no mundo, e vocês serão sua vanguarda. Seus países e territórios serão beneficiados, em especial vocês, pessoalmente. E tem mais! Como sabem, nossas fontes de inteligência confirmaram de pronto que o ataque contra Nova York foi planejado pela milícia norte-americana, sob a liderança clandestina do presidente Fitzhugh. Isso apenas corroborou minha decisão anterior de destituí-lo de qualquer poder executivo. Agora, sabemos que ele foi morto durante nosso ataque retaliatório a Washington, o qual conseguimos atribuir aos rebeldes. Os poucos que permanecerem fiéis a ele deverão voltar-se, acredito, contra os rebeldes e perceber que eles são uns tolos inúteis.

— Como sabem — continuou o soberano —, a segunda maior reserva de petróleo, menor apenas do que as reservas na Arábia Saudita, foi descoberta ao norte da Baía de Prudhoe, no Alasca. Durante esse vazio de liderança na América do Norte, a Comunidade Global vai apropriar-se dos vastos campos de petróleo no Alasca, inclusive essa reserva enorme. Anos atrás, ela foi colocada sob proteção para satisfazer as exigências de ambientalistas; agora, porém, enviei equipes de trabalhadores àquela região e ordenei que instalassem uma série de oleodutos com 40 centímetros de diâmetro, os quais transportarão esse óleo pelo Canadá até os portos marítimos, de onde ele será levado aos centros de comércio internacional. Já possuímos os direitos ao petróleo na Arábia Saudita, no Kuwait, no Iraque, no Irã e no restante do Oriente Médio. Com isso, controlamos dois terços da produção de petróleo no mundo. Aumentaremos gradativa e continuamente o preço do petróleo, o que ajudará a financiar nossos planos de estabelecer serviços sociais em países menos favorecidos e de tornar o mundo igual para todos. O petróleo deve render um lucro de mais ou menos 1 trilhão de dólares por ano.

Disse ainda:

— Em breve, nomearei os líderes que devem substituir os três embaixadores das áreas que se voltaram contra nós. Assim, as dez regiões serão restituídas à administração da Comunidade Global. Por enquanto, vocês ainda serão conhecidos como embaixadores da Comunidade Global, mas, a partir de agora, vou considerá-los chefes soberanos de seus próprios reinos. Vocês continuarão a prestar contas diretamente a mim. Eu aprovarei seus orçamentos, receberei seus impostos e concederei subsídios. Alguns vão criticar a decisão, fazendo crer que as medidas pretendem tornar todas as nações e regiões dependentes da Comunidade Global para sua sobrevivência, a fim de garantir o nosso controle sobre o destino de seus povos. Vocês sabem que isso não é verdade. Sabem que a sua lealdade será recompensada, que o mundo será um lugar melhor para todos e que o nosso objetivo é uma sociedade utópica fundamentada na paz e na fraternidade.

E completou:

— Estou certo de que todos vocês concordam que o mundo já não suporta mais uma imprensa antagônica. Até eu, que não busco ganhos pessoais, apenas razões altruístas para aceitar humildemente, e contra a minha vontade, o grande fardo da responsabilidade pela liderança mundial, tenho sido atacado e criticado pelos redatores. Com a aquisição das principais mídias pela Comunidade Global, isso praticamente acabou. Podemos até ser criticados por ameaçar a liberdade de expressão ou de imprensa, mas acredito que o mundo reconhece que essas liberdades irrestritas levaram a excessos que sufocariam a capacidade e a criatividade de qualquer líder. No passado, a imprensa livre pode ter sido necessária, para impedir que ditadores assumissem o poder, mas, quando não resta nada a ser criticado, esses redatores mostram-se opositores.

Rayford sentiu calafrios e quase se virou, certo de que alguém estava do lado de fora da cabine. A sensação era tão persistente, que ele tirou os fones de ouvido e olhou pelo pequeno visor da porta. Ninguém estava ali. Estaria Deus tentando dizer-lhe algo? Lembrou-se da mesma sensação de medo que o dominou quando Buck contou a história aterrorizante de uma reunião com Carpathia, na qual todos na sala sofreram a lavagem cerebral do soberano, com exceção de Buck.

Rayford voltou ao assento e colocou os fones de ouvido. Quando acionou o botão do interfone, era como se estivesse ouvindo um novo Carpathia. A voz de Nicolae era mansa, muito sincera, quase monótona. Faltavam-lhe os adornos e as inflexões que costumavam caracterizar sua fala.

— Quero que saibam de uma coisa, ouçam com muita atenção. Precisamos exercer sobre a indústria e o comércio esse mesmo controle que temos sobre a mídia. Não será necessário comprar tudo. Seria óbvio demais e agitaria a oposição. A questão não é propriedade. É controle. Em poucos meses, anunciaremos decisões unânimes que nos permitirão controlar a economia, a educação, a saúde e até mesmo a forma como nossos reinos individuais escolhem seus líderes. Fato é que democracia e eleições serão suspensas. Elas são ineficientes e não servem aos melhores interesses do povo. Em vista do que vamos fornecer às pessoas, elas logo compreenderão que estamos certos. Podem voltar aos seus subordinados e dizer com franqueza que isso foi ideia de vocês, e que a apresentaram a mim, buscando o meu apoio e o de seus colegas, e que sua pretensão prevaleceu. Acatarei seus desejos publicamente, com alguma relutância, e todos nós sairemos ganhando.

Houve um longo período de silêncio, e Rayford pensou que a escuta estava com defeito. Desligou e ligou o interfone várias vezes, chegando à conclusão de que ninguém estava falando na sala de conferências. Então, esse era o controle mental que Buck havia testemunhado em primeira mão. Por fim, Leon Fortunato manifestou-se.

— Soberano Carpathia — ele começou em tom respeitoso —, sei que sou apenas um assistente, não um membro dessa ilustre instituição. No entanto, peço permissão para fazer uma sugestão.

— Mas é claro, Leon — Carpathia assentiu, aparentemente surpreso. — Você ocupa uma posição significativa de confiança, e todos nós prezamos suas contribuições.

— Estive pensando — Fortunato disse — que o senhor e seus colegas poderiam reconsiderar, pelo menos temporariamente, a ideia de o voto popular ser ineficiente e contrário aos melhores interesses do povo.

— Ah, senhor Fortunato — Carpathia exclamou. — Não sei. Como acham que o povo reagiria a uma sugestão tão controversa?

Os outros pareciam não se conter. Rayford ouvia todos concordando com Fortunato e implorando que Carpathia reconsiderasse. Um dos embaixadores repetiu a declaração de Carpathia, destacando como a imprensa era melhor após o controle da Comunidade Global, e acrescentou que não seria tão necessário possuir a indústria e o comércio, desde que Carpathia os liderasse e a Comunidade Global tivesse seu controle.

— Agradeço as contribuições, cavalheiros. Isso foi muito estimulante e inspirador. Contemplarei essas questões com toda a seriedade e, em breve, avisarei de sua possibilidade e implementação.

A reunião durou mais algumas horas, basicamente com os chamados "reis" de Carpathia repetindo tudo o que ele assegurava serem ideias brilhantes, se pensassem bem. Cada um dos embaixadores reproduzia as palavras de Carpathia como se fossem ideias inéditas, originais. Ele tinha acabado de apresentá-las, mas eles as repetiam como se nunca as tivessem ouvido.

— Muito bem, cavalheiros — Carpathia concluiu —, em poucas horas estaremos na Nova Babilônia, e logo mais anunciarei os três novos embaixadores. Quero que estejam cientes do inevitável. Não podemos fingir que o mundo como o conhecíamos foi poupado da guerra global. A guerra ainda não acabou. Haverá mais batalhas. Haverá outros ataques subversivos. Teremos de recorrer ao nosso armamento mesmo contra a vontade, vocês sabem que detesto isso, e vidas serão perdidas aos milhares, além das centenas já sacrificadas. Apesar de todos os nossos esforços e das excelentes ideias que compartilharam comigo hoje, precisamos entender que vamos travar, durante muito tempo, uma difícil batalha.

E disse mais:

— Oportunistas sempre aparecem em tempos assim. Nossas Forças de Paz não poderão estar em todos os lugares ao mesmo tempo, e aqueles que se opõem a nós tentarão tirar proveito disso. O resultado será fome, além de pobreza e doenças. De certa forma, há algo de positivo nisso tudo. Com os altos custos da reconstrução, quanto menos pessoas para alimentar, sem contar o padrão de vida que precisamos elevar, mais rápido chegaremos lá, inclusive economicamente. Com uma população reduzida e estável, temos de garantir que ela não volte a crescer com rapidez. Seremos capazes de controlar a população global com uma legislação adequada sobre aborto, suicídio assistido e limitação de tratamentos caros para deficientes.

Tudo o que Rayford podia fazer era orar. "Senhor", disse a si mesmo, "eu queria ser um servo mais disposto. Não existe outro papel para mim? Eu não poderia ser usado em algum tipo de oposição ou juízo ativo contra esse homem maligno? Só posso confiar em seu propósito. Proteja os meus amados até que o vejamos em toda a sua glória. Sei que há muito me perdoou pelos anos de incredulidade e indiferença, mas isso ainda pesa em meu coração. Obrigado por ajudar-me a encontrar a verdade. Obrigado por Bruce Barnes. E obrigado por estar conosco enquanto travamos esta última batalha."

CAPÍTULO 7

Buck sempre conseguiu dormir bem, mesmo quando não tinha muito tempo. Naquela noite, ele poderia ter dormido doze ou mais horas depois de um dia daqueles. Mas sete horas haviam sido o bastante, pois, quando ele apagava, apagava mesmo. Só soube que Chloe teve uma noite agitada porque ela contou na manhã seguinte. Ela tinha se revirado e gemido de dor, mas nada disso afetou o sono dele.

Mais tarde, enquanto Ken Ritz pousava o Learjet em Easton, na Pensilvânia, só para encher o tanque antes de continuar para Tel Aviv, Buck ficava atento. Parecia que ele e o magro piloto veterano, de quase cinquenta anos, nunca se afastaram desde que Buck havia contratado seus serviços pela última vez. Ritz gostava de conversar, contar histórias, manifestar suas ideias. Era interessante e interessado, e estava ansioso para saber o que Buck pensava dos desaparecimentos e da guerra global, enquanto compartilhava as próprias opiniões.

— Então, o que há de novo com o jovem editor de revistas desde que o vi pela última vez, o quê, dois anos atrás? — Ritz começou.

Buck contou a ele. Lembrou que Ritz tinha sido claro e direto logo que se conheceram, admitindo não ter a mínima ideia do que teria causado os desaparecimentos, mas que pensava numa intervenção alienígena. A ideia pareceu um tanto maluca para um piloto tão sério, mas, na época, Buck também não tinha chegado a uma conclusão. Qualquer teoria seria tão boa quanto outra. Ritz contou-lhe os muitos encontros estranhos no ar, o que tornava plausível a um piloto acreditar nesse tipo de coisa.

Desse modo, Buck sentiu-se confiante para relatar sua própria história sem desculpas. Ritz não parecia abalar-se. Ele ouviu em silêncio e, quando Buck terminou, simplesmente assentiu com a cabeça.

— Então — Buck perguntou —, agora eu pareço tão maluco quanto você me pareceu ao apresentar sua teoria sobre alienígenas?

— Na verdade, não — Ritz disse. — Você se surpreenderia com a quantidade de pessoas iguais a você que tenho encontrado desde a última vez que conversamos. Não sei o que tudo isso significa, mas estou começando a acreditar que há mais pessoas que concordam com você do que comigo.

— Só digo uma coisa — Buck completou —, se eu estiver certo, continuo muito encrencado. Todos nós passaremos por momentos terríveis. Mas as pessoas que não creem estão mais encrencadas do que podem imaginar.

— Não consigo pensar numa encrenca maior do que esta em que nos encontramos agora.

— Sei o que quer dizer — Buck concordou. — Eu costumava pedir desculpas e tentava não ser insistente nem desagradável demais, mas imploro que investigue o que acabei de dizer. E não pense que tem muito tempo para fazê-lo.

— Tudo isso faz parte do sistema de crenças, não é? — Ritz perguntou. — Se o que me disse é verdade, o fim não está longe. Restam apenas alguns anos.

— Exatamente.

— Então, se alguém quiser verificar isso, é melhor que comece logo.

— Você tirou as palavras da minha boca — Buck disse.

Após reabastecer em Easton, Ritz passou as horas sobre o Atlântico fazendo perguntas do tipo "e se". Buck ressaltou várias vezes que ele não era acadêmico nem estudioso, mas ficou surpreso ao lembrar tantas coisas que Bruce havia ensinado.

— Deve ter doído demais perder um amigo como ele — Ritz comentou.

— Você nem imagina!

***

Leon Fortunato explicou a todos no avião quando deveriam desembarcar e como se posicionar diante das câmeras após a aterrissagem na Nova Babilônia.

— Sr. Fortunato — disse Rayford, tendo o cuidado de seguir todas as ordens de Leon pelo menos na presença dos outros. — McCullum e eu não precisamos aparecer na foto, não acha?

— Não, se quiser contrariar os desejos do soberano — Fortunato advertiu. — Simplesmente faça o que ele manda.

O avião agora estava no chão e em segurança na Nova Babilônia, mas vários minutos se passaram até que as portas da aeronave fossem abertas e a imprensa, controlada por Carpathia, fosse posicionada. Rayford permaneceu na cabine, ouvindo pelo interfone.

— Lembrem-se — Carpathia disse —, sem sorrisos. Este é um dia triste. Expressões apropriadas, por favor.

Rayford não entendia como seria preciso lembrar a alguém de não sorrir num dia como aquele. Em seguida, ouviu a voz de Fortunato:

— Soberano, acho que há uma surpresa para o senhor.

— Você sabe que não gosto de surpresas — Carpathia respondeu.

— Parece que sua noiva está esperando na multidão.

— Isso é totalmente inapropriado.

— Gostaria que eu a retirasse de lá?

— Não, não tenho certeza de como ela reagiria. Certamente não queremos uma cena. Só espero que ela saiba como se comportar. Esse não é o forte dela, você entende.

Rayford achou Fortunato diplomático ao não responder.

Alguém bateu à porta da cabine.

— Piloto e copiloto primeiro! — Fortunato gritou. — Vamos!

Rayford abotoou a jaqueta do uniforme e colocou o quepe ao sair da cabine. McCullum e ele desceram a escada e ficaram do lado direito de um V de pessoas que estavam perto do soberano, o último a desembarcar. Em seguida veio a tripulação, que parecia desajeitada e nervosa. Eles sabiam que não deveriam rir; assim, apenas mantiveram os olhares voltados para o chão e caminharam diretamente aos seus lugares. Fortunato e dois outros assistentes de Carpathia conduziram os sete embaixadores até a escada. Rayford virou-se para observar Carpathia na porta, no alto da escada.

O soberano sempre parecia mais alto do que realmente era em situações assim. É como se tivesse acabado de fazer a barba e de lavar o cabelo, mas Rayford não sabia quando ele teria feito isso. O terno, a camisa e a gravata eram requintados, e ele estava elegante, mas sem exageros. Aguardou um instante. Uma das mãos no bolso direito do terno, a outra segurando uma pasta fina de couro.

"Sempre passando a impressão de que está concentrado em tarefa mais urgente", Rayford pensou.

Ele estava surpreso com a capacidade de Carpathia de assumir a postura e a expressão ideais a cada ocasião. Mostrava-se preocupado, sério, mas, ao mesmo tempo, concentrado em seus objetivos e confiante. Enquanto os *flashes* piscavam e as câmeras disparavam, ele desceu as escadas determinado e aproximou-se dos microfones. Os logotipos das redes em cada microfone tinham sido adaptados para incluir as letras RNCG, de Rede de Notícias Comunidade Global.

A única pessoa que ele não conseguia controlar totalmente escolheu aquele momento para romper a bolha de compostura de Carpathia. Hattie Durham soltou-se da multidão e correu em sua direção.

Os seguranças que tentaram impedi-la logo perceberam quem era e a deixaram passar. Ela fez de tudo, Rayford pensou, menos gritar de alegria. Carpathia parecia envergonhado e desconfortável pela primeira vez desde que Rayford o conhecia. Era como se ele tivesse de decidir o que seria pior: ignorá-la ou acolhê-la ao seu lado.

Ele escolheu a segunda opção, mas era evidente que estava tentando controlá-la. Ela se inclinou para beijá-lo, e ele se aproximou dela para tocar seu rosto levemente com os lábios. Quando Hattie se virou para beijá-lo, ele puxou seu ouvido para perto da boca e sussurrou algo com uma expressão séria. Hattie pareceu abalada. Com olhos lacrimejantes, começou a afastar-se dele, mas ele a agarrou pelo punho e a obrigou a ficar do seu lado, perto dos microfones.

— É tão bom estar de volta — ele disse. — É maravilhoso reunir-me com meus amados. Minha noiva, como eu também, está em profundo pesar em vista dos terríveis eventos ocorridos poucas horas atrás. Os tempos em que vivemos são difíceis, mas nossos horizontes nunca estiveram tão abertos, nossos desafios nunca foram tão grandes, assim como nosso futuro nunca esteve tão brilhante. Isso talvez não seja condizente com a tragédia e a devastação que todos sofremos, mas estamos destinados à prosperidade se permanecermos unidos. Enfrentaremos qualquer inimigo da paz e acolheremos qualquer amigo da Comunidade Global.

A multidão, inclusive a imprensa, aplaudiu com a medida exata de solenidade. Rayford sentiu nojo. Ele só queria ir ao seu apartamento e ligar para a esposa assim que o sol raiasse nos Estados Unidos.

* * *

— Não se preocupe comigo, meu amigo — Ken Ritz disse a Buck enquanto o ajudava a descer do Learjet. — Vou guardar este bebê no hangar e encontrar um lugar para descansar alguns dias. Sempre quis conhecer este país, e é legal estar numa área que não foi arrasada por bombas. Você sabe como me encontrar. Assim que estiver pronto para voltar, basta mandar uma mensagem. Olho com frequência.

Buck agradeceu e pegou sua bolsa, pendurando-a no ombro. Então, seguiu em direção ao terminal. Lá, do outro lado da janela de vidro, viu o aceno entusiasmado do velhinho pálido com seu cabelo esvoaçante, Chaim Rosenzweig. Como queria que aquele homem se convertesse! Buck passou a amar Chaim. Essa não era uma expressão que ele teria usado quando ele encontrou o cientista pela primeira vez. Fazia apenas poucos anos, mas parecia ter acontecido há muito tempo. Buck era o escritor sênior mais jovem na história do *Semanário Global* — e até mesmo na história do jornalismo internacional.

Oferecia-se incansavelmente para escrever o perfil do dr. Rosenzweig como "pessoa do ano" do *Semanário*.

Buck conheceu Chaim um ano antes daquele trabalho, quando Rosenzweig ganhou um dos mais importantes prêmios internacionais por inventar — ele sempre dizia que era mais uma descoberta do que uma invenção — uma fórmula botânica. A poção de Rosenzweig, como diziam alguns, sem muito exagero, permitia que plantas crescessem em qualquer lugar, inclusive em concreto. Este último nunca foi provado, mas areias do deserto de Israel logo começaram a florescer como em uma estufa. Flores, milho, feijão, todo tipo de planta rapidamente começou a cobrir cada centímetro quadrado de terra livre da pequena nação. De um dia para o outro, Israel transformou-se na nação mais rica do mundo.

Outras nações tentaram em desespero obter a fórmula. Sem dúvida, era a resposta a quaisquer problemas econômicos. Israel, até então um país vulnerável e exposto geograficamente, transformou-se numa potência mundial — respeitada, temida, invejada.

Rosenzweig era o homem do momento e, segundo o *Semanário Global*, a "pessoa do ano".

Buck sentiu mais prazer em conhecê-lo do que em entrevistar qualquer político poderoso. Chaim era um brilhante homem das ciências, humilde e modesto, ingênuo a ponto de certa infantilidade, caloroso, sociável e inesquecível. Ele tratava Buck como um filho.

Outras nações queriam tanto a fórmula de Rosenzweig, que designaram diplomatas e políticos de altíssimo nível para bajulá-lo. Precisou suspender seus trabalhos, de tantos dignitários que recebia. Já tinha passado da idade de aposentar-se, mas claramente sentia-se mais à vontade num laboratório ou numa sala de aula do que num cenário diplomático. O queridinho de Israel era, agora, o ícone de governos mundiais, e todos vieram bater à sua porta.

Chaim contou a Buck que cada pretendente tinha uma agenda não tão secreta assim.

— Tentei permanecer calmo e ser o mais diplomático possível — ele disse —, mas apenas porque eu estava representando meu país. Quase adoeci — acrescentou com seu charmoso sotaque hebraico — quando cada um deles tentou convencer-me de que eu me tornaria o homem mais rico do mundo se emprestasse minha fórmula.

O governo de Israel fazia um esforço ainda maior para proteger a fórmula. As autoridades foram tão claras em dizer que ela não estava à venda, que outros países ameaçaram uma guerra, e a Rússia realmente chegou a atacar. Buck estava em Haifa na noite em que os aviões de guerra vieram. A libertação milagrosa daquele país de qualquer dano, ferimento ou morte — apesar do incrível ataque aéreo — levou Buck a crer em Deus, mas não ainda em Cristo. Não havia outra explicação para que, com todas aquelas bombas, sem contar os mísseis e os incêndios em toda a nação, cada cidadão e cada prédio escapassem ilesos.

Buck temeu por sua vida naquela noite, e isso o levou a uma busca pela verdade, a qual só foi satisfeita após os desaparecimentos e o seu encontro com Rayford e Chloe Steele.

Chaim Rosenzweig foi o primeiro a mencionar-lhe o nome de Nicolae Carpathia. Buck perguntou ao velho homem se algum dos que foram enviados para bajulá-lo tinha conseguido impressioná-lo. Apenas um, Rosenzweig respondeu; um jovem político mediano da pequena Romênia. Chaim simpatizou com as visões pacifistas de Carpathia, com sua postura altruísta e com sua insistência de que a fórmula tinha o potencial de mudar o mundo e salvar vidas.

Ainda hoje, Buck conseguia ouvir Chaim Rosenzweig dizendo:

— Você precisa conhecer Carpathia. Acho que vocês iriam gostar muito um do outro.

Buck mal se lembrava do tempo em que não conhecia Nicolae Carpathia, embora seu primeiro contato com aquele nome tenha sido na entrevista com Rosenzweig. Poucos dias após os desaparecimentos, o homem que aparentemente se tornou presidente da Romênia do dia para a noite foi convidado como orador nas Nações Unidas. Seu discurso sucinto foi tão poderoso, tão magnético, tão impressionante, que ele foi aplaudido de pé, até mesmo pela imprensa — e também por Buck. É claro, o mundo estava em choque, assustado com os desaparecimentos, e o momento era perfeito para alguém dar um passo à frente e oferecer uma nova agenda internacional em favor da paz, da harmonia e da fraternidade.

Contra a sua vontade, ao que parece, Carpathia foi alçado ao poder. Ele substituiu o antigo secretário-geral das Nações Unidas, reorganizou-as em dez megaterritórios internacionais e deu-lhes o novo nome de Comunidade Global, transferindo para a Babilônia (que foi reconstruída e batizada como Nova Babilônia), e, então, dedicou-se ao trabalho de desarmar o planeta inteiro.

Foi preciso mais do que a personalidade carismática de Carpathia para que tudo se efetivasse. Ele tinha um trunfo: conseguiu chegar até Rosenzweig. Ele convenceu o idoso e o seu governo de que a chave para o novo mundo seria a capacidade de Carpathia e da Comunidade Global de investir na fórmula de Rosenzweig em troca de sua submissão às regras internacionais de desarmamento. Com a garantia, assinada por Carpathia, de que Israel seria protegido de seus inimigos durante pelo menos sete anos, Israel entregou-lhe a fórmula, que permitiu a Carpathia extorquir qualquer promessa que quisesse de qualquer país do mundo. Com a fórmula, a Rússia pôde cultivar trigo na tundra congelada da Sibéria. Nações africanas destituídas tornaram-se instalações de recursos alimentares e de exportações agrícolas.

Com o poder que a fórmula assegurou a Carpathia, ele foi capaz de subjugar o resto do mundo. Sob o disfarce de sua filosofia pacifista, exigiu que os membros da Comunidade Global destruíssem 90% de seu armamento e doassem os 10% restantes à sede da Comunidade Global. Antes de alguém perceber o que estava acontecendo, Nicolae Carpathia, agora chamado de "grande soberano da Comunidade Global", transformou-se sorrateiramente no pacifista com o maior poder militar na história do planeta. Apenas as poucas nações que suspeitavam de suas intenções preservaram seu poder de fogo. Egito, Estados Unidos da Grã-Bretanha e um grupo muito bem organizado de milícias norte-americanas tinham conseguido guardar armas o suficiente para importunar e irritar Carpathia e provocar sua retaliação. Em suma, esse ato de rebeldia e a reação exagerada de Carpathia foram a receita para a Terceira Guerra Mundial, que a Bíblia tinha predito simbolicamente na imagem do cavalo vermelho do Apocalipse.

A ironia de tudo isso era que o doce e inocente Chaim Rosenzweig, que parecia sempre pensar primeiro nos outros, tornou-se um devoto de Nicolae Carpathia. O homem que Buck e seus amigos do Comando Tribulação acreditavam ser o próprio anticristo manipulava o gentil botânico como bem entendia. Carpathia incluiu Rosenzweig em muitas situações diplomáticas, levando-o a crer que ele fazia parte de seu círculo mais íntimo. Todos os outros sabiam que Rosenzweig era apenas tolerado. Carpathia fazia o que queria. Mesmo assim, Rosenzweig praticamente o adorava; certa vez, insinuou a Buck que, se existisse alguém que incorporasse as qualidades do tão esperado Messias judeu, esse homem seria o próprio Nicolae.

Isso tudo foi antes de um dos mais jovens protegidos de Rosenzweig, o rabino Tsion Ben-Judá, transmitir ao mundo as descobertas de sua pesquisa, patrocinada pelo governo, sobre aquilo que Israel deveria procurar no Messias.

O rabino Ben-Judá, que tinha conduzido um estudo minucioso sobre manuscritos antigos, inclusive sobre o Antigo e o Novo Testamento, chegou à conclusão de que apenas Jesus Cristo tinha cumprido todas as profecias necessárias e se qualificava para o papel. O rabino aceitou a Cristo e dedicou sua vida a ele apenas pouco depois do arrebatamento, para seu pesar. Esse evento não deixou mais dúvidas de que Jesus era o Messias e que tinha vindo para os seus. Com quarenta e poucos anos de idade, ele foi deixado para trás com a esposa, com quem havia casado seis anos antes, e dois enteados adolescentes, um rapaz e uma moça. Ele chocou o mundo, em especial a própria nação, quando manteve em segredo as conclusões dos seus três anos de pesquisa até uma transmissão internacional ao vivo. Após declarar abertamente suas convicções, tornou-se um homem marcado.

Apesar de Ben-Judá ter sido aluno, protegido e até colega do dr. Rosenzweig, este ainda se considerava um judeu não religioso e não praticante. Em suma, não concordava com as ideias de Ben-Judá sobre Jesus. Era algo que ele preferia não discutir.

Isso, porém, não afetou em nada a amizade entre eles. Quando Ben-Judá, encorajado e apoiado por dois desconhecidos pregadores do sobrenatural no Muro das Lamentações, começou a transmitir sua mensagem, primeiro no estádio Teddy Kollek, depois em lugares semelhantes ao redor do mundo, todos sabiam que era uma questão de tempo até que ele pagasse o preço.

Buck sabia que uma das razões pelas quais o rabino ainda estava vivo era que qualquer tentativa de assassiná-lo seria tratada pelos dois pregadores, Moishe e Eli, como atentados contra eles. Muitos daqueles que tentaram atacar os dois tinham sofrido mortes misteriosas e violentas. A maioria das pessoas sabia que Ben-Judá "era deles" e que, por isso, tinha conseguido esquivar-se de perigos mortais.

Agora, essa segurança parecia ter chegado ao fim, e por isso Buck estava em Israel. Ele tinha certeza de que Carpathia estava por trás do terror e da tragédia sofridos pela família de Ben-Judá. Os noticiários disseram que bandidos encapuzados foram até a casa do rabino no meio de uma tarde ensolarada, logo após os filhos adolescentes terem voltado da escola hebraica. Dois guardas armados foram mortos; a sra. Ben-Judá e seus filhos foram arrastados para o meio da rua, decapitados e largados nas poças de seu próprio sangue.

Os assassinos fugiram numa *van* sem identificação nem placa. O motorista de Ben-Judá deslocou-se de imediato para o escritório do rabino na universidade assim que soube das mortes, levando-o a um lugar seguro. Ninguém sabe onde. Ao retornar, ele negou às autoridades e à imprensa qualquer conhecimento sobre o paradeiro de Ben-Judá, alegando tê-lo visto pela última vez antes dos assassinatos e que esperava ter notícias dele em algum momento.

CAPÍTULO 8

Rayford achava que tinha dormido o suficiente entre uma soneca e outra ao longo da viagem. Não percebeu o quanto a tensão, o terror e a repulsa exigiam de sua mente e de seu corpo. No apartamento dele e de Amanda, tão confortável quanto um ar-condicionado poderia deixar num lugar como o Iraque, Rayford ficou de cuecas e sentou-se na ponta da cama. De ombros caídos e cotovelos sobre os joelhos, respirou fundo e percebeu o quanto realmente estava exausto. Finalmente, teve notícias de casa. Sabia que Amanda estava segura, que Chloe se recuperava e que Buck estava, como sempre, indo a algum lugar. Não sabia se deveria preocupar-se com essa tal de Verna Zee e vê-la como ameaça à segurança do novo refúgio do Comando Tribulação — a casa de Loretta —, mas decidiu confiar em Buck e em Deus.

Rayford esticou-se na cama, por cima da colcha, e ficou olhando para o teto. Como adoraria dar uma olhada no tesouro daqueles arquivos do computador de Bruce! Caiu num sono profundo enquanto tentava descobrir uma maneira de conseguir voltar para Chicago até domingo. Devia existir alguma forma de poder participar do funeral de Bruce. Ele pedia a ajuda de Deus quando o sono o envolveu.

* * *

Buck já se comoveu muitas vezes com o sorriso caloroso do velho Chaim Rosenzweig. Não havia nenhum sinal disso agora. Quando Buck aproximou-se do velho homem, Rosenzweig simplesmente abriu os braços para recebê-lo e disse com voz rouca:

— Cameron! Cameron!

Buck inclinou-se para abraçar o pequeno amigo, e Rosenzweig apertou-o como a uma criança. Ele deitou o rosto no ombro de Buck e chorou amargamente. Buck quase perdeu o equilíbrio, com o peso de sua bolsa puxando-o para o lado e com Chaim Rosenzweig jogando-o para frente. Achou que tropeçaria e cairia em cima de seu amigo. Lutou para manter-se de pé, segurando Chaim enquanto ele chorava.

Finalmente, Rosenzweig afrouxou o abraço e puxou Buck até uma fileira de cadeiras. Buck notou o motorista de Rosenzweig, alto e de pele escura, a uma distância de mais ou menos três metros. Ele estava com as mãos dobradas à frente e parecia preocupado com seu chefe, e também envergonhado.

Chaim acenou em sua direção.

— Você se lembra de Andre — Rosenzweig disse.

— Sim — Buck confirmou. — Como você está?

Andre respondeu em hebraico. Ele não falava nem compreendia inglês. E Buck não falava hebraico.

Rosenzweig disse algo a Andre, que saiu às pressas.

— Ele foi buscar o carro — Chaim explicou.

— Só posso ficar alguns dias — Buck disse. — O que tem para dizer? Sabe onde Tsion está?

— Não, Cameron! É terrível! Que profanação horrível e abominável do nome e da família de um homem!

— Mas você teve notícias dele...

— Uma ligação. Ele disse que você saberia por onde começar a procurá-lo. Mas, Cameron, você ouviu as últimas notícias?

— Nem consigo imaginar.

— As autoridades estão tentando acusá-lo do assassinato da própria família.

— Ah, não! Ninguém vai acreditar nisso! Nada aponta na direção dele. Por que ele faria algo assim?

— É claro, nós sabemos que ele jamais faria algo desse tipo, Cameron, mas, quando maus elementos estão atrás de você, eles fazem de tudo. Evidentemente, você já sabe do motorista dele.

— Não.

Rosenzweig reclinou a cabeça até que seu queixo tocasse o peito.

— O quê? — Buck perguntou. — Ele também?

— Temo que sim. Uma bomba no carro. Seu corpo ficou irreconhecível.

— Chaim! Tem certeza de que você está seguro? Seu motorista sabe...

— Dirigir defensivamente? Identificar bombas plantadas no carro? Defender a si mesmo e a mim? Sim. Andre é bastante qualificado. No entanto, admito que isso não diminui meu medo, mas sinto-me protegido na medida do possível.

— Mas você tem ligações com o dr. Ben-Judá. As pessoas que o procuram podem estar seguindo você, para que as leve até ele.

— Isso significa que você também não deveria ser visto em minha companhia — Rosenzweig disse.

— Tarde demais — Buck respondeu.

— Não tenha tanta certeza. Andre garantiu-me que ninguém nos seguiu. Eu não me surpreenderia se alguém nos detectasse aqui e nos seguisse, mas creio que, por ora, ainda não tenhamos sido identificados.

— Ótimo! Passei pela alfândega com meu passaporte falso. Você usou meu nome quando fez a reserva do quarto?

— Infelizmente, sim, Cameron. Sinto muito. Informei até meu próprio nome como garantia.

Buck teve de suprimir um sorriso diante da doce ingenuidade do homem.

— Muito bem, meu amigo, usaremos isso para despistá-los, o que acha?

— Cameron, não sou muito bom com essas coisas.

— Por que você não pede ao Andre que o leve diretamente àquele outro hotel? Diga-lhes que meus planos mudaram e que só chegarei no domingo.

— Cameron! Como você consegue pensar tão rapidamente?

— Apresse-se. Não devemos mais ser vistos juntos. Partirei, no máximo, na noite de domingo. Pode falar comigo nesse número.

— É seguro?

— É a tecnologia mais moderna. À prova de escutas. Só não escreva meu nome ao lado do número e não o repasse a mais ninguém.

— Cameron, por onde você começará a procurar por Tsion?

— Tenho algumas ideias — Buck disse. — E prometo que, se conseguir encontrar um jeito, vou tirá-lo deste país.

— Excelente! Se eu fosse um homem de oração, oraria por você.

— Chaim, em breve você *terá* de ser um homem de oração.

Chaim mudou de assunto.

— Mais uma coisa, Cameron. Liguei para Carpathia pedindo a ajuda dele no caso.

— Teria sido melhor se não tivesse feito isso. Não confio nele como você confia.

— Já percebi, Buck — Rosenzweig disse. — Mas você precisa conhecer melhor esse homem.

"Se você soubesse...", Buck pensou.

— Chaim, tentarei entrar em contato assim que souber de algo. Ligue-me apenas se for necessário.

Rosenzweig deu-lhe outro abraço forte e partiu.

Buck usou um orelhão para ligar ao Hotel Rei Davi. Ele reservou um quarto por duas semanas usando o nome de Herb Katz.

— Como representante de qual empresa? — o recepcionista perguntou.

Buck parou um pouco para pensar e, então, disse:

— International Harvester[3] — achando que seria uma ótima descrição de Bruce Barnes e Tsion Ben-Judá.

---

[3] Em português, "Colheita internacional". [N. do T.]

* * *

Os olhos de Rayford se abriram. Ele não tinha mexido um único músculo. Não fazia ideia de quanto tempo tinha dormido, mas algo interrompeu seus sonhos. O telefone ao lado da cama estava tocando. Quando tentou alcançá-lo, notou que seu braço estava adormecido, não respondia, mas, de algum jeito, conseguiu tirar o fone do gancho.

— Steele falando — ele gargarejou.

— Comandante Steele? Você está bem? — era Hattie Durham.

Rayford virou-se de lado e prendeu o fone entre o ombro e o queixo. Apoiando-se no cotovelo, ele disse:

— Eu estou bem, Hattie. E você?

— Não muito. Gostaria de vê-lo, se possível.

Mesmo com as cortinas fechadas, o forte sol da tarde conseguia invadir o quarto.

— Quando? — Ray perguntou.

— Jantar hoje à noite? — ela sugeriu. — Por volta das seis?

A mente de Rayford ainda estava entrando nos eixos. Hattie já havia sido informada de seu papel menor na administração de Carpathia? Ele queria ser visto em público com ela sem sua esposa Amanda?

— É tão urgente assim, Hattie? Amanda está nos Estados Unidos, mas ela voltará em mais ou menos uma semana...

— Não, Rayford. Eu realmente preciso conversar com você. Nicolae estará em reuniões até à meia-noite, e eles jantarão por lá. Ele disse que não se importava se eu conversasse com você. Sei que deseja ser correto e tudo o mais, mas não é um encontro. Podemos jantar em algum lugar onde todos saibam que somos apenas velhos amigos trocando ideias, pode ser? Por favor!

— Tudo bem, então — Rayford disse. Ele estava curioso.

— Meu motorista pegará você às seis, Rayford.

— Hattie, faça-me um favor. Se realmente não quer que isso pareça um encontro, não se arrume demais.

— Comandante Steele — ela disse, de repente em tom formal —, um encontro amoroso é a última coisa em que eu poderia pensar neste momento.

* * *

Buck acomodou-se em seu quarto no terceiro andar do Rei Davi. Seguindo a intuição, ligou para os escritórios do *Diário da Comunidade Global da Costa Leste*, em Boston, e pediu para falar com o velho amigo Steve Plank. Plank tinha sido seu chefe no *Semanário Global*, o que parecia ter acontecido há muito tempo. Ele saiu de lá repentinamente para ser o assessor de imprensa de Carpathia, quando Nicolae se tornou secretário-geral das Nações Unidas. E, pouco tempo depois, Steve foi nomeado para a lucrativa posição que ocupava agora.

Buck não ficou surpreso ao ser informado de que Plank não se encontrava no escritório. Ele estava na Nova Babilônia por ordem de Nicolae Carpathia; certamente, sentia-se uma pessoa muito especial.

Buck tomou um banho e foi deitar-se.

* * *

Rayford sentiu que poderia ter dormido mais algumas horas. Certamente, não pretendia passar muito tempo com Hattie Durham. Vestiu uma roupa casual, o mínimo necessário para poder entrar num lugar como o Global Bistrô, onde Hattie e Nicolae eram vistos com frequência. É claro que Rayford não podia deixar transparecer que soube antes dela do seu rebaixamento. Ele teria de deixá-la contar toda a história, com sua emoção e seu medo característicos. Mas não se importava. Era o mínimo que podia fazer.

Ainda se sentia culpado pela situação dela, tanto pelo lugar em que ela estava quanto pela sua vida. Parece ter sido ontem que Hattie foi seu objeto de desejo.

Ele nunca permitiu que seus sentimentos determinassem suas ações, é claro, mas, na noite do arrebatamento, pensou em Hattie. Como pôde ter sido tão surdo, tão cego, tão alheio à realidade? Um profissional bem-sucedido, casado há vinte anos, tendo uma filha na faculdade e um filho de doze anos, sonhando com sua chefe de cabine, com a justificativa de que a esposa era uma fanática religiosa! Ele balançou a cabeça. Irene, uma mulher adorável que ele sempre tratou como algo garantido em sua vida, aquela com o nome de uma tia muito mais velha do que ela, tinha conhecido a verdade com V maiúsculo muito antes de todos eles.

Rayford sempre frequentou a igreja e talvez se achasse um cristão. Mas, para ele, a igreja era um lugar para ver e ser visto, uma rede de contatos, um lugar para parecer respeitável. Se os pregadores fossem muito severos ou literais, ele ficava nervoso. E, quando Irene encontrou uma congregação nova e menor, que parecia muito mais rígida em sua fé, ele começou a inventar desculpas para não acompanhá-la. Quando ela começou a falar sobre a salvação das almas, o sangue e o retorno de Cristo, Rayford achou que ela tinha enlouquecido. Quanto faltava para que ela o obrigasse a acompanhá-la e a distribuir panfletos de porta em porta?

Era assim que ele justificava para si mesmo seu flerte com Hattie Durham. Hattie era linda e quinze anos mais nova. Jantaram juntos algumas vezes e saíram para beber em diversas ocasiões, e, apesar da linguagem corporal e dos olhares, Rayford mal chegou a tocá-la. Às vezes, Hattie segurava seu braço ao passar por ele ou colocava as mãos em seus ombros quando conversavam na cabine, mas, de alguma forma, Rayford nunca deixou que as coisas fossem além.

Naquela noite sobre o Atlântico, num Boeing 747 totalmente carregado e em piloto automático, ele finalmente criou coragem para sugerir-lhe algo mais concreto. Mesmo com vergonha de admitir, ele estava pronto para dar o próximo passo, ousado e decisivo, em direção a um relacionamento físico. Mas as palavras nunca saíram de sua boca. Quando foi procurá-la, ela quase o atropelou com a notícia de que vários passageiros haviam desaparecido, deixando para trás tudo o que era material. A cabine, que normalmente era uma câmara escura de dormir às quatro da manhã, logo se transformou em uma colmeia agitada, com pessoas em pânico ao perceber o que se passava.

Foi a noite em que Rayford disse a Hattie que, tanto quanto ela, não sabia o que estava acontecendo. Mas a verdade era que ele sabia muito bem. Irene estava certa. Cristo tinha voltado para arrebatar sua Igreja, e Rayford, Hattie e boa parte dos passageiros foram deixados para trás.

Na época, Rayford ainda não conhecia Buck Williams; não sabia que ele era um de seus passageiros na primeira classe naquele voo. Não podia saber que Buck e Hattie tinham conversado, que ele tinha usado o computador e a internet para tentar saber se a família dela estava bem. Apenas mais tarde descobriu que Buck tinha apresentado Hattie à nova celebridade internacional, o líder Nicolae Carpathia. Rayford conheceu Buck em Nova York. Estava lá para pedir perdão a Hattie por seu comportamento inapropriado e para convencê-la da verdade em relação aos desaparecimentos. Já Buck estava lá para apresentá-la a Carpathia, para entrevistar o soberano e, ainda, para entrevistar Rayford — o comandante de Hattie. Buck estava simplesmente tentando escrever uma história sobre as diferentes visões dos desaparecimentos.

Rayford foi sincero e focado ao tentar convencer Buck de que havia encontrado a verdade. Aquela foi também a noite em que Buck conheceu Chloe. Tanta coisa aconteceu em tão pouco tempo! Menos de dois anos mais tarde, Hattie tornou-se assistente pessoal e amante de Nicolae Carpathia, o anticristo. Rayford, Buck e Chloe eram seguidores de Cristo. E todos os três sofriam com a situação de Hattie Durham. Hoje, quem sabe, Rayford pensou, ele conseguiria finalmente ter alguma influência positiva sobre ela.

NICOLAE   141

* * *

Buck tinha a capacidade de despertar do sono sozinho sempre que queria. Raramente esse dom o deixava na mão. Ele decidiu que queria estar acordado e de pé às seis da tarde. Acordou pontualmente, menos revigorado do que esperava, mas ansioso para começar. Disse ao motorista do táxi:

— Para o Muro das Lamentações, por favor.

Momentos depois, desembarcou. Lá, próximo ao Muro das Lamentações, atrás de uma cerca de ferro, estavam os homens que Buck veio a conhecer como as duas testemunhas da profecia bíblica.

Eles se chamavam Moishe e Eli. Realmente, pareciam ter vindo de outro tempo e de outro lugar. Vestiam mantos esfarrapados que pareciam feitos de aniagem. Estavam descalços; a pele escura e áspera. Tinham cabelos longos e grisalhos, com barbas desgrenhadas. Eram corpulentos e com articulações fortes, com longos e musculosos braços e pernas. Qualquer um com coragem de chegar perto deles podia sentir o cheiro de fumaça. Aqueles que ousaram atacá-los acabaram mortos. Simples assim. Muitos tentaram destruí-los com armas automáticas, mas foi como se batessem contra um muro invisível, caindo mortos. Outros foram incinerados pelo fogo que saía da boca deles.

Era comum vê-los pregar na linguagem e no estilo da Bíblia, e o que diziam era como blasfêmia aos ouvidos de judeus devotos. Eles pregavam o Cristo ressurreto, proclamando-o Messias, Filho de Deus. A única vez em que foram vistos longe do Muro das Lamentações foi no estádio Teddy Kollek, quando apareceram no palco com o rabino Tsion Ben-Judá, um recente convertido a Cristo. Imagens transmitidas ao mundo inteiro mostravam aqueles dois homens estranhos falando em uníssono, sem microfones, mas sendo compreendidos claramente até nas últimas fileiras.

— Aproximai-vos e dai ouvidos — eles gritavam — ao servo eleito do Deus Altíssimo! Vede que ele é um dos primeiros dos 144 mil a partir desta e de muitas outras nações para proclamar o evangelho de Cristo aos confins do mundo! Qualquer que vier contra ele ou contra nós, antes do tempo devido, certamente morrerá!

As testemunhas não ficaram no palco, nem mesmo no estádio, naquele primeiro encontro evangelístico no estádio Kollek. Desapareceram, e já estavam de volta ao Muro das Lamentações quando a reunião terminou. Aquele encontro no estádio foi reproduzido inúmeras vezes em praticamente todos os países ao longo de mais de um ano, resultando em dezenas de milhares de convertidos.

Os inimigos do rabino Ben-Judá tentaram "vir contra" ele ao longo daqueles dezoito meses, como as testemunhas haviam alertado. Já outros parecem ter entendido a mensagem e desistido desses planos. Uma trégua de três ou quatro semanas de qualquer tipo de ameaça tinha sido um alívio ao incansável Ben-Judá. Mas, agora, ele permanecia escondido; sua família e seu motorista estavam mortos.

Ironicamente, a última vez que Buck esteve no Muro das Lamentações para ouvir as testemunhas foi na companhia do rabino Ben-Judá. Voltaram lá naquela mesma noite e, com ousadia, aproximaram-se da cerca e falaram com os homens que haviam matado todos os outros que chegaram muito perto. Buck foi capaz de entendê-los em sua própria língua, embora a gravação que fez daquele encontro provasse que eles tinham falado em hebraico. O rabino Ben-Judá iniciou a conversa recitando as palavras ditas por Nicodemos naquele famoso encontro com Jesus à noite, e as testemunhas responderam com as palavras de Jesus. Foi a noite mais impressionante da vida de Buck.

Agora, aqui estava ele, sozinho. Procurava Ben-Judá, que teria dito a Chaim Rosenzweig que Buck saberia por onde começar a procurá-lo. Bom, ele não conseguia imaginar um lugar melhor.

Como de costume, uma multidão aglomerava-se diante das testemunhas, sempre a uma distância segura. Nem mesmo o ódio e a fúria de Nicolae Carpathia tinham afetado Moishe e Eli até então. Várias vezes, inclusive em público, Carpathia havia perguntado se alguém era capaz de dar fim àqueles dois estorvos. Líderes militares

NICOLAE 143

desculpavam-se, dizendo que, aparentemente, nenhuma arma conseguia machucá-los. As próprias testemunhas costumavam falar da tolice que era tentar matá-los "antes da hora".

Bruce Barnes explicou ao Comando Tribulação que, de fato, em seu devido tempo, Deus permitiria que as testemunhas ficassem vulneráveis e fossem atacadas. Buck acreditava que isso aconteceria somente dali a um ano e meio ou mais; só o fato de pensar nisso, porém, já era como um pesadelo.

Naquela noite, as testemunhas estavam fazendo o que vinham fazendo desde a assinatura do tratado entre Israel e Carpathia: proclamavam o terrível dia do Senhor. E professavam Jesus Cristo como Deus Todo-poderoso, Pai da Eternidade e Príncipe da Paz.

— Que nenhum outro homem se proclame senhor deste mundo! Todo aquele que reclamar esse título não é o Cristo, mas o anticristo, e ele morrerá! Ai de todo aquele que pregar outro evangelho! Jesus é o único Deus verdadeiro, Criador do céu e da terra!

Buck sempre se entusiasmava e se comovia com a pregação das testemunhas. Olhou ao redor e viu pessoas de diversas etnias e culturas. Por experiência própria, sabia que muitas delas não entendiam a língua hebraica. Elas compreendiam as testemunhas em sua própria língua, assim como aconteceu com ele.

Então, infiltrou-se na multidão de mais ou menos trezentas pessoas. Ficou na ponta dos pés para ver os dois homens. De repente, eles pararam de pregar e se aproximaram da cerca. A multidão pareceu recuar num bloco só, temendo por sua vida. As testemunhas pararam a centímetros da cerca, a multidão mantendo uma distância de mais ou menos quinze metros, com Buck ao fundo.

Para Buck, era claro que as testemunhas o haviam notado. Os dois homens olharam diretamente para ele, que não conseguiu mexer-se. Sem fazer gestos nem se mover, Eli começou a pregar.

— Aquele que tem ouvidos, ouça! Não temais! Sei que procurais Jesus, o crucificado. Ele não está aqui, pois ressuscitou, como ele mesmo disse.

Os fiéis na multidão murmuraram seus améns e sua concordância. Buck estava fascinado. Moishe deu um passo à frente e pareceu
falar especificamente com ele:

— Não temas, pois sei o que procuras. Ele não está aqui.

E, novamente, Eli:

— Vai, rápido, e dize aos discípulos de Cristo que ele ressuscitou
dentre os mortos!

E Moishe, ainda fixado em Buck:

— Ele vai antes de ti para a Galileia. Lá tu o verás. Eis que tenho
dito.

As testemunhas se levantaram e ficaram em silêncio por tanto
tempo, imóveis, que pareciam ter virado pedra. A multidão ficou
nervosa e começou a dissipar-se. Algumas pessoas esperaram para
ver se os homens voltariam a falar, mas permaneceram calados.
Logo, só restou Buck. Ele não conseguia desviar o olhar de Moishe.
Os dois homens simplesmente pararam perto da cerca e ficaram
olhando para ele. Buck começou a aproximar-se até uma distância
de mais ou menos sete metros. As testemunhas não se mexeram.
Nem pareciam estar respirando. Sem piscar de olhos, sem movimento. Buck observou seus rostos atentamente sob a fraca luz do
fim do dia. Nenhum deles abriu a boca, mas Buck ouviu nitidamen-
te e em sua própria língua:

— Aquele que tem ouvidos, ouça.

CAPÍTULO 9

Pelo interfone, Rayford foi chamado à porta da frente de seu condomínio, onde o motorista de Hattie o esperava. Ele levou Rayford até a Mercedes branca e abriu a porta de trás. Havia espaço ao lado de Hattie, mas Rayford decidiu sentar-se na sua frente. Ela respeitou o pedido de não se arrumar, mas até em roupa casual ficava adorável. Ele, porém, preferiu não dizer nada.

A preocupação era notória em seu rosto.

— Eu realmente agradeço que tenha concordado em encontrar-se comigo.

— Claro! O que aconteceu?

Hattie olhou para o motorista.

— Que tal conversarmos durante o jantar? — ela perguntou. — No Bistrô, pode ser?

* * *

Buck continuava como que hipnotizado diante das testemunhas, enquanto o sol caía. Olhou em volta para ter certeza de que continuava a sós com os dois.

— É só isso que me dirão? Ele está na Galileia?

Novamente sem mexer os lábios, as testemunhas disseram:

— Aquele que tem ouvidos, ouça.

Galileia? Aquela região ainda existia? Por onde Buck começaria? E quando começaria? Certamente não era uma boa ideia ficar correndo por aí durante a noite. Ele precisava saber para onde ir, ter algum tipo de direção. Deu meia-volta para ver se havia algum táxi por perto. Viu alguns. Voltou-se novamente para as testemunhas:

— Se eu retornar ainda esta noite, conseguirei obter mais informações?

Moishe recuou, afastou-se da cerca e sentou-se no chão, encostado num muro. Eli gesticulou e disse em voz alta:

— As aves do céu têm seus ninhos, mas o Filho do homem não tem onde repousar a cabeça.

— Não entendo — Buck replicou. — Diga-me mais.

— Aquele que tem ouvidos...

Buck estava frustrado.

— Voltarei à meia-noite. Estou implorando por sua ajuda!

Agora, Eli também recuava.

— Eis que estou convosco todos os dias, até o fim dos tempos.

Buck se despediu, ainda pensando em voltar, mas também estranhamente consolado por aquela última promessa misteriosa. Eram palavras de Cristo. Estaria Jesus falando diretamente com ele pela boca das testemunhas? Que privilégio inestimável!

Ele pegou um táxi até o Hotel Rei Davi, confiante de que, em breve, estaria reunido com Tsion Ben-Judá.

* * *

Rayford e Hattie foram recebidos com entusiasmo pelo *maître* do Global Bistrô. O homem reconheceu Hattie, é claro, mas não seu acompanhante.

— A mesa de sempre, senhora?

— Não, obrigada, Jeoffrey, mas também não queremos ficar escondidos.

Eles foram levados até uma mesa preparada para quatro hóspedes. Dois ajudantes apressavam-se em arrumar dois conjuntos de louça; o garçom puxou a cadeira para Hattie e ofereceu a Rayford, ainda preocupado com as aparências, um lugar ao lado dela. Ele se sentou na frente de Hattie, sabendo que praticamente teriam de gritar para serem ouvidos naquele lugar barulhento. O garçom hesitou, parecendo confuso, mas, por fim, realocou os talheres de Rayford para perto dele. No passado, em sua meia dúzia de encontros clandestinos, durante os quais cada um tentava adivinhar o que o outro estava pensando em relação ao futuro, Hattie e Rayford teriam rido disso. Hattie tinha flertado mais abertamente do que Rayford, mas ele nunca impôs limites.

As televisões no Bistrô transmitiam ininterruptamente notícias da guerra ao redor do mundo. Hattie chamou o *maître*, que veio correndo.

— Duvido que o soberano teria gostado dessas notícias deprimindo os clientes, que vieram aqui para relaxar um pouco.

— Temo que estejam em todos os canais, senhora.

— Não há um canal de música ou algo parecido?

— Vou verificar.

Em instantes, todos os aparelhos de TV no Global Bistrô passaram a transmitir vídeos de música. Vários clientes aplaudiram, mas Rayford sentiu que Hattie nem notou.

Tempos atrás, quando se aventuravam às margens de um caso amoroso, Rayford precisava lembrar Hattie de pedir algo e, então, encorajá-la a comer. Ela voltava toda a atenção para Rayford, o que ele achava lisonjeiro e sedutor. Agora, parecia ser o contrário.

Hattie estudava o cardápio como se tivesse de decorá-lo para uma prova no dia seguinte. Estava linda como sempre, agora aos 29 anos de idade e grávida pela primeira vez. A gravidez ainda estava no início, e era impossível notar, a não ser que ela revelasse. Ela havia contado a Rayford e Amanda da última vez que os viu. Na época, parecia empolgada, orgulhosa do novo anel de diamante e ansiosa para falar de seu casamento iminente. Disse a Amanda que Nicolae ainda faria dela uma mulher honesta.

Hattie estava usando um chamativo anel de noivado, mas, como o diamante estava virado para sua palma, só se via o anel. Era evidente que Hattie não era uma mulher feliz, e Rayford imaginou se tudo isso se devia ao comportamento de Nicolae no aeroporto. Ele queria perguntar, mas a reunião tinha sido ideia dela. Hattie diria o que pretendia dizer no momento que escolhesse.

Apesar do nome que soava francês, a própria Hattie tinha ajudado a implementar o Global Bistrô, e o cardápio oferecia uma cozinha internacional, principalmente norte-americana. Ela pediu uma refeição de tamanho incomum para ela. Rayford só comeu um sanduíche. Hattie conversou sobre tudo e sobre nada até encerrar a refeição, inclusive a sobremesa. Rayford conhecia todos os clichês, que ela estava comendo por dois agora e tal, mas acreditava que ela comia por nervosismo e também numa tentativa de adiar o que realmente precisava dizer.

— Acredita que já se passaram quase dois anos desde que você trabalhou pela última vez como minha chefe de cabine? — ele comentou, tentando encorajá-la a falar.

Hattie endireitou-se na cadeira, dobrou as mãos no colo e inclinou-se na direção de Rayford.

— Rayford, foram os dois anos mais inacreditáveis da minha vida.

Ele olhou-a com curiosidade, desejando saber se ela dizia isso como algo positivo ou negativo.

— Você expandiu seus horizontes — ele disse.

— Imagine, Rayford. Tudo que eu sempre quis na vida era ser comissária de bordo. Todas as líderes de torcida do Colégio Maine East queriam ser comissárias. Todas se candidataram, mas eu fui a única que conseguiu. Eu tinha tanto orgulho, mas a vida no ar rapidamente perdeu o encanto. Metade do tempo eu tinha de lembrar aonde estávamos indo, quando chegaríamos, quando voltaríamos. Mas eu amava as pessoas, amava a liberdade de viajar, amava visitar todos aqueles lugares. Você sabe que eu tive alguns relacionamentos sérios aqui e ali, mas nada deu certo. Quando finalmente adquiri experiência para trabalhar em certos aviões e em certas rotas, apaixonei-me por um dos meus pilotos, mas aquilo também não deu em nada.

NICOLAE

— Hattie, por favor, não desenterre esse assunto. Você sabe como eu me sinto em relação a esse período.

— Eu sei, e sinto muito. Embora eu esperasse mais, nada nunca aconteceu. Aceitei sua explicação e suas desculpas, e não é por isso que estamos aqui.

— Isso é bom, porque, como sabe, sou um homem casado e feliz novamente.

— Eu o invejo, Rayford.

— Pensei que você e Nicolae pretendiam casar-se.

— Eu também pensei. Mas não tenho tanta certeza agora. E nem sei se é o que quero.

— Se quiser falar sobre isso, sinta-se à vontade. Não sou nenhum especialista em questões do coração e provavelmente não poderei dar nenhum conselho, mas, se precisar de um ouvinte, sou todo seu.

Hattie esperou até que a louça fosse retirada, então disse ao garçom:

— Ficaremos mais um tempinho.

— Colocarei isso na sua conta — o garçom disse. — Duvido que alguém se atreva a apressar a senhora. — Ele sorriu para Rayford, divertindo-se com o próprio humor. Rayford respondeu com um sorriso forçado.

Quando o garçom se retirou, Hattie parecia sentir-se mais à vontade para continuar.

— Rayford, talvez você não saiba disso, mas, no passado, tive uma quedinha por Buck Williams. Ele estava no avião aquela noite, lembra?

— É claro que sim.

— Eu não o olhava de um jeito romântico na época, é claro, pois ainda estava apaixonada por você. Mas ele era legal. E fofo. E tinha esse trabalho grande e importante. E também somos mais próximos em idade.

— E?

— Bem, para dizer a verdade, quando você me largou...

— Hattie, eu nunca larguei você. Não havia nada que eu pudesse largar. Não estávamos juntos.

— Mesmo assim.

— Ok, mesmo assim — ele repetiu. — Justo. Mas você precisa admitir que não houve nenhum compromisso, nem mesmo a expressão de um compromisso.

— Havia muitos sinais, Rayford.

— Admito que sim. De qualquer forma, não é justo dizer que larguei você.

— Chame como quiser para conseguir lidar com isso, mas eu me senti largada, ok? Seja como for, de repente, Buck Williams parecia mais atraente do que nunca. Tenho certeza de que ele achava que eu o estava usando para conhecer uma celebridade, o que também aconteceu. Fiquei tão grata a Buck quando ele me apresentou a Nicolae!

— Perdão, Hattie, mas já sabemos de tudo isso.

— Eu sei, só estou tentando chegar aonde quero. Tenha paciência. Assim que conheci Nicolae, fiquei cativada. A diferença de idade entre ele e Buck era mais ou menos a mesma entre mim e Buck. Mas ele parecia muito mais velho. Tinha viajado o mundo inteiro, era um político internacional, um líder. Já era o homem mais famoso do mundo. Eu sabia que ele tinha planos e ambições. Senti-me como uma garotinha envergonhada, e não podia imaginar que havia chamado sua atenção. Quando ele começou a mostrar interesse por mim, pensei que fosse apenas físico. E, admito, eu teria dormido com ele naquele instante sem arrependimentos. Tivemos um caso, eu me apaixonei, mas Deus é minha testemunha... Ah, Rayford, sinto muito! Não devia dizer essas coisas a você... Nunca esperei que ele realmente se interessasse por mim. Eu achava que aquilo tudo era temporário e estava determinada a aproveitar enquanto durasse.

E continuou o desabafo:

— Cheguei a ponto de odiar ficar separada dele. Eu dizia a mim mesma que precisava manter os pés no chão. O término viria em breve, e realmente acredito que eu estava preparada para isso. Mas, então, ele me surpreendeu. Nomeou-me sua assistente pessoal. Eu não tinha nenhuma experiência, nenhuma habilidade. Sabia que era apenas um modo de manter-me por perto para seu lazer. Eu não ligava, mas tinha medo de como seria minha vida quando ele ficasse ainda mais ocupado. Bem, meus piores medos se concretizaram. Ele ainda é charmoso, dinâmico e poderoso, a pessoa mais incrível que já conheci. Mas, agora, eu sou para ele exatamente o que sempre temi. Você sabe que ele trabalha no mínimo dezoito horas por dia, às vezes até vinte? Não significo nada para ele, eu sei disso.

Hattie ainda disse:

— Antigamente, ele me incluía em algumas discussões. Costumava aproveitar uma ou duas ideias minhas. Mas o que sei sobre política internacional? Eu fazia algum comentário tolo baseado em meus conhecimentos limitados, então ele ria de mim ou me ignorava. Até que deixou de pedir a minha opinião. Ele me permitia algumas brincadeiras, como ajudar a criar este restaurante e receber grupos que vinham conhecer a nova sede da Comunidade Global. Mas, agora, sou um mero enfeite, Rayford. Ele só me deu o anel quando soube que eu estava grávida, e ainda nem me pediu em casamento. Creio que isso deveria ser claro.

— Quando aceitou o anel, não ficou entendido que você se casaria com ele?

— Ah, Rayford. Não foi nada romântico. Ele apenas pediu que eu fechasse os olhos e estendesse a mão. Então, colocou o anel em meu dedo. Eu não sabia o que dizer. Ele simplesmente sorriu.

— O que você está dizendo é que não se sente noiva dele?

— Deixei de sentir qualquer coisa. Creio que ele nunca sentiu algo por mim além de atração física.

— E todos os adornos? E a riqueza? Seu próprio carro com motorista? Suponho que você tenha uma conta para suas despesas...

— Sim, tenho tudo isso — Hattie parecia cansada. — Para dizer a verdade, todas essas coisas são para mim o mesmo que significava voar. Você logo se cansa da rotina. Eu me embriaguei com o poder, o brilho e o *glamour* durante certo tempo, é claro. Mas aquilo tudo não sou eu. Não conheço ninguém aqui. As pessoas me tratam com respeito apenas por causa do homem com quem vivo, mas, no fundo, não o conhecem também. Nem eu o conheço. Preferia que ele me odiasse a ignorar-me. Algum tempo atrás, perguntei se eu poderia voltar aos Estados Unidos e visitar meus amigos e minha família. Ele ficou irritado. Disse que eu nem precisava ter tido o trabalho de perguntar. Falou: "Apenas me informe, vá e organize tudo. Tenho coisa melhor para fazer do que me preocupar com sua agenda insignificante." Sou apenas uma peça de mobília para ele, Rayford.

Rayford esperou. Havia tanto que ele queria dizer a ela!

— Vocês conversam muito?

— Como assim? Não conversamos. Apenas coexistimos.

Rayford escolheu as palavras com cuidado:

— Só estou curioso para entender o quanto ele sabe sobre Chloe e Buck.

— Ah, não se preocupe com isso. Por mais esperto que ele seja, por mais conectado que seja e por todos os "olhos" que ele possa ter, supervisionando e espionando tudo e todos, acho que não faz ideia da ligação que existe entre você e Buck. Eu nunca mencionei que Buck se casou com a sua filha. E jamais lhe diria.

— Por que não?

— Não creio que ele precise saber, só isso. Por alguma razão, Rayford, ele confia em você cegamente em algumas questões, mas nem um pouco em outras.

— Percebi.

— O que você percebeu? — ela perguntou.

— Não ter sido incluído no desenvolvimento do Condor 216, por exemplo — Rayford respondeu.

— Ah, é — ela concordou —, e não foi tão criativo usar o número da suíte dele como parte do nome do avião, foi?

— Só me pareceu bizarro, sendo piloto dele, ser surpreendido com um equipamento novo.

— Se você convivesse com ele, não teria ficado surpreso. Não tenho acesso a informações há meses. Rayford, sabia que eu não fui contatada quando a guerra começou?

— Ele não ligou para você?

— Eu nem sabia se ele estava vivo ou morto. Ouvi-o no noticiário, como o resto do mundo também. Ele nem me ligou depois disso. Nenhum assistente falou comigo, não recebi sequer um memorando. Liguei para todo mundo. Conversei com cada pessoa que eu conhecia na organização. Consegui até falar com Leon Fortunato. Ele me disse que daria o recado ao Nicolae. Consegue imaginar? Ele daria o recado!

— Então, quando você o viu no aeroporto...?

— Eu queria testá-lo. Não nego. Não estava tão ansiosa para vê-lo como aparentei, mas procurei dar-lhe mais uma chance. Não é óbvio que eu estraguei seu grande *show*?

— Essa foi a impressão que eu tive — Rayford disse, tentando decidir se seria inteligente abrir mão de seu papel neutro.

— Quando tentei beijá-lo, ele me disse que aquilo era inapropriado e que eu deveria agir como uma pessoa adulta. Pelo menos, referiu-se a mim como sua noiva durante o discurso. Disse que eu estava tão tomada de tristeza quanto ele. Eu o conheço bem o bastante para saber que não havia tristeza nenhuma nele. Era evidente. Ele adora coisas desse tipo. E não importa o que Nicolae diga, ele está no meio de tudo isso. Fala como pacifista, mas espera que as pessoas o ataquem para que ele possa justificar sua retaliação. Fiquei tão horrorizada e triste quando soube das mortes e da destruição, e ele volta para cá, para o palácio que ele construiu, fazendo de conta que está chorando com todos aqueles que tiveram seus corações partidos. Por trás das portas, porém, é como se ele estivesse celebrando. Está adorando tudo isso. Ele esfrega as mãos, faz planos, define estratégias. Está montando uma nova equipe. Aliás, estão reunidos neste momento. Quem sabe o que estão tramando!

— O que vai fazer, Hattie? Você não merece essa vida.

— Ele nem me quer mais em seu escritório.

Rayford sabia disso, mas não deixou transparecer.

— O que está querendo dizer?

— Na verdade, fui demitida hoje, por meu próprio noivo. Ele pediu para conversar comigo em meus aposentos.

— Seus aposentos?

— Não vivemos mais juntos. Meu apartamento fica no fim do corredor, e ele me visita de vez em nunca no meio da noite, entre uma reunião e outra, acho. Mas tenho sido uma garota dos sonhos de manutenção relativamente cara por muito tempo.

— O que ele queria?

— Pensei que eu sabia. Pensei que ele esteve longe o bastante para querer o de sempre. Mas apenas me contou que eu estava sendo substituída.

— Quer dizer que você está fora?

— Não. Ele me quer por perto. Ainda espera que eu lhe dê seu filho. Só acha que já não sirvo mais para o emprego. Eu lhe disse: "Nicolae, eu não servia para o emprego desde o dia em que o assumi. Não nasci para ser secretária. Eu estava bem nas relações públicas e cuidando dos contatos, mas você cometeu um erro quando me fez sua assistente pessoal."

— Sempre achei que você ficava bem na função.

— Bem, agradeço, Rayford. Mas perder o emprego foi um alívio em certo sentido.

— Apenas em certo sentido?

— Sim. Quero dizer, como eu fico no meio disso? Eu lhe perguntei qual seria o nosso futuro. Ele teve a audácia de perguntar: "Nosso?" Eu disse: "Sim! Nosso! Estou usando seu anel e grávida de seu filho. Quando colocaremos os pingos nos is?"

* * *

Buck acordou de sobressalto. Havia sonhado. Estava escuro. Ele acendeu uma pequena lâmpada e olhou o relógio. Ainda faltavam várias horas até seu encontro com Moishe e Eli à meia-noite. Mas que sonho era aquele? Tinha sonhado que era José, o marido de Maria. Ouviu um anjo do Senhor dizendo: "Levante-se e fuja para o Egito. Fique lá até que eu lhe diga."

Buck estava confuso. Jamais tinha recebido uma mensagem em sonho, nem de Deus nem de qualquer outro ser. Sempre acreditou que sonhos nada mais eram que aberrações baseadas no dia a dia. Ele estava na Terra Sagrada, refletindo sobre Deus, meditando sobre Jesus, comunicando-se com as duas testemunhas, tentando manter-se longe do anticristo e de suas legiões. Fazia sentido ter sonhos sobre histórias bíblicas. Ou Deus estaria tentando dizer que Buck encontraria Tsion Ben-Judá no Egito, e não no lugar ao qual as testemunhas pareciam tentar enviá-lo? Sempre falavam de maneira tão prudente! Bom, ele teria de perguntar aos dois homens. Como podiam esperar que ele entendesse referências bíblicas, se tudo aquilo ainda era novo para ele?

Ele pretendia dormir até onze e meia antes de pegar um táxi de volta ao Muro das Lamentações, mas não conseguiu. Aquele sonho estranho repetia-se incessantemente. Uma coisa que ele não queria fazer, em especial com as notícias sobre a guerra vindas do Cairo, era ir a qualquer lugar perto do Egito. Ele não estava a muito mais de trezentos quilômetros, em linha reta, do Cairo. Para Buck, já era perto o bastante, mesmo que Carpathia não tivesse usado armas nucleares contra a capital egípcia.

Buck ficou deitado, olhando para o teto escuro e pensando.

* * *

Rayford estava dividido. O que poderia dizer a uma velha amiga? Hattie visivelmente sofria e estava perdida. Ele não podia dizer que seu amante era o anticristo e que tanto ele como seus amigos sabiam. O que realmente desejava era implorar que ela aceitasse Cristo. Mas ele já não tinha tentado isso uma vez? Não tinha explicado a ela tudo o que descobriu após os desaparecimentos, que agora ele chamava de arrebatamento?

Ela conhecia a verdade. Sabia, ao menos, o que Rayford acreditava ser a verdade. Ele contou tudo a Hattie, bem como a Chloe e a Buck, num restaurante em Nova York, e percebeu que afastou Hattie ao repetir o que já tinha dito a ela mais cedo, em particular. Rayford estava certo de que a filha morreria de vergonha. E acreditava que o estudioso Buck Williams simplesmente o ignoraria. Mas ficou chocado ao ver Chloe dar um passo enorme em direção à decisão pessoal de seguir a Cristo, após testemunhar a paixão do pai naquela noite. Aquele encontro também foi uma grande influência para Buck.

Agora, Rayford tentaria outra abordagem:

— Deixe-me dizer uma coisa, Hattie. Você precisa saber que Buck, Chloe e eu nos importamos muito com você.

— Eu sei, Rayford, mas...

— Acho que não sabe — Rayford destacou. — Todos nos perguntamos se isso era o melhor para você, e cada um de nós se sente responsável, de alguma forma, por vê-la deixar seu emprego e as pessoas que ama para ir primeiro a Nova York e agora para a Nova Babilônia. E em troca de quê?

Hattie olhou fixamente para ele.

— Mas eu raramente tinha notícias de vocês.

— Sentíamos que não tínhamos o direito de nos meter em sua vida. Você é adulta. A vida é sua. Eu achava que minhas palhaçadas a tinham afastado da indústria de aviação. Buck se sente culpado por ter apresentado você a Nicolae. Chloe sempre se pergunta se não poderia ter dito ou feito algo para mudar sua opinião.

— Mas por quê? — Hattie perguntou. — Como sabiam que eu não estava feliz aqui?

Agora, Rayford estava encurralado. Como, de fato, eles sabiam?

— Apenas achávamos que as chances estavam contra você — ele disse.

— E creio que jamais dei a entender que você estava certo, sempre tentando impressioná-lo quando via você, ou Buck, com Nicolae.

— Tinha isso também, sim.

— Bem, Rayford, talvez você fique chocado ao saber que eu nunca pretendi engravidar fora do casamento.

— Por que isso me surpreenderia?

— Porque não posso dizer que meus princípios foram sempre os mais puros. Eu estava disposta a ter um caso com você. Só estou dizendo que não fui criada assim, e certamente não planejava ter um bebê sem estar casada.

— E agora?

— Nada mudou a esse respeito. — A voz de Hattie tinha enfraquecido. Era evidente que ela estava cansada, mas agora parecia derrotada, quase morta. — Não usarei esta gravidez para obrigar Nicolae Carpathia a casar-se comigo. E sei que ele não o faria. Ninguém pode obrigá-lo a fazer qualquer coisa. Se eu o pressionasse, é provável que me pedisse para fazer um aborto.

— Ah, não! — Rayford exclamou. — Você jamais cogitaria essa possibilidade, não é?

— Se eu cogitaria um aborto? Penso nisso todos os dias.

Rayford se encolheu e esfregou a testa. Por que ele esperava que Hattie vivesse como uma cristã se ela não acreditava nisso? Não era justo supor que ela concordaria com ele nessas questões.

— Hattie, pode fazer um grande favor?

— Talvez.

— Por favor, pense muito bem e com cuidado antes de tomar qualquer decisão. Busque o conselho de sua família, de seus amigos.

— Rayford, não me restaram muitos amigos.

— Chloe, Buck e eu ainda somos seus amigos. E creio que Amanda e você se tornariam amigas se ela pudesse conhecê-la.

Hattie bufou.

— Quanto mais Amanda me conhecesse, menos gostaria de mim, eu acho.

— Isso só prova que você não a conhece — Rayford disse. — Ela é o tipo de pessoa que nem precisa gostar de você para amá-la, se é que me entende.

Hattie levantou as sobrancelhas.

— Que jeito interessante de dizer isso — ela comentou. — Acho que é assim que os pais se sentem em relação aos filhos de vez em quando. Meu pai disse isso uma vez, quando eu era uma adolescente rebelde. Ele falou: "Hattie, ainda bem que eu a amo muito, porque não gosto de você nem um pouco." Aquilo me deixou sem palavras. Entende?

— Claro que sim — ele disse. — Você realmente devia conhecer Amanda. Ela seria como uma segunda mãe para você.

— Uma já basta! — Hattie exclamou. — Não esqueça, foi minha mãe que me deu este nome maluco que pertence a alguém duas gerações mais velha do que eu.

Rayford sorriu. Ele sempre quis saber de onde vinha seu nome.

— Em todo caso, você disse que Nicolae não se importaria se fizesse uma viagem aos Estados Unidos, certo?

— Sim, mas isso foi antes de a guerra começar.

— Hattie, vários aeroportos continuam abertos. E, pelo que sei, nenhum míssil nuclear atingiu as grandes cidades. O único incidente nuclear ocorreu em Londres. Seria bom ficar longe dali por pelo menos um ano, imagino. Fora isso, nem mesmo a devastação no Cairo registrou radiação.

— Então, acha que ele me deixaria visitar os Estados Unidos?

— Não sei, mas vou tentar voltar até domingo. Quero ver como Amanda está e preciso participar de um funeral.

— Como pretende viajar, Rayford?

— Num voo comercial. Pessoalmente, acho que seria um tanto extravagante transportar uma dúzia de dignitários ou menos no Condor 216. Em todo caso, o soberano...

— Ah, por favor, Rayford, não o chame assim.

— Isso lhe soa tão ridículo quanto soa para mim?

— Desde sempre. Para um homem tão poderoso e brilhante, esse título estúpido o faz parecer um palhaço.

— Bem, eu não o conheço o bastante para chamá-lo de Nicolae, e aquele segundo nome é impronunciável.

— Vocês da igreja não o veem como o anticristo?

Rayford se assustou. Ele nunca esperava ouvir isso da boca dela. Hattie falava sério? Ele decidiu que era cedo demais para abrir o jogo.

— O anticristo?

— Eu sei ler — ela disse. Na verdade, gosto dos artigos de Buck. Tenho lido suas publicações no *Semanário*. Quando ele apresenta as diversas teorias e fala sobre o que as pessoas pensam... Uma grande facção acredita que o Nicolae possa ser o anticristo.

— É, também tenho ouvido essa teoria — Rayford confirmou.

— Então, você pode chamá-lo de anticristo ou de A. C., para abreviar — ela sugeriu.

— Não tem graça — ele a repreendeu.

— Eu sei, desculpe — ela disse. — Não me interesso muito por essa guerra cósmica entre o bem e o mal. Eu não reconheceria o anticristo mesmo que ele olhasse diretamente para a minha cara.

"Ele deve ter olhado para a sua cara mais do que qualquer outra pessoa ao longo dos últimos anos", Rayford pensou.

— Seja como for, Hattie, acho que você deveria perguntar, por falta de um título melhor, ao grande soberano da Comunidade Global, Nicolae Carpathia, se ele ainda concorda em deixá-la fazer uma viagem para casa. Estarei no voo do sábado de manhã, sem escalas, que chegará a Milwaukee por volta do meio-dia, no horário de Chicago. Pelo que soube, há lugar disponível numa casa grande que pertence a uma senhora da nossa igreja. Você pode ficar conosco.

— Não posso fazer isso, Rayford. Minha mãe está em Denver. Denver não foi atacada ainda, foi?

— Não que eu saiba. Tenho certeza de que encontraremos um voo para você até Denver.

Rayford estava decepcionado. Aí estava uma chance de exercer alguma influência sobre Hattie, mas, agora, não havia como levá-la até Chicago.

— Eu não vou pedir a Nicolae — ela disse.

— Você não quer ir?

— Ah, quero ir, sim. E vou. Mas apenas deixarei um bilhete dizendo que fui. Essa foi a instrução que ele me deu quando pedi da última vez. Ele me disse que sou adulta e que eu deveria tomar essas decisões sozinha, que ele tinha coisas mais importantes com que se preocupar. Talvez eu veja você no voo para Milwaukee. Na verdade, caso não tenha mais notícias minhas, suponha que meu motorista pegará você no sábado de manhã. Acha que Amanda concordaria se sentássemos juntos?

— Espero que não seja brincadeira — Rayford disse —, porque, se você realmente quiser conversar, vou avisá-la antes.

— Uau, não me lembro de sua primeira esposa ser tão possessiva.

— Ela teria sido se soubesse o tipo de homem que eu era.

— Ou o tipo de mulher que eu era.

— Bem, talvez...

— Vá em frente e fale com sua esposa, Rayford. Se eu tiver de sentar longe de você, vou entender. Quem sabe? Talvez possamos sentar lado a lado no corredor.

Rayford sorriu. Ele esperava que sim.

CAPÍTULO 10

Buck obedeceu ao forte impulso de levar sua bolsa quando saiu do Hotel Rei Davi naquela noite. Nela estavam seu pequeno gravador, seu *notebook* (que em breve seria substituído pela mãe de todos os computadores), sua câmera, aquele telefone maravilhoso, itens de higiene e duas mudas de roupa. Deixou a chave na recepção e pegou um táxi até o Muro das Lamentações, perguntando ao motorista se ele falava inglês. O motorista fez sinal de "mais ou menos" com as mãos e sorriu, desculpando-se.

— A Galileia fica longe daqui? — Buck perguntou.

O motorista tirou o pé do acelerador.

— Você *indo* para Galileia? Muro das Lamentações em Jerusalém.

Buck acenou para ele.

— Eu sei. Muro das Lamentações agora. Galileia mais tarde.

O motorista seguiu para o Muro das Lamentações.

— Galileia agora mar de Tiberíades — ele tentou explicar. — Mais ou menos 120 quilômetros.

Àquela hora da noite, não havia praticamente ninguém no Muro das Lamentações, nem mesmo na região do Monte do Templo. O templo recém-construído estava lindamente iluminado e parecia ter saído de um filme em 3D. Dava a impressão de estar suspenso no horizonte. Bruce uma vez explicou a Buck que, algum dia, Carpathia entraria naquele novo templo e se proclamaria Deus. A alma de jornalista de Buck queria estar lá quando isso acontecesse.

A princípio, Buck não viu as duas testemunhas. Um pequeno grupo de marinheiros passou diante da cerca de ferro no fim do Muro das Lamentações, onde as testemunhas costumavam pregar. Os marinheiros conversavam em inglês, e um deles apontou:

— Acho que são eles, bem ali — disse.

Os outros se viraram e olharam. Buck seguiu seus olhares até um prédio de pedra. As duas figuras misteriosas estavam sentadas na frente dele, encostadas na parede, os queixos sobre os joelhos. Não se mexiam, pareciam estar dormindo. Os marinheiros não tiravam os olhos deles e se aproximaram com cautela. Pararam a uma distância de mais ou menos trinta metros. Ao que parece, tinham ouvido as histórias. Não pretendiam despertar os dois, como crianças costumam fazer num zoológico para se divertir. Aqueles homens não eram animais. Eram seres perigosos, famosos por incinerar pessoas que ousavam incomodá-los. Buck não se aproximou da cerca para não chamar atenção. Esperou até que os marinheiros se cansassem e sumissem dali.

Assim que os homens foram embora, Eli e Moishe levantaram as cabeças e olharam diretamente para Buck. Ele foi atraído até eles. Caminhou até a cerca. As testemunhas se levantaram e pararam a uns sete metros de distância de Buck.

— Preciso de esclarecimentos — Buck sussurrou. — Podem dizer mais sobre o paradeiro do meu amigo?

— Aquele que tem ouvidos...

— Eu sei disso — Buck retrucou —, mas...

— Ousas interromper os servos do Deus Altíssimo? — Eli o repreendeu.

— Desculpe — disse Buck. Tentou explicar-se, mas decidiu permanecer em silêncio.

Moishe falou:

— Tu deves falar primeiro com alguém que te ama.

Buck aguardou, esperando receber mais instruções. As testemunhas ficaram ali paradas, em silêncio. Perplexo, ele estendeu ambas as mãos. Sentiu uma vibração na bolsa e se deu conta de que o celular estava tocando. O que ele deveria fazer? Já que não podia interromper os servos do Deus Altíssimo, como ousaria atender a uma ligação enquanto conversava com eles? Sentiu-se um tolo. Então, afastou-se da cerca, pegou o celular, abriu-o e disse:

— Buck falando.

— Buck! É a Chloe! Deve ser meia-noite aí em Israel, certo?

— Sim, Chloe, mas agora estou...

— Você estava dormindo?

— Não, estou acordado e...

— Apenas me diga que não está no hotel.

— Bem, estou hospedado no hotel, mas...

— Mas não está lá neste momento, está?

— Não, eu estou...

— Amor, não sei como dizer isto, mas tenho a sensação de que você não deve ficar lá esta noite. Na verdade, acabei de ter um pressentimento; você não deveria passar a noite em Jerusalém. Não sei nada sobre o amanhã, não sei nada sobre premonições e coisas assim, mas a sensação é tão forte...

— Chloe, terei de ligar mais tarde, ok?

Chloe hesitou.

— Tudo bem, mas você não tem sequer um momento para falar comigo quando...

— Chloe, não voltarei ao Rei Davi hoje à noite e não passarei a noite em Jerusalém, tudo bem?

— Isso já me deixa mais calma, Buck. Mesmo assim, gostaria de conversar...

— Retorno a ligação num instante, querida, certo?

Buck não sabia o que pensar desse novo patamar do que Bruce chamava de "andar no espírito". As testemunhas tinham dado a entender que ele encontraria a pessoa que estava procurando na Galileia, que, na verdade, nem existia mais. O mar da Galileia era agora o mar de Tiberíades. Em seu sonho, se é que podia depositar qualquer confiança nele, subentendia-se que ele devia ir ao Egito por alguma razão. Agora, as testemunhas queriam que ele usasse os ouvidos para entender. Ele lamentava muito não ser "João, o Revelador", mas precisava pedir mais informações. E como os dois sabiam que ele teria de conversar primeiro com Chloe? Buck passou tempo suficiente perto das testemunhas para saber que algo milagroso sempre os rodeava. Por que precisavam ser tão enigmáticos? Ele estava ali, numa missão perigosa. Se os dois homens podiam ajudá-lo, ele queria a ajuda deles.

Buck colocou a bolsa no chão e sentou-se nela, tentando indicar que estava disposto a não fazer nada além de escutar. Moishe e Eli se encolheram e pareciam sussurrar. Então, aproximaram-se da cerca. Buck começou a ir até eles, como tinha feito em sua última visita com o rabino Tsion Ben-Judá, mas ambas as testemunhas levantaram uma mão, e ele parou a poucos metros da bolsa e a vários metros da cerca. De repente, os dois começaram a gritar com toda a força. Primeiro, Buck se assustou e recuou, tropeçando na bolsa. Depois se levantou. Eli e Moishe revezavam-se, citando versículos que Buck reconhecia de Atos e dos ensinamentos de Bruce.

Eles gritavam:

— Nos últimos dias, diz Deus, derramarei do meu Espírito sobre todos os povos. Os seus filhos e as suas filhas profetizarão, os jovens terão visões, os velhos terão sonhos.

Buck sabia que a passagem não terminava aí, mas as testemunhas pararam e o olharam. Seria ele um homem velho com seus 32 anos de idade? Um daqueles velhos que têm sonhos? As testemunhas sabiam disso? Estavam tentando dizer que o sonho era válido?

Os homens continuaram:

— Sobre os meus servos e as minhas servas derramarei do meu Espírito naqueles dias, e eles profetizarão. Mostrarei maravilhas em cima, no céu, e sinais embaixo, na terra: sangue, fogo e nuvens de fumaça. O sol se tornará em trevas, e a lua em sangue, antes que venha o grande e glorioso dia do Senhor. E todo aquele que invocar o nome do Senhor será salvo!

Buck estava inspirado, comovido e pronto para lançar-se na tarefa. Mas por onde começaria? E por que as testemunhas não podiam simplesmente o orientar? Ele ficou surpreso ao perceber que não estava mais sozinho. A citação das Escrituras aos gritos acabou reunindo uma pequena multidão. Buck não quis esperar mais. Pegou a bolsa e aproximou-se da cerca. As pessoas o alertaram, tentando impedir que ele avançasse. Ouviu advertências em outras línguas e algumas em inglês.

— Você se arrependerá, filho!

Agora, Buck estava a pouco mais de um metro de distância das testemunhas. Ninguém mais ousava chegar tão perto. Ele sussurrou:

— Quando vocês dizem "Galileia", imagino que estejam falando do mar de Tiberíades — ele opinou.

Como diria a dois homens que pareciam ter retornado de tempos bíblicos que seus dados geográficos precisavam ser atualizados?

— Encontrarei meu amigo na Galileia, no mar da Galileia, onde?

— Aquele que tem ouvidos...

Buck já sabia que não adiantava interrompê-los nem demonstrar sua frustração.

— Como chego lá? — perguntou.

— Tudo ficará bem se você retornar para a multidão — falou Eli em voz mansa.

"Retornar para a multidão?", Buck pensou. Ele recuou e se uniu ao grupo.

— Você está bem, filho? — alguém perguntou. — Eles machucaram você?

Buck balançou a cabeça.

Moishe começou a pregar em voz alta:

— Depois que João foi preso, Jesus foi para a Galileia, proclamando as boas-novas de Deus. "O tempo é chegado", dizia ele. "O Reino de Deus está próximo. Arrependam-se e creiam nas boas-novas!" Andando à beira do mar da Galileia, Jesus viu Simão e seu irmão André lançando redes ao mar, pois eram pescadores. E disse Jesus:

"Sigam-me, e eu os farei pescadores de homens." No mesmo instante eles deixaram suas redes e o seguiram.

Buck não sabia o que fazer com tudo aquilo, mas sentiu que era tudo o que conseguiria extrair das testemunhas naquela noite. Os dois homens continuaram a pregar, e outras pessoas apareceram como que do nada para ouvir, mas Buck se afastou. Ele carregou a bolsa até uma fila de táxis e sentou-se no banco traseiro de um pequeno carro.

— Será que é possível encontrar um barco que me leve pelo rio Jordão até o mar de Tiberíades a esta hora da noite? — Buck perguntou ao motorista.

— Bem, senhor, para dizer a verdade, é muito mais fácil fazer o percurso na direção oposta. Mas, sim, existem barcos motorizados que seguem rio acima. E alguns funcionam à noite. É claro que os barcos de turismo funcionam durante o dia, mas sempre existe alguém disposto a levá-lo aonde desejar ir pelo preço certo, a qualquer hora, de dia ou de noite.

— Foi o que imaginei — Buck disse. Pouco tempo depois, ele estava negociando com um barqueiro chamado Michael, que se recusava a informar seu nome de família.

— Durante o dia, consigo levar vinte turistas neste barco. Quatro jovens fortes e eu o conduzimos na força do braço, se é que me entende.

— Usando remos?

— Sim, senhor, como na Bíblia. O barco é feito de madeira. Cobrimos os dois motores de popa com madeira e aniagem, e ninguém percebe. Mas, quando voltamos rio acima, os remos não dão conta.

Eram apenas Michael, os dois motores de popa e Buck seguindo para o norte após a meia-noite, mas Buck sentia como se tivesse pago pelos vinte turistas e também pelos quatro remadores.

Buck começou a viagem de pé na proa, deixando o ar frio correr pelos seus cabelos. Logo teve de fechar o zíper da jaqueta de couro até o pescoço e esconder as mãos no fundo dos bolsos. Não demorou, e Buck estava de volta ao lado de Michael, que conduzia o longo e rústico barco de madeira perto dos motores de popa. Poucos barcos navegavam o rio Jordão naquela noite.

Michael gritou, tentando vencer o barulho do vento e da água:

— Então, você não sabe quem está procurando nem onde ele deve estar?

Eles tinham partido de um ponto próximo de Jericó, e Michael explicou-lhe que teriam de vencer mais de cem quilômetros contra a correnteza.

— Pode levar umas três horas só para chegarmos até a boca do mar de Tiberíades — ele acrescentou.

— Eu não sei muito — Buck admitiu. — Estou contando com a possibilidade de descobrir mais quando chegar lá.

Michael balançou a cabeça.

— O mar de Tiberíades não é uma lagoa. Seu amigo ou seus amigos podem estar em qualquer uma das margens ou das extremidades.

Buck estava ciente disso. Encostou o queixo no peito para se aquecer, pensar e orar.

"Deus", ele disse para si mesmo, "o Senhor nunca falou comigo de um jeito audível, e não espero que comece a fazê-lo agora, mas eu preciso de alguma orientação. Não sei se o sonho veio do Senhor e se devo passar pelo Egito quando voltar. Não sei se encontrarei Ben--Judá na companhia de alguns pescadores. Nem sei se estou seguindo a pista certa indo para o antigo mar da Galileia. Sempre gostei de ser independente, sempre gostei de me virar, mas confesso que cheguei ao fim da linha aqui. Muitas pessoas devem estar procurando Ben-Judá, e quero, desesperadamente, ser o primeiro a encontrá-lo."

A pequena embarcação tinha acabado de passar por uma curva quando os motores desligaram e as luzes, na popa e na proa, apagaram. "Que bela resposta à oração!", Buck pensou.

— Problemas, Michael?

Buck ficou surpreso com o silêncio repentino, enquanto o barco era levado pela correnteza. Parecia aproximar-se da margem.

— Problema nenhum, senhor Katz. Até que seus olhos se acostumem à escuridão, você não verá que tenho uma arma de alta potência apontada para a sua cabeça. Quero que fique sentado e responda a algumas perguntas.

Buck sentiu uma tranquilidade estranha. Isso era bizarro demais, estranho demais, até mesmo para sua vida louca.

— Não quero fazer-lhe nenhum mal, Michael — Buck disse. — Não precisa ter medo.

— Não sou eu quem deveria estar com medo neste momento, senhor — Michael replicou. — Ao longo das últimas 48 horas, disparei esta arma duas vezes contra as cabeças de pessoas que eu acreditava serem inimigas de Deus.

Buck quase ficou sem palavras.

— Posso garantir-lhe uma coisa, Michael. Eu não sou inimigo de Deus. Você está dizendo que é um servo dele?

— Eu sou. A pergunta é, senhor Katz, você também é? E, se for, como pretende provar?

— Ao que parece — Buck disse —, precisamos convencer um ao outro de que estamos do mesmo lado.

— A responsabilidade é sua. Pessoas que sobem este rio à procura de alguém que eu não quero que elas encontrem acabam mortas. Se você tiver de ser o terceiro, ainda assim dormirei como um bebê à noite.

— E como você justifica esse homicídio? — Buck perguntou.

— Pessoas erradas à procura da pessoa errada. O que eu quero saber é seu nome verdadeiro, o nome da pessoa que está procurando, a razão pela qual está procurando essa pessoa e o que pretende fazer caso a encontre.

— Mas, Michael, eu não posso revelar essas informações até ter certeza de que você está do meu lado.

— Está mesmo disposto a morrer para proteger seu amigo?

— Espero que não chegue a isso, mas, sim, estou.

Os olhos de Buck começavam a adaptar-se à escuridão. Michael tinha manobrado o barco com cuidado, de modo que, ao desligar os motores, o barco foi levado pela correnteza até bater suavemente contra um banco de areia e pedra.

— Sua resposta me impressionou — Michael disse. — Mas não hesitarei em acrescentá-lo à lista de inimigos mortos se você não for capaz de me convencer de que veio com a motivação certa para encontrar quem quer que esteja procurando.

— Ponha-me à prova — Buck sugeriu. — O que poderia convencê-lo de que não estou blefando e, ao mesmo tempo, me convencer de que você está pensando na mesma pessoa?

— Perfeito — Michael concordou. — Verdadeiro ou falso: a pessoa que você está procurando é jovem.

Buck respondeu rapidamente:

— Se comparada a você, falso.

Michael continuou:

— A pessoa que está procurando é uma mulher.

— Falso.

— É um médico.

— Falso.

— Um gentio?

— Falso.

— Analfabeto?

— Falso.

— Bilíngue?

— Falso.

Buck ouviu quando Michael mexeu na enorme arma em suas mãos. Acrescentou rapidamente:

— Eu não diria que ele é bilíngue. É poliglota.

Michael deu um passo à frente e apertou o cano da arma contra a garganta de Buck, que distorceu o rosto e fechou os olhos.

— O homem que você está procurando é um rabino. Seu nome é dr. Tsion Ben-Judá.

Buck não respondeu. Michael apertou ainda mais a arma contra a sua nuca. Então continuou:

— Se você quisesse matá-lo e eu fosse compatriota dele, mataria você. Se pretendesse resgatá-lo e eu fosse um de seus inimigos, mataria você.

— Mas, nesse caso — Buck conseguiu dizer —, você teria mentido quando disse que serve a Deus.

— Verdade. Sendo assim, o que aconteceria comigo?

— Você poderia até me matar, mas, no fim das contas, perderia.

— E como sabemos disso?

Buck não tinha nada a perder.

— Tudo foi predito. Deus vence.

— Se isso for verdade e eu me revelar seu irmão, você poderá dizer seu nome verdadeiro.

Buck hesitou.

— Se eu me revelar seu inimigo — Michael continuou —, matarei você do mesmo jeito.

Buck não podia negar isso.

— Meu nome é Cameron Williams. Sou amigo do dr. Ben-Judá.

— Você seria o americano de quem ele fala?

— Provavelmente.

— Um último teste, se você não se importar.

— Eu pareço não ter escolha.

— Verdade. Diga rapidamente seis profecias sobre o Messias que se cumpriram em Jesus Cristo, segundo as testemunhas que pregam no Muro das Lamentações.

Buck soltou um enorme suspiro de alívio e sorriu.

— Michael, você é meu irmão em Cristo. Todas as profecias sobre o Messias se cumpriram em Jesus Cristo. Posso citar seis delas que têm a ver com a sua cultura. Ele seria um descendente de Abraão, um descendente de Isaque, um descendente de Jacó, da tribo de Judá, herdeiro do trono de Davi e nascido em Belém.

A arma de Michael sacudiu quando ele a colocou no convés e se aproximou para abraçar Buck. Deu-lhe um abraço bem forte, enquanto ria e chorava.

— E quem disse a você onde encontrar Tsion?

— Moishe e Eli.

— Eles são meus mentores — Michael disse. — Sou um daqueles que encontraram a fé por meio da pregação deles e de Tsion.

— E você assassinou pessoas que vieram à procura do dr. Ben--Judá?

— Não vejo isso como assassinato. Seus corpos virão à tona e serão queimados pelo sal quando chegarem ao mar Morto. Antes os corpos deles do que o de Tsion.

— Então, você é um evangelista?

— À maneira de Paulo, o apóstolo, segundo o dr. Ben-Judá. Ele diz que existem 144 mil como nós espalhados pelo mundo e que todos têm a mesma missão de Moishe e Eli: pregar Cristo como único Filho eterno do Pai.

— Acredita que você foi uma resposta quase imediata a uma oração? — Buck estava surpreso.

— Isso não me surpreenderia nem um pouco — Michael disse. — Saiba que o mesmo vale para você.

Buck estava esgotado. Ele ficou aliviado quando Michael teve de voltar à popa e se ocupar com os motores. Então, escondeu o rosto e chorou. Deus era bom. Michael o deixou a sós por um tempo, mas, em seguida, deu-lhe uma boa notícia.

— Sabia que não precisamos percorrer todo o rio até o mar de Tiberíades?

— Não? — Buck respondeu, voltando-se para Michael.

— Você fez o que devia fazer, que era seguir *em direção* da Galileia — Michael explicou. — Vamos desembarcar na margem leste do rio, mais ou menos a meio caminho entre Jericó e o mar de Tiberíades. Seguiremos uns cinco quilômetros por terra até o lugar onde meus compatriotas esconderam o dr. Ben-Judá.

— Como consegue escapar dos zelotes?

— Tínhamos um plano de fuga desde a primeira vez que o dr. Ben-Judá falou no estádio Kollek. Durante muitos meses, acreditávamos que não seria necessário proteger sua família. Afinal de contas, os zelotes estavam atrás somente dele. Ao primeiro sinal de ameaça ou de ataque, mandamos um pequeno carro ao escritório de Tsion. Parecia que apenas o motorista cabia nele. Tsion deitou-se no chão do banco traseiro, encolhido feito uma bola, e se cobriu com um cobertor. Ele foi trazido às pressas para este barco, e eu o levei rio acima.

— E as histórias sobre o envolvimento do motorista no massacre de sua família?

Michael balançou a cabeça.

— Aquele homem foi inocentado da forma mais convicta possível, não concorda?

— Ele também era um fiel?

— Infelizmente, não. Mas era leal. Acreditávamos que era apenas uma questão de tempo. Estávamos errados. Falando nisso, o dr. Ben-Judá não sabe da perda de seu motorista.

— Mas ele sabe o que houve com sua família?

— Sim, e você pode imaginar como isso é terrível para ele. Quando o colocamos no barco, ele permaneceu em posição fetal, embaixo do cobertor. De certo modo, foi bom. Isso nos permitiu mantê-lo escondido até o ponto de desembarque. Eu conseguia ouvir seu choro durante toda a viagem, mesmo com o barulho do barco. Ainda ouço.

— Só Deus pode consolá-lo — Buck comentou.

— Essa é a minha oração — Michael disse. — Confesso que o período de consolação ainda não começou. Ele tem sido incapaz de falar. Só chora e chora.

— Quais são seus planos para ele? — Buck perguntou.

— Ele precisa sair do país. Sua vida não vale nada aqui. Seus inimigos são muito mais numerosos do que nós. Ele não estará seguro em lugar nenhum; pelo menos terá uma chance fora de Israel.

— E para onde você e seus amigos pretendem levá-lo?

— Eu e meus amigos?

— Quem mais poderia fazer isso?

— Você, meu amigo!

— Eu?

— Deus falou por meio das duas testemunhas. Ele nos anunciou a chegada de um libertador. Um que conheceria o rabino, que conheceria as testemunhas, que conheceria as profecias messiânicas. E, acima de tudo, que conheceria Cristo, o Senhor. Essa pessoa, meu amigo, é você.

Buck quase caiu para trás. Ele já tinha sentido a proteção de Deus. Tinha sentido a alegria de servi-lo. Mas nunca se viu como um servo dele de um jeito tão direto e específico. Sentiu-se humilhado e envergonhado. De repente, achou-se indigno, indisciplinado, inconsistente. Tinha recebido tantas bênçãos, e o que fez com a sua nova fé? Tentou ser obediente, tentou compartilhar sua fé com outros. Mas, certamente, não era digno de ser usado dessa maneira.

— O que vocês esperam que eu faça com Tsion?

— Não sabemos. Supomos que você vai tirá-lo do país.

— Isso não será fácil.

— Encare a realidade, senhor Williams. Não foi fácil encontrar o rabino, foi? Você quase acabou morto.

— Achou que seria obrigado a matar-me?

— Eu esperava não ter de fazê-lo. A probabilidade de você ser o agente da libertação era mínima. Mas eu estive orando.

— Existe algum aeroporto por aqui que consiga dar conta de um Learjet?

— Há um campo de pouso a oeste de Jericó, perto de Al Birah.

— Isso é rio abaixo, certo?

— O que significa uma viagem mais fácil, evidentemente. Mas você sabe que é o aeroporto que atende às necessidades de Jerusalém. A maioria dos voos que chegam ou partem de Israel começa ou termina no Aeroporto Ben Gurion em Tel Aviv, mas há também muito tráfego aéreo perto de Jerusalém.

— O rabino deve ser uma das pessoas mais conhecidas em Israel — Buck observou. — Como vou conseguir passar pela alfândega com ele?

Michael sorriu na escuridão.

— De um jeito sobrenatural, é claro.

Buck pediu um cobertor, que Michael tirou de um compartimento perto da popa. Buck colocou-o sobre seus ombros e cobriu a cabeça.

— Quanto tempo falta? — ele perguntou.

— Uns vinte minutos — Michael respondeu.

— Preciso contar-lhe algo que talvez ache estranho — Buck disse.

— Algo mais estranho do que esta noite?

Buck riu.

— Acho que não. É que eu posso ter sido alertado, em sonho, de que deveria voltar pelo Egito, não por Israel.

— Você *pode* ter sido?

— Não estou acostumado com esse tipo de mensagem de Deus, portanto não sei.

— Eu não discutiria com um sonho que parece ter vindo de Deus — Michael disse.

— Isso faz sentido?

— Faz mais sentido do que tentar contrabandear um alvo dos zelotes por um aeroporto internacional.

— Mas Cairo foi destruída. Para onde os voos estão sendo redirecionados?

— Alexandria — Michael respondeu. — Mesmo assim, você precisará sair de Israel de alguma forma.

— Encontre um pequeno campo de pouso em algum lugar, e poderemos evitar a alfândega.

— E o que vai fazer quanto a passar pelo Egito?

— Não sei como devo entender isso. Talvez o sonho tenha tentado dizer apenas que eu deveria usar uma rota diferente da comum.

— Uma coisa é certa — Michael disse. — Isso terá de ser feito depois do anoitecer. Se não hoje, certamente amanhã.

— Eu não conseguiria fazê-lo hoje à noite, nem mesmo se os céus se abrissem e Deus aparecesse.

Michael sorriu.

— Meu amigo, se eu tivesse passado por tudo que você passou e vivenciado as respostas a orações que você vivenciou, não estaria desafiando Deus a fazer algo tão simples assim.

— Digamos apenas que estou orando para que Deus me permita esperar mais um dia. Preciso falar com meu piloto, e todos nós teremos de trabalhar juntos para definir o melhor lugar pelo qual podemos voltar aos Estados Unidos.

— Há uma coisa que você deve saber — Michael disse.

— Apenas uma?

— Não, mas é uma coisa muito importante. Acredito que o dr. Ben-Judá esteja relutante em fugir.

— Que escolha ele teria?

— É só isso. Talvez ele não queira uma escolha. Com a morte da esposa e dos filhos, ele pode não ver uma razão para continuar ou mesmo para viver.

— Besteira! O mundo precisa dele! Temos de manter vivo o seu ministério.

— Você não precisa convencer-me, senhor Williams. Só estou dizendo que talvez você precise vender a ele a ideia de fugir para os Estados Unidos. Eu, porém, acredito que lá o doutor estará mais seguro do que em qualquer outro lugar, se é que existe um lugar seguro para ele. — E continuou: — Suas botas ficarão menos molhadas se você ficar na proa e pular assim que ouvir o barco tocar a areia.

Ele direcionou o barco para o leste e acelerou em direção à margem. No último segundo, Michael desligou os motores e os tirou da água. Equilibrando-se no barco, correu até Buck, apertou os olhos e se preparou.

— Jogue sua bolsa o mais longe que conseguir, pule comigo e corra. Não vou deixar o barco atropelar você!

O barco arrastou-se pelo chão, e Buck seguiu as ordens. Mas, quando saltou, caiu de lado, e o barco por pouco não o atingiu. Ele se sentou, coberto de areia molhada.

— Por favor, ajude-me! — Michael exclamou. Ele estava segurando o barco e tentando puxá-lo para a terra. Quando o barco ficou seguro, Buck bateu a areia do corpo e, feliz, constatou que suas botas estavam praticamente secas, então seguiu o novo amigo. Buck tinha apenas sua bolsa; Michael, apenas sua arma. Mas ele sabia para onde estava indo.

— Você precisa ser muito silencioso agora — Michael sussurrou, enquanto abriam uma trilha pelo mato. — O lugar é recluso, mas, assim, evitamos qualquer risco.

Buck tinha esquecido como cinco quilômetros podiam ser longos. O solo era acidentado e úmido. Galhos batiam em seu rosto. Ele mudou a bolsa de ombro para ombro, sem nunca ficar completamente confortável. Estava em boa forma, mas a caminhada era dura. Isso nada tinha a ver com correr, andar de bicicleta ou exercitar-se numa esteira. Era uma costa arenosa que levava... para onde?

Tinha medo do encontro com Ben-Judá. Queria finalmente estar reunido com seu amigo e irmão em Cristo, mas o que se diz a alguém que acabou de perder a família? Nenhum clichê, nenhuma palavra aliviaria sua dor. Esse homem pagou um dos preços mais altos que alguém pode pagar, e apenas o céu poderia recompensá-lo por isso.

Meia hora depois, já sem fôlego e com dores no corpo todo, ele e Michael aproximaram-se do esconderijo. Michael fez sinal de silêncio e se agachou. Segurou alguns galhos, e os dois avançaram. Vinte metros adiante, num arvoredo, havia uma abertura para um abrigo subterrâneo, invisível a qualquer um que não soubesse de sua existência.

CAPÍTULO 11

Buck assustou-se ao ver que não havia camas nem travesseiros no abrigo. "Então, é a isso que as testemunhas se referiam quando citaram aquele versículo sobre não ter onde repousar a cabeça", Buck pensou.

Três outros homens jovens, abatidos e de aparência desesperada, que poderiam ter sido irmãos de Michael, encontravam-se no esconderijo, que mal oferecia espaço para que alguém ficasse de pé. Buck notou que havia uma visão clara, ali do terreno, da trilha atrás dele. Isso explicava por que Michael não precisava identificar-se ou dar qualquer sinal de aproximação.

Ele foi apresentado a todos; dos quatro, apenas Michael entendia inglês. Buck apertou os olhos, tentando identificar Tsion. Conseguia ouvi-lo, mas não o via. Finalmente, alguém acendeu uma fraca lanterna elétrica. Lá, agachado no canto, com as costas na parede, estava o primeiro e, certamente, mais famoso daqueles que se tornariam as 144 mil testemunhas profetizadas na Bíblia.

Tsion estava sentado com os joelhos no peito e os braços em torno das pernas. Usava uma camisa branca com as mangas arregaçadas e calças sociais escuras na altura das canelas, deixando um espaço entre a bainha e o topo das meias. Sem sapatos.

Como parecia jovem! Buck sabia que ele era um homem jovial de meia-idade, mas, sentado ali, balançando-se e chorando, parecia uma criança. Tsion não levantou os olhos nem cumprimentou Buck.

Buck sussurrou que gostaria de ter um momento a sós com ele. Michael e os outros saíram pela abertura e ficaram no mato, com as armas em prontidão. Buck achegou-se ao doutor Ben-Judá.

— Tsion — Buck disse —, Deus ama você.

As palavras surpreenderam o próprio Buck. Como Tsion poderia acreditar, naquele momento, que Deus o amava? E que clichê era esse? Era a hora adequada para falar de Deus?

— O que sabe ao certo? — Buck perguntou, sem nem entender o que estava querendo dizer.

A resposta de Tsion, em seu sotaque israelense quase incompreensível, saiu de uma garganta apertada:

— Eu sei que meu Redentor vive.

— Que mais você sabe? — Buck perguntou, ouvindo ao mesmo tempo que falava.

— Eu sei que aquele que em mim começou a boa obra será fiel para completá-la.

"Louvado seja Deus!", Buck pensou.

Buck agachou-se ao lado de Ben-Judá, de costas para a parede. Ele veio para resgatar esse homem, para ministrar-lhe. Agora, ele também recebia ensinamentos. Apenas Deus podia conceder tamanha certeza e confiança num momento de tanto luto.

— Sua esposa e seus filhos eram cristãos...

— Hoje eles verão a Deus — Tsion completou a frase.

Buck estava preocupado, pensativo. Será que Tsion Ben-Judá estaria tão devastado diante da perda inestimável a ponto de ter a fé abalada? Estaria fragilizado a ponto de não conseguir continuar? Ele choraria, com certeza. Estava de luto. "Mas não como os pagãos, que não têm esperança."

— Cameron, meu amigo — Tsion conseguiu dizer —, você trouxe a sua Bíblia?

— Não na forma de um livro, senhor. Tenho todas as Escrituras em meu computador.

— Eu perdi mais do que a minha família, Buck.

— Senhor?

— Minha biblioteca. Meus livros sagrados. Todos queimados. Todos perdidos. A única coisa que eu amava mais que eles, nesta vida, eram a minha família.

— O senhor não trouxe nada do seu escritório?

— Eu coloquei um disfarce ridículo, as longas tranças dos ortodoxos. Até uma barba falsa. Não levei nada para não me parecer com um dos professores.

— Não existe ninguém que possa mandar os livros do seu escritório?

— Não sem arriscar a vida. Eu sou o principal suspeito no assassinato da minha família.

— Isso é ridículo!

— Nós dois sabemos disso, meu amigo, mas a percepção do homem logo se transforma em sua realidade. Em todo caso, para onde enviariam minhas coisas sem atrair os inimigos até aqui?

Buck abriu a bolsa e tirou seu *notebook*.

— Não sei quanta bateria ainda resta — ele disse, ligando o monitor.

— Você não teria o Antigo Testamento em hebraico nessa máquina, teria? — Tsion perguntou.

— Não, mas esses programas são facilmente acessíveis.

— Pelo menos agora — Tsion disse, um soluço ainda preso na garganta. — Meus estudos mais recentes levam-me a crer que, em breve, nossas liberdades religiosas serão restritas em velocidade alarmante.

— O que o senhor gostaria de ver?

A princípio, Buck pensou que Tsion não tinha ouvido sua pergunta. Então, pensou se o rabino teria dito algo que ele não ouviu. O computador estava trabalhando e, finalmente, produziu o sumário dos livros do Antigo Testamento. Buck olhou para o amigo. Ele estava tentando dizer algo, mas as palavras não saíam de sua boca.

— Às vezes, os salmos me confortam — Buck disse.

Tsion acenou com a cabeça, cobrindo a boca com a mão. O homem respirava com força e, por fim, não conseguiu conter o choro. Apoiou-se em Buck e deixou correr as lágrimas.

— A alegria do Senhor é a minha força — ele gemia incessantemente. — A alegria do Senhor é a minha força.

"Alegria", pensou Buck. "Que conceito neste lugar, neste momento!" O nome do jogo agora era sobrevivência. Ali, a alegria adquiriu um significado totalmente diferente na vida de Buck. Ele costumava associar alegria com felicidade. Evidentemente, Tsion Ben-Judá não quis dizer que estava feliz. Talvez nunca voltasse a ser feliz. Essa alegria era uma paz profunda, a certeza de que Deus é soberano. Eles não precisavam gostar do que estava acontecendo. Precisavam apenas acreditar que Deus sabia o que estava fazendo.

Isso, de qualquer modo, não facilitava as coisas em nada. Buck sabia muito bem que tudo ficaria ainda pior antes de melhorar. Se um homem não tivesse a fé sólida como uma rocha agora, nunca mais viria a tê-la. Buck estava sentado naquele esconderijo abafado, úmido, de terra, no meio do nada, sabendo, com mais certeza do que nunca, que tinha depositado sua fé no Filho unigênito do Pai. Com o amigo de coração partido em seu colo, Buck sentiu-se tão próximo de Deus quanto no dia em que decidiu confiar em Cristo.

Tsion retomou a compostura e solicitou o computador. Ele passou um minuto mexendo nas teclas antes de pedir ajuda.

— Abra o livro de Salmos para mim — ele disse. Buck obedeceu, e Tsion folheou os capítulos, uma mão no *mouse* e a outra cobrindo a boca enquanto chorava.

— Chame os outros para que se juntem a nós em oração — ele sussurrou.

Alguns minutos mais tarde, os seis homens estavam ajoelhados num círculo. Tsion disse algumas palavras em hebraico, e Michael sussurrou a tradução no ouvido de Buck:

— Meus amigos e irmãos em Cristo, mesmo que eu esteja profundamente ferido, preciso orar. Oro ao Deus de Abraão, Isaque e Jacó. Louvo ao Senhor porque é o único Deus verdadeiro, o Deus acima de todos os outros deuses. Está assentado acima dos céus. Não há outro igual ao Senhor, que não muda como as sombras inconstantes.

Novamente, Tsion foi tomado de tristeza e pediu aos outros que orassem por ele. Buck nunca tinha ouvido pessoas orando juntas, em

alta voz, numa língua estrangeira. Ao sentir o fervor desses evange-
listas/testemunhas, prostrou-se no chão. Sentiu a terra fria nas costas
de suas mãos enquanto enterrava o rosto nas palmas. Não sabia se
Tsion sentia o mesmo, mas era como se ele fosse carregado por nuvens de paz. De repente, a voz de Tsion se fez ouvir acima das demais.
Michael abaixou-se e sussurrou no ouvido de Buck:

— Se Deus é por nós, quem será contra nós?

Buck não sabia quanto tempo ficou no chão. Em algum momento, as orações se transformaram em grunhidos e em algo que parecia
uma versão hebraica de améns e aleluias. Buck, que estava de joelhos,
levantou-se. Seu corpo estava tenso e dolorido. Tsion olhou para ele.
Seu rosto ainda estava molhado, mas ele parecia ter encerrado o choro por ora.

— Creio que finalmente vou conseguir dormir — o rabino disse.

— Então, é o que o senhor deve fazer. Não vamos a lugar nenhum
hoje à noite. Farei alguns arranjos para amanhã ao anoitecer.

— Você deveria ligar para o seu amigo — Michael disse.

— Sabe que horas são? — Buck perguntou.

Michael consultou o relógio, sorriu, balançou a cabeça e disse:

— Oh!

* * *

— Alexandria? — Ken Ritz perguntou ao telefone na manhã seguinte. — É claro, é fácil chegar lá. É um aeroporto grande. Quando
pretende estar lá?

Buck, que tinha tomado banho e lavado uma muda de roupas
num pequeno tributário do Jordão, secou-se com uma toalha. Um
dos guardas de Tsion Ben-Judá estava por perto. Ele tinha preparado
o café da manhã, agora parecia grelhar as meias e a roupa de baixo de
Tsion sobre um pequeno fogo.

— Partiremos hoje à noite, assim que escurecer — Buck disse. — Então, mesmo que leve algum tempo para que um barco de madeira de treze metros, com dois motores de popa e seis homens adultos, chegue até Alexandria...

Ritz começou a rir.

— É a primeira vez que estou aqui, como acho que já lhe disse — ele falou —, mas tenho certeza de uma coisa: se você acha que conseguirá chegar a Alexandria sem carregar esse barco por terra seca até o mar, está bem enganado!

Ao meio-dia, todos os seis homens encontravam-se do lado de fora do abrigo. Eles estavam confiantes de que ninguém os havia seguido até aquele lugar remoto e de que, enquanto permanecessem fora da vista de eventuais aviões ou helicópteros, poderiam esticar as pernas e respirar um pouco.

Michael não achou tanta graça da ingenuidade de Buck quanto Ken Ritz. Não havia muitos motivos para sorrir e nenhuma razão para achar algo engraçado naqueles dias. Ele apoiou-se numa árvore.

— Existem alguns aeroportos pequenos aqui e ali em Israel — disse. — Por que você insiste tanto em pegar o avião no Egito?

— Bem, aquele sonho... Não sei, tudo isso é novo para mim. Estou tentando ser pragmático, ouvir as testemunhas, seguir as orientações de Deus. O que acha que devo fazer em relação àquele sonho?

— Sou um cristão mais novo do que você, meu amigo — Michael respondeu. — Mas não discutiria com um sonho tão claro quanto o seu.

— Talvez tenhamos alguma vantagem no Egito que não teríamos aqui em Israel — Buck sugeriu.

— Não consigo imaginar isso — Michael disse. — Para sair de Israel e entrar no Egito legalmente, você terá de passar pela alfândega em algum lugar.

— E isso seria realista, levando em conta a identidade do meu acompanhante?

— Sua carga de contrabando?

Eis, finalmente, um sinal de humor, mas Michael não sorriu ao dizê-lo.

— Só estou pensando em voz alta — Buck disse. — Quão atentos ao dr. Ben-Judá estariam os oficiais de alfândega e a guarda fronteiriça?

— Essa é a sua pergunta? Não tenho dúvidas quanto a isso. Ou evitamos a alfândega, ou apostamos em outro ato sobrenatural.

— Estou aberto a sugestões — Buck replicou.

* * *

Rayford estava ao telefone com Amanda, que o deixou a par de tudo.

— Nunca senti tanto a sua falta como agora — Rayford disse.

— Voltar para cá foi certamente uma ideia boa — ela comentou. — Com Buck fora do país e Chloe ainda fragilizada, sinto que precisam de mim aqui.

— Eu também preciso de você, amor; estou contando os dias.

Rayford contou-lhe tudo sobre sua conversa com Hattie e os planos dela de viajar para os Estados Unidos.

— Eu confio em você, Rayford. Ela parece estar sofrendo. Nós vamos orar por Hattie. Eu daria tudo para conseguir passar uns ensinamentos a essa garota.

Rayford concordou:

— Ela só precisaria fazer uma paradinha na nossa região. Talvez, quando Bruce estiver falando de algum capítulo sobre...

Rayford percebeu o que tinha acabado de dizer.

— Oh, Ray...

— Acho que ainda é recente demais — ele disse. — Só espero que Deus providencie outro professor bíblico para nós. Bem, com certeza não será outro Bruce.

— Não — Amanda concordou —, e provavelmente não acontecerá tão rápido a ponto de fazer algum bem para Hattie, se ela passar por aqui.

* * *

No fim daquela tarde, Buck recebeu uma ligação de Ken Ritz.

— Ainda quer que eu o encontre em Alexandria?

— Estamos discutindo isso. Volto a falar com você.

— Você sabe dirigir carro de câmbio manual, Buck? — Michael perguntou.

— Claro que sim.

— Um carro antigo?

— São os mais divertidos, não são?

— Não tão antigo quanto esse — Michael disse. — Tenho um velho ônibus escolar que fede a peixe e tinta. Costumo usá-lo para meus dois trabalhos. Está caindo aos pedaços, mas, se conseguirmos levá-lo até a entrada sul do Jordão, talvez possa usá-lo para atravessar a fronteira no Sinai. E eu levaria uma reserva de gasolina e água. Essa coisa bebe ainda mais água do que combustível.

— Qual é o tamanho do ônibus?

— Não é grande. Cabem cerca de vinte passageiros nele.

— Tração 4x4?

— Não, sinto muito.

— Gasta muito combustível?

— Não tanto quanto gasta água, mas, sim, temo que sim.

— O que encontrarei no Sinai?

— Você não sabe?

— Sei que é um deserto.

— Então, sabe tudo que precisa saber. Você terá inveja de como o motor do ônibus consome água!

— O que está sugerindo?

— Eu vendo o ônibus a você por um preço justo, com todos os documentos. Se você for parado, os rastros devem atrair as autoridades até mim, mas eu apenas vendi o ônibus.

— Continue.

— Você esconde o dr. Ben-Judá embaixo dos bancos do fundo. Se conseguir atravessar a fronteira com ele e chegar ao Sinai, o ônibus deve levá-lo até Al Arish, menos de cinquenta quilômetros a oeste da Faixa de Gaza e diretamente na costa do Mediterrâneo.

— E aí? Você nos encontrará lá com seu barco de madeira e nos levará até a América?

Finalmente Buck conseguiu arrancar um sorriso resignado de Michael.

— Existe um campo de pouso ali, e é improvável que os egípcios se importem com um homem procurado em Israel. E, se perguntarem, ofereça algum dinheiro.

Um dos outros guardas parecia ter entendido o nome da cidade portuária, e Buck imaginou que ele estivesse pedindo a Michael, em hebraico, que explicasse a estratégia. Ele falou em tom sério com Michael, que se voltou para Buck.

— Meu camarada aqui está certo sobre o risco. É possível que Israel já tenha colocado um prêmio enorme pela cabeça do rabino. A não ser que você consiga oferecer-lhes mais, os egípcios podem ficar tentados a vendê-lo para as autoridades israelenses.

— Como saberei o preço?

— Terá de adivinhar. Continue aumentando a oferta até superar a dos israelenses.

— Qual seria sua estimativa?

— Não menos que 1 milhão de dólares.

— Não menos que 1 milhão? Acha que todo americano tem essa quantia de dinheiro?

— E não tem?

— Não! E, se tivesse, não carregaria 1 milhão em dinheiro vivo.

— Você teria metade disso?

Buck balançou a cabeça, afastou-se e entrou no esconderijo. Tsion o seguiu.

— O que o preocupa, meu amigo? — o rabino perguntou.

— Preciso tirá-lo daqui — Buck respondeu —, mas não sei como.

— Você orou?

— Constantemente.

— O Senhor mostrará um caminho.

— Neste momento, parece impossível, senhor.

— Javé é o Deus do impossível — Tsion disse.

* * *

A noite caía. Buck sentia-se pronto, mas sem lugar para onde ir. Pegou um mapa de Michael e o estudou com atenção, seguindo as vias fluviais, ao norte e ao sul, que separavam Israel da Jordânia. Ah, se houvesse apenas uma rota fluvial clara do rio Jordão ou do mar de Tiberíades para o Mediterrâneo! Buck dobrou o mapa e o devolveu a Michael.

— Sabe — ele disse, pensativo —, eu tenho duas identidades. Entrei no país como Herb Katz, um comerciante norte-americano. Mas também tenho minha identidade verdadeira.

— E daí?

— Daí que eu poderia atravessar a fronteira como Herb Katz, e o rabino poderia fazer o mesmo como Cameron Williams.

— Não esqueça, senhor Williams, que mesmo os nossos antigos países empoeirados estão computadorizados. Se entrou em Israel como Herb Katz, não existe registro da presença de Cameron Williams. Se ele não está aqui, como pode sair daqui?

— Tudo bem. Digamos, então, que eu saia do país como Cameron Williams e que o rabino saia como Herb Katz. Mesmo que não haja registro da minha presença em Israel, posso mostrar a eles meu certificado de permissão e minha proximidade com Carpathia, exigindo que não façam perguntas. Isso funciona diversas vezes.

— Existe uma chance remota de sucesso, mas Tsion Ben-Judá não fala como um judeu norte-americano.

— Não, mas...

— E ele não se parece nem um pouco com você ou com sua foto.

Buck estava frustrado.

— Concordamos que precisamos tirá-lo daqui ou não?

— Sem dúvida — Michael respondeu.

— E o que você sugere? Minhas ideias acabaram.

Ben-Judá rastejou até eles, obviamente não querendo ficar de pé no baixo abrigo de terra.

— Michael — ele começou. — Não tenho palavras para dizer como sou grato por seu sacrifício, por sua proteção. Agradeço também sua simpatia e suas orações. Tudo isso é muito difícil. Minha carne preferia não ir adiante. Uma parte de mim deseja muito morrer e estar com minha esposa e meus filhos. Apenas a graça de Deus me sustenta. Apenas ele me impede de querer vingar suas mortes a qualquer preço. Prevejo noites e dias longos e solitários, de profundo desespero. Minha fé é inabalável, e, por isso, só posso agradecer ao Senhor. Sinto-me chamado a continuar tentando servi-lo, mesmo em meu luto. Não sei por que ele permitiu isso, também não sei quanto tempo ele ainda me dará para pregar e ensinar o evangelho de Cristo. Mas algo no meu íntimo diz que ele não me prepararia excepcionalmente durante toda a minha vida, nem me daria esta segunda chance de proclamar ao mundo que Jesus é o Messias, se não visse mais utilidade em mim.

E disse ainda:

— Estou ferido. Sinto como se tivesse um rombo enorme no peito, e não consigo imaginá-lo preenchido de nenhuma forma. Em minhas orações, peço alívio da minha dor, libertação do ódio e dos pensamentos de vingança. Mas, acima de tudo, peço paz e descanso para que, de algum modo, eu possa reconstruir algo com os fragmentos remanescentes da minha vida. Sei que não valho nada neste país. Minha mensagem deixou todos enfurecidos, exceto os cristãos, e, agora, com essas acusações mentirosas, preciso sair daqui. Se Nicolae Carpathia voltar a mim suas atenções, serei um fugitivo em qualquer lugar. Mas não faz sentido permanecer aqui. Não posso ficar escondido para sempre, e preciso de alguma saída para o meu ministério.

Michael posicionou-se entre Tsion e Buck e colocou as mãos em seus ombros.

— Tsion, meu amigo, você sabe que eu e meus compatriotas estamos arriscando tudo para protegê-lo. Nós o amamos como nosso pai espiritual e preferimos morrer a vê-lo morrer. É claro que concordamos que você precisa partir. Às vezes, parece que, a menos que Deus envie um anjo para tirá-lo daqui, um fugitivo tão famoso quanto você não conseguirá passar pela alfândega israelense. Em meio à sua dor e ao seu sofrimento, não ousamos pedir seu conselho. Mas, caso Deus tenha dito algo a você, precisamos ouvi-lo, e precisa ser agora. O céu está escurecendo. Se não quisermos esperar outras 24 horas, temos de agir agora. O que devemos fazer? Para onde devemos ir? Estou disposto a passar com você pela alfândega em qualquer fronteira à força, mas sabemos que isso seria uma loucura.

Buck olhou para Ben-Judá, que simplesmente baixou a cabeça e orou mais uma vez, em voz alta:

— Oh, Deus, nossa ajuda em tempos passados...

Buck logo começou a tremer e caiu de joelhos. Ele sentiu o Senhor dizendo que a resposta estava diante deles. Em sua mente ecoava uma frase que só poderia vir de Deus: "Eu falei. Eu providenciei. Não hesite."

Buck sentiu-se comovido e encorajado, mas ainda não sabia o que fazer. Se Deus havia dito que ele deveria seguir pelo Egito, estaria disposto a fazê-lo. Era isso? O que tinha sido providenciado?

Michael e Tsion estavam, agora, de joelhos ao lado de Buck. Seus ombros se tocavam. Nenhum deles falou. Buck sentiu a presença do Espírito de Deus e começou a chorar. Os outros dois também pareciam estar tremendo. De repente, Michael falou:

— A glória do Senhor será a nossa retaguarda.

Palavras encheram a mente de Buck. Apesar de mal conseguir pronunciá-las de tanta emoção, ele disse:

— O Senhor me dá água viva, e não terei mais sede.

O que era isso? Estava Deus dizendo que ele podia seguir pelo deserto do Sinai e que não morreria de sede?

Tsion Ben-Judá prostrou-se no chão, gemendo e soluçando.

— Oh, Deus! Oh, Deus! Oh, Deus...

Michael levantou o rosto e disse:

— Fale, Senhor, pois os seus servos ouvem. Ouçam as palavras do Senhor. Aquele que tem ouvidos, ouça...

E Tsion:

— O Senhor dos exércitos jurou: "Certamente, como planejei, assim acontecerá, e, como pensei, assim será."

Era como se Buck tivesse sido atropelado pelo Espírito de Deus. De repente, ele sabia o que deveriam fazer. As peças do quebra-cabeça estavam todas na frente deles. Buck e seus amigos estavam esperando alguma intervenção milagrosa. Fato era que, se Deus quisesse tirar Tsion Ben-Judá de Israel, ele o tiraria. Se não quisesse, ele não o faria. Num sonho, Deus tinha instruído Buck a ir por outro caminho, pelo Egito. Tinha fornecido um meio de transporte por meio de Michael. Agora, prometeu que sua glória seria a retaguarda de Buck.

— Amém — disse Buck — e amém.

Ele se levantou e falou:

— Está na hora, senhores. Vamos.

Dr. Ben-Judá pareceu surpreso.

— Deus falou com você?

Buck devolveu a pergunta:

— Ele não falou com você, Tsion?

— Sim! Eu só quis ter certeza de que estamos de acordo.

— Se eu puder votar — Michael completou —, somos unânimes. Vamos!

Os compatriotas de Michael puxaram o barco para a água enquanto Buck pegava a bolsa, e Tsion embarcou. Quando Michael ligou os motores, e enfim partiram rio abaixo, Buck entregou a Tsion os documentos de identificação que ostentavam o nome e a foto de Buck. Tsion pareceu surpreso.

— Não tive nenhum pressentimento de que deveria usar esses documentos — ele comentou.

— E eu tive a clara sensação de que não devo ficar com eles — Buck respondeu. — Estou neste país como Herb Katz, então sairei deste país como Herb Katz. Só peço que me devolva os documentos quando chegarmos ao Sinai.

— Isso é empolgante — Tsion disse —, não acha? Estamos confiantes de que chegaremos ao Sinai, e não fazemos ideia de como Deus proverá.

Michael deixou o barco sob o comando de um de seus amigos e se juntou a Buck e Tsion.

— Tsion tem um pouco de dinheiro, alguns cartões de crédito e seus próprios documentos. Se ele for encontrado com eles, será detido e, provavelmente, morto. Devemos guardá-los aqui?

Tsion pegou a carteira e abriu-a sob a luz da lua. Retirou o dinheiro, dobrou-o e colocou no bolso. Então, começou a jogar os cartões de crédito no rio Jordão. Era o máximo de diversão que Buck tinha testemunhado naquele homem desde que o encontrou no esconderijo. Quase tudo foi para a água; tudo que podia identificá-lo e os diversos documentos que acumulou ao longo dos anos. Tsion tirou uma pequena seção de fotografias e prendeu a respiração. Virou as fotos na direção da luz e chorou abertamente.

— Michael, preciso pedir que me envie estas fotografias em algum momento no futuro.

— Pode deixar.

Tsion jogou a carteira velha na água.

— Agora — Michael disse —, creio que você precisa devolver os documentos do sr. Williams.

— Espere um minuto — Buck interrompeu. — Não deveríamos tentar obter alguma identidade falsa, se ele não vai usar a minha?

— De certa forma — Tsion concordou —, o que Michael diz faz sentido. Eu sou um homem que perdeu tudo, até mesmo a identidade.

Buck pegou sua carteira de identidade e começou a vasculhar a bolsa em busca de um lugar para escondê-la.

— Não — Michael disse. — Não há lugar nenhum em você ou na bolsa que eles não vasculhem. Encontrarão sua carteira de identidade extra.

— Bem — replicou Buck —, não posso jogar a minha no Jordão. Michael estendeu a mão.

— Vou enviá-la a você com as fotografias do Tsion — ele sugeriu. — É a solução mais segura.

Buck hesitou.

— Mas a identidade também não pode ser encontrada com você — advertiu.

Michael pegou-a.

— Minha vida está fadada a ser curta de qualquer jeito, irmão — ele disse. — Sinto-me honrado e abençoado por ser uma das testemunhas preditas nas Escrituras, mas minha missão é pregar em Israel, onde o Messias verdadeiro é odiado. Meus dias estão contados, sendo pego ou não com seus documentos.

Buck agradeceu e balançou a cabeça.

— Mesmo assim, ainda não consigo imaginar como Tsion vai passar pela alfândega sem documentos, reais ou falsos.

— Nós já oramos — Tsion disse. — Eu também não sei como Deus pretende fazer isso. Só sei que ele fará.

O pragmatismo e o realismo de Buck estavam em pé de guerra com sua fé.

— Mas não precisamos fazer a nossa parte também?

— E qual é a nossa parte, Cameron? — perguntou o rabino. — É justamente quando nossas ideias e opções se esgotam que só nos resta depender de Deus.

Buck apertou os lábios e escondeu o rosto. Queria ter a mesma fé de Tsion. Sabia que, em vários sentidos, ele a tinha. Mesmo assim, não fazia sentido avançar sem nenhuma precaução, desafiando os guardas da fronteira a reconhecer o rabino.

* * *

— Sinto muito ligar agora, papai — Chloe disse —, mas tenho tentado falar com o Buck pelo celular e não consigo.

— Eu não me preocuparia com o Buck, filha. Você sabe que ele consegue ficar em segurança.

— Ah, papai! Buck sabe encontrar maneiras de quase ser morto, isso sim. Sei que ele se hospedou no Rei Davi com o nome falso, e estou tentada a ligar para lá, mas ele me prometeu que ficaria longe do hotel esta noite.

— Então eu esperaria, Chloe. Você sabe que Buck raramente se importa com o horário. Se ele precisar da noite inteira para conseguir a história, usará a noite inteira.

— Você está sendo de grande ajuda.

— Estou tentando ser.

— Bem, só não entendo por que ele não estaria com o celular o tempo todo.

— Talvez esteja na bolsa.

— Então, se a bolsa estiver no hotel e Buck estiver perambulando por aí, eu só estou sem sorte?

— Creio que sim, querida.

— Preferia que ele estivesse com o celular, mesmo se deixasse a bolsa no hotel.

— Tente não se preocupar, Chloe. Buck sempre acaba aparecendo em algum lugar.

* * *

Quando Michael atracou na entrada do Jordão, ele e seus guardas vasculharam o horizonte e, então, caminharam relaxadamente até o minúsculo carro e se apertaram dentro dele. Michael dirigiu até sua casa, que tinha um galpão que servia como garagem. Era pequeno demais para o ônibus, que dominava o beco atrás de seu modesto lar. Luzes foram acesas. Um bebê começou a chorar. A esposa de Michael apareceu num manto, abraçou-o desesperadamente e falou com ele em hebraico, irritada. Michael olhou para Buck:

— Devo manter contato com mais frequência — ele disse, levantando os ombros.

Buck procurou o celular em seus bolsos. Não estava lá. Procurou na bolsa e o encontrou. Ele também deveria manter contato com Chloe, mas, no momento, era mais importante falar com Ken Ritz. Mesmo enquanto estava ao telefone, Buck permanecia ciente de toda a atividade ao seu redor. Silenciosamente, Michael e seus amigos puseram-se a trabalhar. Combustível e água foram colocados no motor e no radiador do velho ônibus escolar. Um dos homens abasteceu o tanque com latas armazenadas ao lado da casa. A esposa de Michael trouxe uma pilha de cobertores e uma cesta com roupas para Tsion.

Quando terminou a ligação com Ritz, que concordou em encontrá-los em Al Arish, no Sinai, Buck passou pela esposa de Michael a caminho do ônibus. Ela hesitou um pouco, olhando-o. Ele também diminuiu o passo, supondo que ela não entendia inglês, mas Buck queria expressar sua gratidão.

— Inglês? — ele tentou. Ela fechou os olhos por um instante e balançou a cabeça.

— Bem, eu só queria agradecer-lhe — ele disse. — Então, bem, obrigado.

Buck estendeu as mãos e juntou-as sob o queixo, esperando que ela entendesse o significado do gesto. Era uma mulher baixa, de aparência frágil e olhos escuros. Tristeza e terror estavam gravados em seu rosto e em seus olhos. Era como se ela soubesse que estava do lado certo, mas que seu tempo era curto. Ela sabia que o marido seria descoberto em breve. Ele não somente era um convertido ao verdadeiro Messias, mas também estava defendendo um inimigo de Estado.

Buck sabia que a esposa de Michael deveria imaginar quando ela e os filhos sofreriam o mesmo destino da família de Tsion Ben-Judá. Ou, se isso não acontecesse, quando ela perderia o marido à causa, por mais digna que fosse.

Seria contra os costumes tocar em Buck, por isso ele se assustou quando a mulher se aproximou. Ficou a meio metro de seu rosto e olhou-o fixamente. Ela disse algo em hebraico, e Buck reconheceu apenas as duas últimas palavras:

— *Y'shua Hamashiach.*

Quando Buck mergulhou na escuridão e chegou ao ônibus, Tsion já estava deitado embaixo dos assentos, ao fundo. Comida e estoques de água, óleo e combustível já estavam guardados.

Michael aproximou-se, os três amigos atrás dele. Abraçou Buck e beijou-o nos dois lados do rosto.

— Vá com Deus! — ele disse, entregando os documentos do carro. Buck apertou a mão dos outros três em silêncio, já que, aparentemente, eles não entenderiam nada do que dissesse.

Ele entrou no ônibus e fechou a porta, acomodando-se no velho assento, que chiava a cada movimento. Michael deu-lhe um sinal, pedindo que abaixasse a janela do lado do motorista.

— Com carinho — Michael disse.

— Carinho? — Buck perguntou.

— O acelerador.

Buck pisou no acelerador e o soltou, então girou a chave. O motor barulhento ganhou vida. Michael levantou ambas as mãos, pedindo que fosse o mais silencioso possível. Lentamente, Buck soltou a embreagem; o velho veículo estremeceu e saltou. Só para sair do beco e entrar na via principal, Buck teve de manusear a embreagem com muito cuidado. Mudando de marcha, controlando a embreagem e, lógico, pisando no acelerador com muito carinho, ele finalmente saiu do pequeno bairro e pegou a estrada. Se conseguisse, de alguma forma, seguir as instruções de Michael e chegar à fronteira, o resto caberia a Deus. Buck teve uma sensação incomum de liberdade simplesmente dirigindo um veículo, mesmo que um como aquele. Ele estava numa viagem que o levaria a algum lugar. Ao nascer do sol, poderia estar em qualquer situação; detido, preso, no deserto, no ar ou no céu.

CAPÍTULO 12

Buck logo entendeu o que Michael quis dizer com "tratar o acelerador com carinho". Sempre que trocava de marcha, o motor quase morria. Quando parava o veículo, precisava deixar o pé esquerdo na embreagem, o calcanhar direito no freio e administrar o acelerador com os dedos do pé direito.

Michael havia incluído, nos documentos do veículo deteriorado, o esboço de um mapa.

— Existem quatro pontos pelos quais você pode atravessar a fronteira de Israel para o Egito com um carro — ele havia explicado. — Os dois mais próximos ficam em Rafá, na Faixa de Gaza, mas sempre foram fortemente patrulhados. Sugiro que você siga para o sul, saindo de Jerusalém e passando por Hebrom até Bersebá, mesmo que não fique exatamente no caminho. Cerca de mais ou menos dois terços do caminho entre Bersebá e Yeruham, existe um atalho para o sul, mas, em especial, para o oeste, que atravessa a extremidade norte do Neguebe. Você estará a menos de cinquenta quilômetros da fronteira; quando estiver a menos de dez quilômetros, pode seguir na direção norte e oeste ou continuar na direção oeste. Não sei qual fronteira seria mais fácil de passar, mas sugiro a do sul, pois, assim, poderá continuar pela rota noroeste, que o levará diretamente para Al Arish. Se optar pelo passo norte, precisará voltar para a estrada principal entre Rafá e Al Arish, que tem um trânsito mais pesado e é mais bem vigiada.

Isso era tudo que Buck precisava saber. Ele optaria pela alfândega mais ao sul, orando para que não fosse parado até lá.

Tsion Ben-Judá permaneceu no chão, sob os assentos, e só saiu de lá com o ônibus já bem ao sul de Jerusalém, quando ambos se sentiram seguros. O rabino veio até a parte da frente e agachou-se ao lado de Buck.

— Está cansado? — ele perguntou. — Quer que eu assuma a direção?

— Você deve estar brincando.

— Acho que levarei meses para conseguir achar graça em qualquer coisa — Tsion disse.

— Mas você não deve estar falando sério. Realmente quer ficar atrás do volante deste ônibus? O que faríamos se fôssemos parados? Trocar de lugar?

— Só estava oferecendo ajuda.

— Eu agradeço, mas isso está fora de cogitação. Estou bem, sinto-me descansado. Só estou morrendo de medo. Isso me manterá alerta.

Buck reduziu a marcha para fazer uma curva, e Tsion perdeu o equilíbrio. Ele se segurou numa barra de metal ao lado do assento do motorista, girou e chocou-se contra Buck, empurrando-o para a esquerda.

— Eu já lhe disse, Tsion, estou acordado. Não precisa tentar despertar-me o tempo todo.

Buck olhou Tsion para ver se tinha conseguido arrancar um sorriso dele. Mas Tsion parecia tentar ser educado. Desculpou-se mil vezes e foi acomodar-se no assento atrás do motorista, de cabeça baixa e com o queixo apoiado nas mãos, que se seguravam na barra que separava o motorista do primeiro assento.

— Avise quando eu tiver de me esconder.

— Quando eu puder avisá-lo, é provável que já tenhamos sido descobertos.

— Acho que não aguento ficar deitado no chão por muito tempo — Ben-Judá disse. — Que tal se nós dois ficarmos atentos?

Buck mal conseguia fazer o velho ônibus andar mais do que setenta quilômetros por hora. Achava que levariam a noite toda para chegar à fronteira. Talvez isso fosse bom. Quanto mais escuro e mais tarde, melhor. Enquanto o ônibus se arrastava pela estrada e Buck observava o painel de controle, tentando não fazer nada que chamasse a atenção, viu pelo retrovisor que Tsion havia deitado no assento para descansar um pouco.

Buck pensou que o rabino tivesse dito algo.

— Perdão? — Buck perguntou.

— Desculpe-me, Cameron. Eu estava orando.

Mais tarde, Buck o ouviu cantar. Então, escutou um choro. Depois da meia-noite, Buck conferiu o mapa e percebeu que eles estavam atravessando Haiheul, uma cidade pouco ao norte de Hebrom.

— Será que os turistas estarão nas ruas de Hebrom a esta hora da noite? — Buck perguntou.

Tsion inclinou-se para a frente.

— Não, mas, mesmo assim, é uma área povoada. Ficarei atento. Cameron, há algo que preciso discutir com você.

— Pode falar.

— Quero que saiba que sou imensamente grato por você ter sacrificado seu tempo e sua vida para me buscar.

— Nenhum amigo faria menos, Tsion. Senti uma ligação profunda com você desde o dia em que me levou ao Muro das Lamentações pela primeira vez. E, também, quando tivemos de fugir juntos após sua transmissão ao vivo na TV.

— Passamos por algumas aventuras incríveis, é verdade — Tsion disse. — Por isso eu sabia que bastaria ao dr. Rosenzweig enviá-lo até as testemunhas para que você me encontrasse. Não ousaria dizer a ele onde eu estava. Mesmo o meu motorista só sabia como me levar até Michael e os outros irmãos em Jericó. Ele ficou tão abalado com o que aconteceu com minha família, que não parava de chorar. Estivemos juntos durante muitos anos. Michael prometeu que o manteria informado, mas eu gostaria de falar com ele pessoalmente. Talvez eu possa usar seu celular após passarmos pela fronteira.

Buck não sabia o que dizer. Mais do que Michael, ele acreditava que Tsion aguentaria outras notícias ruins, mas por que ele deveria ser o mensageiro? O rabino, intuitivo, suspeitou imediatamente que Buck escondia algo.

— Que foi? — ele perguntou. — Acha que é muito tarde para ligar?

— É muito tarde — Buck respondeu.

— Mas, se estivesse no lugar dele, eu ficaria muito feliz ao receber notícias dele a qualquer hora do dia ou da noite.

— Tenho certeza de que ele sentia... sente o mesmo — Buck disse sem muita convicção.

Buck espiou pelo retrovisor. Tsion fixou os olhos nele; parecia começar a entender.

— Talvez eu deva ligar para ele agora mesmo — sugeriu. — Posso usar seu telefone?

— Tsion, você sempre pode usar qualquer coisa minha. Já sabe disso, mas eu não ligaria para ele agora.

Quando Tsion respondeu, Buck percebeu que ele sabia. A voz ficou fraca, carregada da dor que o atormentaria pelo resto de seus dias.

— Cameron, seu nome era Jaime. Ele esteve comigo desde que comecei a ensinar na universidade. Não era um homem culto, mas era sábio no que dizia respeito às coisas do mundo. Conversamos muito sobre minhas descobertas. Ele e minha esposa eram os únicos além dos meus assistentes que sabiam o que eu diria na televisão. Jaime era próximo, Cameron. Tão próximo! Mas ele já não está mais conosco, está?

Buck pensou em somente balançar a cabeça, mas não conseguiu. Fingiu estar ocupado, procurando placas de trânsito, mas o rabino, é claro, não desistiria.

— Cameron, somos próximos demais e passamos por muita coisa para você me evitar. É evidente que sabe como Jaime está. Você precisa entender que o peso das notícias ruins que tenho recebido não pode piorar nem ser amenizado. Nós, os crentes em Cristo, devemos ser justamente aqueles que nunca temem a verdade, por mais difícil que seja.

— Jaime está morto — Buck disse.

Tsion abaixou a cabeça.

— Ele me ouviu pregar tantas vezes! Conhecia o evangelho. Às vezes, até o pressionava. Ele jamais se ofendeu. Sabia que eu me importava com ele. Só posso orar e esperar que, talvez, depois de levar-me ao Michael, ele tenha tido tempo de reunir-se com sua família. Diga-me como aconteceu.

— Uma bomba no carro.

— Morte instantânea, então — ele deduziu. — Nem deve ter sabido o que o atingiu. Talvez não tenha sofrido.

— Eu sinto tanto, Tsion! Michael achava que você não suportaria a notícia.

— Ele me subestima, mas agradeço a preocupação. Eu também me preocupo com todas as pessoas ligadas a mim. Qualquer um que aparente saber algo do meu paradeiro pode vir a sofrer caso não revele. São tantos! Jamais me perdoarei se todos eles tiverem de pagar o pior preço só por me conhecerem. Francamente, temo pela vida de Chaim Rosenzweig.

— Eu não me preocuparia com ele ainda — Buck disse. — Chaim continua intimamente associado a Carpathia. Por ironia, essa é a sua proteção.

Buck atravessou a cidade de Hebrom com cuidado; Tsion e ele continuaram em silêncio até Bersebá. De madrugada, mais ou menos dez quilômetros ao sul de Bersebá, Buck percebeu que a temperatura do motor estava subindo. O indicador de óleo parecia em ordem, mas a última coisa que Buck queria era superaquecer o motor.

— Vou colocar um pouco de água no radiador, Tsion — ele disse.

O rabino parecia estar cochilando. Buck deixou a estrada e parou no acostamento. Encontrou um pano e saiu do ônibus. Após abrir a capota, cautelosamente retirou a tampa do radiador. Estava fervendo, mas Buck conseguiu acrescentar alguns litros de água. Enquanto trabalhava, percebeu que um carro de patrulha das Forças de Paz da Comunidade Global passava lentamente por eles. Buck tentou esconder seu nervosismo e respirou fundo.

Limpou as mãos e jogou o pano na lata de água, observando que o carro de patrulha parou mais ou menos 30 metros à frente do ônibus e, agora, voltava lentamente. Tentando não levantar suspeitas, Buck jogou a lata no ônibus e voltou para fechar a capota. Antes de conseguir terminar o serviço, o carro de patrulha deu meia-volta e o encarou no acostamento. Com os faróis altos voltados diretamente para ele, Buck ouviu o oficial da Comunidade Global dizer algo em hebraico pelo alto-falante.

Buck levantou ambos os braços e gritou:

— Inglês!

Com sotaque pesado, o oficial disse:

— Por favor, permaneça fora do veículo.

Buck virou-se para fechar a capota, mas o oficial voltou a dirigir-se a ele:

— Por favor, permaneça onde está.

Buck levantou os ombros e ficou ali, meio sem jeito, com os braços pendurados. O oficial estava falando ao rádio. Finalmente, o jovem homem saiu do carro.

— Boa noite para o senhor — ele disse.

— Obrigado — Buck respondeu. — Meu veículo superaqueceu um pouco. Só isso.

O oficial era magro, de pele escura, e vestia o elegante uniforme da Comunidade Global. Buck culpou-se por não estar com seu próprio passaporte e seus documentos. Nada deixava um funcionário da Comunidade Global mais nervoso do que a permissão nível 2-A de Buck.

— Você está sozinho? — o oficial perguntou.

— O nome é Herb Katz — Buck respondeu.

— Perguntei se está sozinho!

— Sou um comerciante norte-americano. Estou passando férias aqui.

— Seus documentos, por favor.

Buck entregou a identidade e o passaporte falsos. O jovem verificou-os sob a luz de sua lanterna, apontando-a depois para o rosto de Buck. Ele achou aquilo desnecessário, visto que os faróis do carro já o cegavam, mas permaneceu calado.

— Sr. Katz, pode dizer onde conseguiu esse veículo?

— Eu o comprei esta noite. Pouco antes da meia-noite.

— E quem o vendeu a você?

— Tenho os documentos. Não sei pronunciar seu nome. Sou americano.

— Senhor, as placas desse veículo estão registradas no nome de um residente de Jericó.

Buck, ainda se fazendo de bobo, disse:

— É isso aí! Foi lá que eu comprei o carro, em Jericó.

— E você disse que o adquiriu antes da meia-noite?

— Sim, senhor.

— Está ciente de que estamos caçando um homem neste país?

— Nem me fale! — Buck disse.

— Acontece que o dono desse veículo foi detido há pouco mais de uma hora por ajudar e esconder um suspeito de assassinato.

— Não me diga! — falou Buck, surpreso. — Acabei de fazer um passeio de barco com esse homem. Disse-lhe que precisava de um veículo que me levasse de Israel até o Egito, de onde pretendo voltar aos Estados Unidos. Ele me disse que tinha apenas esse veículo. É isso.

O oficial se aproximou do ônibus.

— Preciso ver esses documentos — ele pediu.

— Vou pegá-los — Buck disse, passando à frente do oficial e pulando no ônibus. Pegou os documentos e acenou com eles ao descer os degraus. O oficial recuou até a luz dos faróis de seu carro.

— Os documentos parecem estar em ordem, mas é uma grande coincidência que tenha comprado o veículo poucas horas antes da prisão desse homem.

— Não sei o que a compra de um ônibus tem a ver com os problemas de um sujeito qualquer — Buck replicou.

— Temos razões para acreditar que o homem que lhe vendeu este veículo abriga um assassino. Com ele encontramos os documentos do suspeito e de um americano. Não vai demorar para que ele nos diga onde o escondeu — o oficial consultou as próprias anotações.

— Conhece um indivíduo norte-americano chamado Cameron Williams?

— Não me parece o nome de nenhum amigo meu. Sou de Chicago.

— E volta hoje à noite do Egito?

— Correto.

— Por quê?

— Por quê? — Buck repetiu.

— Por que precisa sair pelo Egito? Por que não pega um voo em Jerusalém ou em Tel Aviv?

— Não há voos hoje à noite. Quero voltar para casa. Aluguei um jatinho.

— E por que não contratou um táxi?

— Veja, eu paguei menos pelo ônibus do que pagaria pela corrida.

— Um momento, senhor — o oficial voltou ao carro e ficou conversando pelo rádio por alguns minutos.

Buck orou, pedindo que conseguisse dizer algo ao oficial que o impedisse de revistar o ônibus. Logo o jovem estava de volta.

— Você alega nunca ter ouvido falar em Cameron Williams. Estamos verificando, neste exato momento, se o homem que lhe vendeu este veículo vai implicá-lo no esquema dele.

— Esquema dele? — Buck perguntou.

— Não levaremos muito tempo para descobrir onde ele escondeu nosso suspeito. Será de seu interesse dizer-nos toda a verdade. Afinal de contas, ele tem esposa e filhos.

Pela primeira vez na vida, Buck sentiu-se tentado a matar um homem. Ele sabia que o oficial era apenas um peão num jogo cósmico, na guerra entre o bem e o mal. Mas ele representava o mal. Buck teria o direito de matar aqueles que desejavam assassinar Tsion, assim como Michael pensava? O oficial ouviu um barulho vindo do rádio e voltou correndo para o carro. Retornou em instantes.

— Nossas técnicas de interrogatório funcionaram — disse. — Extraímos dele o local do esconderijo, algum lugar entre Jericó e o mar de Tiberíades, próximo ao rio Jordão. Mas, mesmo sob ameaça de tortura e até de morte, ele jura que você é apenas um cliente a quem ele vendeu o veículo.

Buck suspirou. Outros podiam ver uma coincidência nesse estratagema mútuo, mas, para ele, era um milagre tão grande quanto tudo o que tinha visto no Muro das Lamentações.

— Por motivos de segurança, porém — o oficial disse —, pediram que eu revistasse o veículo para ver se há quaisquer evidências sobre o fugitivo.

— Mas você disse...

— Não precisa ter medo. Você está liberado. Talvez tenha sido usado para levar algumas evidências para fora do país sem o seu conhecimento. Precisamos apenas revistar o veículo. Talvez encontremos algo que nos leve até o suspeito. Por favor, fique onde está enquanto faço uma busca no veículo.

— Você não precisa de um mandado, da minha permissão ou algo assim?

Irritado, o oficial voltou-se para Buck.

— Senhor, você tem sido agradável e está colaborando. Mas não cometa o erro de achar que está falando com a polícia local. Meu carro e meu uniforme identificam-me como representante das Forças de Paz da Comunidade Global. Não estamos presos a quaisquer convenções ou regras. Se eu quisesse, poderia confiscar o veículo mesmo sem pedir a sua assinatura. Agora, espere aqui.

Pensamentos terríveis passaram pela mente de Buck. Ele cogitou a possibilidade de tentar desarmar o oficial e fugir com Tsion no carro de patrulha do homem. Sabia que era ridículo, mas ele odiava não poder fazer nada. Tsion atacaria o oficial? Ele o mataria? Buck ouviu os passos do oficial avançando lentamente até o fundo do ônibus. O feixe de luz de sua lanterna dançava pelo interior do ônibus.

Pouco tempo depois, o oficial saltou do ônibus.

— O que achou que ia fazer? Achou que eu o deixaria passar com isso? Acreditou que eu o deixaria dirigir o veículo até o Egito e simplesmente o descartar? Você pretendia largá-lo num aeroporto para que as autoridades locais cuidassem dele?

Buck ficou sem palavras. Era essa a maior preocupação do oficial? Ele não tinha visto Tsion no ônibus? Será que Deus o cegou de um jeito sobrenatural?

— Bem, é, na verdade, eu tinha imaginado algo assim. Sim, imaginei que os residentes locais que tentam ganhar um dinheirinho ajudando com a bagagem dos passageiros ficariam felizes em receber um veículo como este.

— Você deve ser um americano muito rico, senhor. Sei que esse ônibus não vale muita coisa; mesmo assim, é uma gorjeta bastante generosa para um carregador, não acha?

— Sou um homem fútil — Buck disse.

— Obrigado por sua cooperação, sr. Katz.

— Bem, foi um prazer. E obrigado.

O oficial voltou para o carro, atravessou a estrada e seguiu na direção norte, para Bersebá. Buck, com os joelhos fracos e as mãos trêmulas, fechou a capota do motor e entrou no ônibus.

— Como, pelo amor de Deus, você fez isso, Tsion? Tsion! Sou eu! Pode sair agora, onde quer que esteja. Você não pode estar escondido no porta-bagagem. Tsion?

Buck subiu num assento e verificou o porta-bagagem. Nada. Ele se deitou no chão e olhou embaixo dos assentos. Nada além de sua própria bolsa, os alimentos, a água, o óleo e o combustível. Se Buck não tivesse aprendido, teria pensado que Tsion foi arrebatado. E agora? Nenhum carro tinha passado por eles enquanto Buck interagia com o policial. Ousaria chamá-lo na escuridão? Quando Tsion teria deixado o ônibus? Em vez de fazer um drama e chamar a atenção de alguém que poderia estar passando por ali, Buck voltou para o ônibus, ligou o motor e seguiu pelo acostamento da estrada. Após uns duzentos metros, tentou dar meia-volta, mas teve de dar ré uma vez para conseguir virar o veículo. Agora, seguiu pelo outro acostamento, levantando nuvens de poeira iluminadas pelas luzes traseiras do ônibus.

"Vamos lá, Tsion! Não me diga que você decidiu caminhar até o Egito!"

Buck pensou em buzinar, mas decidiu seguir algumas centenas de metros na direção norte para, então, dar outra meia-volta. Dessa vez, reconheceu o aceno tímido de seu amigo entre algumas árvores ao longe. Lentamente, dirigiu o veículo até o local e abriu a porta. Tsion Ben-Judá pulou para dentro do ônibus e, ofegante, deitou-se no chão ao lado de Buck.

— Se alguma vez você já se perguntou o que a Bíblia quer dizer com "os caminhos do Senhor são misteriosos" — Tsion disse —, esta é a sua resposta!

— O que aconteceu? — Buck perguntou. — Pensei que era o fim!

— Eu também! — Tsion disse. — Estava cochilando e mal percebi que você estava mexendo no motor. Quando levantou a capota, percebi que precisava aliviar-me. Você estava colocando água no radiador quando saí do ônibus. Eu estava a apenas quinze metros da estrada quando o carro de patrulha passou. Não tinha ideia do que fazer, mas sabia que não podia estar naquele ônibus. Simplesmente comecei a afastar-me, orando e pedindo que, de alguma forma, você conseguisse sair dessa.

— Ouviu nossa conversa?

— Não, o que descobriu?

— Você não vai acreditar, Tsion.

Buck contou-lhe toda a história enquanto continuavam na direção da fronteira.

Parece que, agora, Tsion tinha criado coragem. Ele ficou no assento da frente, logo atrás de Buck. Não se escondia nem se inclinava para a frente. Aproximou-se do ouvido de Buck e falou em tom sério.

— Cameron — ele disse com voz trêmula e fraca —, estou quase enlouquecendo, pensando em quem cuidará do enterro da minha família.

Buck hesitou.

— Nem sei como devo perguntar, meu amigo, mas o que costuma

ser feito em casos assim? Quero dizer, quando facções pseudo-oficiais fazem algo desse tipo?

— É isso que me preocupa. Você nunca vê o que acontece com os corpos. Eles os enterram? Queimam? Eu não sei. Mas o mero pensamento deixa-me profundamente angustiado.

— Tsion, eu jamais ousaria aconselhá-lo espiritualmente. Você é um homem da Palavra e de profunda fé.

Tsion o interrompeu.

— Não seja tolo, meu jovem amigo. Só porque você não é um estudioso, não significa que seja menos maduro na fé. Você se converteu antes de mim.

— Mesmo assim. Cheguei ao fim da minha sabedoria. Não sei como enfrentar uma tragédia pessoal desse tamanho. Jamais teria conseguido lidar com o que você sofreu, muito menos como você tem feito.

— Não se esqueça, Cameron, de que estou basicamente vivendo de emoções. Meu sistema está em choque. Os piores dias ainda estão por vir.

— Sinceramente, Tsion, creio que isso seja verdade. Pelo menos você tem conseguido chorar. Lágrimas podem ser um grande alívio. Temo por aqueles que experimentam esse tipo de trauma e não conseguem nem isso.

Tsion reclinou-se e permaneceu em silêncio. Buck orou por ele em voz baixa. Por fim, Tsion voltou a inclinar-se.

— Venho de uma tradição de lágrimas — ele disse —, séculos de lágrimas.

— Eu queria poder fazer algo palpável por você, Tsion — Buck lamentou.

— Palpável? O que poderia ser mais palpável do que isso? Você tem sido um encorajamento tão grande, que nem palavras tenho para expressar. Quem faria algo semelhante por uma pessoa que mal conhece?

— Parece que eu o conheço desde sempre.

— E Deus lhe deu recursos que nem amigos mais próximos têm.

Tsion parecia imerso em pensamentos. Em seguida, ele disse:

— Cameron, existe algo que você pode fazer para trazer-me algum consolo.

— Eu faria qualquer coisa.

— Conte-me sobre seu pequeno grupo de cristãos nos Estados Unidos. Como você os chama? Digo, o grupo-base?

— Comando Tribulação.

— Sim! Adoro ouvir histórias desse tipo. Aonde quer que eu tenha ido neste mundo, a fim de pregar e de ser um instrumento na conversão dos 144 mil judeus que se tornarão as testemunhas preditas nas Escrituras, tenho ouvido histórias maravilhosas de reuniões secretas e coisas assim. Conte-me tudo sobre o Comando Tribulação.

Buck começou pelo início. Falou do avião, de quando ele era apenas um passageiro, Hattie Durham era uma comissária de bordo e Rayford Steele, o piloto. Enquanto falava, ficava espiando o retrovisor para ver se Tsion estava realmente ouvindo ou apenas tolerando uma longa história. Buck sempre se admirou com a própria capacidade de concentrar-se em duas coisas ao mesmo tempo. Podia estar contando uma história e pensando em outra.

Enquanto contava a Tsion como ouviu Rayford narrar sua história de busca espiritual, como encontrou Chloe e voltou com ela de Nova York a Chicago no mesmo dia em que Chloe orou com o pai para receber Cristo em sua vida, como conheceu Bruce Barnes e foi por ele aconselhado e instruído sempre que possível, Buck tentava conter o medo de atravessar a fronteira. Ao mesmo tempo, pensava se deveria terminar sua história. Tsion ainda não sabia da morte de Bruce Barnes, um homem que ele nunca tinha encontrado, mas com quem se correspondia e esperava ministrar algum dia.

Buck contou a história até poucos dias antes da morte de Bruce, até quando o Comando Tribulação se reuniu em Chicago, pouco antes do início da guerra. Buck percebeu que Tsion ficava cada vez mais nervoso conforme se aproximavam da fronteira. Ele se mexia mais, interrompia mais, falava mais rápido e fazia mais perguntas.

— E o pastor Bruce esteve na equipe da igreja por muitos anos sem ter sido realmente um cristão?

— Sim. Uma história triste, e não era fácil para ele contá-la.

— Mal posso esperar para encontrá-lo — Tsion disse. — Vou chorar a perda de minha família, sentirei saudades da minha terra natal como se ela fosse minha mãe. Mas poder orar com o Comando Tribulação e abrir as Escrituras com vocês será um bálsamo para a minha dor, um remédio para as minhas feridas.

Buck respirou fundo. Ele queria parar de falar, concentrar-se na estrada, na fronteira que os esperava. Mas nunca poderia deixar de ser honesto com Tsion.

— Você encontrará Bruce Barnes no retorno glorioso — ele disse.

Buck olhou pelo retrovisor. Tsion tinha ouvido e entendido. Ele baixou a cabeça.

— Quando aconteceu? — perguntou.

Buck contou-lhe.

— E como ele morreu?

Buck disse o que era de seu conhecimento:

— É provável que nunca saibamos se foi o vírus que o contaminou no exterior ou se foi o impacto da explosão. Rayford disse que seu corpo não parecia estar ferido.

— Talvez o Senhor o tenha poupado, levando-o antes do bombardeio.

Buck considerou que Deus estava providenciando o rabino Ben-Judá como novo mentor bíblico e espiritual do Comando Tribulação, mas não se atreveu a sugerir isso. Era impossível que um fugitivo internacional pudesse ser o novo pastor da Igreja Nova Esperança, especialmente com Nicolae Carpathia de olho nele. Além disso, Tsion poderia achar a ideia de Buck uma loucura. Não havia uma maneira mais fácil de Deus colocar Tsion em posição de ajudar o Comando Tribulação, sem tirar dele a esposa e os filhos?

Apesar do nervosismo, do medo, do transtorno de dirigir em um território desconhecido e perigoso no menos oportuno meio de transporte, Buck, do nada, enxergou tudo. Não é algo que ele teria chamado de visão, mas uma mera percepção das possibilidades. De repente, ele soube como seria usado o abrigo secreto no porão da igreja. Via Tsion lá, com tudo o que precisava, inclusive um dos computadores maravilhosos que Donny Moore estava montando.

Buck ficou entusiasmado com esse pensamento. Arranjaria ao rabino qualquer programa de computador de que ele precisasse. Tsion teria a Bíblia em cada versão, cada língua, e todos os comentários, dicionários e enciclopédias de que necessitasse. Nunca mais teria de preocupar-se com a perda de seus livros. Todos estariam num único lugar, num disco rígido enorme.

E o que Donny inventaria para permitir que Tsion fizesse transmissões secretas pela internet? Era possível que seu ministério acabasse mais forte e amplo do que nunca? Ele seria capaz de ensinar, pregar e fazer estudos bíblicos pela internet, alcançando milhões de computadores e televisões no mundo inteiro? Certamente existia alguma tecnologia que possibilitasse tudo isso sem rastreamento. Se os fabricantes de celulares eram capazes de produzir *chips* que permitiam ao usuário pular dúzias de frequências em segundos para evitar estática e interceptação, sem dúvida haveria uma maneira de embaralhar uma mensagem pela internet e impedir que seu transmissor fosse identificado.

Ao longe, Buck viu carros de patrulha e caminhões da Comunidade Global perto de dois prédios de um andar à beira da estrada. Os prédios demarcavam a saída de Israel. Mais adiante estaria a entrada para o Sinai. Buck reduziu a marcha e verificou o painel de controle. A temperatura do motor começava a aumentar um pouco, e ele tinha certeza de que, se avançasse lentamente e conseguisse desligar o ônibus por um tempinho na fronteira, isso resolveria o problema. O nível de combustível e o indicador de óleo pareciam em ordem.

Ele estava irritado. Sua mente engajava-se nas possibilidades de um ministério de Tsion Ben-Judá que superaria tudo o que ele havia feito até então, lembrando também que ele poderia transmitir pela internet a verdade sobre o que estava acontecendo no mundo. Por quanto tempo conseguiria fingir que era um colaborador, até mesmo um leal funcionário, de Nicolae Carpathia? Seu jornalismo já não era mais imparcial. Era propaganda. Era o que George Orwell tinha chamado de "novilíngua" em seu famoso romance *1984*.

Buck não queria encarar uma travessia de fronteira. Queria estar num lugar quieto, com um caderno, e desenvolver suas ideias. Desejava contaminar o rabino com sua empolgação. Mas não podia. Aparentemente, seu calhambeque e sua carga vulnerável teriam toda a atenção dos guardas alfandegários. Todos os carros à sua frente já haviam desaparecido há muito tempo, e nenhum outro estava à vista no retrovisor.

Tsion deitou-se no chão, sob os assentos. Buck parou o ônibus ao lado de dois guardas uniformizados e de capacete, perto de uma barreira. O guarda que estava do seu lado sinalizou que Buck abaixasse a janela, então falou com ele em hebraico.

— Inglês — Buck disse.

— Passaporte, visto, identificação, documentos do carro, declaração de bens e qualquer coisa a bordo que tenhamos de saber devem ser passados pela janela antes de revistarmos seu veículo e de levantarmos a barreira.

Buck se levantou e pegou todos os documentos relacionados ao veículo no assento de trás. Acrescentou o passaporte falso, seu visto e sua identificação. Então, retornou à posição atrás do volante e entregou tudo ao guarda.

— Também estou levando comida, combustível, óleo e água.

— Algo mais?

— Algo mais? — Buck repetiu.

— Qualquer coisa que tenhamos de ver! Você será interrogado lá dentro, e seu veículo será revistado ali.

O guarda apontou para um estacionamento do outro lado do prédio, à margem da estrada.

— Sim, tenho algumas roupas e cobertas.

— Isso é tudo?

— São as únicas coisas que estou transportando.

— Muito bem, senhor. Quando levantarmos a barreira, por favor, encoste seu veículo à direita e me encontre no prédio à esquerda.

Buck avançou lentamente e passou por baixo da barreira, mantendo o ônibus em primeira marcha. Tsion agarrou o calcanhar de Buck por baixo do assento. Buck interpretou isso como encorajamento, como expressão de gratidão e, se fosse o caso, como despedida.

— Tsion — ele sussurrou —, sua única chance é ficar lá no fundo do ônibus. Consegue rastejar até lá?

— Vou tentar.

— Tsion, a esposa de Michael disse-me algo antes de nossa partida. Eu não entendi. Era hebraico. As duas últimas palavras eram algo como *Y'shua Hama...* alguma coisa.

— *Y'shua Hamashiach* significa "Jesus, o Messias" — Tsion disse com voz trêmula. — Ela estava pedindo a bênção de Deus para sua viagem, em nome de *Y'shua Hamashiach*.

— Desejo-lhe o mesmo, meu irmão — Buck disse.

— Cameron, meu amigo, eu o verei em breve. Se não nesta vida, então no reino eterno.

Os guardas começaram a aproximar-se, obviamente querendo saber por que Buck estava demorando. Ele desligou o motor e abriu a porta no exato momento em que um jovem guarda se aproximou. Buck catou uma lata de água e passou pelos guardas.

— Tenho tido alguns problemas com o radiador — ele explicou. — Algum de vocês entende de radiadores?

Distraído, o guarda levantou as sobrancelhas e seguiu Buck até a frente do ônibus. Ele levantou a capota, e os dois acrescentaram água. O guarda mais velho, aquele que tinha falado com ele na barreira, disse:

— Vamos logo com isso!

— Só um segundo — Buck respondeu, sentindo a tensão em cada nervo de seu corpo. Fez um barulho enorme ao fechar a capota. O jovem guarda se aproximou da porta, mas Buck o ultrapassou, colocou um pé nos degraus da escadinha e jogou a lata de água no interior do ônibus. Ele pensou em "ajudar" o guarda a revistar o ônibus. Poderia ficar ao seu lado e apontar os cobertores, as latas de combustível, óleo e água, mas receava já estar muito perto de levantar suspeitas. Então, desceu do ônibus e deu de cara com o jovem guarda.

— Muito obrigado por sua ajuda. Não entendo muito de motores. Minha especialidade são negócios. América do Norte, sabe.

O guarda fixou o olhar nele e assentiu.

Buck orou, esperando que ele o seguisse até o prédio do outro lado da barreira. O guarda mais velho estava esperando, olhando e acenando para que ele se apressasse.

Agora, Buck não tinha mais escolha. Havia deixado o rabino Tsion Ben-Judá, o fugitivo mais conhecido e notório de Israel, nas mãos dos guardas da fronteira.

Buck entrou no prédio de processamento. Estava mais absorto do que nunca, mas não podia demonstrar. Queria virar-se para ver se Tsion estava sendo arrastado do ônibus. Não havia como escapar a pé, como ele tinha feito na estrada poucas horas antes. Não havia para onde ir, nem onde se esconder. Arames farpados delimitavam cada lado. Uma vez que alguém passasse pelo portão, a única opção seria voltar ou seguir em frente. Circundar a travessia era impossível.

O primeiro guarda estava com os documentos de Buck espalhados em sua escrivaninha.

— Qual foi seu ponto de entrada para Israel?

— Tel Aviv — Buck respondeu. — Deve estar tudo aí...

— Oh, está. Só estou conferindo. — E acrescentou: — Seus documentos parecem estar em ordem, senhor Katz.

Ele carimbou o passaporte e o visto de Buck.

— Você representa qual empresa?

— International Harvesters — Buck respondeu, usando o plural.

— E quando deixará a região?

— Hoje à noite, se meu piloto conseguir encontrar-me em Al Arish.

— E o que fará com o veículo?

NICOLAE **213**

— Eu esperava poder vendê-lo a alguém no aeroporto.

— Se o preço for bom, isso não será um problema.

Buck parecia congelado no assento. O guarda olhou a estrada por cima de seu ombro. O que ele teria visto? Buck só conseguia imaginar Tsion sendo detido, algemado e, agora, arrastado pela estrada. Como foi tolo por não tentar achar algum compartimento secreto para ele! Tudo aquilo era loucura. Teria ele levado um homem para a morte? Buck não suportava o pensamento de perder mais um membro de sua nova família em Cristo.

O guarda olhava para o computador agora.

— Vejo aqui que você foi detido perto de Bersebá esta manhã...

— Detido é um exagero. Eu estava colocando água no radiador quando fui interrogado por um oficial das Forças de Paz da Comunidade Global.

— Ele disse que o proprietário anterior de seu veículo foi preso por ter ligação com a fuga de Tsion Ben-Judá?

— Sim.

— Então, talvez isto o interesse.

O guarda virou-se e apontou o controle remoto da televisão no canto do escritório. A Rede de Notícias Comunidade Global noticiava que um homem chamado Michael Shorosh havia sido preso por esconder um fugitivo da justiça.

Porta-vozes da Comunidade Global informam que Ben-Judá, antes um respeitado estudioso e clérigo, aparentemente se tornou um fundamentalista fanático radical. Eles citam como evidência um sermão feito por ele há apenas uma semana, ocasião em que teria reagido exageradamente a uma passagem do Novo Testamento. Mais tarde, muitos vizinhos o viram matar a própria família.

Buck assistiu aterrorizado à gravação que o noticiário mostrou da palestra de Tsion diante de uma multidão enorme num estádio lotado em Lárnaca, na ilha de Chipre. A imagem congelou enquanto o jornalista fazia uma explicação.

Como podemos ver, o homem no palco, atrás do dr. Ben-Judá, foi identificado como Michael Shorosh. Numa busca em sua casa, em Jericó, pouco depois da meia-noite de hoje, Forças de Paz encontraram fotos da família do rabino e documentos de identificação do rabino e de um jornalista norte-americano, Cameron Williams. O envolvimento de Williams no caso ainda não foi determinado.

Buck orou, pedindo que não mostrassem seu rosto na TV. Estava apreensivo por ver o guarda olhando para a porta por cima de seu ombro. Buck virou-se e viu à porta o jovem guarda, que o observava. O guarda fechou a porta e encostou-se nela, os braços cruzados sobre o peito.

Ele assistiu ao noticiário com eles. A gravação mostrava Ben-Judá lendo o evangelho de Mateus. Buck já tinha ouvido Tsion pregar essa passagem. É claro que o noticiário tirou os versículos do contexto. "Mas aquele que me negar diante dos homens, eu também o negarei diante do meu Pai que está nos céus. Não pensem que vim trazer paz à terra; não vim trazer paz, mas espada. Pois vim para fazer que 'o homem fique contra seu pai, a filha contra sua mãe, a nora contra sua sogra; os inimigos do homem serão os da sua própria família'. Quem ama seu pai ou sua mãe mais do que a mim não é digno de mim; quem ama seu filho ou sua filha mais do que a mim não é digno de mim; e quem não toma a sua cruz e não me segue não é digno de mim."

Em seguida, o jornalista comentou solenemente que Tsion havia dito aquilo somente alguns dias antes de assassinar a própria esposa e os filhos à luz do dia.

— Que loucura, não é? — o guarda mais velho disse.

— Sim, uma loucura — Buck respondeu, com medo de que sua voz o traísse.

O guarda na escrivaninha juntava os documentos de Buck, então olhou para o guarda mais jovem.

— Tudo em ordem com o veículo, Anis?

Buck teve de pensar rápido. Qual atitude seria mais suspeita? Não se virar para olhar o jovem ou olhá-lo? Ele se voltou para olhá-lo.

Ainda na mesma posição, encostado na porta, os braços cruzados sobre o peito, o jovem confirmou:

— Tudo em ordem. Cobertores e suprimentos.

Buck estava prendendo a respiração. O homem na escrivaninha passou-lhe os documentos.

— Boa viagem — ele disse.

Buck quase chorou ao respirar aliviado.

— Obrigado — respondeu.

Ele foi em direção à porta, mas o guarda mais velho ainda não tinha terminado.

— Obrigado por visitar Israel — ele acrescentou.

Buck sentiu vontade de gritar. Virou-se mais uma vez:

— Sim, bem, foi um prazer.

Ele teve de forçar-se a andar. Anis não se mexeu quando Buck se aproximou da porta. Ficou cara a cara com o jovem e parou. Sentiu que o guarda mais velho estava olhando.

— Com licença — Buck disse.

— Meu nome é Anis — o jovem disse.

— Sim, Anis. Obrigado. Com licença, por favor.

Finalmente, Anis liberou a porta; trêmulo, Buck saiu do escritório. Suas mãos tremiam enquanto dobrava os documentos e os guardava no bolso. Ele entrou no velho ônibus e ligou o motor. Se Tsion achou um lugar onde se esconder, como ele o encontraria agora? Executou a frágil dança entre embreagem e acelerador, conseguindo colocar o ônibus em movimento. Por fim, passou para a terceira marcha, e o motor se acalmou um pouco.

Ele gritou:

— Se ainda estiver a bordo, meu amigo, fique exatamente onde está até que as luzes do posto da alfândega tenham desaparecido. Logo mais, vou querer saber de tudo.

CAPÍTULO 13

Rayford estava cansado de ser acordado pelo telefone. Mas, com exceção de Carpathia e Fortunato, poucas pessoas na Nova Babilônia costumavam ligar para ele. E, normalmente, eram sensatas o bastante para não ligar no meio da noite. Ele decidiu, então, que uma ligação àquela hora significava algo bom ou algo ruim. Uma probabilidade de 50%, naqueles tempos, não era tão terrível assim. Ele atendeu:

— Steele.

Era Amanda.

— Oh, querido, sei que estou ligando no meio da noite; sinto muito acordá-lo. É que tivemos alguma agitação por aqui e queremos saber se você está a par de algo.

— Se estou a par de quê?

— Bem, Chloe e eu estávamos analisando todas aquelas páginas impressas do computador do Bruce. Já lhe contamos sobre isso?

— Sim.

— Recebemos a ligação mais estranha de Loretta na igreja. Ela disse que estava trabalhando sozinha, atendendo algumas ligações, e então, sentiu um forte impulso de orar por Buck.

— Por Buck?

— Sim. Ela disse que foi tomada por uma comoção tão forte, que se levantou de imediato. Sentiu tontura, mas algo a fez cair de joelhos. Quando estava ajoelhada, percebeu que não estava tonta, mas orando intensamente por ele.

— Tudo que sei, amor, é que Buck está em Israel. Acho que ele está tentando encontrar Tsion Ben-Judá, e você sabe o que aconteceu com a família do homem.

— Nós sabemos — Amanda respondeu. — É que Buck tem um dom especial de meter-se em encrencas.

— E também de sair delas — Rayford completou.

— Como, então, devemos entender esse pressentimento ou seja lá o que Loretta teve?

— Eu não chamaria de pressentimento. Todos nós precisamos de orações nestes dias, não acha?

Amanda começou a ficar irritada.

— Rayford, isso não foi um capricho qualquer. Você sabe que Loretta é uma pessoa muito equilibrada. Ela ficou tão agitada, que trancou o gabinete e voltou para casa.

— Antes das nove da noite? O que aconteceu com ela, virou uma preguiçosa?

— Ah, Ray, deixe disso. Ela só voltou para o trabalho ao meio-dia. Você sabe que, muitas vezes, ela fica até às nove. As pessoas ligam a qualquer hora.

— Eu sei. Sinto muito.

— Ela quer falar com você.

— Comigo?

— Sim. Pode conversar com ela?

— Claro, passe-lhe o telefone.

Rayford não fazia ideia do que dizer. Bruce teria tido uma resposta para algo assim. Loretta realmente parecia agitada.

— Comandante Steele, sinto muito incomodar a esta hora da noite. Que horas são aí, três da manhã?

— Sim, senhora. Mas está tudo bem.

— Não, não está tudo bem, não. Não existe motivo para perturbar seu bom sono. Mas, senhor, Deus disse que eu deveria orar pelo garoto, só sei disso.

— Então, fico feliz que tenha feito isso.

— O senhor acha que sou louca?

— Eu sempre a achei louca, Loretta. É por isso que a amamos tanto.

— Sei que o senhor está zombando de mim, comandante Steele, mas, falando sério, o senhor acha que enlouqueci?

— Não, é claro que não. Deus parece estar operando de forma cada vez mais direta e dramática. Se você foi levada a orar por Buck agora, lembre-se de perguntar a ele, depois, o que aconteceu.

— Mas é justamente isso, senhor Steele. Eu tive a forte sensação de que ele está em sérios problemas. Todos nós esperamos que ele consiga voltar até o culto no domingo. O senhor também estará aqui, não estará?

— Se Deus quiser — Rayford disse, surpreso em ouvir de seus próprios lábios uma expressão que sempre considerou boba quando pronunciada pelos velhos amigos de Irene.

— Queremos todos reunidos no domingo — Loretta enfatizou.

— É a minha prioridade. E, Loretta, você faria um favor?

— Depois de acordá-lo no meio da noite? Qualquer coisa.

— Se o Senhor a instigar a orar por mim, você o fará com toda a sua força?

— É claro que sim. O senhor sabe disso. Só espero que não esteja brincando.

— Nunca falei tão sério em toda a minha vida.

* * *

Quando as luzes da alfândega desapareceram atrás dele, Buck encostou o ônibus, colocou a marcha em ponto morto, virou-se e suspirou profundamente. Mal conseguiu produzir uma voz audível.

— Tsion, você está no ônibus? Saia agora, seja lá onde estiver.

Do fundo do ônibus, uma voz carregada de emoção.

— Estou aqui, Cameron. Louvado seja o Senhor, o Deus Todo-poderoso, Criador do céu e da terra!

O rabino apareceu por baixo dos assentos. Buck foi ao seu encontro no corredor e o abraçou.

— Fale comigo — Buck pediu.

— Eu disse que o Senhor daria um jeito — Tsion respondeu. — Não sei se o jovem Anis era um anjo ou um homem, mas foi Deus quem o enviou.

— Anis?

— Anis. Ele subiu e desceu pelo corredor, jogando a luz da lanterna para lá e para cá. Depois, ajoelhou-se e procurou embaixo dos assentos. Olhei diretamente para a luz da lanterna. Pedi a Deus que cegasse seus olhos. Mas Deus não o cegou. Ele foi até onde eu estava, caiu de joelhos e se apoiou em seus cotovelos. Manteve a lanterna no meu rosto e me agarrou pela camisa com a outra mão. Puxou-me, então, para perto de si. Pensei que meu coração fosse explodir. Já me imaginei sendo arrastado para o prédio, um troféu para o jovem oficial. Ele sussurrou em hebraico, com voz rouca entre dentes apertados: "É melhor que você seja quem acho que é; caso contrário, é um homem morto."

E continuou:

— O que eu poderia fazer? Não tinha como me esconder nem fazer de conta que não estava ali. Eu disse: "Meu jovem, me chamo Tsion Ben-Judá." Ainda agarrando minha camisa com o punho e cegando-me com a lanterna, ele falou: "Rabino Ben-Judá, meu nome é Anis. Ore como nunca orou antes, para que acreditem em meu relato. O Senhor te abençoe e te guarde. O Senhor faça resplandecer o seu rosto sobre ti e te conceda graça."

Diante da surpresa de Buck, ele concluiu:

— Cameron, Deus é minha testemunha! O jovem se levantou e desceu do ônibus. Fiquei deitado ali, louvando a Deus com minhas lágrimas desde então.

Não havia nada mais a ser dito. Tsion deixou-se cair num assento no meio do ônibus. Buck voltou ao volante e continuou dirigindo até a alfândega do Egito.

Meia hora depois, Buck e Tsion chegaram à entrada para o Sinai. Dessa vez, Deus usou apenas o desleixo do sistema para permitir a passagem de Ben-Judá. A única barreira ficava do outro lado da fronteira para o Sinai. Quando Buck foi instruído a parar, um guarda embarcou imediatamente e começou a dar ordens em sua própria língua.

Buck disse:

— Inglês?

— Inglês, então, meus senhores.

Ele olhou para Tsion.

— Você poderá voltar a dormir em poucos minutos, velhinho — ele disse, mas precisa vir comigo e passar pelas formalidades primeiro. Enquanto isso, revistarei o ônibus, depois poderão seguir viagem.

Buck, encorajado pelo milagre mais recente, olhou para Tsion e levantou os ombros. Ele esperou enquanto Tsion abria caminho para deixar o guarda passar e começar a revistar o veículo, mas o rabino sinalizou a Buck que estava tudo bem. Buck desceu do ônibus e entrou no prédio. Enquanto seus documentos eram processados, o guarda disse:

— Nenhum problema na alfândega israelense, então?

Buck quase sorriu. "Nenhum problema? Não existem problemas quando Deus está do seu lado."

— Não, senhor.

Buck não conseguiu evitar. Ficava olhando para trás, tentando ver Tsion. Para onde ele tinha ido? Deus o tornou invisível?

O processamento foi muito mais fácil e rápido. Aparentemente, os egípcios estavam acostumados a somente carimbar o que os israelenses tinham aprovado. Não era possível chegar até essa barreira alfandegária sem antes passar pelos israelenses, então, exceto quando eles tentavam livrar-se de seu lixo, normalmente aquilo era um passeio. Os documentos de Buck foram carimbados e devolvidos com poucas perguntas.

— Menos de cem quilômetros até Al Arish — o guarda disse. — Mas não há nenhum voo comercial saindo de lá a esta hora, é claro.

— Eu sei — Buck disse. — Fiz meus próprios arranjos.

— Muito bem, então, senhor Katz. Tudo de bom!

"Tudo de bom!", Buck pensou.

Ele se apressou para voltar ao ônibus. Nenhum sinal de Tsion. O primeiro guarda ainda estava no veículo. Quando Buck pensou em entrar lá, Tsion apareceu por trás do ônibus e entrou na frente dele. O guarda estava revistando a bolsa de Buck.

— Equipamento impressionante, senhor Katz.

— Obrigado.

Tsion passou pelo guarda e voltou ao lugar no qual estava sentado quando chegaram. Deitou-se no banco.

— E você trabalha para quem? — o guarda perguntou.

— International Harvesters — Buck disse. Tsion ergueu-se rapidamente no assento, e Buck quase riu. Por certo, Tsion tinha gostado daquilo.

O guarda fechou a bolsa.

— Então, com tudo processado, estão prontos para seguir viagem?

— Estamos prontos — Buck respondeu.

O guarda olhou para o fundo do ônibus. Tsion estava roncando. Voltou-se novamente para Buck e disse em voz baixa:

— Podem ir.

Buck tentou não parecer ansioso demais para sumir dali, mas soltou a embreagem assim que o guarda saiu da frente do ônibus, e logo o veículo estava na estrada de novo.

— Ok, Tsion. Onde você esteve dessa vez?

Tsion se ergueu.

— Gostou do meu ronco?

Buck riu.

— Muito impressionante. Onde ficou quando o guarda pensou que você estava comigo cuidando das formalidades?

— Simplesmente fiquei atrás do ônibus. Você desceu e foi para um lado, eu desci e fui para o outro.

— Está brincando!

— Eu não sabia o que fazer, Cameron. Ele foi tão amigável, e ele me viu. Com certeza eu não entraria naquele prédio sem documentos. Quando você voltou, pensei que estava na hora de aparecer de novo.

— A pergunta agora é — Buck disse — quanto tempo vai demorar até aquele guarda mencionar que viu *dois* homens no ônibus.

Tsion avançou para o assento atrás de Buck.

— Sim — ele concordou. — Primeiro o guarda terá de convencer seus colegas de que não estava imaginando coisas. Talvez nem discutam isso. Mas, se eu for mencionado, não demorará, e seremos perseguidos.

— Confio que o Senhor nos livrará, pois foi o que ele prometeu — Buck disse. — Mas acho também que devemos estar preparados como for possível.

Ele encostou o ônibus na beira da estrada. Completou a água no radiador e acrescentou quase dois litros de óleo ao motor. Depois, encheu os tanques de combustível.

— É como se vivêssemos no Novo Testamento — Tsion observou.

Pisando na embreagem e mudando de marcha, Buck disse:

— Eles podem até alcançar este velho ônibus. Mas, se conseguirmos chegar até Al Arish, estaremos naquele Learjet, atravessando o Mediterrâneo, antes que descubram.

Pelas duas horas seguintes, a estrada foi piorando. A temperatura aumentou. Buck manteve um olho no retrovisor e percebeu que Tsion também ficava olhando para trás. De vez em quando, um carro menor e mais rápido aparecia no horizonte e passava voando por eles.

— Por que estamos preocupados, Cameron? Deus não nos traria até aqui para permitir que fôssemos capturados agora. Não acha?

— E pergunta para mim? Nunca passei por algo semelhante antes de conhecer você!

Ficaram em silêncio por meia hora. Finalmente, Tsion falou, e Buck achou que ele parecia tão "forte" quanto da vez que o encontrou no esconderijo.

— Cameron, você sabe que eu tive de obrigar-me a comer até agora, e não tenho tido muito sucesso com isso.

— Então coma algo! Tem muita coisa aí atrás!

— Acho que vou fazer isso. A dor no meu coração é tão profunda, que sinto que nunca voltarei a fazer qualquer coisa por mero prazer. Eu adorava comer. Mesmo antes de conhecer a Cristo, eu sabia que a comida era uma provisão de Deus para nós. Ele queria que a desfru-

tássemos. Estou com fome agora, mas comerei apenas para susten-
tar-me e para recarregar as energias.

— Você não precisa explicar, Tsion. Em minhas orações, só peço
que, em algum momento entre tudo isto e a gloriosa manifestação,
você experimente algum alívio dessa ferida profunda.

— Quer alguma coisa?

Buck balançou a cabeça, mas, então, mudou de ideia.

— Tem algo aí com muitas fibras e açúcar natural?

Ele não sabia o que os esperava à frente, mas não queria sentir-se
fraco, de qualquer forma.

Tsion bufou.

— Alto teor de fibras e de açúcar natural? Isso é comida de Israel,
Cameron. Você acaba de descrever tudo o que comemos.

O rabino ofereceu-lhe algumas barras de figo que o lembravam
de granola e frutas. Buck só percebeu o tamanho de sua fome quando começou a comer. De repente, sentiu-se renovado e carregado,
esperando que Tsion também, principalmente ao ver luzes amarelas
piscando ao longe, atrás deles.

Será que deveriam tentar fugir do veículo oficial ou fingir ino-
cência e simplesmente deixá-lo passar? Talvez nem estivessem atrás
deles. Buck balançou a cabeça. O que estava pensando? É claro que
aquilo devia ser a sua Batalha de Waterloo. Buck estava confiante de
que Deus os resgataria, mas não queria ser tão ingênuo a ponto de
pensar que um veículo emergencial viria da fronteira até eles sem
que os estivesse procurando.

— Tsion, sugiro que guarde tudo e se esconda.

Tsion olhou para trás.

— A agitação não acaba — ele murmurou. — Senhor, já não basta por hoje? Cameron, vou guardar as coisas, mas levarei uma parte
comigo para a cama.

— Fique à vontade. Pelo que vi na fronteira, esses carros são pequenos e têm pouca potência. Se eu pisar fundo, levarão um tempinho para nos alcançar.

— E quando nos alcançarem? — Tsion perguntou, já acomodado sob os assentos no fundo.

— Estou tentando pensar numa estratégia.

— Estarei orando — Tsion disse.

Buck quase riu.

— Suas orações têm causado bastante caos esta noite — ele comentou.

Nenhuma resposta dos fundos. Buck tirou tudo que podia do ônibus. Conseguiu chegar a mais de oitenta quilômetros por hora. O ônibus tremia e saltava, e as diversas partes de metal rangiam em protesto. Sabia que, se conseguia ver o carro de patrulha, o motorista do carro também podia vê-lo. Não fazia sentido apagar as luzes, esperando que acreditassem que o ônibus tinha saído da estrada.

Ele parecia ter conseguido afastar-se. Era difícil julgar a distância na escuridão, mas a patrulha não parecia aproximar-se em alta velocidade. As luzes estavam piscando, e Buck tinha certeza de que o carro estava atrás dele; mesmo assim, continuou.

Lá do fundo:

— Cameron, acho que tenho o direito de saber. Qual é o seu plano? O que fará quando nos alcançarem? E não há dúvida de que isso acontecerá...

— Bem, posso dizer uma coisa. Não vou voltar àquela fronteira. Nem sei se vou deixar que me façam encostar.

— Como saberá o que eles querem?

— Se um deles for o homem que revistou o ônibus, saberemos o que eles querem, não acha?

— Acho que sim.

— Eu gritarei da janela, pedindo que possamos resolver isso no aeroporto. Não faz sentido voltar para a fronteira.

— Mas essa decisão não cabe a *ele*?

— Nesse caso, terei de praticar desobediência civil — Buck respondeu.

— E se ele o forçar a encostar e a parar o ônibus?

— Farei de tudo para não bater no carro dele, mas não vou parar; e, se me forçarem a parar, não vou voltar.

— Admiro sua determinação, Cameron. Estarei orando! Faça como Deus o guiar.

Buck estimou que estavam a trinta quilômetros do aeroporto de Al Arish. Se conseguisse manter uma velocidade de ao menos sessenta quilômetros, chegariam lá em meia hora. Certamente, a patrulha os alcançaria antes disso, mas eles estavam tão mais perto do aeroporto do que da fronteira, que o oficial consideraria inteligente segui-los até o aeroporto.

— Tsion, preciso de sua ajuda.

— Diga.

— Fique agachado e fora de vista, mas tente encontrar meu celular na minha bolsa e traga-o até aqui.

Quando Tsion arrastou-se até Buck com o telefone, Buck perguntou-lhe:

— Quantos anos você tem?

— Essa pergunta é inapropriada em minha cultura — Tsion disse.

— Sim, como se eu me importasse com isso no momento.

— Tenho 46 anos, Cameron. Por que quer saber?

— Você parece em boa forma.

— Obrigado. Eu me exercito.

— Sério?

— Isso o surpreende? Você ficaria surpreso se soubesse quantos acadêmicos se exercitam. Existem, é claro, muitos que não fazem isso, mas...

— Sé quero ter certeza de que pode correr, se for preciso.

— Espero que não chegue a tanto, mas, sim, eu consigo correr. Não sou tão rápido quanto um jovem, mas tenho uma disposição física surpreendente para a minha idade.

— Isso é tudo que preciso saber.

— Lembre-me de fazer algumas perguntas pessoais a *você* em algum momento — Tsion disse.

— Falando sério agora, Tsion. Ofendi você?

Buck sentiu um calor estranho: o rabino realmente deu uma gargalhada.

— Ah, meu amigo, pense um pouco. O que acha que seria necessário para deixar-me ofendido a esta altura?

— Tsion, é melhor você voltar para onde estava, mas pode dizer o quanto de combustível ainda nos resta?

— O indicador está bem aí na sua frente, Cameron. Diga você.

— Não, eu me refiro às latas extras.

— Vou verificar, mas certamente não temos tempo para encher os tanques enquanto somos perseguidos. Em que está pensando?

— Por que você faz tantas perguntas?

— Por que eu sou um aluno. Sempre serei um aluno. Em todo caso, estamos nesta juntos, concorda?

— Bem, vou dar uma dica a você. Enquanto estiver batendo nessas latas de combustível para ver quanto nos resta, vou verificar o isqueiro no painel de controle.

— Cameron, a primeira coisa a quebrar em carros velhos são os isqueiros.

— Espero que não, para o nosso bem.

O celular de Buck tocou. Assustado, ele atendeu.

— Buck falando.

— Buck! É a Chloe!

— Chloe! Não posso falar com você neste momento. Confie em mim. Não faça perguntas. Neste instante, estou bem, mas, por favor, peça que todos orem, e que orem agora. E, ouça, encontre o número de telefone do Aeroporto de Al Arish, no sul da Faixa de Gaza, perto do Sinai. Entre em contato com Ken Ritz, que deve estar esperando lá. Peça que ele me ligue neste número.

— Mas, Buck...

— Chloe, é uma questão de vida ou morte!

— Ligue-me assim que estiver a salvo!

— Prometo!

Buck desligou o celular e ouviu Tsion no fundo do ônibus:

— Cameron, você está querendo explodir este ônibus?

— Você é realmente um homem estudado, não é? — Buck disse.

— Eu só espero que aguarde até chegarmos ao aeroporto. Um ônibus em chamas pode até nos levar para lá mais rápido, mas é possível que seu amigo piloto tenha de transportar nossas cinzas para os Estados Unidos.

* * *

— Está tudo bem, Chloe — Rayford disse. — Eu já desisti de dormir há muito tempo. Estou acordado, lendo.

Chloe contou-lhe sobre sua estranha conversa com Buck.

— Não gaste tempo na internet — Rayford sugeriu. — Tenho um manual com todos esses números. Só um segundo.

— Papai — ela continuou —, você está mais perto. Ligue para o Ken Ritz e peça que ele entre em contato com o Buck.

— Estou tentado a voar até lá eu mesmo, se tivesse um avião pequeno.

— Papai, não precisamos que você e o Buck coloquem suas vidas em perigo ao mesmo tempo.

— Chloe, fazemos isso todos os dias.

— É melhor se apressar, papai.

* * *

Segundo os cálculos de Buck, o carro de patrulha estava a menos de dois quilômetros dele. Pisou fundo no acelerador, e o ônibus deu um salto. O volante estremeceu. Os indicadores no painel não davam nenhum sinal de problema, mas Buck sabia que era só uma questão de tempo até o radiador superaquecer.

— Acho que ainda temos uns oito litros de combustível — Tsion disse.

— Será o suficiente.

— Concordo, Cameron. É mais do que o bastante para transformar-nos em mártires.

Buck tirou o pé do acelerador o suficiente para tornar a viagem mais agradável. Agradável era, evidentemente, uma maneira de dizer. Buck sentia cada movimento do veículo em sua coluna e nos quadris. O carro de patrulha estava a pouco mais de meio quilômetro.

Tsion gritou dos fundos:

— Cameron, não vamos conseguir mantê-los afastados até o aeroporto, concorda?

— Sim! E daí?

— Então, não faz sentido testar os limites deste veículo. Seria mais inteligente economizar água, óleo e combustível para garantir nossa chegada ao aeroporto. Se o ônibus quebrar, toda a sua determinação terá sido em vão.

Buck não pôde argumentar. Imediatamente, ele reduziu para uns cinquenta quilômetros por hora e sentiu que ganhou alguns metros. Mas isso também permitiu que o carro de patrulha os alcançasse.

A sirene tocou, e um farol piscava no retrovisor. Buck apenas acenou e seguiu em frente. Logo, havia luzes amarelas piscando, além dos faróis, da sirene e da buzina do carro. Buck ignorou tudo.

Finalmente, o carro de patrulha ficou lado a lado com eles. Buck olhou para o lado e reconheceu o guarda que tinha revistado o ônibus.

— Aperte o cinto, Tsion! — Buck gritou. — A corrida começou!

— Se eu *tivesse* um cinto...!

Buck continuou naquela modesta velocidade, enquanto o carro de patrulha permanecia ao seu lado. O guarda ordenou que ele encostasse. Buck acenou e continuou. O guarda ultrapassou o ônibus, jogou o carro na frente dele e diminuiu a velocidade. Quando Buck deu a entender que não encostaria, o carro diminuiu ainda mais a velocidade, obrigando-o a desviar. No entanto, Buck não tinha potência para acelerar, e o carro de patrulha, agora do outro lado, acelerou para impedir a ultrapassagem. Buck simplesmente desacelerou um pouco e colou na traseira da patrulha. Quando ela parou, ele também parou.

Assim que o guarda saiu do carro, Buck deu marcha a ré e foi embora, conseguindo ficar a uma distância de mais ou menos cem metros do guarda, que rapidamente os alcançou. Dessa vez, o guarda mostrou a arma.

Buck abriu a janela e gritou:

— Se eu parar, o ônibus morre! Siga-me até Al Arish!

— Não! — veio a resposta. — Siga-me *você* até a fronteira!

— Estamos muito mais perto do aeroporto! Não acho que o ônibus consiga voltar até a fronteira!

— Então, pode largá-lo! Você vem comigo!

— Vejo você no aeroporto!

— Não!

Ele fechou a janela. Quando o guarda apontou a arma para a janela do ônibus, Buck se agachou, mas continuou.

O celular de Buck estava tocando. Ele atendeu.

— Fale comigo!

— É o Ritz. O que está acontecendo?

— Ken, você já passou pela alfândega aí?

— Sim, estou pronto quando você estiver pronto.

— Preparado para um pouco de diversão?

— Pensei que nunca perguntaria! Não me divirto de verdade há séculos.

— Você vai arriscar a sua vida e violar a lei — Buck o alertou.

— Só isso? Não é nenhuma novidade para mim.

— Informe a sua posição, Ken — Buck disse.

— Parece que o meu avião é o único que sairá daqui esta noite. Estou na frente de um hangar no final da pista. Quero dizer, meu avião está. Eu estou falando com você de um telefone no pequeno terminal daqui.

— Mas sua papelada já foi verificada? Está pronto para sair do Egito?

— Sim, sem nenhum problema.

— O que disse sobre eventuais passageiros e carga?

— Imaginei que você não ia querer que eu falasse de outra pessoa além de você.

— Perfeito, Ken! Obrigado! E quem eles acham que sou?

— Você é exatamente quem eu disse que é, senhor Katz.

— Ken, isso é maravilhoso. Aguente aí um segundo.

O guarda tinha ultrapassado o ônibus e pisado nos freios. Buck teve de desviar e quase sair da estrada para não bater nele. Quando voltou para a estrada, a traseira do ônibus derrapou e o veículo quase tombou.

— Estou numa máquina de lavar roupas aqui atrás! — Tsion gritou.

— Aproveite a viagem! — Buck respondeu. — Não vou parar e não vou voltar.

O guarda tinha desligado as luzes de emergência e os faróis. A sirene também estava muda agora. Ele rapidamente alcançou o ônibus e ficou tocando a sua traseira.

— Ele está com medo de danificar o carro de patrulha, não está? — Buck comentou.

— Não tenha tanta certeza — Tsion disse.

— Eu tenho certeza.

Buck pisou nos freios. Tsion foi jogado para a frente do ônibus e gritou. Buck ouviu o som de pneus cantando no asfalto e viu o carro atrás dele sair da estrada, indo parar no cascalho. Então, pisou no acelerador. O motor morreu. Enquanto tentava ligá-lo, viu que o carro de patrulha, ainda no cascalho, apareceu do seu lado direito. O motor religou, então Buck soltou a embreagem. Ele pegou o telefone:

— Ken, ainda está aí?

— Sim, o que está acontecendo?

— Você não acreditaria.

— Está sendo perseguido?

— Esse é o eufemismo do ano, Ritz! Acho que não teremos tempo de passar pela alfândega aí. Preciso saber como chegar até o avião. Você deve estar liberado para a decolagem, com os motores ligados, as portas abertas e a escada pronta para nos receber.

— Isso vai ser divertido! — Ritz disse.

— Você não faz ideia — Buck respondeu.

O piloto explicou de um jeito breve a configuração da pista e do terminal e disse onde estava exatamente.

— Estamos a dez minutos de você — Buck disse. — Se conseguir manter essa coisa em movimento, tentarei chegar o mais perto possível da pista e do avião.

O carro de patrulha conseguiu voltar para a estrada, girou e agora encarava o ônibus. Buck desviou para a esquerda, mas o carro barrou seu caminho. Buck não pôde evitar e o acertou. O impacto fez o carro girar na estrada, arrancando sua capota. Buck percebeu que o velho ônibus tinha sofrido poucos danos, mas a temperatura estava subindo.

— Quem está perseguindo vocês? — Ritz perguntou.

— A patrulha alfandegária do Egito — Buck respondeu.

— Então, pode apostar que o pessoal daqui já foi informado. Haverá algum tipo de barreira na estrada.

— Acabei de bater no carro de patrulha. Você acha que vou conseguir romper essa barreira?

— Aí eu já não sei. Você terá de improvisar. Se está tão próximo quanto diz, preciso correr para o avião.

— O isqueiro funciona! — Buck gritou para Tsion.

— Não sei ao certo se era o que eu queria ouvir!

O carro de patrulha, agora batido, retomou a perseguição. Buck conseguia ver as luzes da pista de pouso ao longe.

— Tsion, preciso de você aqui comigo. Temos de falar sobre a nossa estratégia.

— Estratégia? Isso é loucura!

— E como você chamaria aquilo pelo que passamos?

— A loucura do Senhor! Apenas me diga o que fazer, Cameron, e eu farei. Nada nos impedirá esta noite!

Ao que parece, o guarda tinha pedido não só uma barreira mais adiante, mas também ajuda. Faróis de dois carros, lado a lado, ocupavam ambas as pistas da estrada e estavam voltados na direção do ônibus.

— Já ouviu a expressão "assumir riscos"? — Buck perguntou.

— Não — Tsion respondeu —, mas estou começando a entender. Você pretende desafiá-los?

— Concorda que eles têm mais a perder do que nós?

— Sim. Estou aguentando firme por aqui. Faça o que tiver de fazer!

Buck pisou fundo no acelerador. O ponteiro da temperatura estava no máximo e tremia. Vapor subia do motor.

— Faremos o seguinte, Tsion. Ouça com atenção!

— Concentre-se no volante, Cameron! Você pode explicar mais tarde!

— Não haverá nenhum "mais tarde"! Se esses carros não recuarem, haverá um choque tremendo. Mas acho que consigo continuar mesmo assim. Quando chegarmos à barreira que fizeram para nós no aeroporto, teremos de tomar uma decisão rápida. Preciso que você derrame todo o combustível naquele grande balde de água. O isqueiro estará aceso e preparado. Se for possível passar pela barreira, simplesmente continuarei e tentarei chegar o mais próximo da pista que puder. O Learjet estará à nossa direita, mais ou menos a cem metros do terminal. Se não conseguirmos passar pela barreira, tentarei contorná-la. Se isso também não for possível, farei uma curva apertada para a esquerda e pisarei nos freios. Assim, a traseira do ônibus vai derrapar e bater contra a barreira, e tudo que estiver solto será lançado contra a porta do fundo. Você precisa colocar o balde com o combustível no corredor, cerca de um metro e meio da porta traseira; quando eu der o sinal, jogue o isqueiro nele. Isso precisa acontecer momentos antes da colisão, para que o combustível já esteja queimando antes de batermos.

— Eu não entendo! Como nós escaparemos?

— Se a barreira for impenetrável, essa será a nossa única esperança! Quando a porta traseira abrir e o combustível em chamas sair voando, teremos de nos segurar aqui na frente com toda a força, para que não sejamos jogados para trás e direto para o fogo. Enquanto eles estiverem concentrados no fogo, vamos sair pela frente e correr em direção ao jato. Entendeu?

— Entendi, Cameron. Mas não estou otimista!

— Segure-se! — Buck gritou quando dois carros do aeroporto se aproximaram. Tsion agarrou a barra de metal atrás de Buck com um dos braços e colocou o outro ao redor do peito de Buck, prendendo-se ao encosto da cadeira como se fosse um cinto humano.

Buck não demonstrou nenhuma intenção de diminuir a velocidade ou desviar, mirando diretamente os dois pares de faróis. No último momento, fechou os olhos, esperando uma tremenda colisão. Quando os abriu, a estrada encontrava-se livre. Olhou para a esquerda, depois para a direita, atrás dele. Os dois carros tinham saído da estrada. Um deles havia tombado. O primeiro dos veículos continuava atrás deles, e Buck ouviu tiros.

O pequeno aeroporto estava a pouco mais de um quilômetro. Cercas enormes de arame farpado flanqueavam a entrada; do lado de dentro, meia dúzia de veículos e vários soldados armados formavam uma barreira. Buck viu que não conseguiria passar pelo meio nem contornar.

Então, acendeu o isqueiro, enquanto Tsion transportava o balde e as latas de combustível para o fundo.

— O combustível está respingando para todo lado! — Tsion gritou.

— Faça o melhor que puder!

Enquanto Buck se aproximava do portão aberto e da barreira maciça, com o carro de patrulha ainda colado neles, o isqueiro saltou da tomada. Buck o pegou e jogou na direção de Tsion, mas ele caiu no chão e rolou sob um assento.

— Ah não! — Buck gritou.

— Peguei! — Tsion disse. Buck espiava pelo retrovisor, e Tsion se levantou, jogou o isqueiro no balde e correu para a frente.

O fundo do ônibus explodiu e ficou em chamas.

— Segure-se! — Buck gritou, girando o volante para a esquerda e pisando nos freios.

O ônibus girou tão rápido, que quase tombou. A parte de trás do ônibus chocou-se contra os carros; a porta traseira se abriu, jogando combustível em chamas para todos os lados.

Buck e Tsion pularam e correram agachados, dando a volta na barreira pela esquerda, enquanto alguns guardas abriam fogo contra o ônibus e outros fugiam das chamas aos gritos. Tsion estava mancando. Buck agarrou o homem e arrastou-o pelo lado escuro do terminal, perto da pista. Lá estava o Learjet, pronto para decolar. Jamais um avião se pareceu tanto com um oásis de segurança. Buck olhou para trás duas vezes, mas ninguém parecia ter percebido a fuga. Era bom demais para ser verdade, e combinava com tudo o que tinha acontecido naquela noite.

A quinze metros do avião, Buck ouviu tiros. Quando se virou, notou meia dúzia de guardas correndo em sua direção, atirando com armas de alta potência. Assim que alcançaram a escada, Buck agarrou Tsion pelo cinto e jogou-o dentro. Então, ao tentar saltar para dentro, uma bala atravessou o calcanhar da bota direita de Buck. Ele sentiu uma dor aguda no pé, quando fechou a porta. Ritz já estava acelerando o avião.

Buck e Tsion agacharam-se atrás da cabine.

Ritz murmurou:

— Se aqueles malditos atirarem no meu avião, vou ficar com muita raiva!

O avião decolou como um foguete e ganhou altitude rapidamente.

— Próxima parada — Ritz anunciou —, Aeroporto de Palwaukee, Estado de Illinois, nos Estados Unidos da América.

Buck estava deitado no chão, sem conseguir mexer-se. Queria olhar pela janela, mas não teve coragem. Tsion escondeu o rosto nas mãos. Estava chorando e parecia orar.

Ritz se virou:

— Muito bem, Williams, você deixou uma bagunça lá embaixo. O que foi tudo aquilo?

— Eu levaria uma semana para explicar tudo — Buck disse, ofegante.

— Bem — Ritz respondeu —, não importa o que tenha sido, foi divertido.

Uma hora depois, Buck e Tsion estavam sentados em cadeiras reclináveis, avaliando o prejuízo.

— Está apenas torcido — Tsion disse. — Meu pé ficou preso num dos assentos quando batemos pela primeira vez. Estava com medo de que estivesse quebrado. Vai sarar logo.

Com muito cuidado, Buck tirou a bota direita e mostrou a Tsion, para que ele pudesse ver a trajetória da bala. Havia um furo limpo da sola até o tornozelo. Buck tirou a meia ensanguentada.

— Você acredita? — ele disse sorrindo. — Não precisarei nem de pontos. É só um arranhão.

Tsion usou o *kit* de primeiros socorros de Ken Ritz para cuidar do pé de Buck; também encontrou uma bandagem para seu próprio tornozelo.

Finalmente, os dois reclinaram os assentos, os pés machucados para o alto. Tsion e Buck olharam um para o outro.

— Está tão cansado quanto eu? — Buck perguntou.

— Estou pronto para dormir — Tsion respondeu —, mas seríamos negligentes se não agradecêssemos antes.

Buck inclinou-se e baixou a cabeça. A última coisa que ouviu, antes de cair num doce sono de alívio, foi a linda cadência da oração do rabino Tsion Ben-Judá, agradecendo a Deus, pois "a glória do Senhor foi nossa retaguarda".

CAPÍTULO 14

Buck acordou quase dez horas mais tarde e ficou satisfeito ao constatar que Tsion ainda dormia. Verificou a bandagem do rabino. O tornozelo estava inchado, mas não parecia ser nada sério. O pé de Buck também estava sensível demais para entrar na bota. Ele mancou até a cabine.

— Como estão as coisas, comandante?

— Muito melhores, agora que estamos em espaço aéreo norte-americano. Eu não fazia ideia do tipo de encrenca em que vocês se meteram; fiquei pensando que, talvez, algum piloto de caça estivesse na minha cola.

— Não acho que tínhamos tanto valor para eles, já que estamos no meio da Terceira Guerra Mundial — Buck disse.

— Onde deixaram suas coisas?

Buck virou-se. O que ele estava procurando? Não trouxe nada consigo. Tudo que tinha trazido de Israel estava naquela bolsa de couro, agora queimada e derretida.

— Eu prometi que ligaria para a minha esposa! — ele exclamou.

— Você ficará feliz em saber que eu já conversei com seu pessoal — Ritz disse. — Ficaram todos muito aliviados quando eu disse que você estava voltando para casa.

— Disse alguma coisa sobre o meu ferimento ou sobre o meu passageiro?

— Dê-me algum crédito, Williams. Ambos sabemos que seu ferimento não merece nem ser mencionado, portanto sua esposa não precisa ficar sabendo dele até vê-lo com os próprios olhos. Quanto ao seu passageiro, não faço ideia de quem ele seja, e nem imagino se eles sabem que você vai levar um convidado para o jantar. Por isso, não, eu não disse nada sobre ele.

— Você é um bom homem, Ritz — Buck disse, dando-lhe um tapinha no ombro.

— Gosto de um elogio tanto quanto qualquer outro, mas, antes de tudo, espero que saiba que me deve um bônus de batalha...

— Isso pode ser providenciado.

Como Ritz teve o cuidado de registrar o avião e o passageiro quando saiu do país, alguns dias antes, as autoridades já estavam informadas, e ele passou facilmente pelo sistema de radar norte-americano. Não falou nada sobre o segundo passageiro, e, já que os funcionários do Aeroporto de Palwaukee não estavam acostumados a processar viajantes internacionais, ninguém prestou atenção quando um piloto norte-americano de uns cinquenta anos, um rabino israelense por volta dos quarenta e um escritor norte-americano de mais ou menos trinta anos desembarcaram. Ritz era o único que não mancava.

Buck finalmente conseguiu falar com Chloe, ainda no avião. É como se ela estivesse prestes a arrancar a cabeça de Buck por tê-la mantido acordada a noite toda, preocupada e em oração, exceto pelo alívio de ouvir a voz dele.

— Acredite, querida — ele disse —, quando você ouvir toda a história, vai entender.

Buck a convenceu de que somente o Comando Tribulação e Loretta poderiam saber de Tsion.

— Não conte nada para a Verna. Você pode vir sozinha a Palwaukee?

— Ainda não consigo dirigir, Buck — ela disse. — Amanda pode ir comigo. Verna nem está mais conosco. Ela decidiu ficar na casa de amigos.

— Isso pode ser um problema — Buck respondeu. — É possível que eu tenha demonstrado vulnerabilidade para a pior pessoa em minha profissão.

— Teremos de conversar sobre isso, Buck.

Era como se Tsion Ben-Judá estivesse em um programa internacional de proteção à testemunha. Ele foi levado à casa de Loretta sob o sigilo da noite. Amanda e Chloe, que tinham sido informadas por Rayford sobre a família de Tsion, receberam o rabino calorosa e compassivamente, mas pareciam não saber o que dizer. Loretta tinha preparado um lanche leve para todos eles.

— Sou velha, não muito atenta às coisas — ela disse —, mas acho que já entendi a situação. Quanto menos eu souber do seu amigo, melhor. Certo?

Tsion respondeu com cuidado:

— Sou profundamente grato por sua hospitalidade.

Pouco depois, Loretta despediu-se e foi para a cama, expressando seu deleite em ser hospitaleira a serviço do Senhor.

Buck, Chloe e Tsion mancaram de volta para a sala, seguidos por Amanda, que não conseguiu conter uma gargalhada.

— Queria que Rayford estivesse aqui — ela comentou. — Sinto-me a única sóbria num carro cheio de bêbados. Cada tarefa que exija dois pés cairá em minhas mãos.

Chloe, como sempre direta, inclinou-se para a frente e segurou a mão de Tsion com suas duas mãos.

— Dr. Ben-Judá, ouvimos tanto sobre o senhor! Nós nos sentimos abençoados por Deus ao tê-lo conosco. Não conseguimos imaginar sua dor.

O rabino inspirou fundo e expirou lentamente. Seus lábios tremiam.

— Não posso dizer-lhes como sou grato a Deus, que me trouxe até aqui, e a vocês, que me acolheram. Confesso que meu coração está partido. O Senhor tem mostrado sua mão de forma tão clara desde a morte da minha família, que não posso negar sua presença. Mas há momentos em que me pergunto como poderei continuar. Não quero ficar pensando em como meus amados perderam suas vidas. Não devo pensar em quem fez isso e como. Sei que minha esposa e meus filhos estão seguros e felizes agora, mas é muito difícil imaginar sua dor e o terror que viveram antes de serem recebidos por Deus. Preciso orar e pedir a Deus que me livre do ódio e da amargura. Acima de tudo, sinto uma culpa terrível por ter causado isso a eles. Não sei o que eu poderia ter feito de diferente além de tentar deixá-los mais seguros. Eu não poderia ter fugido de servir a Deus, em razão da maneira como ele me chamou.

Amanda e Buck achegaram-se e colocaram as mãos nos ombros de Tsion. Com os três segurando o rabino, todos oravam, enquanto ele chorava.

Conversaram até tarde, e Buck explicou que Tsion era o alvo de uma perseguição internacional que, muito provavelmente, seria aprovada por Carpathia.

— Quantas pessoas sabem do abrigo subterrâneo na igreja?

— Acredite ou não — Chloe respondeu —, a não ser que Loretta tenha lido as impressões do computador de Bruce, nem mesmo ela acredita que se trate de mais do que alguma instalação técnica nova.

— Como ele conseguiu esconder isso de Loretta? Ela esteve na igreja todos os dias durante a escavação do abrigo.

— Você terá de ler os textos de Bruce, Buck. Resumindo, ela foi levada a crer que todo aquele trabalho era por causa do novo tanque de água e por melhorias no estacionamento. Todos na igreja acreditavam nisso.

Duas horas depois, Buck e Chloe estavam na cama. Nenhum deles conseguia dormir.

— Eu sabia que isso seria difícil — ela disse. — Só não sabia o quanto!

— Você preferiria nunca ter conhecido alguém como eu?

— Digamos apenas que a minha vida certamente não tem sido entediante.

Então, Chloe contou sobre Verna Zee.

— Ela acha que todos nós estamos com um parafuso solto.

— E não estamos? A pergunta é: quanto ela pode prejudicar-me?

Agora, Verna sabe de que lado estou. Se espalhar isso entre o pessoal do *Semanário*, estarei na mira direta do Carpathia. E aí?

Chloe explicou que ela, Amanda e Loretta tinham conseguido convencer Verna a não contar o segredo de Buck para ninguém.

— E por que ela faria isso? — Buck perguntou. — Nunca gostamos um do outro. Brigávamos o tempo todo. A única razão pela qual trocamos favores naquela noite foi a Terceira Guerra Mundial, que fez nossas briguinhas parecerem mesquinhas.

— Suas brigas *eram* mesquinhas — Chloe disse. — Ela admitiu que se sentia intimidada por você e que o invejava. Você era o que ela sempre quis ser. Verna até confessou que sabia não existir jornalista que se igualasse a você.

— Isso não me deixa mais confiante em relação à capacidade dela de guardar meu segredo.

— Você estaria orgulhoso de nós, Buck. Loretta já tinha contado a Verna toda a história de como ela foi a única pessoa de sua enorme família a ser deixada para trás durante o arrebatamento. Então, eu me intrometi na conversa e contei como você e eu nos conhecemos, onde você esteve durante o arrebatamento e como você, meu pai e eu nos tornamos cristãos.

— Verna deve ter pensado que todos nós viemos de outro planeta — Buck disse. — Foi por isso que ela saiu daqui?

— Não, acho que ela acreditou estar no nosso caminho.

— Ela demonstrou alguma simpatia?

— Na verdade, sim. Certa vez, chamei-a de canto e disse que o mais importante era que ela tomasse uma decisão em relação a Cristo. E eu também disse que nossas vidas dependiam dela, que Verna não podia revelar aos colegas e superiores as nossas lealdades. Ela comentou: "Os *superiores* do Buck? O único superior de Cameron é Carpathia." Mas também falou algo muito interessante, Buck. Ela disse que, por mais que admirasse Carpathia e aquilo que ele havia feito pela América do Norte e pelo mundo, ela odeia como ele controla e manipula as notícias.

— A questão, Chloe, é se você extraiu dela alguma promessa referente à minha proteção.

— Ela queria uma troca de favores, provavelmente algum tipo de promoção ou um aumento. Eu falei que você jamais trabalharia dessa forma, e ela respondeu que já imaginava. Pedi a ela que prometesse não dizer nada pelo menos até que você tivesse a chance de conversar com ela. E, então... Segure-se! Eu a fiz prometer que viria ao funeral de Bruce no domingo.

— E ela vem?

— Disse que sim. Eu sugeri que chegasse cedo, pois a igreja estará lotada.

— Com certeza. Quão estranho tudo isso vai ser para ela?

— Ela explicou que foi à igreja apenas uma dúzia de vezes em toda a vida, para casamentos, funerais e coisas assim. Seu pai era um ateu autodeclarado, e, aparentemente, a mãe foi criada em alguma denominação rígida, que ela abandonou quando se tornou adulta. Verna contou que a ideia de frequentar uma igreja nunca foi discutida em seu lar.

— E ela nunca teve curiosidade? Nunca tentou descobrir um sentido mais profundo na vida?

— Não. Na verdade, ela admitiu ter sido uma pessoa bastante cínica e miserável durante anos. Acreditava que essas qualidades fariam dela a jornalista perfeita.

— Verna sempre me dava arrepios — Buck disse. — Eu não era menos cínico e negativo, mas espero que tenha chegado a um equilíbrio entre humor e caráter.

— Ah sim, esse é você — Chloe o cutucou. — É por isso que ainda estou tentada a ter um filho com você, mesmo hoje em dia.

Buck não sabia o que dizer ou pensar. Eles já tinham discutido isso antes. A ideia de gerar um filho em meio à tribulação era algo, à primeira vista, inadmissível. Mesmo assim, ambos tinham concordado em pensar, orar e estudar o que as Escrituras diziam a esse respeito.

— Você quer conversar sobre isso agora?

Ela balançou a cabeça.

— Não. Estou cansada. Mas peço que não feche a porta para essa possibilidade.

— Sabe que não farei isso, Chloe — ele disse. — E devo dizer que ainda estou em outro fuso horário. Dormi durante todo o voo.

— Oh, Buck! Senti sua falta. Não pode ficar comigo pelo menos até que *eu* caia no sono?

— Claro que sim! Assim que você estiver dormindo, vou até a igreja para inspecionar o abrigo de Bruce.

— Vou dizer o que você deveria fazer — Chloe disse. — Você deveria terminar de ler as coisas do Bruce. Marcamos as passagens que queremos que o papai leia durante o culto no domingo. Não sei como ele conseguirá rever tudo sem levar um dia inteiro, mas há coisas incríveis lá. Espere até ver tudo.

— Mal posso esperar!

* * *

Rayford Steele estava sofrendo uma crise de consciência. Pronto para partir, ele lia o *Diário Internacional da Comunidade Global* enquanto esperava a chegada do motorista de Hattie Durham.

Sentia falta de Amanda. Em muitos aspectos, ainda pareciam estranhos um ao outro, e Rayford sabia que, naqueles poucos menos de cinco anos até a gloriosa manifestação, eles jamais teriam tempo de se conhecer, de desenvolver um relacionamento vitalício e de criar os laços que ele teve com Irene. Aliás, Irene ainda fazia falta. Ao mesmo tempo, Rayford sentia-se culpado por estar mais próximo de Amanda, de várias maneiras, do que jamais esteve de Irene.

Rayford sabia que a culpa era sua. Ele só conheceu e compartilhou a fé de Irene quando já era tarde demais. Ela havia sido tão doce, tão altruísta. Embora ele soubesse de casamentos piores e de maridos menos fiéis, muitas vezes se arrependia por nunca ter sido o marido que poderia ser. Ela merecia algo melhor.

Para Rayford, Amanda era um presente de Deus. Ele se lembrava de não ter gostado dela no início. Ela, uma mulher linda, rica e um pouco mais velha do que ele, ficou tão nervosa no primeiro encontro, que passou a impressão de ser tagarela. Chloe não conseguia dizer uma palavra. Amanda ficava corrigindo-se, respondendo às próprias perguntas e falando sem parar. Ela deixou Rayford e Chloe confusos, e vê-la como possível interesse romântico jamais passou pela cabeça dele. Eles ficaram impressionados ao ver como Amanda foi cativada por Irene durante o seu rápido encontro. Ela parecia ter captado a essência do coração e da alma dela. O jeito como a descreveu fez Rayford e Chloe pensarem que elas se conheciam há anos.

Inicialmente, Chloe suspeitou que Amanda tivesse segundas intenções com Rayford. Após perder a família no arrebatamento, ela era, de repente, uma mulher solitária e carente. Rayford, por sua vez, não percebeu em Amanda nada além do autêntico desejo de dizer a ele o que Irene tinha significado para ela. Mas a suspeita de Chloe o fez ficar mais atento. Ele não tentou conquistar Amanda e teve o cuidado de observar quaisquer sinais da parte dela. Não viu nenhum.

Isso acabou despertando a curiosidade de Rayford. Ele viu como ela se adaptou à vida na Igreja Nova Esperança. Amanda era cordial com ele, mas nunca inapropriada, e jamais — em sua opinião — atrevida. Até mesmo Chloe teve de admitir que Amanda não se comportava como namoradeira. Ela rapidamente passou a ser conhecida como serva na Nova Esperança. Esse era o seu dom espiritual. Ela se ocupava com o trabalho na igreja. Cozinhava, limpava, dirigia, ensinava, acolhia, servia em comissões, fazia qualquer coisa que fosse necessária. Como trabalhava em tempo integral, passava o tempo livre ajudando na igreja. "Sempre foi tudo ou nada para mim", ela dizia. "Quando me tornei cristã, dediquei-me totalmente."

De longe, falando pouco com Amanda após aquele primeiro encontro, no qual ela apenas queria conversar com ele e Chloe sobre Irene, Rayford passou a admirá-la. O que mais o atraía era seu espírito quieto, gentil e altruísta. Quando percebeu pela primeira vez que desejava passar algum tempo com ela, Rayford ainda não a via como par romântico. Apenas gostava dela. Gostava de seu sorriso. Gostava de sua aparência. Gostava de sua postura.

Ele participou de uma de suas aulas dominicais. Amanda era uma professora engajada e esperta. Na semana seguinte, ela participou da aula dele. Amanda o elogiou. Eles brincaram sobre a possibilidade de algum dia lecionarem em equipe, mas esse dia só aconteceu após saírem com Buck e Chloe. Não demorou, e os dois estavam loucamente apaixonados. O casamento poucos meses atrás, numa cerimônia dupla com Buck e Chloe, tinha sido uma das pequenas ilhas de felicidade em sua vida durante o pior período da história humana.

Rayford estava ansioso para voltar aos Estados Unidos e estar com Amanda. Sua expectativa de passar algum tempo no avião com Hattie também era grande. Ele sabia que a responsabilidade de levá-la para Cristo caberia ao Espírito, e não a ele; mesmo assim, sentia que deveria aproveitar ao máximo cada oportunidade legítima de convencê-la.

O problema, naquela manhã de sábado, era que cada parte de Rayford lutava contra o seu papel de piloto do soberano Nicolae Carpathia. Tudo que ele tinha lido, estudado e aprendido com Bruce Barnes o havia convencido, e também os outros membros do Comando Tribulação e toda a congregação da Nova Esperança, de que Carpathia era o anticristo. A posição de Rayford trazia vantagens para a igreja, e Carpathia sabia muito bem de qual lado estava Rayford. O que ele não sabia, obviamente, é que um de seus funcionários de confiança, Cameron Williams, era agora o genro de Rayford e cristão assim como ele.

Rayford perguntava-se por quanto tempo aquilo poderia durar. Ele estava colocando as vidas de Buck e Chloe em perigo? A de Amanda? A sua própria? Ele sabia que chegaria o dia em que os "santos da tribulação", como dizia Bruce, seriam tidos como inimigos mortais do anticristo.

Precisava escolher seu momento com muito cuidado. Algum dia, segundo o ensinamento de Bruce, o simples direito de comprar e vender exigiria que os cidadãos da Comunidade Global ostentassem "a marca da besta". Ninguém sabia exatamente como seria essa marca, mas a Bíblia dava a entender que seria um sinal na testa ou na mão. Não haveria como enganar o sistema. De alguma forma, a marca seria detectável. Aqueles que a aceitassem jamais poderiam voltar atrás. Estariam perdidos para sempre. E aqueles que não aceitassem a marca teriam de viver escondidos. Suas vidas não valeriam nada para a Comunidade Global.

Por ora, Carpathia parecia somente estar impressionado e divertir-se com Rayford. Talvez esperasse manter, por meio dele, alguma ligação com a oposição, algum conhecimento sobre eles. Mas o que aconteceria se Carpathia descobrisse que Buck não era leal e que Rayford sabia desde o início? Pior ainda, como Rayford conseguiria convencer a si mesmo de que as vantagens de poder escutar e espionar Carpathia superavam sua culpa em favorecer o trabalho do mal?

Rayford consultou o relógio e deu uma olhada no restante do jornal. Hattie e seu motorista chegariam em poucos instantes. Ele sentia como se tivesse sofrido uma sobrecarga emocional. Qualquer um dos traumas que testemunhou desde o dia em que a guerra irrompeu teria levado à internação psiquiátrica de um homem normal em tempos normais. Agora, parecia que Rayford precisava lidar com tudo isso como se fosse a coisa mais corriqueira do mundo.

As atrocidades mais abomináveis e terríveis eram, agora, parte do dia a dia. A Terceira Guerra Mundial tinha começado; Rayford havia descoberto que um de seus amigos mais queridos estava morto, e ainda ouviu quando Nicolae Carpathia deu ordem para a destruição de cidades grandes e, então, foi à televisão internacional anunciar sua tristeza e decepção.

Rayford balançou a cabeça. Ele fez seu trabalho, pilotou o novo avião, pousou-o três vezes com Carpathia a bordo, saiu para jantar com uma velha amiga, foi dormir, teve várias conversas ao telefone, levantou-se, leu o jornal. Agora, estava pronto para "alegremente" voar de volta para casa e rever a família. Que mundo maluco era aquele? Como poderia haver vestígios de normalidade num mundo que caminhava para o inferno?

O jornal trazia as notícias de Israel, relatando como o rabino que havia chocado a própria nação, a cultura e a religião de seu povo — sem falar do resto do mundo — com suas conclusões sobre a messianidade de Jesus de repente tinha enlouquecido. Rayford estava ciente da verdade, é claro, e sua expectativa de conhecer aquele corajoso santo era grande.

Ele sabia que, de alguma forma, Buck conseguiu tirá-lo do país, só não entendia como. Desejava conhecer todos os detalhes. Era isso o que teriam pela frente? O martírio de suas famílias? Suas próprias mortes? Rayford sabia que sim, mas tentou não pensar nisso naquele momento. A justaposição entre a vida simples e rotineira de um piloto — o Rayford Steele de apenas dois anos atrás — e o jogo de política internacional que ele hoje enfrentava era mais do que sua mente conseguia assimilar.

O telefone tocou. A carona estava esperando.

* * *

Buck ficou surpreso com o que encontrou na igreja. Bruce tinha feito um trabalho tão bom ao camuflar o abrigo, que ele quase não conseguiu encontrá-lo.

Sozinho naquele lugar escuro, Buck desceu a escada. Atravessou a sala de comunhão, seguiu um corredor estreito, passou por banheiros e por instalações de aquecimento. Estava, agora, no fim do corredor sem luz, um lugar escuro mesmo ao meio-dia. Onde ficava a entrada? Ele apalpou a parede. Nada. Voltou até a sala de aquecimento e acendeu a luz. No topo do forno, achou uma lanterna. Usou-a para encontrar uma fenda do tamanho de uma mão em um dos blocos de concreto na parede. Mesmo sentindo a agulhada da ferida recente no calcanhar direito, Buck empurrou a fenda com toda a força, e uma seção da parede abriu-se um pouco. Ele passou pela abertura e fechou a passagem. A lanterna iluminou um sinal diretamente à sua frente e seis degraus abaixo: "Perigo! Alta voltagem! Apenas funcionários autorizados."

Buck sorriu. Isso o teria espantado se não soubesse o que o aguardava. Desceu os degraus e virou-se para a esquerda. Quatro degraus adiante, havia uma enorme porta de aço. No dia dos casamentos, Bruce mostrou-lhe como abrir a porta aparentemente trancada.

Ele segurou a maçaneta e girou-a primeiro para a direita, depois para a esquerda. Empurrou-a meio centímetro para dentro, então a puxou um centímetro para fora. Ela parecia soltar-se, mas ainda não girava em nenhuma direção. Buck a empurrou, ao mesmo tempo girando um pouco para a direita e, depois, para a esquerda, seguindo o padrão secreto criado por Bruce. A porta se abriu, e Buck viu-se dentro daquilo que parecia ser uma caixa de circuitos do tamanho de um homem. Nem mesmo uma igreja do tamanho da Nova Esperança precisaria de uma caixa de circuitos tão grande. E, por mais reais que aqueles interruptores parecessem, eles não estavam ligados a nenhum circuito.

O fundo daquela caixa era apenas mais uma porta. Ela se abriu facilmente e levou ao abrigo escondido. Bruce tinha feito um trabalho enorme desde a última vez que Buck esteve ali, alguns meses atrás.

Ele se perguntava quando Bruce teria tido tempo para fazer tudo aquilo. Ninguém mais sabia disso, nem mesmo Loretta. Ainda bem que Bruce era habilidoso. O abrigo possuía ventilação, ar-condicionado, iluminação e revestimento nas paredes e no teto, satisfazendo todas as necessidades. Bruce tinha dividido o espaço de oito por oito metros em três quartos. Havia um banheiro completo com chuveiro, um dormitório com quatro beliches e um espaço maior, que continha uma pequena cozinha de um lado e uma combinação de sala/escritório do outro. Buck ficou surpreso por não sentir claustrofobia, mas sabia que, com mais de duas pessoas ali dentro, e ciente de quão abaixo no subsolo estava, o espaço logo se tornaria um pouco claustrofóbico.

Bruce não economizou em nada. Tudo era novo. Havia congelador, geladeira, micro-ondas, fogão e forno, e parecia que cada sobra de espaço tinha sido transformada em armários. "Agora", Buck pensava, "o que Bruce fez quanto às conexões?"

Buck rastejou ao longo do carpete e olhou por trás do sofá-cama. Havia tomadas para roteadores *wireless* que só podiam levar para algum lugar. Ele seguiu a fiação até o topo da parede e tentou descobrir onde ela sairia no corredor. Apagou as luzes, fechou a porta da caixa de circuitos, trancou a porta de metal, subiu pelas escadas e fechou a porta de tijolos. Então, apontou a lanterna para um canto escuro do corredor e viu a seção de fios que ia do chão ao teto. Recuou até a sala de comunhão e olhou pela janela. Com a iluminação do estacionamento, conseguiu ver que a fiação saía na altura do teto e seguia até o campanário.

Bruce tinha contado a Buck que o campanário reformado era um vestígio da igreja antiga, da construção original que tinha sido derrubada trinta anos atrás. Em tempos passados, o campanário realmente teve sinos que chamavam as pessoas para o culto. Eles ainda estavam lá, mas as cordas que passavam por uma porta no chão, permitindo ao sacristão tocar os sinos, haviam sido cortadas. Agora, o campanário servia apenas como decoração. Será?

Buck arrumou uma escada na despensa e abriu o alçapão. Ele se ergueu até o teto e encontrou uma escada de ferro que levava aos sinos. Subiu até os sinos antigos, cobertos de teias de aranha, poeira e fuligem. Quando alcançou a seção a céu aberto, seu último passo o levou a tocar numa teia, e ele sentiu uma aranha correr pelo seu cabelo. Quase perdeu o equilíbrio tentando espantá-la, enquanto se segurava à lanterna e à escada.

Há apenas um dia ele tinha sido perseguido pelo deserto, tinha sido atacado, além de levar um tiro e atravessar as chamas para alcançar a liberdade. Então bufou. Quase preferia passar por tudo aquilo de novo a ter uma aranha perdida no cabelo. Buck olhou para baixo pela abertura, procurando a fiação. Ela ia até o topo da parte afunilada do campanário. Buck chegou ao fim da escada e passou pela abertura. Agora, estava ao lado do campanário, numa parte não iluminada pelas luzes no solo. A madeira antiga não parecia sólida. Ele sentiu agulhadas no pé machucado. "Não seria o máximo?", pensou. "Escorregar do campanário de sua própria igreja e morrer no meio da noite?"

Examinando com cuidado a área, para garantir que não havia carros por perto, Buck apontou a lanterna rapidamente para o topo de onde a fiação subia pelo campanário. Lá, havia algo que parecia ser uma antena parabólica em miniatura, de mais ou menos sete centímetros de diâmetro. Buck não conseguia ler o adesivo minúsculo colado na parte da frente, então ficou na ponta dos pés e o arrancou. Guardou-o no bolso e esperou até voltar para o interior do campanário, descer pela escada, passar pelo alçapão e descer a segunda escada antes de olhá-lo. Dizia: "Donny Moore Technologies, seu médico de computadores."

Buck guardou a escada e começou a apagar as luzes. Então, pegou uma concordância na estante do gabinete de Bruce e procurou o verbete "telhado". A instalação daquela miniantena parabólica o fez recordar um versículo que tinha ouvido ou lido alguma vez, sobre proclamar de cima do telhado as boas-novas. Mateus 10:27-28 dizia: "O que eu lhes digo na escuridão, falem à luz do dia; o que é sussurrado em seus ouvidos, proclamem dos telhados. Não tenham medo dos que matam o corpo, mas não podem matar a alma. Antes, tenham medo daquele que pode destruir tanto a alma como o corpo no inferno."

Era tão típico de Bruce levar a Bíblia ao pé da letra! Buck voltou à casa de Loretta, onde pretendia ler o material de Bruce até às seis da manhã. Depois, dormiria até o meio-dia e estaria de pé quando Amanda trouxesse Rayford de Mitchell Field, em Milwaukee.

Algum dia ele deixaria de maravilhar-se? Passando de carro pelos poucos quarteirões até a casa de Loretta, estava impressionado com a diferença entre os dois veículos que havia dirigido nas últimas 24 horas. Este, um Range Rover com preço de seis dígitos e todo tipo de conforto, menos uma pia de cozinha, e aquele ônibus velho, provavelmente ainda fumegante, que ele tinha "comprado" de um homem que poderia, em breve, tornar-se um mártir.

Mais surpreendente, porém, era o fato de Bruce ter planejado e preparado tanta coisa antes de sua partida. Com um pouco de tecnologia, o Comando Tribulação e seu mais novo membro, Tsion Ben-Judá, proclamariam o evangelho de um local oculto, com transmissão via satélite e pela internet a qualquer pessoa no mundo que quisesse ouvir, e até mesmo para aqueles que não quisessem.

Eram duas e meia da manhã, horário de Chicago, quando Buck voltou da igreja e sentou-se à mesa de jantar, com os textos de Bruce, na casa de Loretta. Ele parecia ler um romance. Absorveu os estudos e os comentários bíblicos de Bruce e encontrou as anotações para o sermão do domingo seguinte. Ele não poderia falar publicamente naquela igreja, pois já se havia exposto o bastante, mas ajudaria Rayford a fazer algumas observações.

* * *

Apesar de todos os anos como piloto, Rayford nunca conseguiu encontrar um antídoto contra o *jet lag*, especialmente quando voava do leste para o oeste. Seu corpo dizia-lhe que era o meio da noite, e, após um dia no avião, ele estava pronto para dormir. Mas, quando o DC-10 taxiava até o portão em Milwaukee, era meio-dia, horário local. Do outro lado do corredor, a linda e elegante Hattie Durham dormia. Ela tinha prendido o longo cabelo loiro num coque, e a maquiagem estava toda borrada por causa das lágrimas.

Hattie chorou durante quase todo o voo. Entre duas refeições, um filme e um lanche, ela havia derramado o coração diante de Rayford.

Não queria ficar com Nicolae Carpathia. Não sentia mais amor por aquele homem. Não o entendia. Ainda não estava pronta para admitir que Nicolae era o anticristo, mas ele certamente não a impressionava tanto a portas fechadas quanto impressionava as pessoas em público.

Rayford teve o cuidado de não declarar a ela suas duras convicções sobre Carpathia. Claramente, Rayford não era um fã, e estava longe de ser leal, mas achou que não seria inteligente afirmar categoricamente que ele concordava com a maioria dos cristãos sobre o fato de Carpathia preencher todos os pré-requisitos do anticristo. Sim, Rayford não tinha dúvidas em relação a isso. Mas, como já tinha visto a reconciliação de casais, a última coisa que queria era dar a Hattie munição que pudesse ser usada contra ele por Carpathia. Em breve, não importaria mais quem o denunciasse a Nicolae. Eles seriam inimigos mortais de qualquer jeito.

O mais preocupante para Rayford era a agitação de Hattie sobre a gravidez. Ele queria que ela considerasse a criança que estava carregando. Mas, para Hattie, era uma gravidez indesejada. Agora, dado o seu estado mental, ela não queria dar à luz o filho de Nicolae Carpathia. Ela nem se referia a ele como criança ou mesmo bebê.

Rayford tinha a difícil tarefa de defender sua causa sem ser óbvio demais. Então, perguntou:

— Hattie, quais opções você tem?

— Sei que existem apenas três, Rayford. Cada mulher precisa considerar essas três opções quando engravida.

"Nem todas", Rayford pensou.

Hattie continuou:

— Posso ir até o fim da gravidez e ficar com ele, o que não quero fazer. Posso entregá-lo para adoção, mas não sei se estou disposta a suportar toda a gravidez e o processo de parto. E, é claro, posso interromper a gravidez.

— O que isso significa exatamente?

— Como assim "o que isso significa"? — Hattie espantou-se. — Encerrar a gravidez significa encerrar a gravidez.

— Está falando em aborto?

Hattie olhou para Rayford como se ele fosse um imbecil.

— Sim! O que acha que eu estava dizendo?

— Bem, é que você fala de um jeito que faz o aborto parecer a opção mais fácil.

— E é a opção mais fácil, Rayford. Use a cabeça. Obviamente, o pior cenário seria deixar a gravidez seguir, passar por todo o desconforto e, depois, pelo trabalho de parto. E se eu desenvolver aqueles instintos maternos que todo mundo menciona? Além de viver nove meses terríveis, eu teria de passar pelo tormento de parir a criança de outra pessoa. Então, teria de abrir mão dela, e tudo ficaria ainda pior.

— Você acabou de dizer "criança" — Rayford observou.

— Como?

— Você se referia à gravidez como "isso". Mas, depois do parto, passa a ser uma criança?

— Bem, será a criança de *alguém*. Espero que não a minha.

Rayford mudou de assunto enquanto a comida era servida. Ele tinha orado em silêncio, pedindo que fosse capaz de transmitir-lhe a verdade. Sutileza não era seu forte. Talvez, a melhor estratégia fosse ser direto. Mais tarde, a própria Hattie voltou a falar no assunto.

— Por que você quer que eu me sinta culpada por considerar um aborto?

— Hattie — ele disse —, eu não posso fazê-la sentir-se culpada. Você precisa tomar as próprias decisões. O que eu penso a respeito significa muito pouco, não acha?

— Bem, eu me importo com o que você pensa. Eu o respeito como alguém que viu o mundo. Espero que não pense que eu acho o aborto uma decisão fácil, mesmo que seja a melhor e mais simples.

— Melhor e mais simples para quem?

— Para mim, eu sei disso. Às vezes, você precisa cuidar de si mesmo. Quando larguei meu emprego e fui até Nova York para ficar com

Nicolae, pensei que finalmente estava fazendo algo pela Hattie. Agora, não gosto daquilo que fiz pela Hattie, por isso preciso fazer outra coisa por ela. Entende?

Rayford assentiu. Ele entendia muito bem. E precisava lembrar que ela não era cristã. Não pensava no bem de nenhuma outra pessoa além do seu próprio. E por que deveria?

— Hattie, só me ouça um momento. Suponha que a gravidez, essa "coisa" que você está carregando no ventre, já é uma criança. A criança é sua. Talvez você não goste do pai dela. Talvez não deseje o tipo de pessoa que o pai dela poderia produzir. Mas esse bebê é também *seu* parente de sangue. Você já tem sentimentos maternos; caso contrário, não estaria tão agitada. Minha pergunta é: quem está defendendo os melhores interesses dessa criança? Digamos que uma injustiça tenha sido cometida. Digamos que tenha sido imoral viver com Nicolae Carpathia num relacionamento extraconjugal. Digamos que essa gravidez, essa criança, seja resultado de uma união imoral. Podemos ir ainda mais longe. Digamos que as pessoas que consideram Nicolae Carpathia o anticristo estejam certas.

E continuou:

— Eu até aceitaria o argumento de que você, talvez, lamente a ideia de ter um filho e pense que não seria a melhor mãe para ele. Mas não acho que possa fugir da responsabilidade, como uma vítima de incesto ou de estupro estaria justificada a fazer. E, até mesmo nesses casos, a solução não é matar a parte inocente, ou é? Algo está errado, muito errado, e, assim, as pessoas defendem seu direito de escolha. O que elas escolhem não é, obviamente, apenas o fim da gravidez, não é somente um aborto, é a morte de uma pessoa. Mas qual pessoa? Uma das pessoas que cometeu um erro? Uma das pessoas que cometeu estupro ou incesto? Ou uma das pessoas que engravidou fora do casamento? Não, a solução é sempre matar a parte mais inocente de todas.

Rayford tinha ido longe demais, sabia disso. Ele olhou para Hattie, que tampava os ouvidos com as mãos enquanto lágrimas escorriam pelo seu rosto. Rayford tocou seu braço, e ela o retirou. Inclinou-se na direção dela e agarrou seu cotovelo.

— Hattie, por favor, não se afaste de mim. Por favor, não pense que eu disse tudo isso para magoá-la. Veja-me como uma pessoa que está defendendo os direitos de alguém que não pode fazê-lo. Se você não defender seu próprio filho, alguém precisa.

Quando ele disse isso, Hattie soltou-se dele, escondeu o rosto nas mãos e chorou. Rayford estava chateado consigo mesmo. Por que ele nunca aprendia? Como podia sentar ali e cuspir tudo aquilo na cara dela? Rayford acreditava naquilo e tinha certeza de que era a visão de Deus. Fazia sentido para ele. Mas sabia também que ela podia rejeitar tudo o que foi dito porque ele era um homem. Como um homem entenderia? Ninguém dizia a ele o que fazer ou não com o próprio corpo. Rayford queria dizer a ela que compreendia, mas, e se aquela criança fosse uma menina? Quem defenderia os direitos do corpo daquela mulher?

Hattie não falou com ele durante horas. Rayford sabia que merecia o desprezo. "Mas", ele se perguntou, "até que ponto adianta ser diplomático?" Rayford não sabia quais eram os planos dela. Só podia implorar quando tivesse a chance.

— Hattie — ele a chamou. Ela não olhou. — Hattie, por favor, deixe-me dizer apenas uma última coisa.

Ela se virou um pouco, sem olhar totalmente para Rayford, mas ele teve a impressão de que ela, ao menos, estava ouvindo.

— Quero que me perdoe por qualquer coisa que eu tenha dito e que possa tê-la machucado ou insultado. Espero que me conheça o bastante para saber que eu não faria isso intencionalmente. Mais ainda, quero que saiba que eu sou um dos poucos amigos que você tem em Chicago e que a ama e apenas deseja o seu melhor. Pense na possibilidade de fazer uma escala e nos visitar em Mount Prospect quando retornar. Mesmo que eu não esteja lá, mesmo que eu tenha de voltar para a Nova Babilônia antes de você, passe lá e encontre Chloe e Buck. Converse com Amanda. Você faria isso?

Agora ela o olhava. Apertou os lábios e balançou a cabeça, desculpando-se.

— Provavelmente não. Agradeço a empatia e aceito suas desculpas. Mas, não, provavelmente não.

E assim as coisas ficaram. Rayford estava irritado consigo mesmo. Seus motivos eram puros, e ele acreditava que seu raciocínio era correto. Mas, talvez, tenha apostado demais no próprio estilo e na sua personalidade, e não o bastante na obra de Deus no coração de Hattie. Só restava orar por ela.

Quando o avião finalmente parou no portão, ele ajudou Hattie a tirar a bolsa do compartimento de bagagens. Ela agradeceu. Rayford não se sentia confiante para dizer mais nada. Já tinha pedido desculpas o suficiente. Hattie enxugou o rosto mais uma vez e disse:

— Rayford, sei que tem boas intenções, mas, às vezes, você me deixa doida. Eu deveria estar feliz por nada ter acontecido entre nós.

— Muito obrigado — Rayford disse, fingindo estar ofendido.

— Estou falando sério — ela replicou. — Você sabe o que quero dizer. Nossa diferença de idade é grande e tal, sei lá.

— Pode ser — Rayford disse. Então, era assim que ela resumia. Tudo bem. Essa não era a questão, é claro. Ele pode não ter agido da melhor maneira, mas sabia que tentar consertar as coisas agora não levaria a nada.

Quando passaram pelo portão, viu o sorriso de Amanda. Correu até ela, que o abraçou. Ela o beijou com muita paixão, mas logo se afastou.

— Não quis ignorá-la, Hattie, mas, francamente, eu estava mais ansiosa para ver Rayford.

— Eu entendo — Hattie disse sem rodeios, dando-lhe a mão e olhando para o lado.

— Podemos deixá-la em algum lugar? — Amanda perguntou.

Hattie deu uma gargalhada.

— Bem, minha bagagem vai direto para Denver. Pode levar-me até lá?

— Ah, eu sabia! — Amanda exclamou. — Podemos acompanhá-la até seu portão?

— Não, estou bem. Conheço este aeroporto. Tenho um tempinho aqui e vou tentar relaxar um pouco.

Rayford e Amanda se despediram de Hattie, que foi cordial, mas, quando o casal se afastou, ela olhou para Rayford. Apertou os lábios e balançou a cabeça. Ele se sentiu péssimo.

O casal andou de mãos dadas, depois de braços entrelaçados e, por fim, com os braços em torno dos quadris, até as escadas rolantes que levavam à esteira de bagagens. Amanda hesitou e puxou Rayford para longe da escada rolante. Algo na TV chamou sua atenção.

— Ray — ela disse —, você precisa ver isso.

Eles ficaram parados, assistindo a uma reportagem da CNN/RNCG que resumia a extensão dos danos causados pela guerra no mundo inteiro. Carpathia já estava impondo a sua interpretação. O moderador disse:

Especialistas em saúde global predizem que as fatalidades alcançaram 20% em escala global. O soberano da Comunidade Global, Nicolae Carpathia, anunciou a formação de uma organização internacional de saúde que coordenará todos os esforços locais e regionais. Ele e seus dez embaixadores divulgaram um comunicado sobre suas reuniões privadas na Nova Babilônia, apresentando uma proposta de medidas rígidas para regulamentar a saúde e o bem-estar de toda a Comunidade Global. Temos, agora, a opinião do famoso cirurgião cardiovascular Samuel Kline, da Noruega.

Rayford sussurrou:

— Carpathia tem esse cara no bolso. Eu já o vi por aí. Ele fala qualquer coisa que o "santo Nick" quer que ele diga.

A Cruz Vermelha Internacional e a Organização Mundial de Saúde, por mais maravilhosas e eficientes que tenham sido no passado, não estão preparadas para lidar com uma devastação, doenças e mortes nessa escala. O plano visionário do soberano Carpathia é não somente a nossa única esperança de sobrevivência, em meio à fome e às pragas vindouras, mas também, parece-me, um modelo para a agenda de saúde internacional mais agressiva que já existiu. Se a taxa de mortes chegar a 25% em razão de água e ar contaminados, falta de comida e afins, como alguns estão prevendo, novas diretivas que regem a vida desde o ventre até o túmulo podem levar este planeta do abismo a um estado utópico no que diz respeito à saúde física.

Rayford e Amanda voltaram para as escadas rolantes. Ele balançou a cabeça:

— Em outras palavras, Carpathia se livra dos corpos que ele explodiu ou que deixou morrer de fome ou de doenças por causa da guerra, enquanto o restante de nós, os sortudos, será mais saudável e mais rico do que nunca.

Amanda olhou para ele:

— Agora você falou como um funcionário leal e verdadeiro.

Ele a abraçou e beijou. Os dois tropeçaram e quase caíram ao final da escada rolante.

* * *

Buck abraçou o sogro e velho amigo como o irmão que ele era. Considerou uma tremenda honra poder apresentar Tsion Ben-Judá a Rayford e ver como eles se familiarizavam. O Comando Tribulação estava mais uma vez reunido, trazendo atualizações sobre as experiências de cada um e tentando planejar um futuro que nunca pareceu mais incerto.

CAPÍTULO 15

Rayford forçou-se a ficar acordado até o horário de dormir habitual de um sábado à noite. Ele, Buck e Tsion revisaram o material de Bruce. Várias vezes, Rayford se comoveu e chegou a chorar.

— Não sei se aguento — ele disse.

Tsion falou mansamente:

— Você consegue.

— O que teriam feito se eu não conseguisse voltar?

— Não sei — Buck respondeu —, mas não posso arriscar falar em público, tampouco Tsion.

Rayford desejava saber o que fariam com Tsion.

— Ele não poderá ficar aqui por muito tempo — disse.

— Não — Buck concordou. — Não vai demorar até que a Comunidade Global descubra que eu tive parte em sua fuga. Na verdade, não me surpreenderia se Carpathia já soubesse.

Juntos, chegaram à conclusão de que Tsion poderia acompanhá-los à Igreja Nova Esperança no domingo de manhã, talvez com Loretta, como um visitante que seria apresentado como um velho amigo. A diferença de idade era grande o bastante para que, exceto por sua aparência oriental, ele pudesse passar por filho ou sobrinho.

— Mas eu não recomendo expô-lo mais que isso — Rayford advertiu. — Quando o abrigo estiver pronto, precisamos levá-lo para lá antes do final do dia, amanhã.

Mais tarde, na mesma noite, um Rayford exausto convocou uma reunião do Comando Tribulação e pediu que Tsion Ben-Judá esperasse em outro quarto. Rayford, Amanda, Buck e Chloe reuniram-se em torno da mesa de jantar com as pilhas de páginas de Bruce entre eles.

— Suponho que caiba a mim — Rayford começou —, como membro sênior deste pequeno bando de lutadores pela liberdade, inaugurar a primeira reunião após a perda do nosso líder.

Timidamente, Amanda ergueu o braço.

— Perdão, mas acredito que eu seja o membro sênior, se estivermos falando em termos de idade.

Rayford sorriu. Havia pouca leveza naqueles dias, e ele se sentiu grato pela tentativa de Amanda.

— Sei que você é a mais velha, querida — ele disse —, mas sou cristão por mais tempo. Talvez uma semana ou algo assim.

— Justo — ela concordou.

— A única pauta da reunião desta noite é a eleição de um novo membro. Creio que seja evidente a todos nós que Deus nos enviou um novo líder e mentor na pessoa do dr. Ben-Judá.

Chloe se manifestou:

— Estamos pedindo muito dele, não acham? Já sabemos se ele quer viver neste país? Nesta cidade?

— E para onde ele iria? — Buck perguntou. — Quero dizer, é justo perguntar a ele em vez de fazer suposições, mas as opções são limitadas.

Buck falou-lhes dos celulares novos, dos computadores encomendados e de como Bruce havia equipado o abrigo para telefones e transmissões pelo computador. Também contou que Donny Moore estava projetando um sistema à prova de intercepção e de rastreamento.

Rayford teve a impressão de que todos pareciam encorajados. Ele finalizou os preparativos para o culto da manhã seguinte e disse que pretendia ser descaradamente evangelístico. Eles oraram por confiança, paz e bênção de Deus na sua decisão de incluir Tsion no Comando Tribulação. Então, Rayford convidou-o para juntar-se a eles.

— Tsion, meu irmão, queremos convidá-lo a fazer parte de nosso pequeno grupo-base de cristãos. Sabemos que você foi profundamente ferido e que sentirá essa dor durante muito tempo. Não esperamos que tome uma decisão de imediato. Como pode imaginar, precisamos de você não apenas como um de nós, mas também como nosso líder; em essência, como nosso pastor. Reconhecemos que poderá chegar o dia em que todos nós tenhamos de viver com você no abrigo secreto. Mas, até lá, vamos tentar levar a vida do jeito mais normal possível, tentando sobreviver e propagar as boas-novas de Cristo, até a sua gloriosa manifestação.

Tsion levantou-se do outro lado da mesa e apoiou nela ambas as mãos. Buck, que pouco tempo atrás achava Tsion mais jovem do que os seus 46 anos de idade, agora o via exausto e esgotado, com o sofrimento gravado no rosto. As palavras saíram de seus lábios trêmulos.

— Meus queridos irmãos e irmãs em Cristo —, ele disse com o forte sotaque israelense —, sinto-me profundamente honrado e comovido. Sou grato a Deus por sua provisão e bênção, ao ter permitido que o jovem Cameron me encontrasse e salvasse minha vida. Precisamos orar por nossos irmãos Michael e seus três amigos; acredito que façam parte das 144 mil testemunhas que Deus está levantando no mundo inteiro dentre as tribos de Israel. Precisamos orar também por nosso irmão Anis, de quem Cameron lhes falou. Ele foi usado por Deus para nos libertar. Nada sei sobre Anis, exceto que, caso descubram que ele não me prendeu, poderá rapidamente se tornar um mártir.

E ainda disse:

— Por mais devastado que eu esteja com minha perda pessoal, reconheço com clareza a mão do Deus Todo-poderoso guiando meus passos. É como se minha pátria abençoada fosse um saleiro em sua mão, então ele o virou e chacoalhou, jogando-me no deserto e para o ar. Caí exatamente onde ele espera que eu esteja. Aonde posso ir? Preciso de tempo para pensar a respeito. Já orei sobre isso. Estou onde Deus quer que eu esteja, e estarei aqui pelo tempo que ele quiser.

Então, finalizou:

— Não gosto de viver às escondidas, mas também não sou um homem imprudente. Aceitarei com gratidão sua oferta de abrigo e provisões, e estou ansioso para receber todo o *software* que Cameron prometeu instalar em meu novo computador. Se você e seu conselheiro técnico, o jovem sr. Moore, conseguirem encontrar uma maneira de difundir meu ministério, serei grato. É evidente que meus dias de viagens e palestras internacionais chegaram ao fim. É grande a minha expectativa de participar do culto em sua igreja amanhã de manhã e ouvir mais sobre seu maravilhoso mentor, meu antecessor, Bruce Barnes. Não posso e não vou prometer que o substituirei em seus corações. Quem pode substituir um pai espiritual? Mas, visto que Deus me abençoou com uma mente que entende muitas línguas, com um coração que o busca e, ainda, com a verdade que ele me concedeu e que eu descobri, aceitei e recebi apenas um pouco tarde demais, dedicarei o resto da minha vida a compartilhar com vocês, e com qualquer outro que as deseje ouvir, as boas-novas do evangelho de Jesus Cristo, o Messias, o Salvador, meu Messias e meu Salvador.

Tsion pareceu desabar na cadeira, e, como se fossem um, Rayford e o restante do Comando Tribulação se viraram e ajoelharam na frente das próprias cadeiras.

* * *

Buck sentiu a presença de Deus com a mesma intensidade experimentada durante a fuga em Israel e no Egito. Percebeu que o seu Deus não era limitado por tempo e espaço. Mais tarde, quando ele e Chloe subiram para o quarto, deixando Rayford sozinho na sala de jantar, terminando a mensagem para o culto da manhã seguinte, eles oraram, pedindo que Verna cumprisse a promessa de vir.

— Ela é a chave — Buck disse. — Chloe, se Verna se assustar e disser qualquer coisa a qualquer pessoa sobre mim, nossas vidas jamais voltarão a ser as mesmas.

— Buck, nossas vidas deixaram de ser as mesmas de um dia para o outro, há quase dois anos.

Ele puxou Chloe para si, e ela se aconchegou em seu peito. Buck sentiu-a relaxar e respirar profundamente, até adormecer minutos depois. Ele ficou acordado por mais uma hora, olhando para o teto.

Buck acordou às oito numa cama vazia. Sentiu o cheiro de café da manhã. Loretta já devia estar na igreja. Ele sabia que Chloe e Amanda tornaram-se amigas e frequentemente trabalhavam juntas, mas ficou surpreso ao ver que Tsion também se ocupava na cozinha.

— Tudo bem se acrescentarmos um pouco do sabor do Oriente Médio ao nosso desjejum? — ele perguntou.

— Parece ótimo, irmão — Buck respondeu. — Loretta estará de volta às nove para buscá-lo. Amanda, Chloe e eu iremos à igreja assim que terminarmos o café da manhã.

Buck sabia que haveria uma multidão na igreja, mas não esperava encontrar os estacionamentos lotados e carros ocupando o meio-fio de quarteirões inteiros. Se Loretta não tivesse reservado uma vaga, teria sido melhor que ela deixasse o carro em casa e caminhasse até a igreja com Tsion. E, como esperado, quando ela retornou à igreja com Tsion, teve de pedir que liberassem sua vaga.

Tsion não devia ser visto com Buck na igreja. Buck sentou-se com Chloe e Amanda. Loretta ficou com Tsion ao fundo. Loretta, Buck, Chloe e Amanda observavam a multidão na tentativa de encontrar Verna.

* * *

Rayford não teria reconhecido Verna nem mesmo se ela passasse na frente dele. Estava ocupado com os próprios pensamentos e as responsabilidades naquela manhã. Cinquenta minutos antes do início do culto, ele sinalizou ao agente funerário que levasse o caixão para o interior do templo e o abrisse.

Rayford estava no gabinete de Bruce quando o agente funerário apareceu.

— Senhor, tem certeza de que ainda quer que eu faça isso? O templo já está transbordando de pessoas.

Rayford não duvidou dele, mas o seguiu para conferir pessoalmente. Olhou pela porta do altar. Teria sido inapropriado abrir o caixão na frente de todas aquelas pessoas. Se o corpo de Bruce já estivesse lá quando as pessoas chegaram, teria sido diferente.

— Apenas traga o caixão para dentro — Rayford pediu. — Agendaremos um velório mais tarde.

Quando Rayford voltou ao gabinete, ele e o agente funerário se depararam com o caixão e alguns assistentes no corredor vazio que levava ao altar. Rayford foi tomado por um desejo repentino.

— Você poderia abri-lo rapidamente só para mim, por favor?

— Certamente, senhor. Por favor, olhe para outro lugar por um instante.

Rayford virou-se de costas, ouvindo a tampa se abrindo e o material rangendo.

— Tudo bem, senhor — disse o agente funerário.

Bruce parecia menos vivo e mais como uma casca vazia, como Rayford sabia que deveria ser, do que quando o viu sob o lençol, na calçada do hospital destruído onde o havia encontrado. Ele não sabia se aquilo era resultado da iluminação, da passagem do tempo ou do seu próprio luto e cansaço. Mas sabia, isso sim, que aquele havia sido apenas o lar terreno de seu querido amigo. Bruce não estava mais ali. A semelhança do corpo ali deitado era apenas o reflexo do homem que ele conheceu. Rayford agradeceu ao agente e voltou para o gabinete.

Estava feliz por tê-lo visto mais uma vez. Não que ele precisasse de um desfecho, como muitos diriam ao ver um morto. Ele apenas temia que o choque de ver Bruce tão sem vida, num velório público, pudesse deixá-lo atônito. Mas não foi o que aconteceu. Rayford estava nervoso, mas sentia-se mais confiante do que nunca diante da tarefa de representar Bruce e Deus na presença daquele povo.

* * *

Buck sentiu um nó na garganta assim que entrou no santuário e viu a multidão. O que o surpreendeu não foi o número de pessoas, mas o fato de estarem reunidas tão cedo. Também não havia os murmúrios habituais de um culto dominical comum. Ninguém parecia nem mesmo sussurrar. O silêncio era total, e qualquer um teria interpretado aquilo como um tributo a Bruce. As pessoas choravam, mas ninguém soluçava. Pelo menos, não ainda. Estavam simplesmente sentadas, a maioria de cabeça curvada, algumas lendo o folheto com a programação do culto, que incluía uma pequena biografia de Bruce. Buck ficou surpreso com o versículo que alguém, provavelmente Loretta, tinha inserido ao final da última página do folheto. Dizia somente: "Eu sei que o meu Redentor vive."

Então, viu Chloe estremecer e soube que ela estava chorando. Colocou o braço no ombro dela, e sua mão tocou Amanda, sentada um pouco adiante. Amanda se virou, e Buck viu suas lágrimas. Ele colocou a mão em seu ombro, e todos ficaram sentados, em um luto silencioso.

Às dez em ponto, exatamente como — Buck pensou — um piloto faria, Rayford e um dos presbíteros entraram pela porta ao lado do altar. Rayford sentou-se, enquanto o outro homem subia ao púlpito e pedia a todos que se levantassem. Ele dirigiu a congregação ao som de dois hinos cantados tão lenta e discretamente, e com tanto peso, que Buck mal conseguiu entoar as palavras. Quando os hinos terminaram, o presbítero disse:

— Com isso encerramos a abertura do nosso culto. Não haverá ofertas e nem anúncios hoje. Todas as reuniões serão retomadas no próximo domingo. Este culto fúnebre será celebrado em memória do nosso querido pastor Bruce Barnes.

Então, relatou quando e onde Bruce nasceu e morreu.

— Antes dele, a esposa, uma filha e dois filhos foram arrebatados com a igreja. Nosso palestrante desta manhã é o presbítero Rayford

Steele, membro desta congregação desde o arrebatamento. Ele era amigo e confidente de Bruce. Fará o discurso fúnebre e transmitirá uma breve mensagem. Vocês podem voltar às quatro da tarde, se quiserem, para ver Bruce uma última vez.

* * *

Rayford sentiu como se flutuasse em outra dimensão. Ouviu seu nome; sabia o que esperavam dele naquela manhã. Seria um mecanismo de defesa da mente? Deus estava permitindo que ele colocasse de lado a própria tristeza e suas emoções para que pudesse falar com clareza? Isso foi tudo que conseguiu imaginar. Se fosse dominado pelas emoções, não seria capaz de falar.

Agradeceu ao outro presbítero e desdobrou suas anotações.

— Membros e amigos da Igreja Nova Esperança — ele começou —, parentes e amigos de Bruce Barnes, saúdo a todos vocês hoje no nome incomparável de Jesus Cristo, nosso Senhor e Salvador. Se existe uma coisa que aprendi lá fora, no mundo, é que um palestrante jamais deve desculpar-se. Permitam-me quebrar essa regra e tirá-la do caminho, pois sei que, embora Bruce e eu fôssemos muito próximos, isto não se trata de mim. Na verdade, Bruce diria a vocês que tampouco se trata dele. Trata-se de Jesus. Preciso dizer-lhes que, nesta manhã, não estou aqui como presbítero, nem como membro da congregação, nem, certamente, como pregador. Falar não é meu dom. Ninguém sequer chegou a sugerir que eu substituísse Bruce. Estou aqui porque eu o amava e porque, em alguns aspectos, principalmente por ele ter deixado um tesouro de anotações, posso, de certa forma, falar um pouco por Bruce.

Buck puxou Chloe para perto de si, para o consolo de ambos. Ele sentia por Rayford. Aquilo devia ser muito difícil para ele, mas ficou impressionado com a capacidade de articulação do amigo naquela situação. Se estivesse no lugar dele, com certeza estaria chorando.

Rayford dizia:

— Quero contar como conheci Bruce, pois sei que muitos de vocês o conheceram de forma semelhante. Estávamos no ponto de maior necessidade em nossas vidas, com Bruce apenas poucas horas à nossa frente.

Buck ouviu a história que já tinha ouvido tantas vezes, de como Rayford foi alertado pela esposa sobre o arrebatamento, que estava próximo. Quando ele e Chloe foram deixados para trás, sendo Irene e Raymie arrebatados, Rayford, sem saber o que fazer, procurou a igreja na qual a esposa tinha ouvido a mensagem. Bruce Barnes era a única pessoa que restava da equipe, e sabia exatamente o porquê. Em um instante, ele se tornou um convertido e evangelista inabalável. Bruce tinha implorado a Rayford e a Chloe que ouvissem seu testemunho sobre a perda de sua esposa e dos três filhos no meio da noite. Rayford estava pronto; Chloe, cética. Levaria algum tempo até que ela se convertesse.

Bruce deu-lhes uma cópia do DVD que seu pastor sênior gravou justamente com esse propósito. Rayford ficou surpreso com o pastor, que sabia de antemão o que aconteceria. Embasado na Bíblia, ele explicou como tudo aquilo havia sido predito, então expôs cuidadosamente o caminho da salvação. Agora, assim como fez tantas vezes nas aulas da escola dominical e em seus testemunhos, Rayford reservou um tempo para explicar esse mesmo plano simples.

Buck sempre se comovia com aquilo que Bruce costumava chamar de "velha, velha história".

Rayford disse:

— Esta tem sido a mensagem mais mal interpretada de todos os tempos. Cinco minutos antes do arrebatamento, se você perguntasse às pessoas na rua o que os cristãos ensinavam sobre Deus e o céu, nove de dez teriam dito que a Igreja esperava que eles levassem uma boa vida, fizessem o melhor que pudessem, pensassem nos outros, fossem gentis e vivessem em paz. Isso soava tão bem, mas era tão errado! A Bíblia não deixa dúvidas de que a nossa justiça é como trapo imundo. Não há ninguém justo, nem um sequer. Todos nós, cada um de nós, seguimos nosso próprio caminho. Todos pecamos e carecemos da glória de Deus. Na balança de Deus, todos nós merecemos somente a pena de morte.

E falou mais:

— Eu seria negligente e falharia redondamente com vocês se chegássemos ao fim deste culto fúnebre, dedicado a um homem com o coração evangelístico de Bruce Barnes, sem que eu contasse o que ele me disse e também disse a todos os que tiveram contato com ele durante os dois últimos anos de sua vida neste mundo. Jesus já pagou o preço. A obra está feita. Devemos viver uma vida boa? Devemos fazer o melhor que pudermos? Devemos pensar nos outros e viver em paz? É claro que sim! Mas merecer a salvação? As Escrituras são claras ao dizer que somos salvos pela graça, por meio da fé, não por esforço próprio, não por meio de obras, para que ninguém se glorie. Vivemos nossas vidas da maneira mais justa possível em gratidão à inestimável dádiva de Deus, nossa salvação, paga na cruz pelo próprio Cristo.

E completou:

— É isso que Bruce Barnes teria dito esta manhã se ainda vivesse no corpo que agora está nessa caixa, aqui na frente. Todos que o conheceram sabem que essa mensagem foi a sua vida. Ele ficou arrasado com a perda da família e em pesar pelo pecado em sua vida e pelo fracasso de não ter tido um compromisso com Deus, necessário para garantir-lhe a vida eterna. Mas ele não se afogou na autopiedade. De pronto, tornou-se um estudioso das Escrituras e um ministro das boas-novas. Este púlpito não conseguiu contê-lo. Bruce fundou igrejas domiciliares por todas as regiões dos Estados Unidos, então começou a pregar mundo afora. Sim, ele costumava estar aqui aos domingos, porque acreditava que este rebanho era sua responsabilidade primária. Mas vocês e eu, todos nós, deixávamos que Bruce viajasse, pois sabíamos que se tratava de um homem que o mundo não merecia.

Buck olhava atento quando Rayford parou de falar. Ele desceu do púlpito e apontou para o caixão.

— E, agora — ele disse —, se eu conseguir controlar minhas emoções, gostaria de falar diretamente ao Bruce. Todos vocês sabem que o corpo está morto. Ele não consegue ouvir. Mas, Bruce — ele falou, levantando os olhos —, nós agradecemos. Nós o invejamos. Sabemos que está com Cristo, o que Paulo, o apóstolo, diz ser "muito melhor". Confessamos que não gostamos disso tudo. Dói. Sentimos sua falta. Mas, em sua memória, juramos continuar, persistir na tarefa, seguir em frente apesar de tudo. Vamos estudar o material que nos deixou e preservar esta igreja como o farol que você construiu para a glória de Deus.

Rayford voltou para o púlpito, esgotado. Mas não tinha acabado.

— Eu seria remisso se não tentasse compartilhar com vocês pelo menos os pensamentos centrais do sermão que Bruce havia preparado para hoje. É um sermão importante, um que nenhum de nós, na liderança, deseja que vocês percam. Posso dizer-lhes que o li muitas vezes, e ele sempre me abençoa. Mas, antes de transmiti-lo, sinto-me compelido a oferecer o altar a qualquer um que se sinta inspirado a dizer algo em memória do nosso querido irmão.

Rayford deu um passo para trás do microfone e esperou. Por alguns segundos, ficou pensando se tinha pego todos de surpresa. Ninguém se mexia. Finalmente, Loretta se levantou.

— Todos aqui me conhecem — ela disse. — Fui secretária de Bruce desde o dia em que todos os outros desapareceram. Se orarem por mim, talvez eu consiga manter a compostura. Tenho apenas algumas coisas a dizer sobre o pastor Bruce.

Loretta contou sua história, já conhecida, de como foi a única entre mais de cem parentes de sangue a ser deixada para trás no arrebatamento.

— Somente uns poucos de nós, nesta sala, já eram membros desta igreja antes daquele dia — ela observou. — Todos sabemos quem somos, e, embora agradecidos por finalmente encontrar a verdade, vivemos arrependidos daqueles anos desperdiçados.

Buck, Chloe e Amanda viraram-se no banco para ouvir melhor o que Loretta tinha a dizer. Buck notou lenços sendo levados aos rostos em todo o templo. Loretta terminou com estas palavras:

— O irmão Bruce foi um homem muito inteligente que cometeu um erro enorme. Assim que ele acertou as coisas com o Senhor, dedicando-se a servi-lo pelo restante de seus dias, tornou-se pastor de todos nós. Perdi a conta de quantas pessoas ele próprio levou a Cristo. Mas posso dizer o seguinte: ele nunca foi condescendente, nunca julgou os outros, nunca foi impaciente com ninguém. Era sincero e compassivo; com seu amor, conduzia as pessoas ao reino. Ah, ele nunca foi cortês a ponto de não dizer aos outros toda a verdade. Muitos aqui podem atestar isso. Mas conquistar pessoas para Cristo era seu objetivo único, principal e integral. Se alguém aqui ainda tiver dúvidas ou receio, peço em minhas orações que consiga perceber que talvez você seja a razão pela qual sempre poderemos dizer que Bruce não morreu em vão. Sua paixão pelas almas continua além do túmulo.

Então, Loretta não aguentou mais. Sentou-se. O estranho ao seu lado, o homem que apenas ela e o Comando Tribulação conheciam, abraçou-a com carinho.

Rayford ficou de pé, ouvindo, enquanto pessoas em todo o templo se levantavam e davam testemunho do impacto de Bruce Barnes em suas vidas. Os testemunhos continuaram por mais de uma hora. Finalmente, quando surgiu um intervalo, Rayford disse:

— Detesto ter de encerrar, mas, se houver mais alguém, peço que seja breve. Depois, aqueles que precisam ir estão liberados. Permanecer para ouvir o resumo daquilo que Bruce teria dito esta manhã é opcional.

Tsion Ben-Judá se levantou.

— Vocês não me conhecem — ele disse. — Represento a comunidade internacional na qual seu pastor trabalhou por tanto tempo e com tanta seriedade e eficácia. Muitos, muitos líderes cristãos em todo o mundo o conheceram, aprenderam com ele e chegaram a Cristo por causa dele. Minha oração é que vocês continuem seu ministério e que, como dizem as Escrituras, "não se cansem de praticar o bem".

Rayford anunciou:

— Levantem-se, caso queiram. Estiquem as pernas, abracem um amigo, cumprimentem alguém.

As pessoas levantaram-se, esticaram-se, deram-se as mãos e trocaram abraços, mas poucas falaram algo.

Rayford disse:

— Enquanto estão de pé, eu gostaria de dizer que estão desculpados todos aqueles que estiverem esgotados, famintos, inquietos ou que, por alguma razão, precisem ir embora. Já passamos muito do horário de encerramento. Gravaremos o restante do culto para todos que tiverem de partir. Farei, ainda, um resumo da mensagem de Bruce para esta manhã, desculpando-me desde já, pois lerei parte dela. Não sou um pregador como Bruce era; por isso, perdoem-me. Faremos um intervalo de poucos minutos agora. Fiquem à vontade se precisarem sair.

Rayford afastou-se do púlpito e sentou-se. Toda a congregação voltou a sentar e olhou para ele. Quando ficou claro que ninguém deixaria o culto, alguém soltou uma gargalhada, depois mais alguém e, então, mais alguns. Rayford sorriu, levantou os ombros e voltou ao púlpito.

— Creio que existem coisas mais importantes nesta vida do que o conforto pessoal — ele comentou. Ouviram-se alguns améns. Rayford abriu a Bíblia com as anotações de Bruce.

* * *

Buck estava ciente do que viria agora. Ele havia lido e relido o material quase tantas vezes quanto Rayford e ajudado a resumi-lo. Mesmo assim, estava empolgado. As pessoas seriam inspiradas por aquilo que Bruce acreditava ter acontecido, por aquilo que ele predisse que aconteceria e por aquilo que ainda estava por vir.

Rayford começou explicando:

— Pelo que pudemos determinar, as anotações foram feitas a bordo de um avião, quando Bruce retornava da Indonésia na semana passada. O nome do arquivo é "Sermão", seguido pela data de hoje, e o que temos aqui é um sumário, com muitos comentários. Em alguns casos, ele acrescentou anotações pessoais, e tomo a liberdade de compartilhar algumas delas com vocês, agora que ele se foi; outras, sinto que devo apenas guardar. Por exemplo, logo após esboçar o que pretendia dizer com o sermão, Bruce observou: "Estive doente durante toda a noite e não me sinto muito melhor hoje. Fui alertado sobre os vírus, apesar de todas as minhas vacinas. Não posso queixarme. Tenho viajado muito sem problemas. Deus esteve comigo. É claro que ele está comigo também agora, mas temo uma desidratação. Se eu não me sentir melhor quando retornar, procurarei um médico."

E Rayford acrescentou:

— Assim, vislumbramos um pouco a enfermidade que afetou Bruce e levou ao seu colapso na igreja, quando retornou. Como a maioria de vocês sabe, ele foi levado às pressas para o hospital, onde, como acreditamos, foi morto pela doença, não pela explosão. Bruce esboçou aqui uma mensagem que acreditava ser de especial urgência, pois, como ele mesmo escreveu: "Cheguei à convicção de que estamos no final do período de 18 meses de paz, conforme o acordo que o anticristo fez com Israel. Se eu estiver certo, e se pudermos definir o início da tribulação como o momento da assinatura do tratado entre Israel e as Nações Unidas, estamos perigosamente perto da próxima predição fatídica na cronologia da tribulação, e precisamos estar preparados: o cavalo vermelho do Apocalipse. Segundo o livro de Apocalipse 6:3-4, foi permitido ao cavaleiro retirar a paz da terra e fazer que os homens se matassem uns aos outros; e lhe foi dada uma grande espada. A meu ver, é a predição de uma guerra global. Provavelmente, será conhecida como a Terceira Guerra Mundial. Mes-

272　　　　DEIXADOS PARA TRÁS

mo instigada pelo anticristo, ele sairá dela como o grande salvador, o grande pacificador, pois ele é o maior mentiroso e enganador. Isso levará, de imediato, aos dois próximos cavalos do Apocalipse, o cavalo preto, da praga e da fome, e o cavalo amarelo, da morte. Eles virão quase simultaneamente; não deve ser uma surpresa para nenhum de nós que a guerra global resultará em fome, pragas e morte."

Então, Rayford perguntou:

— Algum de vocês considera tudo isso tão impressionante quanto eu achei na primeira vez que li?

Por todo o templo, as pessoas acenavam que sim.

— Ressalto que estes escritos são de um homem que morreu logo antes ou logo depois do lançamento da primeira bomba na guerra global em que nos encontramos. Ele não sabia quando, exatamente, isso ocorreria, mas não queria deixar passar um domingo sequer sem compartilhar esta mensagem. Não sei quanto a vocês, mas estou inclinado a ouvir as palavras de alguém que interpreta a profecia das Escrituras com tamanha precisão. Aqui está o que, segundo as anotações de Bruce, ainda está por vir: "O tempo está acabando para todos agora. Apocalipse 6:7-8 diz que o cavaleiro do cavalo amarelo é a morte e que Hades o seguia de perto. Foi-lhes dado poder sobre um quarto da terra para matar pela espada, pela fome, pela morte, por pragas e pelas bestas da terra. Confesso que não sei o que as Escrituras querem dizer quando falam das bestas da terra; talvez sejam animais que venham a devorar as pessoas quando não houver proteção por causa da guerra. Talvez seja alguma metáfora simbólica para as armas usadas pelo anticristo e por seus inimigos. Seja como for, em pouco tempo um quarto da população mundial será dizimado."

Rayford prosseguiu com a leitura:

— Compartilhei isso com três compatriotas próximos, há algum tempo, e pedi-lhes que considerassem sermos quatro naquela sala. Seria possível que um de nós morresse em breve? É claro que sim. Eu poderia perder um quarto da minha congregação? Peço em orações que minha igreja seja poupada, mas tenho tantas congregações espalhadas pelo mundo, que é impossível imaginar que todas sejam poupadas. Da quarta parte da população da terra a perecer certamente haverá muitos santos da tribulação. Tendo em vista o avanço da tecnologia moderna, a guerra global precisará de pouco tempo para causar caos e destruição. Os três últimos cavaleiros do Apocalipse virão um após o outro. Se as pessoas ficaram horrorizadas com o desaparecimento indolor, sem derramamento de sangue, dos santos no arrebatamento, que também resultou em caos por causa dos acidentes, dos incêndios e dos suicídios, imaginem o desespero de um mundo destroçado por uma guerra global, fome, pragas e mortes."

Rayford levantou os olhos das anotações de Bruce:

— Minha esposa e eu vimos o noticiário ontem no aeroporto — ele disse —, como imagino que muitos de vocês também, e vimos estas mesmas coisas sendo noticiadas pelo mundo inteiro. Somente o maior dos céticos diria que escrevemos tudo isso após o fato consumado. Digamos, porém, que vocês sejam céticos. Digamos que acreditem que somos charlatões. Quem, então, escreveu a Bíblia? E quando ela foi escrita? Esqueçam Bruce Barnes e suas predições atuais, uma semana antes dos eventos. Levem em consideração apenas as profecias feitas milhares de anos atrás. Vocês devem imaginar a dor que Bruce suportou ao preparar este sermão. Numa observação, ele escreveu: "Odeio pregar notícias ruins. No passado, meu problema era que eu também detestava ouvir notícias ruins. Eu as ignorava. Não as ouvia. Estava tudo aí, eu só precisava ter tido ouvidos para ouvir. Preciso compartilhar mais notícias ruins, e, mesmo que isso me entristeça, não posso fugir da responsabilidade."

E continuou:

— Vocês perceberão a agitação de Bruce aqui. Como eu devo entregar a mensagem, identifico-me totalmente com ele. A próxima parte do esboço indica que os quatro cavaleiros do Apocalipse, após trazerem seu julgamento para a terra, representam os quatro primeiros dos sete juízos selados, que, segundo Apocalipse 6:1-16, ocorrerão durante os primeiros 21 meses da tribulação. Segundo os cálculos de Bruce, usando como ponto de referência o tratado assinado entre Israel e as Nações Unidas, que hoje conhecemos como Comunidade Global, estamos perto do fim desse período de 21 meses. Precisamos, portanto, compreender claramente o quinto, sexto e sétimo juízos preditos em Apocalipse. Como os ensinamentos de Bruce no passado, ainda haverá dois outros juízos, com sete partes cada, que nos acompanharão ao longo dos sete anos de tribulação, até a gloriosa manifestação de Cristo. Os sete primeiros serão as trombetas do juízo, depois virão as sete taças. Quem quer que se torne nosso pastor e mentor certamente explicará cuidadosamente cada um deles, à medida que o tempo estiver próximo. Enquanto isso, permitam-me, com a ajuda das anotações e dos comentários de Bruce, conscientizá-los daquilo que nos aguarda dentro das próximas semanas.

* * *

Rayford estava exausto; pior do que isso, repassou inúmeras vezes, em sua mente, o que estava prestes a compartilhar. Não eram notícias boas. Sentia-se fraco. Faminto. Sabia que seu corpo estava pedindo açúcar.

— Convoco um intervalo de apenas cinco minutos. Sei que muitos de vocês precisam ir ao banheiro. Eu preciso beber algo. Estaremos de volta aqui exatamente a uma da tarde.

Ele desceu do altar, e Amanda o encontrou no corredor, perto da porta lateral.

— De que precisa? — ela perguntou.

— Além de orações?

— Tenho orado por você a manhã toda, sabe disso — ela respondeu. — O que você quer? Um suco de laranja?

— Você me faz parecer um diabético.

— Só sei do que eu precisaria se estivesse naquele altar por tanto tempo sem comer nada.

— Um suco seria perfeito — ele concordou.

Enquanto ela se afastava às pressas, Buck se juntou a ele no corredor.

— Acha que a congregação está pronta para o que está por vir? — ele perguntou.

— Francamente, acho que Bruce tentou durante meses dizer-lhes isso. Não há nada como o noticiário de hoje para convencê-los de que o seu pastor estava certo.

* * *

Buck prometeu que continuaria orando por Rayford. Quando voltou ao seu lugar, viu que, novamente, ninguém parecia ter saído. Ele não ficou surpreso quando Rayford voltou para o púlpito exatamente no horário anunciado.

— Não vou demorar muito mais — ele disse —, mas tenho certeza de que todos concordam que é um assunto de vida ou morte. Conforme as anotações e o ensinamento de Bruce, Apocalipse 6:9-11 ressalta que o quinto dos sete juízos selados diz respeito aos mártires da tribulação. As Escrituras dizem: "Vi debaixo do altar as almas daqueles que haviam sido mortos por causa da palavra de Deus e do testemunho que deram. Eles clamavam em alta voz: 'Até quando, ó Soberano, santo e verdadeiro, esperarás para julgar os habitantes da terra e vingar o nosso sangue?' Então cada um deles recebeu uma veste branca, e foi-lhes dito que esperassem um pouco mais, até que se completasse o número dos seus conservos e irmãos, que deveriam ser mortos como eles."

Continuou Rayford:

— Em outras palavras, muitos daqueles que morreram nessa guerra mundial e que ainda morrerão, até que um quarto da população mundial tenha perecido, são considerados mártires da tribulação. Coloco Bruce nessa categoria. Embora ele não tenha morrido especificamente por pregar o evangelho ou *enquanto* o pregava, isso certamente foi a obra de sua vida e resultou em sua morte. Vejo Bruce debaixo do altar com as almas daqueles que foram mortos por causa da Palavra de Deus e por causa do testemunho que deram. Ele receberá uma veste branca e descansará um pouco mais até que outros mártires sejam acrescentados ao total. Preciso perguntar: Vocês estão prontos? Estão dispostos? Dariam suas vidas pelo evangelho?

Rayford fez uma pausa para recuperar o fôlego. Ele se assustou quando alguém exclamou:

— Eu darei!

Rayford não sabia o que dizer. De repente, de outra parte do templo, ele ouviu:

— Eu também darei!

Três ou quatro outros disseram o mesmo em uníssono. Rayford segurou as lágrimas. Era uma pergunta retórica, e ele não esperava resposta. Como aquilo era comovente e inspirador! Sentiu-se na obrigação de não permitir que outros se juntassem ao coro apenas por emoção. Continuou com voz carregada:

— Obrigado, irmãs e irmãos. Temo que todos seremos chamados para expressar nossa disposição de morrer pela causa. Louvado seja Deus por isso! Segundo as anotações de Bruce, ele acreditava que esses juízos ocorreriam em ordem cronológica. Se os quatro cavaleiros do Apocalipse resultam nos mártires debaixo do altar no céu, isso poderia estar acontecendo enquanto conversamos aqui. E, se estiver acontecendo, precisamos saber qual é o sexto selo. Bruce considerou esse juízo selado tão importante, que copiou e inseriu em suas anotações várias traduções e versões diferentes de Apocalipse 6:12-17. Deixem-me ler aquela que ele destacou como a mais forte e mais fácil de compreender: "Observei quando ele...". Lembrem que o "ele" aqui mencionado se refere ao Cordeiro, descrito no versículo 14 do capítulo anterior como aquele que vive para todo o sempre, o próprio Cristo, evidentemente, "...abriu o sexto selo. Houve um grande terremoto. O sol ficou escuro como tecido de crina negra, toda a lua tornou-se vermelha como sangue, e as estrelas do céu caíram sobre a terra como figos verdes caem da figueira quando sacudidos por um vento forte. O céu se recolheu como se enrola um pergaminho, e todas as montanhas e ilhas foram removidas de seus lugares. Então os reis da terra, os príncipes, os generais, os ricos, os poderosos — todos, escravos e livres, esconderam-se em cavernas e entre as rochas das montanhas. Eles gritavam às montanhas e às rochas: Caiam sobre nós e escondam-nos da face daquele que está assentado no trono e da ira do Cordeiro! Pois chegou o grande dia da ira deles; e quem poderá suportar?"

Rayford levantou os olhos e observou o templo. Alguns, pálidos, olhavam para ele. Outros fitavam intensamente suas bíblias.

— Eu não sou teólogo, pessoal. Não sou estudioso. Durante toda a minha vida, tive tantas dificuldades para ler a Bíblia quanto qualquer um de vocês, em especial durante os quase dois anos desde o arrebatamento. Mas eu pergunto: existe alguma dificuldade em entender uma passagem que começa com "Houve um grande terremoto"? Bruce mapeou cuidadosamente esses eventos. Ele acreditava que os sete primeiros selos abarcam os primeiros 21 meses dos sete anos de tribulação, os quais começaram com a aliança entre Israel e o anticristo.

E continuou:

— Se algum de vocês acredita que o anticristo ainda não entrou em cena, também não acredita que houve um acordo entre Israel e essa pessoa. E, se fosse esse o caso, tudo ainda haveria de acontecer. A tribulação não começou no arrebatamento. Ela teve início com a assinatura do tratado. Bruce ensinou que os quatro primeiros juízos são representados pelos quatro cavaleiros do Apocalipse. Bom, eu lhes digo que esses quatro cavaleiros estão em pleno galope! O quinto selo, o dos mártires da tribulação que foram mortos pela Palavra de Deus e pelo seu testemunho, e cujas almas estão debaixo do altar, foi aberto. O comentário de Bruce dá a entender que, a partir de agora, haverá um número cada vez maior de mártires. O anticristo virá contra os santos da tribulação e contra as 144 mil testemunhas que têm surgido ao redor do mundo, dentre as tribos de Israel. Ouçam-me de um ponto de vista muito prático. Se Bruce estiver certo, e até agora ele acertou em tudo, estamos próximos do fim dos primeiros 21 meses. Eu creio em Deus. Acredito em Cristo. Creio que a Bíblia é a Palavra de Deus. Acredito que nosso querido irmão falecido discerniu corretamente a palavra da verdade; assim, venho preparando-me para suportar o que essa passagem chama de "a ira do Cordeiro". Um terremoto está vindo, e não se trata de uma metáfora. A passagem indica que todos, grandes e pequenos, preferem ser esmagados a encarar aquele que está assentado no trono.

* * *

Buck estava concentrado, fazendo anotações. Nada daquilo era novidade, mas ele ficou tão comovido com a paixão de Rayford e com a ideia de um terremoto conhecido como a ira do Cordeiro, que precisava publicar aquilo para o mundo.

Isso poderia ser a sua despedida, o seu golpe mortal, mas ele anunciaria no *Semanário Comunidade Global* que os cristãos estavam ensinando a chegada da "ira do Cordeiro". Uma coisa era predizer um terremoto. Cientistas de poltrona e videntes vinham fazendo isso há anos. Mas havia algo na mente do cidadão atual que o levava a acreditar em frases de efeito. Existia melhor frase de efeito do que uma que viesse da Palavra de Deus?

Buck ouviu enquanto Rayford concluía:

— No fim do primeiro período de 21 meses, o misterioso sétimo juízo selado iniciará o período seguinte de 21 meses, durante o qual receberemos as sete trombetas do juízo. Digo que o sétimo juízo selado é misterioso porque as Escrituras não são claras quanto à forma que ele assumirá. Tudo o que a Bíblia diz é que, aparentemente, será tão dramático, que haverá silêncio no céu por meia hora. Então, sete anjos, cada um com uma trombeta, estarão preparados para tocá-las. Vamos estudar esses juízos e discuti-los quando entrarmos nesse período. Por ora, creio que Bruce já nos deu muito material sobre o qual refletir e orar. Amamos esse homem, aprendemos com ele e, agora, nós o enterramos. Mesmo sabendo que Bruce está finalmente com Cristo, não hesitem caso queiram chorar. A Bíblia diz que não devemos estar tristes como os pagãos, que não têm esperança, mas não diz que não possamos prantear. Aceitem essa tristeza e chorem com toda a sua força. Mas não permitam que seu luto os impeça de realizar a tarefa. Bruce queria, acima de tudo, que persistíssemos na missão de trazer o maior número de pessoas para o reino, antes que seja tarde demais.

* * *

Rayford estava exausto. Ele encerrou com uma oração, mas, em vez de descer do altar, simplesmente sentou e abaixou a cabeça. Não houve a corrida normal pelo portão. A maioria continuou sentada, enquanto poucos lenta e silenciosamente se dirigiam para a saída.

CAPÍTULO 16

Buck ajudou Chloe a entrar no Range Rover, mas, antes que pudesse dar a volta até o lado do motorista, foi abordado por Verna Zee.

— Verna! Nem vi você! Fico feliz que tenha vindo.

— Sim, eu vim, Cameron. E também reconheci Tsion Ben-Judá!

Buck se conteve para não cobrir a boca dela com a mão.

— Perdão?

— Ele vai ficar muito encrencado quando as forças da Comunidade Global descobrirem onde ele está. Você não sabe que Tsion é procurado no mundo inteiro? E que o seu passaporte e a sua identidade foram encontrados com um dos cúmplices dele? Buck, você está tão encrencado quanto ele. Steve Plank tem tentado encontrá-lo, e estou cansada de fingir que não sei de nada.

— Verna, precisamos ir a algum lugar para conversar sobre isso.

— Não posso guardar seu segredo para sempre, Buck. Não vou afundar com você. Essa reunião foi bem impressionante, e é óbvio que todos amavam esse tal de Barnes. Mas vocês todos acreditam que Nicolae Carpathia é o anticristo?

— Não posso falar em nome de todos.

— E quanto a você, Buck? Você presta contas diretamente a ele. Pretende escrever uma história sobre isso em uma das revistas dele?

— Eu já fiz isso, Verna.

— Sim, mas sempre escreveu como se fosse um relato neutro sobre algo em que alguns acreditam. Essa é *sua* igreja! É o *seu* pessoal! Você acredita em tudo!

— Podemos ir a algum lugar e conversar sobre tudo?

— É melhor fazermos isso. Em todo caso, quero entrevistar Tsion Ben-Judá. Você não pode culpar-me por ir atrás da oportunidade de uma vida.

Buck mordeu a língua para não dizer que Verna não era uma escritora boa o bastante para fazer jus a uma história como a de Ben-Judá.

— Entro em contato com você amanhã — ele disse. — Então poderemos...

— Amanhã? Hoje, Buck. Encontro você no escritório esta tarde.

— Não vai dar. Estarei de volta à igreja para o velório às quatro.

— Que tal às seis e meia?

— Por que isso precisa acontecer hoje? — Buck perguntou.

— Não precisa. Eu posso simplesmente contar a Steve Plank, ao próprio Carpathia ou a qualquer um exatamente o que vi aqui hoje.

— Verna, assumi um risco enorme ao ajudá-la naquela noite e ao deixá-la ficar na casa de Loretta.

— Sim, e talvez se arrependa disso pelo resto de sua vida.

— Então, nada daquilo que ouviu aqui teve impacto sobre você?

— Teve, sim. Levou-me a perguntar por que baixei a guarda com você de repente. Vocês são loucos, Buck. Precisarei de alguma razão convincente para ficar de boca calada.

Isso soava como extorsão, mas Buck também notou que Verna havia ficado na igreja durante todo o culto naquela manhã. Algo estava remoendo dentro dela. Buck queria entender como ela podia relegar ao mero acaso as profecias do Apocalipse e os acontecimentos no mundo dos últimos vinte meses.

— Tudo bem — ele disse. — Às seis e meia no escritório.

* * *

Rayford e os outros presbíteros concordaram em evitar mais formalidades no velório. Nenhuma oração, nenhuma mensagem, nada de discursos, nada. Apenas pessoas passando pelo caixão e prestando as últimas homenagens. Alguém sugeriu abrir a sala de comunhão para um lanche, mas Rayford, após ter recebido uma dica de Buck, tomou decisão contrária. Uma faixa foi colocada na escada, de parede a parede, para que ninguém descesse. Uma placa indicava que o velório duraria das quatro até às seis da tarde.

* * *

Lá pelas cinco horas, enquanto uma multidão desfilava lentamente pelo caixão, numa fila que saía pela porta da frente, atravessava o estacionamento e descia pela rua, Buck estacionou o Range Rover cheio de pessoas na vaga de Loretta.

— Chloe, prometo que é a última vez que usarei seu ferimento e você como isca.

— Isca para quê? Acha que Carpathia está aqui e pretende capturar você ou Tsion?

Buck riu. Rayford estava no templo desde pouco antes das quatro. Agora, Buck, Chloe, Amanda, Tsion e Loretta saíam do Range Rover. Amanda ficou de um lado de Chloe, e Loretta, do outro. Elas ajudaram Chloe a subir os degraus nos fundos, enquanto Buck abria a porta. Ele observou os membros da congregação na fila, esperando para entrar na igreja. Quase todos ignoravam seu pequeno grupo. Aqueles que olhavam de relance pareciam concentrar-se na linda jovem recém-casada com o tornozelo engessado e uma bengala.

Enquanto as três mulheres caminhavam até o gabinete, pensando em ver o corpo depois que a multidão se retirasse, Buck e Tsion escaparam. Quando Buck entrou no gabinete, uns vinte minutos mais tarde, Chloe perguntou:

— Onde está Tsion?

— Está por aí — Buck respondeu.

* * *

Rayford estava próximo do caixão de Bruce, apertando as mãos de cada membro da congregação em luto. Donny Moore aproximou-se.

— Sinto muito importuná-lo com uma pergunta justamente aqui — Donny disse —, mas o senhor sabe dizer onde posso encontrar o senhor Williams? Ele encomendou algumas coisas, e eu estou com elas agora.

Rayford o direcionou ao gabinete.

Enquanto Donny e dezenas de outros passavam pelo caixão, Rayford desejava saber quanto tempo Hattie Durham passaria com a mãe em Denver. Carpathia tinha agendado uma reunião com o sumo pontífice Peter Mathews, recentemente nomeado sumo pontífice da Fé Mundial Unificada do Mistério de Babilônia, um conglomerado de todas as religiões do mundo. Carpathia esperava que Rayford estivesse de volta à Nova Babilônia na quinta-feira da semana seguinte, para levar o Condor 216 até Roma. Lá, deveria pegar Mathews e trazê-lo até a Nova Babilônia. Carpathia tinha espalhado boatos de que pretendia trazer Mathews e a sede da Fé Mundial Unificada para a Nova Babilônia, assim como quase todas as outras organizações internacionais.

Rayford estava ficando apático, as mãos trêmulas. Tentava não olhar para o corpo de Bruce. Manteve a mente ocupada, pensando em tudo que tinha ouvido Carpathia dizer por meio daquele interfone engenhoso instalado no Condor pelo falecido Earl Halliday.

O que lhe parecia mais interessante era a insistência de Carpathia em assumir a liderança de vários grupos e comitês que tinham sido coordenados por seu velho amigo e consultor financeiro Jonathan Stonagal. Buck tinha contado a Rayford e ao restante do Comando Tribulação que ele estava na sala quando Carpathia assassinou Stonagal, levando todos a crer que eles haviam testemunhado um suicídio. Agora, com os esforços de Carpathia para assumir a liderança de comitês de relações internacionais, de comissões de harmonia internacional e, sobretudo, de cooperativas financeiras secretas, suas motivações para aquele assassinato eram evidentes.

Rayford levou a mente de volta aos velhos e bons dias, quando tudo o que ele precisava fazer era apresentar-se no Aeroporto O'Hare em determinado horário, voar pelas rotas estabelecidas e voltar para casa. Claro, ele ainda não era convertido. Não era o marido e o pai que deveria ser. Na verdade, os bons e velhos dias não tinham sido tão bons assim.

Ele não podia queixar-se, porém, de falta de agitação em sua vida. Embora desdenhasse de Carpathia e odiasse ter de prestar-lhe serviços, tinha decidido ser obediente a Deus. Se Deus o queria naquela situação, ali ele serviria a Deus. Só esperava que Hattie Durham voltasse por Chicago antes que ele tivesse de partir. De alguma forma, ele, Amanda, Chloe e Buck precisavam afastá-la de Nicolae Carpathia. Foi encorajador para Rayford, de um jeito perverso, que ela tivesse encontrado as próprias razões para distanciar-se de Nicolae. Mas era possível que ele não admitisse ser largado com tanta facilidade, pois ela estava grávida de seu filho; além do mais, ele dava muita importância à sua imagem pública.

* * *

Buck estava ocupado com Donny Moore, conhecendo os incríveis recursos dos novos computadores, quando ouviu Loretta ao telefone.

— Sim, Verna — ela dizia —, ele está ocupado com alguém neste momento, mas eu direi que Steve Plank ligou.

Buck pediu licença a Donny e sussurrou na direção de Loretta:

— Se ela estiver no escritório, pergunte se os meus cheques estão lá.

Ele esteve fora dos escritórios de Nova York e Chicago em dias de pagamento por semanas; assim, ficou satisfeito ao ver Loretta assentir depois de perguntar a Verna sobre os cheques. Ele viu nos materiais de Bruce, e Tsion também confirmou, que era preciso começar a investir em ouro. Em breve, dinheiro vivo não teria mais nenhuma utilidade. Buck precisava começar a guardar algum tipo de recurso financeiro porque, mesmo no cenário mais otimista, e ainda que Verna se convertesse e o protegesse de Carpathia, ele não conseguiria continuar com aquele jogo por muito tempo. Esse vínculo terminaria. Sua fonte de renda secaria. Buck não seria capaz de comprar nem de vender sem a marca da besta, e a nova ordem mundial, da qual Carpathia tanto se orgulhava, literalmente o deixaria sem nada.

* * *

Às quinze para as seis, o templo estava praticamente vazio. Rayford voltou ao gabinete e fechou a porta.

— Teremos nosso momento a sós com o corpo de Bruce em alguns instantes — ele disse.

Todos do Comando Tribulação e Loretta, exceto Tsion, ficaram sentados em silêncio.

— Então, foi isso que Donny Moore trouxe para você? — Rayford perguntou, apontando a pilha de *notebooks*.

— Sim! Um para cada um de nós. Perguntei à Loretta se ela também queria um.

Ela indicou que não, sorrindo.

— Eu não saberia o que fazer com isso. Provavelmente nem conseguiria abri-lo.

— Onde está Tsion? — Rayford perguntou. — Realmente acho que deveríamos mantê-lo perto de nós por um tempo e...

— Tsion está seguro — Buck disse, olhando atentamente para Rayford.

— Ah.

— O que isso significa? — Loretta perguntou. — Onde ele está?

Rayford estava sentado numa cadeira com rodinhas, então a empurrou para perto de Loretta.

— Senhora, há algumas coisas que não pretendemos contar, para o seu próprio bem.

— Bem — ela falou —, o que você faria se eu lhe dissesse que não estou gostando disso?

— Eu entendo, Loretta...

— Não tenho certeza se entende, comandante Steele. Muitas coisas não me foram contadas durante toda a minha vida, simplesmente porque eu era uma moça bem-educada do sul.

— Uma beldade do sul seria mais apropriado — Rayford disse.

— Agora você está zombando de mim, e também não gosto disso.

Rayford recuou.

— Sinto muito, Loretta. Não quis ofendê-la.

— Bem, fico ofendida quando alguém guarda segredos de mim.

Rayford inclinou-se para a frente.

— Falo muito sério quando digo que é para o seu próprio bem. Fato é que, algum dia, e me refiro a um dia muito em breve, oficiais do alto escalão podem tentar obrigá-la a dizer-lhes onde Tsion está.

— E você acha que, se eu souber onde ele está, vou acabar cedendo.

— Se você não souber onde ele está, não precisará resistir nem ficar preocupada com isso.

Loretta apertou os lábios e balançou a cabeça.

— Sei que todos vocês estão levando vidas perigosas. Sinto que arrisquei muito só por acolhê-los. Agora, sou apenas sua senhoria, não é?

— Loretta, você é uma das pessoas mais queridas no mundo para nós, é quem você é. Não faríamos nada que a machucasse. Assim, mesmo sabendo que isso a deixa ofendida, e é a última coisa que eu gostaria de fazer, não vou permitir que me intimide a dizer onde Tsion está. Você pode falar com ele ao telefone, e nós, pelo computador. Um dia, ainda vai agradecer por não termos compartilhado essa informação com você.

Amanda o interrompeu.

— Rayford, você e Buck estão dizendo que Tsion está onde acredito que ele esteja?

Rayford indicou que sim.

— Isso já é necessário? — Chloe perguntou.

— Temo que sim. Eu queria poder dizer quanto tempo levará até que chegue a nossa vez.

Loretta, visivelmente irritada, levantou-se e ficou andando de um lado para o outro, os braços cruzados sobre o peito.

— Comandante Steele, o senhor pode dizer uma coisa? Pode dizer que não escondeu isso de mim porque me acha uma fofoqueira?

Rayford se levantou.

— Loretta, venha cá.

Ela parou e o olhou.

— Venha logo — ele insistiu. — Venha cá e deixe-me abraçar você. Sou jovem o bastante para ser seu filho, então não entenda isso como um desdém.

Loretta parecia querer recusar um sorriso, mas se aproximou lentamente de Rayford, que a abraçou.

— Eu a conheço há tanto tempo! Sei que não espalha segredos por aí. As pessoas que podem interrogá-la sobre o paradeiro de Tsion Ben-Judá não hesitariam em usar um detector de mentiras ou, até mesmo, uma poção da verdade se acreditassem que você sabe de algo. Se, de alguma forma, conseguissem obrigá-la a revelar onde ele está, contra a sua vontade, isso realmente prejudicaria a causa de Cristo.

Ela o abraçou.

— Tudo bem, então — ela disse. — Ainda acho que sou mais resistente do que vocês parecem acreditar, mas tudo bem. Se eu não achasse que estão fazendo isso pelo meu bem, por mais enganados que estejam, eu os colocaria no olho da rua!

Isso provocou um sorriso em todos. Em todos, menos em Loretta.

Alguém bateu à porta.

— Perdão, senhor — disse o agente funerário a Rayford. — O templo está vazio.

* * *

Buck era o último da fila quando os cinco entraram no santuário e ficaram ao lado do caixão de Bruce. A princípio, Buck sentiu-se culpado. Estranhamente, ele não ficou comovido. Percebeu que suas emoções se esgotaram durante o culto fúnebre. Sabia tão bem que Bruce não estava mais ali, que não sentiu nada ao observar, simplesmente, que o amigo estava, de fato, morto.

Ainda assim, ele pôde usar aquele momento, ao lado das pessoas que lhe eram as mais próximas no mundo, para pensar em como

Deus tinha agido dramática e especificamente a seu favor nas últimas horas. Se ele tinha aprendido alguma coisa com Bruce, era que a vida cristã consistia numa série de recomeços. O que Deus fez por ele recentemente? O que ele *não* tinha feito? Buck só desejava sentir a mesma compulsão de renovar seu compromisso a serviço de Cristo quando Deus não parecesse tão próximo.

Vinte minutos depois, Buck e Chloe entravam no estacionamento do *Semanário Comunidade Global*. O carro de Verna era o único no estacionamento além do deles. Verna parecia surpresa e decepcionada ao mesmo tempo, quando viu Chloe entrar com Buck no escritório. Chloe percebeu e perguntou:

— Não sou bem-vinda aqui?

— Claro que é — Verna disse —, se Buck precisar de alguém para segurar a mão dele.

— Por que eu precisaria de alguém para segurar a minha mão?

Eles estavam numa pequena sala de conferência, e Verna na ponta da mesa. Ela se reclinou do assento e juntou os dedos.

— Buck, nós dois sabemos que estou com todas as cartas na mão.

— O que aconteceu com a nova Verna? — Buck perguntou.

— Nunca houve uma nova Verna — ela disse. — Apenas uma versão um pouco mais mansa da antiga.

Chloe inclinou-se para a frente.

— Nada daquilo que dissemos, nada daquilo sobre o que conversamos, nada daquilo que você viu ou ouviu na casa de Loretta ou na igreja significou algo?

— Bem, preciso admitir que gosto do carro novo. É melhor do que o que eu tinha. Claro, isso foi justo, e era o mínimo que Buck podia fazer após destruir o meu.

— Então — Chloe disse —, seus momentos de vulnerabilidade, sua confissão, dizendo que invejava Buck, e seu reconhecimento de que havia sido inapropriada no jeito de falar com ele, tudo isso foi invenção sua?

Verna se levantou. Ela apoiou as mãos no quadril e olhou fixamente para Buck e Chloe.

— Estou realmente surpresa com o início desta conversa. Não estamos conversando sobre política empresarial aqui. Não estamos conversando sobre conflitos pessoais. Fato é que você, Buck, não está sendo leal ao seu empregador. Não é apenas uma questão de preocupação, porque não estamos fazendo o tipo de jornalismo que deveríamos estar fazendo. Eu tenho um problema com isso. Até contei para a Chloe, não contei?

— Sim, contou.

— Carpathia comprou todos os noticiários, sei disso — Verna continuou. — Nenhum de nós, jornalistas à moda antiga, gosta de cobrir notícias que o próprio dono produz. Não gostamos de interpretar tudo como ele quer. Mas, Buck, você é um lobo disfarçado de ovelha. É um espião. Você é o inimigo. Não só não gosta do homem, como também acredita que ele é o próprio anticristo.

— Por que você não senta, Verna? — Chloe sugeriu. — Todos nós conhecemos as pequenas regras de negociação dos livros que ensinam como ser o número um. Não posso falar por Buck, mas sua tentativa de dominação não me intimida.

— Eu vou sentar, mas só porque quero.

— Bem, qual é o seu jogo? — Chloe perguntou. — Está pensando em extorsão?

— Falando nisso — Buck começou —, obrigado por meus cheques das últimas semanas.

— Eu não toquei neles. Estão na sua gaveta. E não sou nenhuma chantagista. Só me parece que sua vida depende de quem sabe ou não que você está abrigando Tsion Ben-Judá.

— E você acha que sabe?

— Eu o vi na igreja hoje de manhã!

— Pelo menos acredita ter visto — Chloe disse.

Buck recuou e olhou para ela. Verna também. Pela primeira vez, Buck viu um traço de dúvida no rosto de Verna.

— Você está dizendo que eu não vi Tsion Ben-Judá na igreja hoje de manhã?

— Certamente parece muito improvável — Chloe disse. — Não acha?

— Na verdade, não. Sei que Buck esteve em Israel e que seus documentos foram encontrados com um simpatizante de Ben-Judá.

— Então, você viu Buck com Ben-Judá na igreja?

— Não foi o que eu disse. Eu disse que vi Ben-Judá. Ele estava sentado com aquela mulher que me abrigou naquela noite, Loretta.

— Ah, Loretta está namorando Tsion Ben-Judá, é isso que está dizendo?

— Você sabe o que estou dizendo, Chloe. Ben-Judá até falou naquele culto. Se aquele homem não era ele, eu não sou jornalista.

— Sem comentários — Buck disse.

— Essa doeu!

Chloe manteve a pressão.

— Você estava sentada num lugar em que não podíamos vê-la...

— Eu estava na galeria, se quer saber.

— E lá da galeria conseguiu ver um homem sentado ao fundo, com Loretta?

— Não foi o que eu disse. Consegui deduzir que ele estava sentado ao lado dela. Ambos falaram, e parecia que as vozes vinham do mesmo canto.

— Sendo assim, Ben-Judá foge de Israel, aparentemente com a ajuda de Buck. E Buck é esperto o suficiente para deixar seus documentos oficiais com algum inimigo de Estado. Quando Buck consegue trazer Ben-Judá em segurança para a América do Norte, ele o expõe ao público em sua própria igreja, então Ben-Judá se levanta e fala para centenas de pessoas. É isso o que você acha?

Verna estava gaguejando.

— Bem, ele, bem... Se aquele não era Ben-Judá, quem era?

— Essa é a sua história, Verna.

— Loretta dirá. Tenho a impressão de que ela gostou de mim. Estou certa de que o vi sair pelos fundos com ela. Um israelense baixo e meio robusto?

— E lá dos fundos você conseguiu identificar quem era?

— Vou ligar para Loretta agora mesmo.

Ela pegou o telefone.

— Não suponho que você me dê o número dela.

Buck pensou se aquilo era uma boa ideia. Eles não tinham preparado Loretta. Mas, depois do incidente com Rayford no gabinete, pouco antes, ele acreditava que Loretta daria conta de Verna Zee.

— Claro — respondeu Buck, anotando o número.

Verna colocou o telefone em viva-voz e discou o número.

— Casa de Loretta, Rayford Steele falando.

Aparentemente, Verna não esperava por isso.

— Oh, ah, sim. Loretta, por favor.

— Posso perguntar...

— Verna Zee.

Quando Loretta atendeu, estava com sua voz charmosa típica.

— Verna, querida! Como está? Eu soube que esteve no culto esta manhã, mas senti sua falta. Você ficou tão comovida quanto eu?

— Teremos de conversar sobre isso outra hora, Loretta. Eu só queria...

— Não consigo imaginar momento melhor do que agora, querida. Gostaria de encontrar-me em algum lugar? Vir aqui, talvez?

Verna parecia irritada.

— Não, senhora, não agora. Talvez outra hora. Eu só queria fazer uma pergunta. Quem era o homem que esteve com você na igreja esta manhã?

— Aquele homem?

— Sim! Você esteve na companhia de um homem do Oriente Médio. Ele disse algumas palavras. Quem era?

— Você está gravando esta conversa?

— Não! Só estou perguntando.

— Bem, só posso dizer que é uma pergunta pessoal e impertinente.

— Então, não vai dizer?

— Não creio que seja da sua conta.

— E se eu disser que Buck e Chloe falaram que você me contaria?

— Antes de mais nada, eu provavelmente diria que você é uma

mentirosa. Mas isso seria mal-educado e mais impertinente do que a pergunta que me fez.

— Só me diga se era o rabino Tsion Ben-Judá, de Israel!

— Parece que você já o identificou. Por que precisa da minha opinião?

— Então era ele?

— Você disse isso. Eu não.

— Era ele?

— Quer a mais pura verdade, Verna? Aquele homem é meu amante secreto. Eu o guardo embaixo da cama.

— Como? O quê? Ah, deixe de...

— Verna, se quiser conversar sobre sua comoção no funeral desta manhã, eu adoraria falar mais com você. E aí?

Verna desligou o telefone na cara de Loretta.

— Tudo bem, então! Vocês se uniram e decidiram não contar a verdade. Acho que não terei muitas dificuldades em convencer Steve Plank ou mesmo Nicolae Carpathia de que, ao que parece, vocês estão abrigando Tsion Ben-Judá.

Chloe olhou para Buck.

— Realmente acredita que Buck seria capaz de algo tão estúpido, que não só o faria ser demitido, mas também morto? E vai ameaçar repassar a notícia às autoridades da Comunidade Global em troca de quê?

Verna saiu da sala. Buck olhou para Chloe, piscou e balançou a cabeça.

— Você é inestimável — ele disse.

Verna voltou e jogou os cheques de Buck na mesa.

— Saiba que o seu tempo está acabando, Buck.

— Falando nisso — Buck retrucou —, acredito que o tempo de todos nós é curto.

Resignada, Verna sentou-se.

— Acredita mesmo nisso tudo, não é?

Buck tentou mudar o tom de voz. Agora, falava com simpatia.

— Verna, você conversou com Loretta, com Amanda, com Chloe e comigo. Todos nós compartilhamos nossa história. Também ouviu a história de Rayford hoje de manhã. Se todos somos malucos, que seja! Mas não ficou nem um pouco impressionada com algumas das coisas que Bruce extraiu da Bíblia? Coisas que se estão cumprindo neste exato momento?

Finalmente, Verna calou-se por um momento, então falou:

— Foi um pouco estranho. Meio que impressionante. Mas isso não é apenas como Nostradamus? Essas profecias não são interpretáveis? Não podem significar o que se espera que signifiquem?

— Não sei como pode pensar numa coisa dessas — Chloe disse. — Você é mais inteligente do que isso. Bruce disse que, se o tratado entre as Nações Unidas e Israel era a aliança mencionada na Bíblia, ele daria início ao período de tribulação de sete anos. Primeiro viriam os juízos dos sete selos. Os quatro cavaleiros do Apocalipse seriam o cavalo da paz, durante dezoito meses, o cavalo da guerra, o cavalo da praga e da fome e, por fim, o cavalo da morte.

— Tudo isso é simbólico, não é? — Verna perguntou.

— É claro que sim — Chloe disse. — Eu não vi nenhum cavaleiro cavalgando por aí. Mas vi um ano e meio de paz. Vi como a Terceira Guerra Mundial começou. Vi como ela resultou em pragas e fome. Vi como muitas pessoas morreram, e muitas outras morrerão. O que é preciso para convencê-la? Você não pode ver o quinto juízo selado, os santos mártires debaixo do altar no céu, mas ouviu o que Bruce acredita vir em seguida?

— Um terremoto, sim, eu sei.

— Isso vai convencê-la?

Verna girou a cadeira e olhou pela janela.

— Suponho que seria bastante difícil argumentar contra isso.

— Tenho um conselho para você — Chloe disse. — Se esse terremoto for tão devastador quanto a Bíblia diz, é possível que você não tenha tempo para mudar de opinião sobre tudo isso antes que o *seu* tempo se esgote.

Verna se levantou e caminhou devagar até a porta. Abrindo-a, disse suavemente:

— Continuo não gostando da ideia de Buck fingir ser alguém que não é para Carpathia.

Buck e Chloe seguiram-na até a porta da frente.

— Nossa vida particular, nossa fé, nada disso é da conta do nosso empregador — Buck disse. — Por exemplo, se eu soubesse que você é lésbica, eu não me sentiria compelido a contar aos seus superiores.

Verna virou-se para encará-lo:

— Quem lhe disse isso? Por que você se importaria? Se contar para alguém, eu...

Buck levantou as mãos.

— Verna, sua vida pessoal é confidencial. Não precisa ficar preocupada. Jamais direi uma palavra sobre isso a ninguém.

— Não há nada para contar!

— Exatamente.

Buck segurou a porta para Chloe. No estacionamento, Verna disse:

— Então, estamos combinados?

— Combinados? — Buck perguntou.

— Que nenhum de nós dirá qualquer coisa sobre a vida pessoal do outro?

Ele levantou os ombros.

— Parece-me justo.

* * *

O agente funerário estava ao telefone com Rayford.

— Bom — ele dizia —, em razão do número de mortes, da falta de túmulos nos cemitérios e tal, acreditamos que o enterro só será possível em três semanas, talvez em cinco. Guardamos os corpos a custo zero para o senhor, visto que é uma questão de saúde pública.

— Entendo. Se puder apenas nos informar quando o enterro tiver sido feito, seremos gratos. Não haverá cerimônia, ninguém estará presente.

Loretta estava sentada à mesa de jantar, ao lado de Rayford.

— Isso é tão triste! — ela lamentou. — Tem certeza de que nenhum de nós deve comparecer?

— Nunca fui fã de cultos em cemitérios — Rayford disse. — E acho que nada mais precisa ser dito sobre o corpo de Bruce.

— É verdade — ela concordou. — Não é como se fosse ele. Bruce não se sentirá abandonado ou negligenciado.

Rayford concordou e tirou uma folha da pilha de anotações de Bruce.

— Loretta, acredito que Bruce queria que você visse isto.

— O que é?

— É de seu diário. Alguns pensamentos privados a seu respeito.

— Tem certeza?

— Claro!

— Quero dizer, você tem certeza de que ele queria que eu visse isso?

— Só posso deduzir com base em *meus* sentimentos — ele disse. — Se eu tivesse escrito algo do tipo, desejaria que você o visse, principalmente após minha morte.

Com as mãos trêmulas, Loretta puxou a folha até onde a pudesse ler com os óculos bifocais. De pronto, ela se emocionou.

— Obrigada, Rayford — ela conseguiu dizer com as lágrimas escorrendo pelo rosto. — Obrigada por deixar-me ver isto.

* * *

— Buck! Eu não fazia ideia de que Verna era lésbica! — Chloe disse.

— *Você* não fazia ideia? Nem eu!

— Está brincando!

— Não estou, não. Acha que essa pequena revelação também veio de Deus?

— Acredito mais que tenha sido uma coincidência maluca, mas nunca se sabe. Esse detalhe pode ter salvado a sua vida.

— *Você* pode ter salvado a minha vida, Chloe. Você foi brilhante lá dentro!

— Só estava defendendo meu homem. Ela bateu na jaula errada.

CAPÍTULO 17

Poucos dias depois, quando se preparava para ir até Nova Babilônia e retomar seu trabalho, Rayford recebeu uma ligação de Leon Fortunato.

— Você não teve notícias da mulher do soberano, teve?

— Da mulher do soberano? — Rayford repetiu, tentando demonstrar seu desgosto.

— Sabe o que estou querendo dizer. Ela voou até aí no mesmo avião que você. Onde ela está?

— Não sabia que eu era responsável por ela.

— Steele, sugiro que não oculte informações sobre uma pessoa pela qual Carpathia se interessa.

— Ah, *ele* quer saber onde ela está. Em outras palavras, o homem não tem tido notícias dela?

— Você sabe que essa é a única razão pela qual estou ligando.

— Onde ele acha que Hattie está?

— Não brinque comigo, Steele. Diga-me o que sabe.

— Eu não sei precisamente onde ela está. E não me sinto à vontade para revelar seu paradeiro, mesmo que seja apenas uma suposição, sem o consentimento dela.

— Acho que é melhor lembrar quem é seu chefe, colega.

— Como poderia esquecer?

— Então, quer que eu sugira a Carpathia que você está abrigando a noiva dele?

— Se é isso que o preocupa, posso acalmá-lo. A última vez que vi Hattie Durham foi no Aeroporto Mitchell Field, em Milwaukee, quando cheguei.

— E ela seguiu para onde?

— Não acho, realmente, que eu deva revelar o itinerário, se ela própria decidiu não o fazer.

— Você pode arrepender-se disso, Steele.

— Quer saber, Leon? Vou dormir bem hoje à noite.

— Acreditamos que ela foi visitar a família em Denver. Como a área não foi atingida pela guerra, não entendemos por que não conseguimos falar com ela ao telefone.

— Tenho certeza de que vocês têm muitos recursos para localizá-la. Eu prefiro não fazer parte disso.

— Espero que esteja financeiramente seguro, comandante Steele.

Rayford não respondeu. Ele não queria continuar a guerra verbal com Leon Fortunato.

— Falando nisso, houve uma pequena mudança de planos, no que diz respeito a você pegar o sumo pontífice Mathews em Roma.

— Estou ouvindo.

— Carpathia irá com você. Ele quer acompanhar Mathews de volta para a Nova Babilônia.

— Como isso me afeta?

— Só quero garantir que você não parta sem ele.

* * *

Buck já tinha ouvido um sermão de Steve Plank, ao telefone, por ter permitido que seu passaporte e sua identidade caíssem nas mãos erradas, em Israel.

— Eles torturaram aquele sujeito, o tal Shorosh, até quase o matar, e ele continuou jurando que você era apenas um passageiro em seu barco.

— Era um barco grande de madeira — Buck disse.

— Bem, o barco já era.

— Por que destruir o barco de um homem e torturá-lo?

— Estamos sendo gravados?

— Não sei, Steve. Estamos conversando como jornalistas, amigos, ou isso é o alerta de um colega?

Steve mudou de assunto.

— Carpathia gosta dos textos que você vem escrevendo em Chicago. Ele acredita que o *Semanário* é a melhor revista do mundo. É claro que sempre foi.

— Sim, sim. Se deixarmos de lado objetividade e credibilidade jornalística...

— Todos nós desprezamos isso anos atrás — Plank respondeu. — Mesmo antes de sermos comprados por Carpathia, já tínhamos de escrever o que outros queriam.

Após o telefonema com Steve, Buck apresentou Amanda, Chloe, Rayford e Tsion aos seus novos *notebooks*. Tsion usou um celular seguro para conversar com todos na casa de Loretta, agora "refúgio", como eles a chamavam. Várias vezes, ela dizia:

— Parece que esse homem está logo aqui ao lado!

— Isso se chama tecnologia — Buck respondia.

Tsion pedia visitas diárias dos membros do Comando Tribulação, apenas para animá-lo um pouco. A nova tecnologia o fascinava, e ele passava muito tempo acompanhando os noticiários. Ficou tentado a comunicar-se por *e-mail* com muitos de seus filhos espirituais espalhados pelo mundo, mas temia que eles pudessem ser torturados na busca pelo seu esconderijo. Pediu a Buck que perguntasse a Donny o que deveria fazer para falar com um grande público sem que os destinatários sofressem por causa disso. A solução era simples. Basicamente, ele publicaria as mensagens num fórum central, e ninguém saberia quem o estaria acessando.

Tsion passava grande parte do dia lendo o material de Bruce e organizando-o para publicação. O trabalho ficou mais fácil quando Buck transferiu tudo para o computador de Tsion. Frequentemente, Tsion fazia um *upload* de trechos do material e os transmitia a certos membros do Comando Tribulação.

Ele ficou impressionado com o que Bruce dizia sobre Chloe e Amanda. Em seu diário, Bruce mencionava com frequência o sonho de que elas trabalhassem juntas, pesquisando, escrevendo e instruindo células e igrejas domiciliares. Eventualmente, concordaram que Amanda só voltaria para a Nova Babilônia depois que Rayford retornasse de seu voo para Roma. Isso daria a ela mais alguns dias com Chloe para planejar um ministério semelhante ao que Bruce tinha esboçado. Ninguém sabia quais seriam os resultados ou as oportunidades, mas elas gostavam de trabalhar juntas e pareciam aprender mais dessa forma.

Buck constatou com satisfação que Verna Zee estava mantendo distância. Grande parte da equipe de Chicago foi enviada a diversas cidades bombardeadas para obter informações sobre o caos. Para Buck, não havia dúvidas de que o cavalo preto, das pragas e da fome, e o cavalo amarelo, da morte, tinham vindo a galope atrás do cavalo vermelho, da guerra.

* * *

Na noite de quarta-feira, Amanda levou Rayford até Milwaukee, de onde voaria para o Iraque.

— Por que Mathews não usa o próprio avião para encontrar-se com Carpathia? — ela perguntou.

— Você conhece Carpathia. Ele gosta de assumir o papel principal, sendo o mais cordial e bondoso. Ele não só envia um avião a você, mas também o acompanha.

— O que ele quer de Mathews?

— Quem sabe? Pode ser qualquer coisa. O aumento do número de convertidos que temos visto deve ser muito preocupante para ele. Somos uma facção que se recusa à rotina da Fé Mundial Unificada.

* * *

Quinta-feira, às seis da manhã, a casa de Loretta foi despertada pelo som do telefone. Chloe atendeu. Ela cobriu o bocal do aparelho com a mão e disse a Buck:

— Loretta está na linha. É Hattie.

Buck aproximou-se do telefone.

— Sim — Loretta dizia —, você me acordou, querida, mas não tem problema. O comandante Steele disse que talvez você ligasse.

Do outro lado da linha, Hattie dizia:

— Bem, vou passar por Milwaukee quando estiver voltando para a Nova Babilônia. Agendei uma escala de seis horas. Diga a qualquer um que se importe, aí, que estarei em Mitchell Field, caso queiram conversar comigo. Ninguém precisa sentir-se obrigado; não ficarei magoada se nenhum deles vier.

— Oh, eles estarão aí, querida. Não se preocupe.

* * *

Eram três horas da tarde, em Bagdá, quando o voo comercial de Rayford pousou. Ele pretendia permanecer a bordo e aguardar o voo curto para a Nova Babilônia, pouco mais de uma hora mais tarde, mas seu celular vibrou no bolso. Ficou pensando se seria uma ligação de Buck ou, pior, de Carpathia sobre Buck, o que daria fim à especulação e à suspeita em relação ao Comando Tribulação. Todos sabiam que não demoraria até que a posição de Buck estivesse perigosamente ameaçada.

Também lhe passou pela cabeça que pudesse ser uma ligação de Hattie Durham. Rayford havia aguardado o máximo possível antes de voltar, esperando contatá-la antes do retorno dela. Assim como Carpathia e Fortunato, ele não teve sorte tentando encontrá-la por telefone, em Denver.

A ligação, porém, era de seu copiloto, Mac McCullum.

— Saia desse avião, Steele, estique as pernas. Seu táxi chegou.

— Ei, Mac! O que isso quer dizer?

— Quero dizer que o chefão não pretende esperar. Encontre-me no heliporto do outro lado do terminal. Vou levá-lo de volta à sede.

Rayford queria adiar seu retorno para a Nova Babilônia o máximo possível, mas, pelo menos, um voo de helicóptero prometia um pouco de diversão.

Ele invejava McCullum por sua capacidade de alternar-se com tanta facilidade como copiloto de aviões grandes e piloto de teco-tecos. Rayford não pilotava um helicóptero desde os seus dias no exército, há mais de vinte anos.

* * *

O *Semanário Comunidade Global* era lançado ao público toda quinta-feira, com a data da segunda-feira seguinte na capa. Buck aguardava ansiosamente a edição daquele dia. No refúgio, ficou decidido que Amanda e Chloe iriam até Milwaukee para pegar Hattie. Loretta sairia do gabinete da igreja e chegaria em casa a tempo de oferecer-lhe um pequeno lanche. Buck iria até o escritório para inspecionar os primeiros exemplares da revista, então retornaria à casa de Loretta assim que Chloe ligasse para ele, confirmando que ela, Amanda e Hattie estavam em casa.

Buck apostou alto na história de capa. Fingindo, como sempre, assumir um ponto de vista neutro, objetivo e jornalístico, começou com grande parte do material que Bruce teria pregado naquela manhã de domingo, a manhã do seu próprio funeral. Buck escreveu o artigo, mas designou repórteres de todos os escritórios do *Semanário*, que ainda estavam em vários países, para entrevistar clérigos regionais sobre as profecias do livro de Apocalipse.

Por alguma razão, seus repórteres, a maioria deles cética, dedicou-se com gosto à tarefa. Buck recebeu mensagens pela internet, por telefone e pelos correios, de todas as partes do mundo. O título da história de capa, e também a pergunta específica que os repórteres deveriam fazer aos líderes religiosos, era: "Sofreremos a 'ira do Cordeiro'?"

Buck se divertiu com aquela missão mais do que com todas as outras histórias de capa que já havia feito. Isso incluía seus escritos sobre personalidades do ano, até mesmo aquele sobre Chaim Rosenzweig. Ele passou quase três dias e noites dormindo mal, a fim de reunir, comparar e contrastar os diversos relatos.

Ele, é claro, conseguiu identificar alguns irmãos em Cristo em certos comentários. Apesar do ceticismo e do cinismo da maioria dos repórteres, alguns pastores tidos como santos da tribulação e uns poucos judeus convertidos entrevistados disseram que "a ira do Cordeiro", predita em Apocalipse 6, era literal e iminente.

A maior parte das citações provinha de clérigos que, em outros tempos, haviam representado diversas religiões e denominações, mas que agora serviam à Fé Mundial Unificada do Mistério de Babilônia. Quase como se fossem uma pessoa, esses homens e mulheres, "os guias na fé" (ninguém mais era chamado de reverendo, pastor ou padre), eram liderados pelo sumo pontífice Peter Mathews, com quem Buck já havia conversado pessoalmente. Segundo a opinião do pontífice, partilhada dezenas de vezes, o livro de Apocalipse era uma "literatura maravilhosa, arcaica e linda a ser entendida simbólica, figurada e metaforicamente."

— Esse terremoto — Mathews disse a Buck por telefone, com um sorriso na voz — poderia referir-se a qualquer coisa. Talvez até já tivesse acontecido. Poderia ser algo que alguém imaginou acontecendo no céu. Quem sabe? Pode ser alguma história relacionada com a antiga teoria de um homem eterno, no céu, que criou o mundo. Não sei quanto a você, mas eu não vi nenhum cavaleiro apocalíptico. Não vi ninguém morrer por causa de sua religião. Não vi ninguém morto por causa da Palavra de Deus, como dizem aqueles versículos. Também não vi ninguém em vestes brancas. E não espero vivenciar nenhum terremoto. Seja qual for a sua visão sobre a pessoa ou o conceito de Deus, ou de *um* deus, dificilmente alguém, hoje em dia, poderia imaginar um ser espiritual supremo, cheio de bondade e luz, sujeitando toda a terra, que já sofre com a recente e devastadora guerra, à calamidade de um terremoto.

— Mas — Buck perguntou —, o senhor sabe que essa ideia de temer a "ira do Cordeiro" é uma doutrina ainda pregada em muitas igrejas?

— É claro que sei — Mathews respondeu. — Trata-se apenas de sobreviventes de facções da extrema direita, fanáticos, que sempre interpretaram a Bíblia ao pé da letra. Esses mesmos pregadores, e também muitos dos membros de suas congregações, eu me atrevo a dizer, são aqueles que entendem o relato da Criação, o mito de Adão e Eva, se assim preferir, literalmente. Acreditam que o mundo inteiro estava submerso em água no tempo de Noé e que apenas ele e os três filhos, com as esposas, sobreviveram para dar início a toda a humanidade como a conhecemos.

— Mas o senhor, como um católico, ex-papa...

— Não só ex-papa, senhor Williams, também ex-católico. Como líder da fé da Comunidade Global, sinto a grande responsabilidade de deixar de lado todos os enfeites do paroquialismo. Preciso, no espírito da unidade, da conciliação e do ecumenismo, estar preparado para admitir que grande parte do pensamento e da erudição católicos era tão rígida e limitada quanto aquilo que estou criticando aqui.

— Por exemplo?

— Não quero ser específico demais para não ofender aqueles que ainda se consideram católicos, mas a ideia do nascimento virginal deveria ser vista como um incrível lapso de lógica. A ideia de que a Santa Igreja Católica Romana era a única igreja verdadeira foi quase tão desastrosa quanto a visão protestante evangélica de que Jesus é o único caminho para Deus. Isso pressupõe, é claro, que Jesus seria, como dizem tantos dos meus amigos que veneram a Bíblia, "o Filho unigênito do Pai". Hoje, acredito que a maioria das pessoas entende que Deus é, no máximo, um espírito, uma ideia, por assim dizer. Se quiserem atribuir a ele, ou a ela, algumas características de pureza e bondade, isso significaria apenas que *todos* nós somos filhos e filhas de Deus.

Buck levou-o adiante nesse raciocínio:

— Então, a ideia de céu e inferno é...?

— O céu é um estado mental. É aquilo que você pode fazer de sua vida na terra. Acredito que estamos avançando para um estado utópico. Inferno? Danos maiores têm sido feitos a mais mentes sensíveis por toda a ideia mítica de que... Bem, deixe-me dizer desta forma: digamos que esses fundamentalistas, esse povo que acredita que estamos prestes a sofrer a "ira do Cordeiro", estejam certos quando afirmam que existe um Deus amoroso e pessoal que se importa com cada um de nós. Como isso pode ser? Ele criaria algo que ficasse queimando eternamente? Não faz sentido.

— Mas esses cristãos, aqueles que o senhor está tentando caracterizar, eles não dizem que Deus não quer que ninguém pereça? Em outras palavras, Deus não manda as pessoas para o inferno. O inferno é o julgamento para aqueles que não creem, mas todos recebem a chance.

— O senhor resumiu muito bem a sua posição, senhor Williams. Mas tenho certeza de que é capaz de reconhecer a falta de coerência dessa ideia.

De manhã cedo, antes da abertura das portas, Buck pegou o pacote de exemplares da mais recente edição do *Semanário Comunidade Global* e arrastou-o para dentro do escritório. As secretárias deixariam uma cópia em cada escrivaninha, mas, de pronto, Buck arrancou o plástico e colocou uma revista diante de si. A capa, que foi preparada pela sede internacional, estava melhor do que Buck podia ter esperado. Sob o logotipo havia a ilustração estilizada de uma enorme cordilheira rasgada de uma extremidade a outra. Uma lua vermelha estava suspensa na cena, e o título dizia: "Você sofrerá a ira do Cordeiro?"

Buck abriu a revista no extenso artigo com sua assinatura. Como era característico de uma história de Buck Williams, ela cobria todas as opiniões. Citava líderes como Carpathia e Mathews até líderes religiosos locais. Havia, inclusive, um punhado de relatos do cidadão comum.

Na opinião de Buck, a melhor sacada foi uma coluna com um breve estudo de palavras, mas muito coerente e articulado, escrito pelo próprio rabino Tsion Ben-Judá. Ele explicava quem era o Cordeiro sacrificado nas Escrituras e como essa imagem tinha surgido no Antigo Testamento e se cumpria em Jesus no Novo Testamento.

Buck ficou desconfiado quando ninguém menos que seu velho amigo Steve Plank o questionou sobre o seu possível envolvimento na fuga de Tsion Ben-Judá. Desse modo, citar Tsion amplamente na coluna poderia deixar a impressão de que ele estava esfregando na cara de seus superiores que sabia o paradeiro dele. Assim, tomou uma decisão. Quando a história foi arquivada e enviada via satélite para as diversas gráficas, Buck acrescentou um comentário, esclarecendo que "O dr. Ben-Judá soube da história pela internet e enviou sua visão por computador de um local desconhecido."

Buck achou engraçado, se é que algo naquele tema cósmico podia ser engraçado, que um de seus jovens repórteres da África tenha tido o trabalho de entrevistar geólogos numa universidade em Zimbábue. A conclusão dos cientistas?

— A ideia de um terremoto global é, francamente, ilógica. Terremotos são causados por falhas, quando placas subterrâneas se esfregam uma na outra. É causa e efeito. A razão pela qual terremotos ocorrem em determinadas regiões em certos momentos é, obviamente, que eles não ocorrem em outros lugares no mesmo momento. Nunca se ouviu falar de terremotos simultâneos. Não existe um terremoto na América do Norte e outro, exatamente ao mesmo tempo, na América do Sul. As probabilidades de um evento geológico global, que seriam terremotos simultâneos em todo o planeta, são astronomicamente mínimas.

* * *

McCullum pousou o helicóptero no teto da sede internacional da Comunidade Global, na Nova Babilônia. Ajudou a levar as malas de Rayford até o elevador, que passou pela suíte 216 de Carpathia, um piso inteiro de escritórios e salas de conferência. Rayford nunca entendeu aquele número, pois não era no segundo andar. Carpathia e sua equipe ocupavam o último andar do prédio de dezoito andares.

Rayford esperava que Carpathia não soubesse quando, exatamente, eles chegaram. Supôs que teria de encarar o homem quando o levasse até Roma para pegar Mathews, mas, agora, queria desfazer as malas, descansar e instalar-se em seu apartamento antes de voltar a bordo de um avião. Ficou aliviado por não terem sido interceptados. Assim, ele teria algumas horas até a decolagem.

— Vejo você no 216, Mac — Rayford disse.

* * *

Os telefones começaram a tocar no escritório do *Semanário* ainda antes da chegada dos outros funcionários. Buck deixou a secretária eletrônica ligada. Empurrou sua cadeira até a mesa da recepcionista e ficou sentado, ouvindo os comentários.

Uma mulher disse:

— Então, o *Semanário Global* desceu para o nível dos tabloides, cobrindo cada conto de fadas que sai daquilo que chamam de igreja. Deixem esse lixo para os jornalistas sensacionalistas!

Outro leitor disse:

— Eu jamais teria pensado que as pessoas ainda acreditam nessa besteira. O fato de vocês terem conseguido encontrar tantos malucos que contribuíssem para uma história é um tributo ao jornalismo investigativo. Obrigado por desmascarar essas pessoas e por mostrar como são tolas!

Apenas ocasionalmente uma chamada trazia o tom como o de certa mulher da Flórida:

— Por que ninguém me contou nada sobre isso antes? Estou lendo o livro de Apocalipse desde o instante em que recebi a revista; estou aterrorizada! O que devo fazer agora?

Buck esperava que ela lesse o artigo com atenção suficiente para descobrir o que um judeu convertido da Noruega disse ser a única proteção contra o terremoto iminente: "Ninguém deve supor que haverá abrigo. Se você acreditar, como eu acredito, que Jesus Cristo é a única esperança de salvação, deve arrepender-se de seus pecados e aceitá-lo antes que a ameaça da morte o visite."

O telefone pessoal de Buck tocou. Era Verna.

— Buck, estou guardando seu segredo, portanto espero que esteja respeitando seu lado do acordo.

— Estou. Por que está tão agitada esta manhã?

— Sua história de capa, é claro. Eu sabia que isso aconteceria, mas não esperava que fosse tão óbvio. Acha que conseguiu esconder-se por trás de sua objetividade? Não acha que isso o expõe como um defensor da causa?

— Não sei. Espero que não. Mesmo que Carpathia não fosse o dono da revista, eu desejaria que o artigo parecesse objetivo.

— Você está enganando a si mesma.

Buck tentou pensar em uma resposta. Em certo sentido, estava grato pelo aviso. Em outro, isso não era novidade. Talvez Verna estivesse apenas tentando encontrar um ponto de contato, alguma razão para reiniciar um diálogo.

— Verna, imploro que continue pensando naquilo que Loretta, Amanda e Chloe lhe disseram.

— E você. Não se exclua dessa — ela disse em tom de gozação e sarcasmo.

— Estou falando sério, Verna. Se algum dia quiser falar sobre essas coisas, estarei à sua disposição.

— Sabendo o que a sua religião diz sobre homossexuais? Você deve estar brincando.

— Minha Bíblia não faz distinção entre homossexuais e heterossexuais — Buck respondeu. — Talvez ela chame homossexuais praticantes de pecadores, mas também considera o sexo heterossexual fora do casamento pecaminoso.

— Mera semântica, Buck. Semântica.

— Só se lembre daquilo que eu disse, Verna. Não quero que o nosso conflito de personalidade ofusque o que é real e verdadeiro. Você estava certa quando disse que a guerra fazia nossas brigas parecerem mesquinhas. Estou disposto a deixá-las para trás.

Verna ficou em silêncio por um momento. Quando falou, pareceu quase impressionada:

— Bem, obrigada, Buck. Eu me lembrarei disso.

* * *

O fim da manhã em Chicago consistia no início da tarde no Iraque. Rayford e McCullum estavam levando Carpathia, Fortunato e o doutor Kline até Roma, para pegar o sumo pontífice da Fé Mundial Unificada, Peter Mathews. Rayford sabia que Carpathia queria abrir caminho para que a união apóstata das religiões fosse transferida para a Nova Babilônia, mas não sabia ao certo como o dr. Kline se encaixava nesse esquema. Graças à sua escuta clandestina, ele logo descobriu.

Como era de costume, Rayford decolou, alcançou rapidamente a altitude necessária, colocou o avião em piloto automático e entregou os controles a Mac McCullum.

— Sinto-me como se tivesse passado o dia inteiro num avião — ele disse, reclinando o assento, puxando a aba do quepe sobre os olhos, colocando os fones de ouvido e fingindo cair no sono. Nas duas horas, aproximadamente, do voo da Nova Babilônia para Roma, Rayford receberia uma lição em diplomacia internacional da nova ordem mundial. Mas, antes de falar sobre negócios, Carpathia conferiu os planos de voo de Hattie Durham com Fortunato, que lhe disse:

— Ela está numa viagem de escalas múltiplas, com uma longa espera em Milwaukee, depois continua para Boston. Em seguida, tem um voo direto de Boston para Bagdá. Perderá várias horas nessa direção, mas creio que chegará amanhã cedo.

Carpathia parecia irritado.

— Quando nosso terminal internacional estará pronto na Nova Babilônia? Estou cansado de ter de passar por Bagdá.

— Estão dizendo que faltam poucos meses agora.

— E esses são os mesmos engenheiros que nos dizem que tudo na Nova Babilônia é tecnologia de ponta?

— Sim, senhor. Notou algum problema?

— Não, mas isso quase me faz desejar que esse negócio de "ira do Cordeiro" fosse algo mais do que um mito. Eu adoraria testar as construções, saber se são realmente à prova de terremotos.

— Eu li o artigo hoje — o doutor Kline disse. — Uma peça de ficção interessante. Esse Williams consegue transformar qualquer coisa em uma boa história, não é?

— Sim — Carpathia disse em tom sério. — Suspeito que ela tenha transformado sua própria experiência em uma história interessante.

— Não entendo.

— Eu também não — Carpathia disse. — Nossos serviços de inteligência associam-no ao desaparecimento do rabino Ben-Judá.

Rayford levantou a cabeça e ouviu com mais atenção. Não queria que McCullum percebesse que ele estava ouvindo outra frequência, mas também não queria perder nada.

— Estamos descobrindo cada vez mais sobre nosso brilhante e jovem jornalista — Carpathia revelou. — Ele nunca foi sincero comigo sobre seus laços com nosso piloto, mas o comandante Steele também não tem sido franco. Ainda não me importo de tê-los por perto. Eles podem acreditar que se encontram em proximidade estratégica de mim, mas eu também posso aprender muito sobre a oposição por meio deles.

"Então, aí está", Rayford pensou. "O desafio está lançado."

— Leon, quais são as últimas notícias sobre aqueles dois homens malucos em Jerusalém?

Fortunato parecia enojado.

— Eles conseguiram deixar toda a nação de Israel em alerta de novo — respondeu. — O senhor sabe que não tem chovido desde que eles começaram a pregar. E esse truque que fizeram com o fornecimento de água, transformando-a em sangue, durante as cerimônias do templo... Bem, eles estão fazendo de novo.

— O que os provocou dessa vez?

— Acho que o senhor sabe.

— Eu pedi que não tivesse reservas comigo, Leon. Quando eu faço uma pergunta, espero que...

— Perdão, soberano. Eles têm falado muito sobre a prisão e a tortura das pessoas associadas ao doutor Ben-Judá. Estão dizendo que, se não soltarem os suspeitos e não suspenderem as buscas, todo o fornecimento de água será contaminado com sangue.

— Como eles fazem isso?

— Ninguém sabe, mas é muito real, não é, doutor Kline?

— Ah, sim — ele respondeu. — Enviaram-me amostras. Há um alto teor de água, mas é, principalmente, sangue.

— Sangue humano?

— Apresenta todas as características de sangue humano, mas é difícil determinar o tipo. É algo entre sangue humano e sangue animal.

— Como está o humor em Israel? — Carpathia perguntou.

— O povo está irritado com os dois pregadores. Querem matá-los.

— Isso não é nada mau — Carpathia disse. — Não conseguimos fazer isso por eles?

— Ninguém se atreve. O número de mortes daqueles que os atacaram já passou de uma dúzia. As pessoas aprendem logo.

— Encontraremos um jeito — Carpathia comentou. — Enquanto isso, libere os suspeitos. Ben-Judá não vai chegar longe. Em todo caso, como não pode aparecer em público, não será capaz de prejudicar-nos. Se os dois cafajestes não limparem imediatamente o fornecimento de água, veremos como sobreviverão a uma explosão atômica.

— O senhor não está falando sério, está? — perguntou o dr. Kline.

— Por que não estaria?

— O senhor lançaria uma bomba atômica num local sagrado na Cidade Santa?

— Francamente, eu não me importo com o Muro das Lamentações, com o Monte do Templo ou com o novo templo. Esses dois estão causando uma enxaqueca sem fim, portanto guarde as minhas palavras: Virá o dia em que os dois esgotarão minha paciência.

— Seria bom saber a opinião do pontífice Mathews a esse respeito.

— Nossos assuntos com ele já são muitos — Carpathia disse. — Aliás, tenho certeza de que ele também tem algo a tratar comigo, mesmo que às escondidas.

Mais tarde, quando alguém ligou a TV e os três se atualizaram das notícias internacionais, sobre os esforços de limpeza após a guerra, Carpathia voltou a atenção para o dr. Kline.

— Como o senhor sabe, os dez embaixadores votaram unanimemente a favor do financiamento de abortos para mulheres em países menos favorecidos. Tomei a decisão executiva de fazer disso uma medida unilateral. Cada um dos continentes sofreu com a guerra, por isso todos podem ser considerados menos favorecidos. Não acho que terei problemas com Mathews por causa disso, como poderia ter tido quando ele ainda era papa e teria protestado. No entanto, caso demonstre alguma oposição, o senhor está preparado para discutir os benefícios de longo prazo?

— É claro que sim.

— E como estamos na tecnologia que determina a saúde e a viabilidade de um feto?

— Hoje em dia, a amniocentese pode revelar tudo que queremos saber. Seus benefícios são tão extensos, que vale a pena correr qualquer risco envolvido no procedimento.

— E, Leon — Carpathia perguntou —, já estamos prontos para anunciar sanções que exigem amniocentese para qualquer gravidez, incluindo a requisição de aborto para todo tecido fetal que resulte num feto deformado ou deficiente?

— Está tudo preparado — Fortunato respondeu. — No entanto, sugiro que crie a base de apoio mais ampla possível antes de ir a público com isso.

— É claro! Essa é uma das razões da reunião com Mathews.

— O senhor está otimista?

— E não deveria estar? Mathews não está ciente de que fui eu quem o colocou onde ele está hoje?

— Essa é uma pergunta que me faço o tempo todo, soberano. Certamente o senhor notou sua falta de consideração e de respeito. Não gosto da maneira como ele o trata, como se fosse igual ao senhor.

— Por ora, que seja tão impertinente quanto quiser! Ele pode ser de grande valia para nós, por causa de seus seguidores. Sei que ele está enfrentando dificuldades financeiras porque não consegue vender igrejas sobressalentes. São prédios de uso único, portanto não tenho dúvidas de que ele pedirá um subsídio maior da Comunidade Global. Os embaixadores já estão irritados em razão disso. Agora, porém, não me importo de ter vantagens financeiras sobre ele. Talvez consigamos fechar um acordo.

CAPÍTULO 18

Buck achou divertido que sua história de capa fosse o assunto do dia. Cada programa de entrevistas, cada noticiário e até mesmo alguns programas de variedades falaram dela. Um *show* de comédias chegou a apresentar um tipo de cordeiro animado causando um massacre. Chamaram aquilo de "A nossa visão da 'ira do Cordeiro'".

Olhando a revista a sua frente, a ficha de Buck de repente caiu. Quando fosse exposto, quando tivesse de demitir-se, quando se tornasse um fugitivo, seria impossível encontrar o mesmo tipo de alcance de uma revista tão estabelecida no mundo inteiro. Ele poderia ter um público maior por TV ou pela internet, mas pensou se voltaria a ter a influência que tinha no momento.

Conferiu o relógio. Estava quase na hora de voltar para o refúgio e para o almoço com Hattie.

* * *

Rayford e Mac McCullum tinham cerca de uma hora de intervalo após o pouso em Roma e antes da decolagem de volta para a Nova Babilônia. Passaram por Peter Mathews e por um de seus assistentes; eles estavam embarcando. Rayford estava enojado com a falsa submissão de Carpathia a Mathews. Ele ouviu o soberano dizer:

— Fico feliz que o senhor tenha permitido que viéssemos e o pegássemos, pontífice. Espero que possamos ter um bom diálogo que beneficie a Comunidade Global.

Antes que Rayford se afastasse a ponto de não os ouvir mais, Mathews disse a Carpathia:

— Desde que seja benéfico à Fé Mundial Unificada, eu não me importo se o senhor será beneficiado ou não.

Rayford inventou alguma desculpa para pedir licença a McCullum e voltar correndo para a cabine. Ele explicou a Fortunato que precisava "checar algumas coisas"; logo, estava de volta ao seu assento. A porta estava trancada. O interfone estava ligado, e Rayford, ouvindo.

* * *

Buck não via Hattie Durham em aflição real desde a noite do arrebatamento. Ele, como a maioria dos homens, costumava vê-la apenas como uma mulher de beleza impressionante. Agora, o termo mais agradável que conseguiu encontrar para descrevê-la foi *desarrumada*. Hattie carregava uma bolsa enorme, cheia principalmente de lenços, e usava cada um deles. Loretta levou-a até a cabeceira da mesa. Quando o almoço foi servido, todos pareciam desconfortáveis, tentando evitar qualquer conversa profunda.

Buck perguntou:

— Amanda, você gostaria de orar por nós?

Hattie rapidamente entrelaçou os dedos sob o queixo, como uma garotinha ajoelhada ao lado da cama.

Amanda disse:

— Pai, às vezes, ficamos em situações em que é difícil saber o que dizer. Às vezes, estamos infelizes. Às vezes, desesperados. Às vezes, não sabemos a quem pedir ajuda. O mundo parece um caos total. No entanto, sabemos que podemos agradecer-lhe por quem o Senhor é. Agradecemos porque é um Deus bom. Porque se importa conosco e nos ama. Agradecemos porque é soberano e segura o mundo nas mãos. Obrigada pelos amigos, especialmente aqueles antigos, como a Hattie. Dê-nos as palavras de que precisamos para ajudá-la em qualquer que ela seja a decisão que tenha de tomar, e obrigado por tua provisão, por esta comida, em nome de Jesus. Amém!

Eles comeram em silêncio. Buck percebeu que os olhos de Hattie estavam cheios de lágrimas. Apesar disso, ela comeu depressa e terminou antes dos outros. Pegou outro lenço e limpou o nariz.

— Bem — ela disse —, Rayford insistiu que eu passasse aqui na minha volta. É uma pena que ele não esteja aqui, mas acho que, na verdade, ele esperava que eu conversasse com vocês. Ou, talvez, que vocês falassem comigo.

As mulheres pareciam tão surpresas quanto Buck. Era isso? Agora, a bola estava com eles? O que Hattie esperava que fizessem? Era difícil entender as necessidades dessa mulher se ela não as queria compartilhar.

Loretta começou:

— Hattie, o que mais a preocupa neste momento?

As palavras de Loretta, ou a forma como ela as disse, provocaram uma enxurrada de lágrimas.

— Fato é — Hattie conseguiu dizer —, fato é que eu quero um aborto. Minha família também me encoraja nesse sentido. Não sei o que Nicolae dirá, mas, se não houver mudança em nosso relacionamento quando eu voltar para ele, com certeza vou querer um aborto. Imagino que eu esteja aqui porque vão tentar convencer-me do contrário, e acho que devo ouvir todos os lados. Rayford já me adiantou os padrões da direita, a posição pró-vida. Acho que não preciso ouvir isso mais uma vez.

— O que você precisa ouvir? — Buck perguntou, sentindo-se muito masculino e insensível naquele momento.

Chloe lançou-lhe um olhar, indicando que ele não a pressionasse.

— Hattie — ela disse —, você conhece a nossa posição. Não é por isso que está aqui. Se quer ser convencida a não fazer o aborto, podemos ajudar. Se não é isso que você quer, nada que possamos dizer fará diferença.

Hattie parecia frustrada.

— Então, vocês acham que estou aqui para ouvir um sermão.

— Não daremos nenhum sermão — Amanda disse. — Acredito que você também já conhece a nossa posição sobre as coisas de Deus.

— Sim, conheço — Hattie respondeu. — Perdoem-me por ter perdido o seu tempo. Acho que tenho uma decisão a tomar em relação a esta gravidez, e fui tola envolvendo vocês nisso tudo.

— Não precisa ir embora, querida — Loretta disse. — Esta é minha casa, e eu sou sua anfitriã. Você pode correr o risco de ofender-me se partir cedo demais.

Hattie olhou-a como que para certificar-se de que Loretta estava brincando. Era óbvio que estava.

— Posso esperar no aeroporto — Hattie falou. — Sinto muito ter causado toda essa inconveniência para vocês.

Buck queria dizer algo, mas sabia que seria incapaz de comunicar-se no nível apropriado. Olhou para as mulheres, que observavam atentamente a sua hóspede. Finalmente, Chloe se levantou e ficou atrás da cadeira de Hattie, colocando as mãos em seus ombros.

— Hattie, eu sempre a admirei e sempre gostei de você — ela começou. — Creio que poderíamos ter sido amigas sob outras circunstâncias. Mas, sabe, sinto-me na obrigação de dizer que sei por que você veio aqui hoje. Sei por que seguiu o conselho do meu pai, mesmo que tenha sido contra a sua vontade. Algo me diz que a visita em sua casa não foi bem-sucedida. Talvez seus familiares tenham sido pragmáticos demais. Talvez não a tenham tratado com a compaixão que você precisava nem tenham dado conselhos. Talvez, ouvir deles que você deve encerrar a gravidez não era o que pretendia realmente.

E continuou:

— Deixe-me dizer, Hattie. O que você procura é amor, e veio para o lugar certo. Sim, existem coisas nas quais acreditamos. Coisas que achamos que você precise saber. Coisas que achamos que deve aceitar. Decisões que acreditamos que você precise tomar. Temos ideias sobre o que você deve fazer com seu bebê e outras sobre o que deve fazer com sua alma. Mas são decisões que apenas você pode tomar. E, mesmo que sejam decisões de vida e morte, de céu e inferno, tudo que podemos oferecer é apoio, encorajamento e conselhos, se você os pedir, além de amor.

— Sei — Hattie disse —, amor... Caso eu compre tudo o que estão tentando vender-me.

— Não. Nós vamos amá-la de qualquer jeito. Vamos amá-la como Deus a ama. Vamos amá-la tanto e tão plenamente, que não conseguirá fugir disso. Mesmo que decida ir contra tudo o que acreditamos ser verdadeiro, e mesmo que choremos a perda de uma vida inocente, caso escolha abortar seu bebê, não vamos amá-la menos.

Hattie começou a chorar, e Chloe massageou seus ombros.

— Isso é impossível! Vocês não me podem amar seja qual for a minha decisão, especialmente se eu ignorar seu conselho!

— Você está certa — Chloe disse. — Não somos capazes de amar incondicionalmente. Por isso precisamos permitir que Deus a ame por meio de nós. Ele é quem nos ama independentemente daquilo que fazemos. A Bíblia diz que ele enviou seu Filho para morrer por nós enquanto estávamos mortos em nossos delitos e pecados. Isso é amor incondicional. É isso o que temos a oferecer, Hattie, porque é tudo o que temos.

Hattie levantou-se desajeitada, e a cadeira arranhou o chão quando ela se virou para abraçar Chloe. Elas se abraçaram por um longo minuto, então todos foram para outra sala. Hattie tentou sorrir.

— Eu me sinto tola — ela confessou —, como uma garotinha descontrolada.

As outras mulheres não protestaram. Não precisavam dizer-lhe que tudo estava bem. Simplesmente a olharam com amor. Por um momento, Buck desejou ser Hattie para poder responder. Ele não podia falar por ela, mas certamente tudo aquilo o teria convencido.

* * *

— Vou direto ao ponto — Mathews disse a Carpathia. — Se houver uma maneira de ajudarmos um ao outro, quero saber o que o senhor precisa, pois existem coisas que eu preciso do senhor.

— Como o quê, por exemplo? — Carpathia perguntou.

— Francamente, preciso que a sua administração perdoe a dívida da Fé Mundial Unificada. Talvez consigamos pagar parte dela algum dia, mas, no momento, não dispomos da renda necessária.

— Dificuldades para vender algumas das igrejas sobressalentes? — Carpathia instigou.

— Bem, isso é parte do problema, mas uma parte muito pequena. O verdadeiro problema são dois grupos religiosos que não só se recusaram a fazer parte da nossa união, mas também são antagônicos e intolerantes. O senhor sabe de quem estou falando. Um dos grupos é um problema que o senhor causou com esse acordo entre a Comunidade Global e Israel. Os judeus não precisam de nós, não têm razão para juntar-se a nós. Ainda acreditam no único Deus verdadeiro e num Messias que, supostamente, descerá do céu. Não sei quais são os seus planos após o término do contrato, mas seria bom ter alguma munição contra eles.

O pontífice completou:

— O outro grupo é formado por esses cristãos que se autodenominam santos da tribulação. Acreditam que o Messias já veio e arrebatou a igreja e que, portanto, eles perderam a chance. Penso que, se estiverem certos, iludem-se pensando que Cristo daria a eles outra chance, mas o senhor sabe tão bem quanto eu que esse grupo vem espalhando-se como um incêndio. O estranho é que muitos de seus convertidos são judeus. Eles têm aqueles dois malucos no Muro das Lamentações dizendo a todo o mundo que os judeus já têm meio caminho andado, com sua crença no único Deus verdadeiro, mas que Jesus é seu Filho, voltou e voltará mais uma vez.

— Peter, meu amigo, essa doutrina não deveria ser estranha a você, que era católico.

— Não disse que era estranha. Apenas nunca me dei conta do tamanho da intolerância que nós, católicos, tínhamos e que, agora, esses santos da tribulação têm.

— O senhor também percebeu a intolerância?

— E quem não percebeu? Essa gente entende a Bíblia literalmente. O senhor viu a propaganda que fazem e ouviu seus pregadores naqueles grandes encontros. Há judeus, às dezenas de milhares, aderindo a essa besteira. Sua intolerância nos prejudica.

— Como assim?

— O senhor sabe. O segredo do nosso sucesso, o enigma da Fé Mundial Unificada, é simplesmente o fato de termos derrubado as barreiras que nos separavam. Qualquer religião que acredite existir apenas um caminho para Deus é, por definição, intolerante. Ela se torna inimiga da Fé Mundial Unificada e, portanto, da Comunidade Global como um todo. Nossos inimigos são seus inimigos. Temos de fazer algo a respeito.

— O que o senhor sugere?

— Eu estava prestes a fazer-lhe essa mesma pergunta, Nicolae.

Rayford podia imaginar Nicolae contraindo-se quando Mathews se dirigiu a ele pelo primeiro nome.

— Acredite ou não, meu amigo, eu já tenho refletido muito sobre isso.

— Ah, é?

— Sim. Como o senhor diz, seus inimigos são meus inimigos. Aqueles dois no Muro das Lamentações, a quem os supostos santos chamam de testemunhas, têm causado inúmeros problemas a mim e à minha administração. Não sei de onde vieram nem o que estão tramando, mas eles têm aterrorizado o povo de Jerusalém e me fizeram parecer um idiota mais de uma vez! Esse grupo de fundamentalistas, esses que estão convertendo tantos judeus, veem aqueles dois homens como heróis.

— Então, chegou a alguma conclusão?

— Francamente, tenho pensado em mais legislação. A sabedoria convencional afirma que não se pode legislar estado de ânimo. Acontece que não acredito nisso. Admito que meus sonhos e objetivos são grandiosos, mas não serei impedido. Prevejo uma Comunidade

Global de paz e harmonia verdadeiras, uma utopia em que as pessoas vivam juntas e para o bem umas das outras. Quando esse sonho foi ameaçado por forças da rebelião em três das nossas dez regiões, retaliei de imediato. Apesar da minha antiga e sincera oposição à guerra, tomei uma decisão estratégica. Agora, estou legislando estados de ânimo. Aqueles que quiserem conviver em harmonia vão encontrar em mim a pessoa mais generosa e conciliadora. Os que quiserem causar problemas serão eliminados. Simples assim.

— O que, então, está dizendo, Nicolae? Pretende ir à guerra contra os fundamentalistas?

— De certa forma, sim. Não, não lutaremos com tanques e bombas. Mas creio que chegou a hora de impor regras à nova Comunidade Global. Já que isso beneficiaria o senhor tanto quanto a mim, quero que colabore, formando e encabeçando uma organização de fiscais de elite do pensamento puro, por assim dizer.

— Como o senhor define "pensamento puro"?

— Imagino um grupo de homens e mulheres jovens, saudáveis e fortes tão devotos à causa da Comunidade Global, que estariam dispostos a treinar e a evoluir para assegurar que todos apoiem os nossos objetivos.

Rayford ouviu alguém se levantar e caminhar pelo avião. Imaginou que fosse Mathews, abrindo-se para a ideia.

— Suponho que não seriam pessoas uniformizadas.

— Não, elas se misturariam com todas as outras, mas seriam escolhidas pela visão que possuem e treinadas em psicologia. Com a ajuda delas, ficaríamos informados sobre elementos subversivos que se opõem às nossas visões. O senhor deve concordar que já gastamos tempo demais tolerando o subproduto extremamente negativo da liberdade de expressão desenfreada.

— Não só concordo — Mathews disse de pronto —, como também estou disposto a ajudar de toda forma possível. A Fé Mundial Unificada pode ajudar a selecionar os candidatos? A treiná-los? A equipá-los?

— Pensei que o senhor estava sem recursos — Carpathia disse com uma risada.

— Isso nos garantirá maior renda. Se eliminarmos a oposição, todos serão beneficiados.

Rayford ouviu Carpathia suspirar.

— Nós os chamaríamos de MMCG. Os Monitores Morais da Comunidade Global.

— Isso os faz parecer um tanto inofensivos, Nicolae.

— É justamente essa a ideia! Não queremos chamá-los de polícia secreta, polícia mental, polícia do ódio ou de qualquer tipo outro tipo. Não se engane. Eles serão secretos. Terão poder. Serão capazes de fazer prevalecer a nossa causa legítima, o interesse pelo bem maior da Comunidade Global.

— Até que ponto?

— Não haverá limites.

— Eles terão armas?

— É claro que sim.

— E poderão usá-las em que medida?

— Esta é a beleza disso, pontífice Mathews: selecionando os jovens certos, treinando-os cuidadosamente, conforme o ideal de uma utopia pacífica, e dando-lhes o poder capital maior para exercer justiça como julgarem necessário, rapidamente vamos subjugar e eliminar o inimigo. Prevejo que, dentro de poucos anos, não precisaremos mais deles.

— Nicolae, o senhor é um gênio!

* * *

Buck estava decepcionado. Quando chegou a hora de levar Hattie de volta a Milwaukee, sentiu que pouco progresso havia sido feito. Ela tinha muitas perguntas sobre o que aquelas mulheres faziam com o seu tempo. Ficou fascinada com a ideia de estudos bíblicos. E mencionou sua inveja ao constatar pessoas do mesmo sexo que realmente pareciam importar-se umas com as outras.

Ele, porém, esperava que houvesse algum avanço. Que Hattie tivesse prometido, talvez, não fazer o aborto ou, sensibilizada, escolhesse seguir a Cristo. Buck tentou não pensar que Chloe pudesse querer adotar e criar como seu o bebê indesejado de Hattie. Ele e Chloe estavam perto de tomar uma decisão sobre conceber ou não uma criança àquela altura da história, mas ele, definitivamente, não queria nem considerar a ideia de criar o filho do anticristo.

Hattie agradeceu a todos e entrou no Range Rover com as mulheres. Buck deu a entender que usaria um dos outros carros para voltar ao escritório do *Semanário Comunidade Global*, mas, em vez disso, dirigiu até a igreja. No caminho, comprou um agrado para Tsion Ben-Judá. Em poucos minutos, estava atravessando um labirinto que levava ao refúgio sagrado na sala de estudos do rabino.

Sempre que Buck entrava naquele lugar, ficava certo de que Tsion sofria claustrofobia, solidão, medo e tristeza. Mas todas as vezes, sem erro, era Buck quem saía fortalecido das visitas. Tsion não era uma pessoa alegre. Raramente ria, tampouco recebia Buck com um sorriso. Seus olhos eram vermelhos, e o rosto mostrava os traços de alguém que tinha sofrido uma perda recente. Mas ele também estava em forma. Exercitava-se correndo naquele lugar, pulando, fazendo flexões e sabe-se lá mais o quê. Ele contou a Buck que fazia exercícios pelo menos uma hora por dia, e os efeitos eram visíveis. Seu estado de espírito parecia melhor a cada vez que Buck o via, e ele nunca se queixava.

Naquela tarde, Tsion parecia realmente contente em receber uma visita.

— Cameron — ele disse —, se não fosse o peso em minha alma neste momento, certas partes deste lugar, até mesmo aqui, seriam um paraíso. Posso ler, estudar, orar, escrever, falar ao telefone e pelo computador. É o sonho de todo acadêmico. Sinto falta da interação com meus colegas, especialmente com os jovens alunos que me ajudavam, mas Amanda e Chloe também são alunas maravilhosas.

Com grande apetite, ele devorou o lanche que Buck havia trazido.

— Preciso falar sobre minha família. Espero que não se importe.

— Tsion, você pode falar comigo sobre sua família sempre que quiser. Por favor, perdoe-me por não insistir em perguntar.

— Sei que você, como muitos outros, fica pensando se deve tocar num assunto tão doloroso. Desde que não falemos muito de suas mortes, fico muito satisfeito em compartilhar minhas lembranças. Você sabe que criei meu filho dos seus oito aos quatorze anos e minha filha dos seus dez aos dezesseis. Minha esposa teve-os com o primeiro marido, que morreu num acidente em uma construção. No início, as crianças não me aceitaram, mas eu as conquistei com meu amor pela mãe deles. Não tentei substituir seu pai ou fingir que eu era responsável pelos dois. Eventualmente, passaram a chamar-me de pai, e esse foi um dos episódios mais felizes da minha vida.

— Sua esposa parece ter sido uma mulher maravilhosa.

— Sim. As crianças também eram maravilhosas, e olhe que minha família foi tão humana quanto qualquer outra. Eu não os idealizo. Eram todos muito inteligentes. Isso me alegrava muito. Eu podia conversar com eles sobre coisas profundas, coisas complicadas. Minha esposa lecionava numa faculdade antes de ter filhos. As crianças frequentavam ótimas escolas particulares e eram estudantes excepcionais.

E completou:

— Acima de tudo, quando comecei a contar-lhes o que vinha descobrindo em minhas pesquisas, eles nunca me acusaram de heresia ou de trair minha cultura, minha religião ou meu país. Eram inteligentes o bastante para reconhecer que eu estava descobrindo a verdade. Não fiz uma pregação, não tentei influenciá-los indevidamente. Apenas lia passagens e perguntava: "O que vocês deduzem disso? O que a Torá diz sobre as qualificações do Messias?" Eu era tão fervoroso em meu método socrático, que, às vezes, penso que eles chegavam às minhas conclusões antes de mim. Quando ocorreu o arrebatamento, eu soube imediatamente o que havia acontecido. Para ser sincero, fiquei decepcionado ao constatar que eu falhei com minha família e que todos os três foram deixados para trás comigo. Eu teria sentido falta deles, assim como sinto agora, mas também teria sido uma bênção se algum deles tivesse reconhecido a verdade e agido antes de ser tarde demais.

— Você me disse que todos eles se converteram logo após a sua própria conversão.

Tsion levantou-se e caminhou pelo quarto.

— Cameron, não entendo como alguém que tenha tido qualquer contato com a Bíblia pode duvidar do significado desses desaparecimentos em massa. Rayford Steele, com seus conhecimentos limitados, soube por causa do testemunho da esposa. Eu, mais do que qualquer outro, deveria ter sabido. No entanto, isto é o que se vê por toda parte: pessoas tentando achar uma explicação para que não tenham de encarar a verdade. Isso parte o meu coração.

Tsion mostrou a Buck aquilo em que vinha trabalhando. Estava quase terminando o primeiro livreto de uma série baseada nos escritos de Bruce.

— Ele era incrivelmente adepto dos estudos para um jovem! — Tsion disse. — Não era linguista como eu, por isso estou acrescentando um pouco dos meus conhecimentos ao seu trabalho. Acho que isso contribui para um produto final melhor.

— Tenho certeza de que Bruce concordaria — Buck assentiu.

Buck queria pedir o apoio de Tsion, vagamente, é claro, para a igreja, que estava à procura de um novo pastor. Seria perfeito se fosse ele! Mas estava fora de cogitação. De qualquer forma, Buck não queria que nada interrompesse o importante trabalho do amigo.

— Você sabe, Tsion... É provável que eu seja o primeiro a juntar-me a você, aqui, numa base permanente.

— Cameron, não consigo imaginá-lo escondido.

— Vou ficar louco, não tenho dúvidas. Mas tenho sido descuidado. Eu me arrisco muito. Em algum momento, chegarão até mim.

— Você poderá fazer o que eu faço pela internet — Tsion sugeriu.

— Só com alguns truques que aprendi já estou falando com centenas! Imagine o que você poderá fazer pela verdade. Pode escrever como sempre fez, com total objetividade e coerência. Não será influenciado pelo dono do jornal.

— O que disse sobre a verdade?

— Apenas que você poderá escrever a verdade, nada mais.

Buck sentou-se e começou a desenhar numa folha de papel. Esboçou a capa de uma revista e chamou-a simplesmente de "Verdade". Estava animado.

— Veja só! Eu poderia criar as imagens, escrever os artigos e divulgá-los na internet. Segundo Donny Moore, jamais conseguiriam rastrear.

— Não quero vê-lo obrigado ao autoencarceramento — Ben-Judá disse. — Mas confesso que seria bom ter um pouco de companhia.

CAPÍTULO 19

Rayford estava orgulhoso de Hattie Durham. Pelo que conseguiu descobrir na Nova Babilônia, ela tinha aplicado outra jogada em Nicolae e em seu carrasco Leon Fortunato. Aparentemente, Hattie voou de Milwaukee a Boston, mas, em vez de continuar para Bagdá, fez outra parada.

Quando as reuniões com Peter Mathews foram retomadas na sede na Nova Babilônia, Rayford não teve como acompanhá-las, é claro. Tudo o que sabia era que reinava uma grande consternação no local, especialmente entre Nicolae e Leon, diante do fato de que Hattie havia escapado mais uma vez. Apesar de Nicolae tê-la tratado com indiferença, desconhecer seu paradeiro tornava Hattie imprevisível e um embaraço potencial.

Por fim, quando veio a informação de que ela tinha um novo itinerário, o próprio Carpathia pediu para conversar com Rayford em particular. A nova equipe da secretaria estava instalada e em funcionamento quando Rayford entrou na suíte 216 e foi conduzido para sua audiência com o soberano.

— É bom vê-lo de novo, comandante Steele. Receio não ter demonstrado minha gratidão por seus serviços de forma tão explícita quanto costumava fazer quando ainda não existiam tantas distrações. Deixe-me ir direto ao ponto. Sei que a senhorita Hattie trabalhou para o senhor no passado. Na verdade, o senhor foi recomendado por ela. Sei também que, por vezes, Hattie fez-lhe confidências. Assim, creio que não ficará surpreso ao saber que há problemas no paraíso, como dizem. Serei franco: acredito que a srta. Durham tem superestimado a seriedade do nosso relacionamento pessoal.

Rayford lembrou-se do momento em que Nicolae tinha anuncia-do, aparentemente com orgulho, que Hattie estava grávida e usava seu anel. Mas Rayford era esperto o bastante para não pegar o senhor da mentira contando uma mentira.

Carpathia continuou:

— A srta. Durham deveria ter percebido que, numa posição como esta que eu ocupo, não há espaço para uma vida pessoal que inclua o compromisso exigido por um casamento e uma família. Ela parecia feliz com a perspectiva de ter um filho, *meu* filho. Por isso, não desencorajei essa opção nem encorajei qualquer outra. Caso ela leve a gravidez até o fim, é claro que cumprirei minha responsabili-dade financeira. No entanto, não é justo esperar que eu dedique a ela o tempo que um pai comum teria à disposição. Meu conselho para Hattie seria encerrar a gravidez. No entanto, como esse resultado do nosso relacionamento é, de fato, responsabilidade dela, deixarei que ela decida.

Rayford estava confuso e não tentou esconder. Por que Carpathia estava lhe contando tudo isso? Que tarefa seria dada a ele? Rayford não precisou esperar muito.

— Tenho necessidades como qualquer homem, comandante Ste-ele. O senhor entende. Eu jamais me comprometeria com uma úni-ca mulher, e certamente não assumi esse compromisso com a srta. Durham. Fato é que já tenho um relacionamento com outra pessoa. O senhor deve compreender o dilema em que me encontro.

— Não tenho tanta certeza disso — Rayford disse.

— Bem, eu substituí a srta. Durham no cargo de minha assisten-te pessoal. Sinto que isso a deixou angustiada e a fez concluir que nosso relacionamento azedou. Não vejo assim; entendo que ambos estamos seguindo em frente. Mas, como eu disse, já que ela via mais importância nesse relacionamento do que eu, ficou mais agitada e decepcionada com o término.

— Preciso perguntar sobre o anel que deu a ela — Rayford insti-gou.

— Ah, o anel não é problema. Não o exigirei de volta. Na verdade, sempre achei que a pedra era grande demais para ser usada num anel de noivado. É claramente decorativa. Ela não precisa devolvê-lo.

Rayford estava começando a entender. Carpathia pediria a ele, como velho amigo e chefe de Hattie, que lhe entregasse a mensagem; do contrário, Rayford não precisaria de todas essas informações.

— Eu farei a coisa certa com a srta. Durham, comandante Steele. Dou-lhe a minha palavra. Não quero que ela fique desamparada. Sei que ela conseguirá encontrar um emprego, provavelmente não como membro do clero, mas, por certo, na indústria de aviação.

— Que foi devastada pela guerra, como o senhor sabe — Rayford disse.

— Sim, mas com a experiência que ela tem e, talvez, com um pouco de pressão da minha parte...

— O que o senhor está dizendo é que dará a ela algum tipo de mesada, pensão ou assistência?

Carpathia parecia aliviado.

— Sim, se isso facilitar as coisas para ela, ficarei feliz em ajudar.

"Aposto que sim", Rayford pensou.

— Comandante Steele, tenho uma missão para o senhor...

— Eu já imaginava.

— É claro que sim. O senhor é um homem esperto. Tivemos a notícia de que a srta. Durham retomou seu itinerário e está sendo esperada em Bagdá, num voo vindo de Boston na segunda-feira.

Finalmente, Rayford entendeu por que Hattie tinha atrasado seu retorno. Talvez ela soubesse dos planos de Amanda. Seria típico de Amanda encontrá-la em algum lugar e acompanhá-la em sua viagem. Amanda tinha segundas intenções, é claro: impedir que Hattie procurasse uma clínica. E também queria expressar-lhe o amor. Rayford decidiu não contar a Carpathia que, de qualquer jeito, ele iria até Bagdá na segunda-feira para buscar a esposa.

— Supondo que o senhor esteja livre, comandante Steele, e vou garantir que esteja, peço que vá ao encontro da srta. Durham. Por ser um velho amigo dela, o senhor é a pessoa certa para informá-la das mudanças. Os pertences de Hattie foram levados a um dos apartamentos em seu prédio. Ela pode ficar lá por um mês, até que decida para onde deseja mudar-se.

Rayford o interrompeu:

— Perdão, mas está pedindo que eu faça algo que o senhor deveria fazer pessoalmente?

— Ah, não se engane, comandante Steele. Não tenho medo desse confronto. Seria desagradável, sim, mas tenho responsabilidades aqui. É que estou sob tanta pressão com reuniões importantes! Estabelecemos muitas novas diretivas e encíclicas legislativas em virtude da recente rebelião, então simplesmente não posso ficar afastado do escritório.

Rayford pensou que a reunião de Carpathia com Hattie Durham teria levado menos tempo do que a reunião que estavam tendo naquele momento. Mas não fazia sentido argumentar com o homem.

— Alguma pergunta, comandante Steele?

— Não. Está tudo muito claro para mim.

— Então, fará o que pedi?

— Creio que não tenho escolha.

Carpathia sorriu.

— O senhor tem um ótimo senso de humor, comandante. Eu não diria que seu emprego depende disso, mas vejo que sua formação militar o capacitou para entender que, quando recebe uma ordem, ela deve ser executada. Quero que saiba que eu aprecio isso.

Rayford fixou nele o olhar. Não queria dizer o obrigatório "O prazer é todo meu", portanto acenou com a cabeça e se levantou.

— Comandante Steele, peço que permaneça sentado por mais um momento.

Rayford sentou-se novamente. "O que é agora? É o início do fim?"

— Eu gostaria de perguntar sobre sua relação com Cameron Williams.

Rayford não respondeu de imediato.

Carpathia continuou:

— Conhecido também como Buck Williams. Escritor sênior do *Semanário Comunidade Global*. Meu editor.

— Ele é meu genro — Rayford respondeu.

— E o senhor saberia dizer por que ele não compartilhou essa boa notícia comigo?

— Acho que o senhor terá de perguntar a ele.

— Bem, então, talvez, eu deva perguntar ao senhor. Por que *o senhor* não compartilhou essa informação comigo?

— É assunto de família — Rayford respondeu, tentando permanecer calmo. — Em todo caso, eu acreditava que logo o senhor ficaria sabendo, tendo em vista a alta posição que ele ocupa.

— Ele partilha de suas crenças religiosas?

— Prefiro não falar em nome de Buck.

— Vou entender como um sim.

Rayford ainda fixava os olhos nele.

Carpathia continuou:

— Não estou dizendo que isso seja necessariamente um problema, o senhor entende.

"Entendo muito bem", Rayford pensou.

— Foi apenas curiosidade — Carpathia concluiu. Ele sorriu para Rayford, e o piloto leu naquele sorriso tudo o que o anticristo insinuava.

— Aguardo um relato de sua reunião com a srta. Durham, e tenho certeza de que será um sucesso.

* * *

Buck estava no escritório do *Semanário Comunidade Global*, em Chicago, quando recebeu uma ligação de Amanda.

— Acabo de receber o telefonema mais estranho de Rayford — ela disse. — Ele perguntou se eu tinha combinado de voltar com Hattie de Boston para Bagdá. Falei que não. Pensei que ela já estivesse lá. Rayford acreditava, segundo ele disse, que Hattie tinha mudado o itinerário e que nós duas chegaríamos por volta do mesmo horário. Então, perguntei o que estava acontecendo, mas ele parecia apressado e não se sentiu à vontade para contar-me. Você sabe o que está acontecendo?

— Tudo isso é novidade para mim, Amanda. Seu voo também parou para reabastecer em Boston?

— Sim. Como você sabe, Nova York está completamente fechada. Washington também. Não sei se esses aviões conseguem voar de Milwaukee diretamente para Bagdá.

— Por que Hattie teria levado tanto tempo para chegar lá?

— Não faço ideia. Se eu soubesse que ela pretendia adiar a volta, eu me ofereceria para voar com ela. Precisamos manter contato com essa garota.

Buck concordou.

— Chloe já sente falta de você. Ela e Tsion estão trabalhando duro em algum programa para o Novo Testamento. É como se estivessem na mesma sala, mesmo separados quase meio quilômetro um do outro.

— Sei que ela está gostando disso — Amanda disse. Eu gostaria de falar com Rayford para que eu pudesse voltar. Eu o veria menos, mas também não o vejo muito na Nova Babilônia.

— Não se esqueça de que você pode estar "na mesma sala" com Tsion e Chloe, não importa onde esteja agora.

— Sim — ela disse —, só que estamos nove horas à frente.

— Basta coordenar os horários. Onde você está agora?

— Estamos sobrevoando o continente. Devemos pousar em mais ou menos uma hora. E aí, que horas são? Umas oito da manhã?

— Correto. Já fazia algum tempo que o Comando Tribulação não ficava tão espalhado! Tsion parece estar produtivo e satisfeito, não sei se feliz. Chloe está na casa de Loretta, entusiasmada com seus estudos e com a oportunidade de lecionar, mesmo sabendo que pode não ser livre, legalmente, para fazer isso sempre. Eu estou aqui, você está aí e vai encontrar Rayford antes que perceba. Ao que parece, estamos todos presentes e contabilizados.

— Só espero que Rayford esteja certo sobre Hattie — Amanda disse. — Seria muito prático se ele pudesse pegar nós duas.

* * *

Era hora de Rayford ir para Bagdá. Estava confuso. Por que Hattie permaneceu incomunicável em Denver por tanto tempo e, em seguida, enganou Fortunato sobre seu voo de retorno quando restabeleceu contato? Se não tinha a intenção de encontrar Amanda, por que faria isso? O que era de seu interesse em Boston?

Rayford estava ansioso para rever Amanda. Eles ficaram separados apenas poucos dias, mas, afinal, ainda eram recém-casados. Ele não estava muito feliz com a nova missão sobre Hattie, especialmente com Amanda chegando ao mesmo tempo. No entanto, uma coisa ele sabia, segundo o que lhe disseram sobre o encontro de Hattie com Loretta, Chloe e Amanda no refúgio: Hattie ficaria confortada com a presença de Amanda.

A questão era: a mensagem de Rayford para Hattie seria uma má notícia? Talvez aquilo a ajudasse a aceitar o futuro. Ela sabia que estava tudo acabado. Temia que Carpathia não a deixasse ir. Ficaria ofendida, é claro, até mesmo insultada. Não aceitaria o anel, nem o dinheiro dele, nem o apartamento. Mas, ao menos, ela saberia. Na mente masculina de Rayford, parecia uma solução prática. Mas, ao longo dos anos, ele aprendeu o bastante para saber que, por mais repugnante que Carpathia fosse para Hattie agora, ela se sentiria ferida e rejeitada.

Rayford ligou para o motorista de Hattie.

— Você me levaria ou emprestaria o carro? Preciso pegar a srta. Hattie em Bagdá e também minha...

— Oh, sinto muito, senhor. Não sou mais o motorista da srta. Durham. Agora trabalho para outra pessoa na suíte executiva.

— Sabe dizer onde posso encontrar um carro?

— O senhor pode tentar o parque de veículos da Comunidade. Mas isso leva um tempo. Muita papelada.

— Não tenho esse tempo todo. Alguma outra sugestão?

Rayford estava irritado consigo mesmo por não ter planejado melhor.

— Se o soberano ligasse para o parque de veículos, o senhor teria um carro num segundo.

Rayford ligou para o escritório de Carpathia. A secretária disse que ele estava indisponível.

— Ele está no escritório? — Rayford perguntou.

— Está aqui, senhor, mas, como falei, ele não está disponível.

— É meio que urgente. Se for possível interrompê-lo, eu agradeceria se pudesse falar com ele. Só preciso de um segundo.

Quando a secretária retornou, disse:

— O soberano quer saber se o senhor pode dar um pulo no escritório antes de cumprir sua tarefa.

— Estou com pouco tempo, mas...

— Eu direi que o senhor estará aqui.

Rayford estava a três blocos do prédio de Carpathia. Desceu pelo elevador e correu até a sede. De repente, teve uma ideia e pegou o celular. Sem parar de correr, ligou para McCullum.

— Mac? Está livre neste momento? Ótimo! Preciso que me leve para Bagdá em seu helicóptero. Minha esposa está chegando; também devo encontrar Hattie Durham. O quê? Fofocas sobre ela? Não tenho permissão para dizer nada, Mac. Estarei no escritório de Carpathia em poucos minutos. Encontro você no heliporto? Ok. Obrigado!

* * *

Buck estava trabalhando no *notebook*, com a porta do escritório trancada, quando seu computador informou a chegada de uma mensagem de Tsion. Dizia: "Que tal experimentarmos uma chamada de vídeo?" Buck escreveu de volta: "Claro."

Ele inseriu uma senha. O computador precisou de alguns instantes para carregar, então a imagem de Tsion apareceu na tela. Buck brincou: "Esse é você ou me vejo num espelho?"

Tsion respondeu: "Sou eu. Poderíamos usar o áudio e conversar um com o outro, caso esteja numa área segura."

"Melhor não", Buck digitou. "Você queria algo específico?"

"Eu gostaria de ter um companheiro no café da manhã", Tsion escreveu de volta. "Sinto-me muito melhor hoje, mas estou ficando um pouco claustrofóbico aqui. Sei que não posso sair, mas você conseguiria entrar sem levantar suspeitas em Loretta?"

"Vou tentar. O que deseja para o café da manhã?"

"Preparei algo americano especialmente para você, Buck. Vou virar a câmera agora; veja se consegue reconhecer."

A máquina não tinha sido construída para captar o interior de um abrigo subterrâneo escuro. Buck digitou: "Não consigo ver nada, mas confio em você. Estarei aí o mais rápido possível."

Buck disse à recepcionista que se ausentaria por algumas horas. Enquanto caminhava em direção ao Range Rover, Verna Zee o interceptou.

— Para onde está indo? — ela perguntou.

— Perdão? — ele reagiu.

— Quero saber para onde está indo.

— Não sei ao certo — ele disse. — A recepcionista sabe que ficarei fora algumas horas. Não me sinto obrigado a compartilhar maiores detalhes com você.

Verna balançou a cabeça.

* * *

Rayford diminuiu o passo quando alcançou a entrada principal da sede da Comunidade Global. O complexo tinha sido construído numa região incomum, com residências de luxo ao redor. Algo chamou sua atenção: barulhos de animais. Latidos. Ele sabia da presença de cachorros na região. Muitos funcionários tinham cães de raça com os quais gostavam de passear nas ruas. Eram símbolos de prosperidade.

Ele já tinha ouvido alguns poucos latidos. Mas, agora, todos latiam. Estavam fazendo tanto barulho, que Rayford virou-se para tentar identificar o que havia deixado os animais tão agitados. Viu que alguns cachorros se soltaram dos donos e estavam descendo a rua, uivando.

Então, encolheu os ombros e entrou no prédio.

* * *

Buck cogitou a ideia de passar na casa de Loretta e pegar Chloe. Ele precisava pensar na história que contaria para Loretta no gabinete da igreja, pois não conseguiria estacionar ou entrar lá sem que ela o visse. Talvez ele e Chloe pudessem passar algum tempo com Loretta e, então, fingir deixar a igreja pelos fundos. Se ninguém os visse, poderiam descer e visitar Tsion. Era um plano.

Buck estava a meio caminho de Mount Prospect quando percebeu algo estranho. Animais atropelados. Muitos. E outros animais atravessando as ruas, desafiando a morte. Esquilos, coelhos, cobras. Cobras? Poucas vezes tinha visto cobras naquela região, especialmente tão ao norte. Uma cobra de jardim de vez em quando... Mas eram cobras, e por que tantas? Guaxinins, gambás, patos, gansos, cachorros, gatos, animais por toda parte.

Ele abaixou a janela do Range Rover e ouviu. Nuvens enormes de pássaros voavam de árvore em árvore, mas o céu estava limpo. Azul. Parecia não haver vento. Nenhuma folha sequer se mexia nas árvores. Buck parou no sinal vermelho e percebeu que, embora não estivesse ventando, os postes de luz balançavam. Os sinais oscilavam de um lado para o outro. Buck pisou no acelerador, avançou o sinal e correu em direção a Mount Prospect.

* * *

Rayford foi levado até o escritório de Carpathia. O soberano e vários VIPs estavam à mesa de conferências. Rapidamente, ele puxou Rayford para um canto.

— Obrigado por dar um pulo aqui, comandante Steele. Só quero reforçar meu desejo de não me encontrar com a srta. Durham. Talvez ela queira falar comigo. Isso está fora de questão. Eu...

— Com licença — Leon Fortunato o interrompeu —, mas, soberano, senhor, estamos recebendo algumas leituras estranhas em nossos medidores de energia.

— Seus medidores de energia? — Carpathia perguntou, incrédulo. — A manutenção é responsabilidade sua e de sua equipe, Leon...

— Senhor! — a secretária o chamou. — Ligação urgente para o senhor ou para Leon Fortunato do Instituto Sismográfico Internacional.

— Você atende, por favor, Leon? Estou ocupado aqui.

Fortunato atendeu. Ele pareceu tentar ficar em silêncio, mas, enfim, não conseguiu mais conter-se:

— O quê? Como é que é?!

Agora, Carpathia estava irritado.

— Leon!

Rayford afastou-se de Carpathia e olhou pela janela. Lá no fundo, cachorros corriam em círculos, enquanto seus donos os perseguiam. Rayford pegou o celular e ligou para McCullum às pressas. Carpathia o repreendeu:

— Comandante Steele! Eu estava falando com o senhor...

— Mac! Onde você está? Ligue os motores. Estou a caminho agora!

De repente, a energia acabou. Apenas luzes alimentadas por baterias brilhavam próximo ao teto, e a luz clara do sol invadiu a sala. A secretária gritou. Fortunato virou-se para Carpathia e tentou dizer o que tinha acabado de ouvir. Carpathia gritou em meio ao barulho:

— Ordem aqui dentro, por favor!

E, como se alguém tivesse acionado um interruptor, o dia virou noite. Até mesmo homens crescidos gemiam e gritavam. Aquelas luzes que funcionavam com bateria, no canto, lançavam um brilho assombroso sobre o prédio, que começou a tremer. Rayford correu para a porta. Percebeu que alguém estava atrás dele. Apertou o botão do elevador e bateu com a mão na testa, lembrando que a energia tinha acabado. Então, seguiu correndo pelas escadas até o telhado, onde os rotores do helicóptero já estavam girando.

O prédio balançava como ondas sob os pés de Rayford. O helicóptero, apoiado em seus esquis, mergulhou primeiro para a esquerda, depois para a direita. Rayford estendeu o braço para agarrar-se à porta, vendo os olhos arregalados de Mac. Quando tentou entrar no helicóptero, alguém o empurrou, e ele foi jogado para perto de Mac. Nicolae Carpathia estava logo atrás dele.

— Decole! — ele gritou. — Decole!

McCullum levantou o helicóptero uns trinta centímetros do chão.

— Outros estão vindo! — ele gritou.

— Não temos mais espaço! — Carpathia respondeu gritando. — Decole!

Quando duas jovens mulheres e vários homens de meia-idade se agarraram aos esquis, Mac levantou voo e afastou o helicóptero do prédio. Ao girar para a esquerda, suas luzes iluminaram a cobertura, onde outras pessoas apareciam gritando e chorando na porta. Enquanto Rayford olhava aterrorizado, o prédio de dezoito andares, com centenas de funcionários, ruiu num estrondo tremendo e numa nuvem de poeira. Uma após a outra, as pessoas agarradas ao helicóptero começaram a cair.

Rayford olhou fixamente para Carpathia. Seu rosto, iluminado pela fraca luz do painel de controle, não mostrava expressão nenhuma. Carpathia simplesmente parecia ocupado apertando os cintos. Rayford sentiu-se miserável. Acabou de ver gente morrendo. Carpathia tinha ordenado a Mac que se afastasse de pessoas que poderiam ter sido salvas. Rayford sentia vontade de matar o homem com as próprias mãos.

Pensando se não teria sido melhor também morrer naquele prédio, Rayford balançou a cabeça e apertou o cinto.

— Bagdá! — ele gritou. — Aeroporto de Bagdá!

* * *

Buck sabia exatamente o que estava acontecendo. Avançou sinais vermelhos e ignorou placas de trânsito e meios-fios, ultrapassando carros e caminhões. Antes de mais nada, queria encontrar Chloe na casa de Loretta. Pegou o celular, mas, como ainda não tinha programado a discagem rápida, era impossível continuar àquela velocidade e digitar um número inteiro ao mesmo tempo. Então, jogou o celular no banco e continuou.

Ele estava passando por um cruzamento, quando o sol apagou. Num instante, o dia transformou-se em noite, e a energia acabou em toda a região. As pessoas ligaram os faróis, mas Buck viu a fenda no solo tarde demais. Ele ia na direção de uma fissura logo à sua frente. Parecia ter três metros de largura e o mesmo tanto de profundidade. Buck sabia que, se caísse nela, provavelmente morreria, mas estava rápido demais para evitá-la. Girou o volante para a esquerda, então o Range Rover tombou completamente antes de cair no buraco. O *air bag* do lado do passageiro disparou, para em seguida murchar lentamente. Estava na hora de descobrir o quanto esse carro realmente valia.

Diante dele, a brecha estreitava. Era impossível sair por lá, a não ser que conseguisse subir primeiro. Acionou a tração 4x4 e mudou para câmbio manual, colocou a primeira marcha, girou os pneus dianteiros levemente para a esquerda e pisou no acelerador. O pneu dianteiro esquerdo conseguiu encontrar atrito na parede íngreme do precipício; de repente, o carro foi catapultado para cima. Atrás dele, um carro pequeno mergulhou de frente no buraco e explodiu em chamas.

O solo se movimentava e rachava. Uma parte enorme da calçada foi lançada a uma altura de quase três metros e despencou na rua.

O barulho era ensurdecedor. Buck não tinha fechado a janela depois de ouvir os animais, agora estava cercado por estrondos de caminhões tombando, além de casas e postes de iluminação e de telefonia caindo.

Buck decidiu reduzir a velocidade. Aquela correria o acabaria matando. Ele precisava ver o que estava adiante e encontrar um caminho entre os escombros. O Range Rover saltava e rangia. Chegou a derrapar e a girar. As pessoas que, por ora, tinham sobrevivido, estavam dirigindo loucamente e causando acidentes.

Quanto tempo isso duraria? Buck estava desorientado. Olhou a bússola no painel e tentou continuar na direção oeste. Por um instante, parecia haver um padrão na rua. Ela subia, descia, então subia de novo, como numa montanha-russa. Mas o grande terremoto tinha apenas começado. O que, a princípio, eram picos acidentados, que o Rover conseguiu facilmente ultrapassar, logo viraram turbilhões de lama e asfalto. Carros desapareciam naquilo.

* * *

A palavra *horror* não bastava para descrever aquela cena. Rayford não conseguiu falar com Carpathia, nem mesmo com Mac. Eles estavam a caminho do Aeroporto de Bagdá, e Rayford não parava de olhar a devastação lá embaixo. Havia incêndios por toda parte, iluminando acidentes de carro, prédios destruídos e a terra agitada como um mar revolto.

Algo como uma enorme bola de fogo chamou sua atenção. Lá, pendurada no céu, tão próximo que pareceu ser possível tocá-la, estava a lua. A lua vermelha como sangue.

* * *

Buck não pensava em si mesmo. Estava pensando em Chloe. Estava pensando em Loretta. Estava pensando em Tsion. Era possível que Deus os tivesse trazido até ali apenas para que morressem no grande terremoto, no sexto juízo selado? Se todos fossem para Deus, ótimo. Mas seria pedir demais que a morte de seus amados fosse a menos dolorosa possível? Se tivessem de ir, ele orou, "Senhor, seja rápido."

O terremoto rugia sem parar, um monstro que engolia tudo o que via. Buck retraiu-se, horrorizado, quando seus faróis iluminaram uma casa enorme ruindo por completo. A que distância ele estava de Chloe, na casa de Loretta? Teria uma chance melhor de chegar a Tsion e Loretta na igreja? Logo, o veículo de Buck era o único à vista. Não havia iluminação, nem sinais, nem placas de trânsito. Casas estavam desmoronando. Na rua, ouvia gritos e via pessoas correndo, tropeçando, caindo, rolando pelo chão.

O Range Rover pulava e balançava. Buck já tinha perdido a conta de quantas vezes sua cabeça bateu contra o teto. Certa hora, um pedaço do meio-fio se desprendeu e fez o carro cair de lado. Buck acreditou que o fim estava próximo, mas não seria derrotado sem lutar. Lá estava ele, deitado no lado esquerdo do veículo, os cintos apertados. Então, estendeu a mão para soltar o cinto. Pretendia sair pela janela do passageiro. Mas, antes que conseguisse, um movimento de terra colocou o Range Rover de pé, e Buck continuou viagem.

Vidros estilhaçavam. Muros caíam. Restaurantes desapareciam. Concessionárias eram engolidas. Prédios comerciais erguiam-se de um lado e, então, desabavam. Novamente, Buck viu um buraco na rua que não conseguiu evitar. Fechou os olhos e se preparou para o impacto, sentindo os pneus rodando sobre uma superfície acidentada, cheia de vidro e metal. Então, olhou ao redor e viu que tinha passado por cima de outro carro. Mal sabia onde estava. Apenas continuou na direção oeste. Se ao menos pudesse chegar à igreja ou à casa de Loretta... Ele reconheceria qualquer uma delas? Existia uma oração para que todas as pessoas que ele conhecia, em qualquer lugar no mundo, ainda estivessem vivas?

NICOLAE

* * *

Mac teve um vislumbre da lua. Rayford percebeu que ele estava maravilhado. McCullum manobrou o helicóptero para que Nicolae também pudesse ver. Carpathia parecia hipnotizado por ela. A lua iluminava seu rosto com aquele terrível brilho vermelho, e o homem jamais se pareceu tanto com o diabo!

Fortes soluços agitavam o peito e a garganta de Rayford. Quando viu a destruição e o caos no solo, sabia que as chances de encontrar Amanda eram mínimas. "Senhor, receba-a sem sofrimento, por favor!"

E Hattie! Será que ela aceitou Cristo antes daquilo? Alguém em Boston ou no avião poderia tê-la ajudado a fazer essa transição?

De repente, teve início uma chuva de meteoros; era como se o próprio céu estivesse desmoronando. Rochas enormes em chamas traçavam linhas no céu. Rayford presenciou o dia virando noite e, agora, a noite virando dia com todas aquelas chamas.

* * *

Buck prendeu a respiração quando o Range Rover bateu em algo que o fez parar. A parte traseira tinha caído numa fenda, os faróis apontando, agora, diretamente para o céu. Buck tinha as duas mãos no volante; ele estava reclinado, olhando o céu, que de repente se abriu. Nuvens negras e roxas monstruosas acumulavam-se e pareciam espantar a própria escuridão da noite.

Meteoros começaram a cair, esmagando tudo aquilo que, de alguma forma, ainda não tinha sido engolido. Um meteoro caiu próximo da porta de Buck. O calor era tão intenso, que o para-brisa derreteu, obrigando Buck a soltar o cinto e a tentar sair pelo lado direito. Mas, antes que pudesse fazê-lo, outra rocha derretida explodiu atrás do Range Rover, empurrando-o para fora do buraco. Buck foi jogado no banco traseiro e bateu a cabeça no teto. Estava tonto, mas sabia que, se ficasse naquele lugar, seria um homem morto. Passou para o banco da frente e sentou-se novamente atrás do volante. Apertou o cinto, pensando quão frágil era aquela precaução diante do maior terremoto na história da humanidade.

A agitação da terra não parecia diminuir. Os tremores não eram secundários. Aquela coisa simplesmente não dava sinais de que pretendia parar. Buck dirigiu devagar; os faróis do Range Rover salteando loucamente enquanto o carro era jogado para todos os lados. Buck, então, achou ter reconhecido um local, um pequeno restaurante numa esquina a três quarteirões da igreja. Precisava continuar de alguma forma.

Cuidadosamente, contornou e atravessou caos e destruição. A terra continuava agitada, mas ele simplesmente foi em frente. Através do para-brisa destruído, via pessoas correndo, outras gritando, com feridas abertas e sangue. Tentavam esconder-se embaixo de rochas e pedras que tinham sido cuspidas pela terra. Usavam partes suspensas do asfalto e da calçada como proteção, só para serem esmagadas por elas. Um homem de meia-idade, sem camisa, descalço e sangrando, olhou para o céu através de seus óculos quebrados e abriu os braços. Ele gritou: "Deus, mate-me! Mate-me!" Quando Buck passou por ele no Range Rover, o homem foi engolido pela terra.

* * *

Rayford tinha perdido toda a esperança. Parte dele orava, pedindo que o helicóptero caísse. A ironia era saber que Nicolae Carpathia não morreria antes dos próximos 21 meses. Então, ressurgiria e viveria outros três anos e meio. Nenhum meteoro acertaria aquele helicóptero. E não importava onde pousassem, de alguma forma estariam seguros. Tudo isso só porque Rayford estava cumprindo uma ordem do anticristo.

* * *

Buck sentiu um aperto no coração quando viu o campanário da Igreja Nova Esperança. Ela estava a menos de seiscentos metros de distância, e a terra continuava a revirar-se. Coisas ainda desabavam. Árvores enormes eram derrubadas, levando consigo fios elétricos e jogando-os nas ruas.

Ele gastou vários minutos procurando um caminho pelos escombros e pelas enormes pilhas de madeira, terra e cimento. Quanto mais perto chegava da igreja, mais vazio seu coração parecia ficar. Aquele campanário era a única coisa que tinha ficado de pé. A base estava no nível do chão. Os faróis do Range Rover lançaram sua luz sobre bancos em fileiras perfeitas, alguns aparentemente intocados. O restante do santuário, as vigas arqueadas, os vitrais, tudo estava destruído. O prédio administrativo, as salas de aula, os escritórios estavam no chão, num monte de tijolos, vidro e argamassa.

Buck conseguiu enxergar um carro numa cratera, naquilo que costumava ser o estacionamento; o chassi do carro no chão, os quatro pneus estourados e os eixos quebrados. Duas pernas humanas apareciam por baixo do carro. Buck parou o Range Rover a uns trinta metros daquela bagunça no estacionamento. Puxou o freio de mão e desligou o motor. Sua porta não abria. Então, soltou o cinto e saiu pelo lado do passageiro. De repente, o terremoto parou. O sol reapareceu. Era uma manhã clara e ensolarada, numa segunda-feira em Mount Prospect, Illinois. Buck podia sentir cada osso de seu corpo.

Avançou pelo solo acidentado em direção àquele pequeno carro amassado. Quando chegou perto, viu que o corpo esmagado tinha perdido um sapato. O sapato que restou, porém, confirmou seu medo: Loretta tinha sido esmagada pelo próprio carro.

Buck tropeçou e caiu de rosto na sujeira, e algo cortou sua bochecha. Ele ignorou o corte e arrastou-se até o carro. Tomou fôlego e empurrou com toda a força, tentando tirar o veículo de cima do corpo. Ele não se mexia. Tudo em Buck se recusava a deixar Loretta lá. Mas para onde levaria o corpo se conseguisse soltá-lo?

Aos soluços, rastejou pelos escombros, procurando qualquer entrada para o refúgio subterrâneo. Pequenas partes reconhecíveis da sala de comunhão permitiram que ele rastejasse entre o pouco que sobrou da igreja destruída. O canal que levava ao campanário tinha desabado. Passou por cima de tijolos e pedaços de madeira. Finalmente, encontrou o duto de ventilação. Com as mãos formou um funil sobre a entrada do duto e gritou através ele:

— Tsion! Tsion! Você está aí?

Buck virou a cabeça de lado e encostou a orelha no duto, sentindo o ar fresco que subia do abrigo.

— Estou aqui, Buck! Você me ouve? — Ouço, sim, Tsion! Está bem?

— Estou, mas não consigo abrir a porta!

— Você não vai querer ver o que aconteceu aqui em cima, Tsion! — Buck gritou, a voz cada vez mais fraca.

— Como está Loretta?

— Morta!

— Foi o grande terremoto?

— Sim!

— Consegue vir até aqui?

— Chegarei até você, mesmo que seja a última coisa que faça, Tsion. Preciso que me ajude a procurar Chloe.

— Estou bem por enquanto, Buck! Vou esperá-lo!

Buck virou-se para olhar na direção do refúgio. Pessoas tropeçavam em roupas rasgadas. Muitas sangravam. Algumas caíam e pareciam morrer diante de seus olhos. Ele não sabia quanto tempo levaria para chegar até Chloe. Certamente não queria ver o que encontraria por ali, mas não desistiria até chegar lá. Se houvesse uma chance em um milhão de chegar até ela, de salvá-la, ele tentaria.

* * *

O sol reapareceu na Nova Babilônia. Rayford insistiu que Mac McCullum continuasse até Bagdá. Não importava para que lado os três olhassem, tudo o que viam era destruição. Crateras causadas pelos meteoros. Incêndios. Prédios aniquilados. Estradas assoladas.

Quando o Aeroporto de Bagdá apareceu no horizonte, Rayford abaixou a cabeça e chorou. Aviões estavam partidos ao meio; alguns tinham sido parcialmente engolidos por aberturas no chão. O terminal estava totalmente destruído. A torre tinha caído. Havia corpos espalhados por toda parte.

Rayford pediu que Mac pousasse o helicóptero. Mas, ao observar a área, ele soube. A única oração a ser feita por Amanda ou por Hattie era que seu avião ainda estivesse no ar quando tudo aconteceu.

Assim que os rotores pararam de girar, Carpathia voltou-se para os dois:

— Algum de vocês tem um celular que funcione?

Rayford sentiu-se tão enojado, que passou por Carpathia e abriu a porta. Foi por trás do assento dele e pulou para fora. Então, soltou o cinto de Carpathia, agarrou-o pela gola e tirou-o do helicóptero. Carpathia caiu com tudo. Ele se levantou rapidamente, como que pronto para lutar. Rayford o empurrou contra o helicóptero.

— Comandante Steele, entendo que esteja nervoso, mas...

— Nicolae — Rayford disse por entre os dentes apertados —, pode explicar isso como quiser, mas deixe-me dizer primeiro: Você acaba de ver a ira do Cordeiro!

Carpathia encolheu os ombros. Rayford o empurrou uma última vez contra o helicóptero e se afastou, voltando-se para o terminal do aeroporto, a quase meio quilômetro de distância, orando e pedindo que aquela fosse a última vez que teria de procurar o corpo de uma pessoa amada em meio aos escombros.

EPÍLOGO

Quando ele abriu o sétimo selo, houve silêncio nos céus cerca de meia hora. Vi os sete anjos que se acham em pé diante de Deus; a eles foram dadas sete trombetas. Outro anjo, que trazia um incensário de ouro, aproximou-se e se colocou em pé junto ao altar. A ele foi dado muito incenso para oferecer com as orações de todos os santos sobre o altar de ouro diante do trono. E da mão do anjo subiu diante de Deus a fumaça do incenso com as orações dos santos. Então o anjo pegou o incensário, encheu-o com fogo do altar e lançou-o sobre a terra; e houve trovões, vozes, relâmpagos e um terremoto. Então os sete anjos, que tinham as sete trombetas, prepararam-se para tocá-las. (Apocalipse 8:1-6)

A VERDADE POR TRÁS DA FICÇÃO

A profecia por trás das cenas

Um dos jogos favoritos entre entusiastas de profecias é descobrir a identidade do anticristo. No mundo real, muitos se parecem com o carismático Nicolae Carpathia da série *Deixados para trás*, mas apenas um fará a terrível transição de herói global a tirano possuído por Satanás. No capítulo 21 do livro de não ficção *Estamos vivendo os últimos dias?*, Tim LaHaye e Jerry B. Jenkins analisam a natureza do anticristo.

NICOLAE

TESTE SEU QI PROFÉTICO*

Aqueles que forem deixados para trás ainda terão
acesso à vida eterna em Cristo após o arrebatamento?

* Veja as respostas no final desta seção.

O filho da perdição

Em *The Expositor's Bible Commentary*, Merrill C. Tenney diz que
a expressão semítica "filho da perdição" (na Nova Versão Internacional) sugere um caráter abandonado, uma pessoa totalmente perdida
e entregue ao mal. Ela se aplica somente a duas pessoas na Bíblia: Ju-
das Iscariotes e o anticristo. E, embora a Bíblia não afirme explicita-
mente que o anticristo é possuído pelo diabo, uma leitura cuidadosa
de Apocalipse 12 e 13 leva muitos estudiosos bíblicos a crer que, após
ser derrotado pelas forças angelicais e expulso do céu no meio da
tribulação, o diabo entra no corpo do anticristo; no templo de Deus,
ele se autoproclama Deus.

O chifre pequeno

As atividades abomináveis do anticristo foram prenunciadas pelo
profeta Daniel, que o viu como um "chifre pequeno" (ver Daniel 7
e 9). Essas passagens descrevem sua arrogância, sua egomania, sua
blasfêmia... e sua destruição final.

Em Daniel, vemos também que o anticristo será descendente daqueles que destruíram o templo (em 70 d.C.). A série *Deixados para
trás* trabalha com a ideia de que o anticristo, Nicolae Carpathia, viria
da Romênia, uma nação do antigo bloco oriental que preserva grande parte de seu legado romano.

Em Daniel 9:26-27, ouvimos falar pela primeira vez do "sacrilégio terrível", em que o anticristo suspende os sacrifícios no templo reconstruído e se declara Deus, iniciando, assim, a grande tribulação.

O homem do pecado

O apóstolo Paulo diz um pouco mais sobre a vinda do anticristo. O nome que ele atribui a essa figura má é "o homem do pecado" (2Tessalonicenses 2). Paulo explica que o anticristo vai assentar-se no templo de Deus, proclamando ser Deus. Também diz que a influência demoníaca que levará o anticristo ao poder "já está em ação", mas é contida pelo Espírito Santo, que opera por meio da Igreja. Após o arrebatamento (quando o Espírito Santo será "afastado"), o anticristo será revelado ao mundo.

Logo depois, ele começará a surpreender homens e mulheres com milagres enganosos, sinais e poder — tudo viabilizado pela ação de Satanás. A maior parte do mundo será enganada pelos falsos milagres, seguindo e adorando voluntariamente o anticristo. Mas, no fim, o homem do pecado será morto pelo sopro do Senhor e destruído pelo brilho de sua vinda, no fim da tribulação.

A besta

O apóstolo João dá muitos outros detalhes sobre o anticristo no livro de Apocalipse. O nome especial que João dedica a esse líder mundial é "a besta", ainda que, a princípio, ele apresente o anticristo não como a besta, mas como um cavaleiro vencedor (Apocalipse 6:2,4).

O cavaleiro dos dois primeiros cavalos do Apocalipse é o próprio anticristo. Inicialmente, ele conquista pela diplomacia (ao que parece, esse seria o significado do arco sem flechas). Trata-se de um diplomata nato que resolve disputas entre países com tato e carisma. Logo, porém, ele emprega toda sua máquina militar contra os inimigos, numa terrível Terceira Guerra Mundial, e o resultado é uma perda catastrófica de vidas humanas: um quarto da população mundial é extinta. Entende por que ele é chamado de "a besta"?

Em Apocalipse 13:2, João deixa claro que o poder, o trono e a autoridade da besta lhe foram dados por Satanás.

Uma imitação fraca

O anticristo será o último príncipe deste mundo, pouco antes da volta de Jesus. Embora o povo não remido do mundo venha a prostrar-se para adorá-lo durante a segunda metade da tribulação, apenas um nome será adorado ao final dela: Jesus Cristo, Rei dos reis e Senhor dos senhores. Quando ele voltar, o mundo inteiro saberá que cometeu um erro gigantesco ao confundir a precária imitação de Satanás com o Senhor verdadeiro.

Você não fica feliz ao ver que não há razão para que cometamos um erro tão colossal? Mesmo agora podemos estar unidos aos corais do céu e cantar:

Grandes e maravilhosas são as tuas obras, Senhor Deus todo-poderoso. Justos e verdadeiros são os teus caminhos, ó Rei das nações. Quem não te temerá, ó Senhor? Quem não glorificará o teu nome? Pois tu somente és santo. Todas as nações virão à tua presença e te adorarão.

— Apocalipse 15:3,4

ENQUANTO ISSO...

... desde a primeira publicação da série *Deixados para trás*

Nicolae foi publicado originalmente em 1997, entre as duas Guerras do Golfo (1991 e 2003) e antes dos ataques terroristas aos Estados Unidos, em 11 de setembro de 2001.

350　　　　　DEIXADOS PARA TRÁS

Uma pesquisa realizada pela revista *Time*, em 1999, revelou que quase metade (49%) dos norte-americanos acreditava que haveria, um dia, um anticristo, e 19% acreditavam que ele já estava na terra. O dia 11 de setembro marcou uma transformação na visão de mundo de inúmeras pessoas. Uma pesquisa entre cristãos realizada pela página *christianet.com*, em 2010, revelou que 64% dos cristãos acreditavam que o anticristo estava vivo na época.

Houve muita especulação sobre quem poderia ser o anticristo — desde ditadores como Saddam Hussein, no Iraque (antes de sua prisão), e Kim Jong Il, na Coreia do Norte, até líderes mundiais, como os presidentes norte-americanos George W. Bush e Barack Obama, ou o antigo primeiro-ministro britânico Tony Blair (especialmente quando ele demonstrou interesse em tornar-se presidente da União Europeia). Especulações desse tipo têm ocorrido durante toda a história da Igreja e certamente continuarão a ocorrer, até que o anticristo se revele.

Num artigo de março de 2003, no *Left Behind Prophecy Newsletter* (2003-2009), publicado pouco antes da invasão norte-americana ao Iraque, Mark Hitchcock escreveu sobre "anticristos e anticristo". Ele usou o ditador iraquiano Saddam Hussein como exemplo, mas qualquer objeto atual de especulação poderia substituí-lo.

Em 1991, muitas pessoas realmente se perguntavam se Saddam Hussein poderia ser o anticristo. Afinal de contas, o mundo inteiro estava reunido contra ele no Oriente Médio. Mesmo que a ideia tenha perdido bastante força ao longo dos últimos anos, não há dúvidas de que Saddam foi um sobrevivente sinistro e dissimulado que levou o mundo à beira de uma séria crise.

Evidentemente, Saddam não é o anticristo, e há duas razões para afirmar isso. Em primeiro lugar, segundo Daniel 9:26, o anticristo surgirá da reunião do Império Romano, provavelmente em alguma nação da Europa Ocidental. Em segundo lugar, a Bíblia diz que o anticristo só será revelado por Deus no início do período da tribulação, que será após o arrebatamento. Como se diz: "Se você acha que identificou o anticristo, aqui vão más notícias: você foi deixado para trás." Por isso, cremos que seja fútil e especulativo tentar identificar o anticristo antes do arrebatamento. A Bíblia é clara quando diz que devemos esperar a vinda de Cristo, não a vinda do anticristo.

De qualquer modo, tendo dito isso, ditadores cruéis, como foi Saddam, antecipam de modo notável como será o anticristo. Loucos como Saddam oferecem-nos uma pequena janela pela qual podemos ver um pouco do caráter do anticristo. A história está cheia de ditadores déspotas que prefiguram o grande e último homem do pecado. Esses anticristos (no plural) servem como tipos ou exemplos de como será o anticristo (no singular).

Os livros 1 e 2 de João são os dois únicos no Novo Testamento que usam a palavra "anticristo", do grego *antichristos* (1João 2:18; 2João 1:7). Essas cartas fazem uma distinção clara entre anticristos (plural) e anticristo (singular). Quando olhamos para a história com isso em mente, quais seriam alguns dos homens que mostram como será o anticristo? Homens que são anticristos?

– Ninrode (Gênesis 10:8-11; 11:1-9)
– Alexandre, o Grande (Daniel 8:5-8)
– Antíoco Epifânio (Daniel 8:9-26)
– Nero
– Napoleão
– Hitler
– Stalin

Embora seja evidente que Saddam não era o anticristo, ele foi um dos muitos, na linha de anticristos, que apontam e revelam como será o anticristo final. E, como no caso do anticristo, seu destino também está selado. Aliás, Saddam Hussein foi capturado e executado pouco tempo depois que Mark Hitchcock escreveu seu artigo. Desde então, quem mais pode ter o nome acrescentado à lista dos anticristos da história? E o que isso nos diz sobre a natureza *do* anticristo, que será revelado na tribulação?

TESTE SEU QI PROFÉTICO — RESPOSTA

Absolutamente, dizem os autores de *Deixados para trás*,
como mostrará o próximo livro da série — baseado naquilo que
eles consideram evidências convincentes da Bblia —,
haverá uma "colheita de almas" durante a tribulação, o que,
possivelmente, superará em muito qualquer esforço evangelstico
no mundo anterior ao arrebatamento.

Este livro foi impresso pela Geográfica, em 2020, para a Thomas Nelson Brasil. O papel do miolo é avena 70 g/m², e o da capa, cartão 250 g/m².